KRÜGER

ELEANOR RAY

Morgen ist alles schön

Roman

Aus dem Englischen
von Maria Andreas

KRÜGER

Aus Verantwortung für die Umwelt hat sich der S. Fischer Verlag zu einer nachhaltigen Buchproduktion verpflichtet. Der bewusste Umgang mit unseren Ressourcen, der Schutz unseres Klimas und der Natur gehören zu unseren obersten Unternehmenszielen.

Gemeinsam mit unseren Partnern und Lieferanten setzen wir uns für eine klimaneutrale Buchproduktion ein, die den Erwerb von Klimazertifikaten zur Kompensation des CO_2-Ausstoßes einschließt.

Weitere Informationen finden Sie unter: www.klimaneutralerverlag.de

MIX
Papier aus verantwortungsvollen Quellen
FSC® C014496

Erschienen bei FISCHER Krüger

Die englische Originalausgabe erschien 2021 unter dem Titel »Everything Is Beautiful« bei Piatkus, London.

Satz: Pinkuin Satz und Datentechnik, Berlin
Druck und Bindung: GGP Media GmbH, Pößneck
Printed in Germany
ISBN 978-3-8105-3076-9

Für Susan,

Teddy

und Violet

1

Das ging echt zu weit. Amy fand ihre Kollegen ja ganz nett, auf ihre Art, aber sie hatte schon die ganze Arbeitswoche mit ihnen verbracht. Da sollte sie doch am Freitagabend nach Hause fahren, die Schuhe ausziehen und auf dem Sofa entspannen dürfen. Und zwar allein.

Aber sie war dann doch mitgekommen und stand in zu engen Schuhen vor einem brechend vollen Pub, eingenebelt von Zigarettenqualm, und wurde ständig von Leuten angerempelt, die sich bemühten, mehrere Gläser Bier mit den bloßen Händen zu tragen.

Das konnte ja nur schiefgehen. Amy sah die Gläser schon fallen, spürte, wie sich ihr Körper in Erwartung anspannte, und drückte den lauwarmen Prosecco enger an ihre Brust.

»Freut mich, dass Sie diesmal mit von der Partie sind, Amy«, sagte Mr. Trapper von *Trapper, Lemon & Hughes*, einer mittelgroßen, mittelprächtig florierenden Finanzberaterfirma, in der Amy das Büroteam leitete. »Es tut gut, einfach mal lockerzulassen und sich zu amüsieren.« Er lachte und fügte hinzu: »Stärkt den Teamgeist.« Er hielt eine Proseccoflasche in der Hand und füllte Amys Glas nach.

»Ich konnte doch Emmas Abschiedsumtrunk nicht versäumen«, sagte Amy. Nun ja – versucht hatte sie es. Um fünf Uhr war sie aufgestanden, hatte Emma die Hand geschüttelt und ihr alles Gute für die Zukunft gewünscht. Pflicht erledigt.

Aber Emma hatte ihre Hand nicht losgelassen und darauf bestanden, dass sie auf ein Glas mitkäme. Amy konnte sich beim besten Willen nicht erklären, warum Emma sich einbildete, sie wären befreundet. Amy hatte sich ihr gegenüber immer rein geschäftsmäßig verhalten und sie nur darin unterrichtet, welche Aufgaben Emma im Büro zu übernehmen hatte und was von ihr erwartet wurde. Einladungen, mit »den Mädels zu lunchen« – wie schrecklich das klang! –, hatte sie immer ausgeschlagen und beharrlich alle kleinen Nachrichten mit Smiley-Emojis auf dem firmeninternen Messaging-System ignoriert, mit dem einige aus dem Team ihre Zeit verplemperten.

Obwohl sie einmal, das musste sie zugeben, den Fehler begangen hatte, Emma eine Tasse Tee zu machen, nachdem sie sie heulend auf der Toilette angetroffen hatte. Vermutlich Liebeskummer. Sie hatte Emma sogar sanft den Rücken getätschelt. Dafür konnte sie jetzt zusehen, wie sich ihre Pläne für einen gemütlichen Abend auflösten wie eine Kopfschmerztablette, die die arme Emma am nächsten Morgen brauchen würde.

Mr. Trapper wendete sich nun ab, um weitere Gläser aufzufüllen, und Amy blieb einen Moment sich selbst überlassen. Sie schielte auf die Uhr. Fünfundvierzig Minuten hatte sie schon ausgeharrt, jetzt war der perfekte Zeitpunkt zu gehen. »Hi, Amy«, hörte sie eine Stimme. Amy fuhr herum und stand Liam, dem neuen Marketingchef, gegenüber. »Ich habe Sie noch nie bei den Feierabenddrinks gesehen.« Er lächelte.

»Ich hab immer zu tun.« Sie wich einen Schritt zurück. »Und jetzt muss ich auch gleich –«

Ein Arm schlang sich von hinten um ihre Taille. Bevor Amy reagieren konnte, spürte sie warmen Atem in ihrem Ohr. Wieder wirbelte sie herum; ständig schlichen sich die Leute aus dem Büro von hinten an sie heran. Zum Glück hatte sie einen Schreibtisch, an dem sie mit dem Rücken zur Wand saß.

»Ich werde dich vermissen.« Emma lallte schon ein wenig und lehnte an Amy. Ihr Atem roch nach Red Bull und Jägermeister, was in Amy schlagartig die Erinnerung an die Weihnachtsfeier vor zwei Jahren weckte, vor der sie sich nicht hatte drücken können. Als Emma sah, was Amy für ein Gesicht machte, kicherte sie und gab ihr einen feuchten Kuss auf die Wange. »Du bist so besonders.«

»Ja«, stimmte Amy zu und befreite sich von Emma. »In der Tat.« Carthika trat zu ihnen, und Amy schob Emma erfolgreich an sie ab. Die beiden wankten gemeinsam hin und her, vermutlich in einer Art Tanz. »Ich verschwinde nur mal kurz aufs Klo«, sagte Amy hastig, als sie Liam schon wieder auf sich zusteuern sah.

Im Pub standen die Leute in vier Reihen dicht gedrängt um den Tresen, aber im übrigen Raum war es ruhig. Es war ein warmer Tag Anfang Juli, und die Gäste gingen zum Trinken lieber nach draußen auf die Straße als drinnen im Dunklen zu sitzen. Auf einem der klebrigen runden Tische stand eine verlassene Weinflasche, der nur zwei leere Gläser Gesellschaft leisteten. Amy blieb stehen und sah zu ihr hinüber. In dem schummrigen Licht wirkte die Flasche fast schwarz, aber Amy wusste, dass sie einen schönen, grünen Schimmer haben würde, wenn man sie gegen das Licht hielt – genau wie die Bonbons mit Limonengeschmack, die Tim so gerne gegessen hatte.

Amy stieg die Stufen zur Toilette hinauf und setzte sich in die Kabine, dankbar für den kurzen Augenblick, in dem sie alleine sein und ihre Füße entlasten konnte. Sie dachte an die Flasche. An ihre vollendete Form mit dem langen, eleganten Hals und dem geraden Körper. Symmetrisch. Makellos. Die konnte nicht einfach im Altglas landen. Das verdiente sie nicht.

Amy ging wieder hinunter. Die Flasche stand immer noch auf dem Tisch. Leer. Einsam. Amy vergewisserte sich, dass niemand zu ihr herübersah, schnappte die Flasche und steckte sie ein, froh um ihre große Handtasche. Der Flaschenhals lugte hervor wie ein kleiner Schoßhund, aber das würde niemandem auffallen. Amy war hin und her gerissen, ob sie die Gläser nicht auch noch mitnehmen sollte. Sie sahen so traurig aus, wie sie da standen. Aber nein. Das wäre Diebstahl.

Aber die Flasche war kein Diebstahl. Die wollte keiner haben.

Sie würde sich um sie kümmern.

Auf einmal war Amy froh, dass sie hergekommen war.

Der Zug, mit dem sie nach Hause fuhr, war am Freitagabend normalerweise nicht so voll wie an den übrigen Wochentagen. Viele Leute gingen nach der Arbeit noch etwas trinken, und so verteilte sich der übliche Fünf-Uhr-Pendler-Haufen über den ganzen Abend wie Butter auf einer Scheibe warmen Toast.

Aber heute nicht.

Zwei Züge in Folge fielen aus. Amy stellte sich zu der Menschenmenge, die zur Abfahrtstafel hinaufstarrte wie auf eine Kinoleinwand. Ab und zu leuchtete eine neue Nummer auf, und ein Teil der Menge löste sich aus dem Pulk und hastete zu einem Gleis. Die Zurückgebliebenen stießen einen kollektiven Seufzer der Enttäuschung aus.

Schließlich wurde Amys Zug angekündigt, und sie ließ sich von ihrem Pendlerstrom mitziehen. Sie stieg in den Zug, entdeckte einen freien Platz in einer Vierersitzgruppe, eilte erleichtert dorthin und ließ sich dankbar auf den Sitz fallen. Der Zug füllte sich. Amy wurde auf einen Mann in ihrer Nähe aufmerksam, der ein wenig ungelenk dastand. Sie sah näher hin.

Er trug den Arm in einer Schlinge.

Da gab es natürlich nur eins: Amy stand auf, trat zur Seite und bot ihm mit einer stummen kleinen Verbeugung ihren Platz an. Eine Frage des Anstands. Doch bevor er sich setzen konnte, drängte eine junge Frau mit Nasenring an ihm vorbei und stürzte sich auf den freien Sitz. Ein Pfiff, und der Zug fuhr los.

Amy betrachtete den Mann. Er war wohl gegen Ende vierzig, zehn Jahre älter als sie selbst, und wirkte müde. Dann sah Amy, dass sein Hemd zerknittert war, und sie spürte ein kleines Aufflackern des Erkennens in ihrem Herzen. Er hatte niemanden, der für ihn bügelte, solange sein Arm lahmgelegt war.

Der Mann fing ihren Blick auf, zuckte gutmütig mit den Achseln und rollte mit den Augen, wie um zu sagen: »Na ja, die Jugend heute ...«, während er sich stoisch mit der gesunden Hand an einer Stange festhielt.

Vielleicht lag es an dem warmen Prosecco. Vielleicht an der Blase, die sich an Amys Ferse bildete. Vielleicht an der Ergebenheit, mit der sich der Mann im zerknitterten Hemd in sein Schicksal fügte. Jedenfalls regte sich Widerstand in ihr.

»Entschuldigen Sie bitte«, sagte sie mit höflicher Stimme. Die junge Frau war ganz in ihr Handy vertieft und sah nicht auf. Amy hüstelte. »Entschuldigung«, wiederholte sie lauter. Einige der Pendler sahen sie verstohlen an. Die junge Frau ignorierte sie nach wie vor. Da machte Amy einen Schritt auf sie zu und trat in die Tabuzone zwischen den Sitzen. Auf beiden Seiten wichen die Knie zurück wie Schnecken in ihre Häuser.

»Die hört Sie nicht«, sagte der Mann, der neben dem Nasenring-Mädchen saß. Er trug ein hübsches Blumenhemd. »Die hat Kopfhörer drin.«

Amy ließ den Blick zu ihren Ohren wandern. Richtig, sie hatte kleine, blütenweiße, kabellose Kopfhörer in den Ohren. Kühn streckte Amy die Hand aus und tippte der jungen Frau auf die Schulter. Endlich sah sie hoch.

»Was?«, fragte sie. Sie zog einen der Kopfhörer heraus und sah Amy stirnrunzelnd an.

»Dieser Herr hat einen gebrochenen Arm«, sagte Amy. »Ich bin für ihn aufgestanden. Und Sie haben sich hingesetzt.« Amy erwartete, dass die junge Frau aufsprang und sich entschuldigte.

»Das ist kein Schwerbehindertenplatz«, entgegnete die junge Frau, ohne sich vom Fleck zu rühren.

»Ich bin nicht schwerbehindert«, meldete sich der Mann mit der Schlinge zaghaft zu Wort. »Ich bin nur die Treppe runtergefallen.«

»Darum geht es nicht«, sagte Amy. »Der Platz war für diesen Herrn bestimmt. Ich habe ihn freigemacht, weil er ihn braucht.«

»Ich sehe hier kein Schild mit seinem Namen«, erwiderte die junge Frau. Die anderen Fahrgäste witterten den Beginn eines unverhofften Dramas und sahen interessiert hinüber.

»Aber er hat einen gebrochenen Arm«, sagte Amy.

»Eigentlich ein gebrochenes Handgelenk«, korrigierte er. Beide Frauen ignorierten ihn.

»Er kann gern meinen Platz haben«, sagte der Mann im Blumenhemd und machte Anstalten aufzustehen.

»Eigentlich sollte *sie* aufstehen«, beharrte Amy.

»Zwing mich doch!«, sagte die Frau, und in ihrer Stimme

schwang eine latente Drohung mit. Amy wich erschrocken über die Heftigkeit einen Schritt zurück.

»Beruhigen Sie sich, meine Liebe«, schaltete sich der Anzugträger am Fensterplatz ein. Er blickte von seiner Zeitung auf. Amy sah ihm fest in die Augen, und zu ihrer Überraschung wandte er den Blick nicht ab. Er sagte ihr tatsächlich, sie solle sich beruhigen, obwohl die Frau ihr gerade gedroht hatte!

»Ich bin hier nicht diejenige, die sich beruhigen sollte«, sagte Amy und merkte, dass sie unangenehm laut wurde. »Diese Frau hat einem Mann den Platz weggenommen, den er braucht, und jetzt droht sie mir. Sie haben alle gehört, was sie gesagt hat!« Amy sah sich im Waggon um. Eine Stille breitete sich aus, als hätten die Leute sich plötzlich daran erinnert, dass man in der Stadt nicht mit Fremden reden sollte. Vor allem nicht in öffentlichen Verkehrsmitteln. »Sie haben es doch alle gehört, oder?« Ihre Stimme klang viel zu laut, sogar in ihren eigenen Ohren.

»Es macht mir nichts aus zu stehen«, beschwichtigte der Mann mit dem Arm in der Schlinge. Seine Rolle in dem Drama war ihm sichtbar peinlich.

»Was ist falsch mit dir?«, fragte die Sitzdiebin.

Als hätte sich auch noch der Zug gegen Amy verschworen, machte er plötzlich einen Ruck. Amy wurde nach vorn geschleudert. Sie bekam eine Stange zu fassen und fing sich wieder, aber ihre Handtasche rutschte ihr von der Schulter und die leere Weinflasche fiel heraus. Sie schlug dumpf auf dem Boden auf und rollte unter einen Sitz.

»Die ist doch betrunken«, erklärte die Sitzdiebin, als rechtfertige das ihr eigenes Verhalten.

»Ich bin nicht betrunken«, widersprach Amy. »Ich habe nur –« Alle starrten sie an.

Es ging die Leute nichts an, warum sie die Flasche hatte. Das ging niemanden etwas an.

Amy bückte sich, um den Blicken auszuweichen und die Flasche aufzuheben. Aber die war davongerollt, und Amy fand sich auf Händen und Knien auf dem klebrigen Boden wieder, von Schuhen umgeben. Unter den Sitzen sah sie ein blaues Bonbon, eine leere Coladose und einen angebissenen Burger. Es roch nach sauren Gurken. Aber die Flasche sah sie nicht, als hätte sie sich versteckt, weil auch ihr Amy peinlich war.

Das war zu viel.

Der Zug hielt, die Türen gingen auf, und Amy spürte frische Luft hereinströmen. Es war drei Stationen zu früh, aber Amy musste hier raus. Ins Freie. Weg von den Leuten. Weg von der Flasche, die sie im Stich gelassen hatte.

Vielleicht verdiente sie gar nicht, dass man sich um sie kümmerte.

Amy stand auf, schob sich zu der Tür vor und trat hinaus in den Juliabend.

Amy musste drei volle Züge vorbeifahren lassen, bis sie sich so weit gefasst hatte, dass sie wieder einsteigen konnte. Von ihrem Heimatbahnhof aus hatte sie noch zehn Minuten Fußweg, dann war sie da.

Zu Hause.

Allein beim Anblick ihres Vorgartens ging es Amy schon besser. Ihre wunderschönen Blumenkübel wachten treu über das Haus. Sie hielt den Schlüsselbund fest in der Hand und steckte den Schlüssel ins Schloss. Endlich. Amy trat ein und sperrte die Tür hinter sich zu, entschlossen, diesen Abend aus ihrem Gedächtnis zu streichen.

Sie ging durch die Diele und stolperte. Mist. Einer ihrer turmhohen Zeitungsstapel war umgekippt. Schon wieder. Ein Durcheinander von Zeitungen, ungeöffneter Post und getrockneten Blütenblättern bedeckte den Boden wie Herbstlaub. Sie machte einen großen Schritt. Sie hatte jetzt nicht den Nerv, das Chaos zu beseitigen. Nicht heute Abend. Auch einige der anderen Zeitungstürme sahen recht wackelig aus, wie antike Säulen reichten sie vom Boden bis zur Decke. Ihre Diele erinnerte sie an die Akropolis.

Die Akropolis nach einer Party, dachte sie, als sie mit dem Fuß gegen eine leere Weinflasche stieß. Früher hatte ihre Sammlung grüner Flaschen in der Küche gestanden, aber irgendwann musste Amy einige wegräumen, um an den Kühlschrank zu kommen. Zehn oder zwanzig privilegierte Flaschen standen nun ordentlich auf dem Regal in der Diele, in einige hatte Amy sogar Geißblattranken gesteckt und sie zu Vasen aufgewertet. Aber das war schon eine Weile her, und die Blüten waren längst zu spröden braunen Hülsen vertrocknet.

Viele Flaschen lungerten leer auf dem Boden herum und warteten noch auf ihre Bestimmung.

Auf eine zweite Chance.

Amys Kleidung hing zum größten Teil in einem Schrank, zu dem sie keinen Zugang mehr hatte. Auch Tims Sachen waren darin. Er hatte nichts mitgenommen. Nachdem es passiert war, hatte Amy zuerst den Boden des Schranks als zusätzlichen Lagerplatz genutzt, und dann hatten sich einige Dinge davor angehäuft. Spiegel, Flaschen, ein paar Übertöpfe für Zimmerpflanzen. Vor Jahren hatte sie einmal versucht, ein Kleid aus dem Schrank zu holen, und festgestellt, dass sich der Aufwand nicht lohnte. Sie hatte ohnehin keine Lust mehr auf Buntes, und so ließ sie die alten Sachen einfach im Schrank und ersetzte sie durch eine Reihe grauer und schwarzer Basics, einige schick für die Arbeit, andere bequem für zu Hause. Diese »aktive Garderobe«, wie sie sie nannte, breitete sie oben auf einem der Kartons aus und sorgte dafür, dass sie weiterhin an die Waschmaschine und das Bügeleisen herankam. Sie wollte nicht mehr Geld für Kleidung verschwenden als unbedingt nötig, nicht, wenn es so viele andere schöne Dinge gab, die sie kaufen wollte.

Es war Samstagmorgen, und Amy griff zu Jeans und schwarzem T-Shirt. Sorgfältig vermied sie es, beim Anziehen einen Blick auf sich zu werfen. Das war eine Herausforderung, da sich in ihrem Schlafzimmer Spiegel an Spiegel reihte. Spiegel sollten einen Raum ja größer machen, aber heute kam es Amy vor, als würden sie ihn verkleinern. Sie warfen das Bild der Kartonstapel zurück, die immer weiter zur Decke wuchsen. Doch vieles ließ sich nicht in Kartons verstauen und stand einfach herum. Vasen, ungeöffnete Flaschen mit Handlotion, Stapel von Aschenbechern. Und natürlich die Spiegel selbst, die sich mit unendlichen Reflexionen über sie lustig machten.

Amy fluchte leise, als ein Schmerz durch ihren Fuß schoss. Sie war auf ein Feuerzeug getreten. Zum Glück war es heil geblieben. Sie setzte sich wieder, um ihre Hausschuhe anzuziehen. Hausschuhe schienen sich von allen Dingen am liebsten vor ihr zu verstecken, deshalb hatte sie sich angewöhnt, immer gleich mehrere Paare zu kaufen.

Dass sie sehr behutsam mit ihren Vasen und Flaschen umging, verstand sich von selbst. Aber ab und zu beschloss eine, dass sie genug vom Leben hatte, und stürzte sich in die Tiefe. Mehrmals hatten sich Glasscherben in Amys Fußsohlen gebohrt, bis sie die kluge Entscheidung getroffen hatte, nur noch Hausschuhe mit festen Gummisohlen zu tragen.

Vorsichtig stieg sie die Treppe hinunter und hielt sich gut am Geländer fest, damit sie nicht über die Kartons und Obstkisten stolperte, die es irgendwie geschafft hatten, ihre Treppe zu belagern. Amy schob sich vorsichtig durch die Diele, seufzte beim Anblick der auf dem Boden verstreuten Zeitungen und ging in die Küche, um Tee zu kochen.

Die Wahl des Teebechers gehörte zu ihren Lieblingsmomenten des Tages. So viele schöne Becher säumten die Arbeitsflächen. Amy hatte gerade entschieden, dass heute der richtige Tag für eine Porzellantasse mit Goldrand war, als es klingelte.

Angst stieg in ihr hoch. Es klingelte nicht oft, und wenn, dann stand nie der Erhoffte vor der Tür. Dass die Türklingel auf eine ausgesprochen schauerliche Weise die ersten Takte von Beethovens Fünfter von sich gab, machte es auch nicht besser. Der Titan würde sich im Grabe umdrehen. »Türklingel«, fügte Amy ihrer geistigen Einkaufsliste hinzu und wartete ab, in der Hoffnung, dass die Person, die draußen vor der Tür stand, wieder verschwand.

Doch die Person, die offenbar die Klingel für unwirksam hielt, begann an die Tür zu hämmern.

Dann war es still.

Amy spähte in die Diele in der Hoffnung, dass der oder die Unbekannte aufgegeben hatte. Ein braunes Augenpaar starrte sie durch den Briefschlitz an. Dann klapperte es, die Augen verschwanden und ein Mund mit pfirsichrosa Lippenstift erschien in dem rechteckigen Blickfeld.

»Ich kann dich sehen«, sagte der Mund. Das war natürlich eine Lüge, Münder konnten nicht sehen. »Bitte mach die Tür auf.«

Amy erwog, die Tür einen Spaltbreit zu öffnen, soweit die Kette es erlaubte, aber kam sich dann immer wie eine paranoide alte Dame vor. Dabei war sie noch nicht einmal vierzig. Deshalb nahm sie den Schlüssel aus der Handtasche, öffnete die Tür gerade weit genug, um selbst hinauszuschlüpfen, und schlug sie schnell hinter sich zu, bevor ihre Besucherin mehr von ihrer Diele zu sehen bekam.

Ihre Nachbarin Rachel kauerte immer noch mit dem Mund auf Briefschlitzhöhe, so dass sich die beiden Frauen peinlich nahe kamen, Rachel auf Amys Hüfthöhe. Das war beiden Frauen unangenehm, und Rachel erhob sich und wich zurück. Sie sah verärgert aus.

»Kann ich helfen?«, fragte Amy in einem alles andere als hilfsbereiten Ton.

Rachel stieß einen Seufzer aus, der Amy an ein schnaubendes Pferd erinnerte. »Smudge hat schon wieder eine Maus gefangen«, beklagte sich Rachel. »Er hat sie gestern Nacht über unseren neuen elfenbeinfarbenen Teppich geschleift und eine Blutspur hinterlassen. Die krieg ich nicht mehr raus.«

Amy warf verstohlen einen Blick über ihren Vorgarten – Zeit, die Geranien in den Töpfen mal wieder zu gießen. Die Pflanzen waren schlaff geworden, und die vormals knallroten Blüten hatten sich bräunlich verfärbt, aber die glasierten Töpfe, in denen sie wuchsen, leuchteten in einem wunderschönen Purpurton. Amys Rosenstock hatte vielversprechende kleine grüne Knospen hervorgebracht, die zu dem grünen Topf passten. Aus einem großen, dunkelblauen Kübel, dessen Glasur Amy an das Meer erinnerte, rankte Geißblatt die Fassade hoch und wehte Amy seinen Duft entgegen.

»Amy!«, sagte Rachel scharf. Amys Blick kehrte zu der Nachbarin zurück. »Hörst du mir überhaupt zu?«

»Tut mir leid um die Maus, armes kleines Ding«, antwortete Amy schließlich. »Aber Smudge ist dein Kater. Ich weiß nicht, was mich das angeht.«

»Du weißt schon, was ich meine.«

»Keine Ahnung«, erwiderte Amy und fragte sich, warum Rachel sie für ihre eigenen Probleme verantwortlich machte. Vermutlich hatte sie zu wenig zu tun.

»Mir reicht's jetzt. Das war zu viel. Jetzt muss sich was ändern.«

»Willst du Smudge weggeben?«, vermutete Amy.

»Nein«, sagte Rachel. »Ich rufe bei der Verwaltung an. Die Mäuse kommen aus deinem Haus. Das weiß ich ganz genau.«

Amy war sicher, dass Rachel nichts dergleichen wissen konnte, außer sie verbrachte ihre Abende damit, die Spur der Mäuse durch die Keller der ganzen Straße zu verfolgen. Aber Rachel war abends mit anderen Dingen beschäftigt, wie Amy wusste, denn die Wände der Reihenhäuschen in Ivydale Close waren dünn. Rachel stritt mit ihrem Mann, guckte EastEnders und hatte anschließend lauten Sex, wahrscheinlich mit besagtem Mann. Allen drei Aktivitäten war früher unweigerlich der Geruch von Zigarettenrauch gefolgt, aber in letzter Zeit roch es süßer. Amy dachte kurz, dass Rachel sich wohl vom Rauchen aufs Backen verlegt hatte, bis sie den Geruch als den zuckrigen Rauch einer E-Zigarette mit Vanillearoma identifizierte.

»Ich habe in meinem Haus noch nie eine Maus gesehen«, erwiderte Amy.

»Die verstecken sich unter deinem ganzen Müll.«

»In meinem Haus gibt es keinen Müll«, erklärte Amy stolz. Ihr Haus war ziemlich voll, zugegeben, aber nicht voller Müll, sondern bis an den Rand mit Schätzen gefüllt.

»Wir wissen beide, dass das nicht stimmt«, entgegnete Rachel.

»Und ich möchte dich bitten, dafür zu sorgen, dass dein Kater nicht auf meinem Grundstück herumstreunt«, fuhr Amy fort. »Ich mag mir gar nicht ausmalen, was er bei meinen Vögeln anrichten könnte.«

Als Amy ihre Vögel erwähnte, verdrehte Rachel die Augen und holte tief Luft, aber was sie sagen wollte, blieb unausgesprochen. Denn die beiden wurden von Motorgeräuschen abgelenkt. Auf der kleinen Vorortstraße mit den zweistöckigen Reihenhäuschen gab es wenig Verkehr, und Rachel wie Amy drehten sich um und sahen zu, wie nebenan ein großer Umzugswagen vorfuhr.

»Da zieht bestimmt jemand ins Haus der alten Mrs. Hill«, sagte Rachel. Die beiden Frauen genossen ihren vorläufigen Waffenstillstand und verfolgten beide das Parkmanöver des Lasters.

Amy vermisste Mrs. Hill. Sie war eine perfekte Nachbarin gewesen, ruhig und anspruchslos. Selbst als Amy das Haus noch mit Tim und Chantel geteilt hatte, waren sie nie über ein zartes Nicken zur Begrüßung und ein gelegentlich gemurmeltes »Hallo«, wenn eine der beiden besonders gesellig war, hinausgekommen. Dass Mrs. Hill nicht mehr unter ihnen weilte, hatte Amy erst gemerkt, als eines Tages ihre erwachsenen Kinder aufgetaucht waren und Mrs. Hills Besitztümer in ihre Autos geladen hatten. Da war sie doch traurig gewesen, aber dann folgte eine herrliche nachbarlose Zeit, ein seltener Luxus in dieser Gegend. Schließlich ersetzte der Makler das Schild »Zu verkaufen« durch die triumphierende Meldung: »Verkauft!«

Und jetzt waren sie da. Amys neue Nachbarn.

Nun ja, genau genommen waren es nicht die neuen Nachbarn, sondern zwei Männer in hellblauen Overalls, die aus der Fahrerkabine stiegen und den Laderaum öffneten. »Ich frag mal, ob die Tee wollen«, sagte Rachel und trabte in Richtung Laster davon, drehte sich aber noch einmal um. »Kümmere dich um die Mäuse, oder ich bin gezwungen, dich zu melden. Diesmal mache ich ernst.«

Amy sah noch zu, wie Rachel vor den Umzugsmännern mit den Wimpern klimperte und dabei ausgiebig in den Laderaum spähte, dann kehrte sie ins Haus zurück. Auch sie wollte gern einen Blick riskieren, aber auf eine weniger plumpe Art, und ging dazu ins Wohnzimmer.

Sogar sie selbst musste zugeben, dass die Kapazität dieses Raums ausgereizt war. Kartons waren zu Pyramiden gestapelt. An einigen lehnten Spiegel, an anderen standen Vasen, die noch auf Blumen warteten. Es gab mehrere Standuhren, die längst zu ticken aufgehört hatten. Auf dem bisschen Boden, das noch frei war, lagen Feuerzeuge wie Konfetti verstreut.

Viele Kartons waren mit Vögeln geschmückt.

Amy ließ so viele ihrer Vögel wie nur möglich im Wohnzimmer frei. Es kam ihr grausam vor, sie im Dunkeln einzusperren, wo sie doch die Sonne so liebten, aber leider durften nicht alle heraus, dafür fehlte einfach der Platz. Bei allem Platzmangel achtete Amy stets darauf, dass möglichst wenig auf dem Sofa lag, damit sie gemütlich sitzen konnte, und sorgte auch dafür, dass immer ein schmaler Durchgang zum Fenster frei blieb. Diese Miniaturschlucht durchquerte sie nun, drehte sich dann um die eigene Achse, um den Anblick, der sich ihr von hier aus bot, zu bewundern.

Hunderte winziger Porzellanaugen schauten sie an. Ihre Voliere, wie sie das Wohnzimmer gern nannte, beherbergte eine beachtliche Vogelsammlung. Neugierige Blaumeisen, exotische Papageien, Mauerschwalben im Tiefflug, zornige Eichelhäher, stolze Eisvögel. Sie hockten auf Regalen, auf Kartons und auf dem Fensterbrett.

Eine wahre Pracht.

Eigentlich war Amy der Ansicht, dass sie keinen der Vögel bevorzugen dürfe, aber das gelang ihr nicht. Sie näherte sich dem Fensterbrett und legte behutsam die Hand auf Scarletts Rücken. Sie erinnerte sich noch genau an den Augenblick, als sie Scarlett in der Grabbelkiste ihres Lieblings-Charity-Shops entdeckt hatte. Ein Rotkehlchen aus Porzellan, mit hellroter Brust und schimmernden Augen. So hoffnungsfroh. Aber die dünnen Beinchen waren abgebrochen und die Füßchen nirgendwo zu sehen.

Fieberhaft hatte sie die ganze Kiste durchwühlt, so dass die ehrenamtlichen Verkäuferinnen sie schon belächelten. Doch hatte sie triumphierend den Porzellanständer in die Höhe gehalten, einen Ast, den die dürren Krallen des Vögelchens umschlossen. Sofort hatte sie das Rotkehlchen gekauft und war nach Hause geeilt. Da hatte es dann nur noch ein bisschen Kleber und nervöses Warten gebraucht, und der Vogel war wieder heil gewesen, auch wenn seine Beinchen nun für immer einen kleinen Knick hatten.

Das machte Amy natürlich nicht das Geringste aus. Gerade weil Scarlett nicht perfekt war, liebte sie den Vogel umso mehr. Sie zog den Vorhang zur Seite, und gemeinsam schauten sie aus dem Fenster.

Rachel warf immer wieder die Haare über die Schultern und lachte über Bemerkungen des jüngeren Umzugsmannes, während der Ältere, der einen dicken Bauch und einen schlimmen Husten hatte, allein ein paar Stühle auslud. Amy musterte die vier Stühle: Sie waren aus Holz und hatten nichts Besonderes. Daraus ließ sich wenig auf die neuen Nachbarn schließen.

Anfangs war es Amy kaum aufgefallen, aber diese Gegend, früher eine heruntergekommene Ecke, hatte sich nach und nach zu einer begehrten Wohnlage gemausert. Die Waschsalons waren trendigen Back-Manufakturen, in denen der Kaffee das Vierfache kostete, gewichen. Paare und junge Familien stürzten sich auf die Häuser, die zum Verkauf standen, wie auf Bio-Croissants. Die Häuser waren klein und in Reihen aneinandergebaut, aber sie hatten Gärten und eine gute Verkehrsanbindung an die City. Als Amys Vermieter das Haus, in dem sie wohnte, verkaufen wollte, hatte sie ihr ganzes Geld zusammengekratzt und zugegriffen. Sie sollte sich eigentlich freuen, dass die Immobilie inzwischen so stark im Wert gestiegen war. Aber das war ihr egal, denn sie konnte sich nicht vorstellen, jemals von hier wegzuziehen.

Was wäre, wenn Tim wiederkäme?

Sie sah Rachel an ihrem Haus vorbeigehen und in ihr eigenes zurückkehren. Amy war erleichtert, dass der jüngere Umzugsmann dem Älteren nun wieder half. Sie hoben einen Tisch aus dem Laster und luden dann einen Gegenstand aus knallgelbem Plastik aus. Amy kniff die Augen zusammen und versuchte zu erkennen, was es war.

Ein Auto. Sie sah noch einmal genauer hin. Nein, ein Bett in Form eines Autos. Ein Kinderbett.

Mist.

Das war wohl unvermeidlich, und es gab in der Straße noch andere Kinder. Aber gleich nebenan? Sie tastete wieder nach Scarlett, und einen Moment lang bildete sie sich ein, dass das Rotkehlchen unter ihrer Hand vor Angst bebte. Kinder machen alles kaputt. Das wussten sie beide. Amy versprach Scarlett im Stillen, dass sie bei ihr sicher war. Dafür würde sie sorgen.

Amy verfolgte die Parade der weiteren Möbelstücke, die an ihrem Fenster vorbeigetragen wurden. Ein Futonbett. Sitzsäcke. Etliche Zimmerpflanzen in verschiedenen Stadien der Austrocknung. Unzählige Kartons geheimnisvollen Inhalts.

Rachel tauchte wieder auf, mit einer großen Platte voller Biskuitkuchen. Zum Backen war keine Zeit gewesen, sie musste zur Bäckerei in der Nähe gespurtet sein. Amy beugte sich vor und drückte die Stirn an die Glasscheibe. Hörbar keuchend hastete Rachel an Amys Haus vorbei, hinüber zum ehemaligen Haus von Mrs. Hill. Amy konnte die Haustür nicht sehen, aber sie hörte Rachel klingeln. Eine Frau machte auf. Nicht eines, sondern zwei Kinder liefen heraus und kamen in Amys Blickfeld.

Beides waren Jungen. Noch schlimmer, dachte Amy unwillkürlich. Ein Kinderreim über Schnecken und Welpenschwänze ging ihr durch den Kopf.

Der ältere, wohl acht- oder neunjährige Junge begann einen roten Fußball gegen die Seite des Umzugslasters zu kicken. Ein Ball kann viel Schaden anrichten. Amy beobachtete den kleinen Fußballer und fragte sich, ob er den Ball wohl mit genügend Wucht treten konnte, dass er durch ihre Fensterscheibe flog. Sein jüngerer Bruder, der vielleicht drei Jahre alt war, sah ihm zu, den Daumen im Mund. Ab und zu kickte er mit seinem kleinen Fuß in die Luft.

»Charles Frederick, hör sofort auf, mit dem Fußball herumzuschießen«, tönte gebieterisch eine Frauenstimme aus dem Haus. »Du machst noch was kaputt.«

Genau dasselbe hatte Amy auch gerade gedacht, und sie war

froh, dass der Junge gleich gehorchte. Er klemmte den Ball unter den Arm und bückte sich, um Smudge zu tätscheln, der Amys Vorgarten verlassen hatte und um die Beine des Jungen herumstrich.

Die Umzugsmänner ließen einen Stapel Kisten auf dem Gehweg stehen, alle Erwachsenen verschwanden im Haus. Amy hörte keine Stimmen mehr. Vermutlich waren Rachel und die Umzugsmänner zum Tee eingeladen worden und bekamen vielleicht auch ein Stück von dem Kuchen ab. Amy merkte, dass sie auch Hunger hatte, und wünschte sich fast, sie wäre freundlicher gewesen und könnte jetzt mit dabei sein. Sie beschloss, sich einen Snack zu machen, Käse und Cracker. Sie würde mit Scarlett essen. Der ältere Junge versuchte gerade, Smudge auf den Arm zu nehmen, doch der Kater entwand sich blitzschnell.

Plötzlich hörte Amy einen Aufprall und das herzzerreißende Klirren, mit dem Dinge zu Bruch gehen. Sie schloss die Augen, hielt die Hand an die Stirn und schluchzte auf. Denn sie befürchtete das Schlimmste.

Aber es war draußen passiert, beruhigte sie sich. Nicht in ihrem Haus. Sie schlug die Augen wieder auf und schaute hinaus. Tatsächlich, einer der Kartons war vom Stapel gefallen. Der kleinere Junge lag darauf und brach in panisches Geschrei aus, sein Gesicht lief puterrot an. Er musste versucht haben, auf den Kartonturm zu klettern.

Amy hasste es, wenn Dinge kaputtgingen, aber wenigstens war es nichts von ihr gewesen. Der große Bruder ließ von Kater und Ball ab, legte die Arme um den Kleinen und drückte ihn an sich. Der Kleine streckte seine Hände von sich weg, der Große untersuchte sie und wischte sie ab. Der Ball rollte davon, weg vom Schauplatz des Verbrechens.

»Charles Frederick!« Amy sah, wie die Mutter aus dem Haus gerannt kam. Sie beachtete den heulenden Kleinen gar nicht, sondern putzte sofort den großen Bruder herunter. »Was habe ich dir gesagt? Was fällt dir ein, trotzdem weiter herumzuballern?«

Der Junge murmelte etwas, was Amy nicht hören konnte, aber sie sah, dass er den Kopf hängen ließ und die Schuld auf sich nahm.

»Jetzt reicht's aber!«, tobte die Frau weiter. »Ich habe dich gewarnt!« Ihre Stimme nahm einen Ton an, der Amy ganz und gar nicht gefiel. Sie zögerte einen Moment, denn eigentlich wollte sie mit den Nachbarn nichts zu tun haben, doch dann stürzte sie aus dem Haus und vergaß sogar, die Tür hinter sich zu schließen.

»Er war es doch gar nicht!«, erklärte sie der Frau, die sie einen Moment lang finster ansah, bevor sie den kleinen Jungen ins Visier nahm. Er umklammerte das Bein seines Bruders, eine kleine Schramme auf seinem Knie verriet den wahren Missetäter. Einen Moment lang ließ sich Amy von seinem T-Shirt ablenken, von dem aufgedruckten Dinosaurier, der absurderweise an einem Leuchtturm schnüffelte.

Und schon donnerte die Frau: »Daniel Joseph! Warst du das?« Der Kleine duckte sich und begann wieder zu heulen. Amy fühlte sich unglaublich mies. Sie hatte nicht gewollt, dass dieser kleine Kerl solchen Ärger kriegte. Ein Sturzbach von Tränen rann ihm übers Gesicht, und dann lief ihm auch noch ein Rotzfaden aus der Nase. Er hörte kurz auf zu weinen, um ihn aufzulecken. Amy hatte kurz mit Übelkeit zu kämpfen.

Auch seine Mutter sah einen Moment lang aus, als würde ihr schlecht. »Hol deinem Bruder ein Taschentuch«, beauftragte sie den Älteren.

»Ich war's«, beharrte Charles Frederick und wischte seinem Bruder die Nase mit seinem Ärmel ab. »Ich habe den Karton runtergeworfen. Die Frau lügt.«

»Man beschuldigt keine fremden Frauen zu lügen«, sagte seine Mutter. Sie wandte sich Amy zu und rang sich ein Lächeln ab. »Es tut mir sehr leid. Ich weiß nicht, von wem er das hat.« Sie wischte sich die Hände an ihrer Jeans ab und streckte Amy eine Hand entgegen. Amy wusste nicht recht, was sie von dem Fremde-Frauen-Kommentar halten sollte. »Ich bin Nina. Die beiden sind die Kinder meines Partners.« Sie zuckte mit den Achseln und schien sich nun besser zu fühlen, nachdem sie klargestellt hatte, dass die Jungs nicht ihr eigener Nachwuchs waren.

Da hatte Amy eine Eingebung. »Es war Smudge«, sagte sie.

»Wie bitte?«, fragte Nina.

»Smudge hat die Kiste umgestoßen«, erklärte sie triumphierend. »Rachels Katze.« Sie sah Rachel, von dem Tumult alarmiert, aus dem Haus kommen, in ihrem Mundwinkel klebte ein wenig Sahne.

»O mein Gott, das tut mir leid«, sagte sie. »Natürlich bezahle ich den Schaden.«

»Nicht nötig, das ist sicher nicht der Rede wert«, entgegnete Nina verbindlich. »Gehen wir doch wieder rein.« Amy sah die beiden Frauen verständnislos an. Wie konnten sie so gelassen daherreden, wenn womöglich etwas kaputtgegangen war?

»Wollen Sie nicht nachsehen?«, fragte Amy. »In der Kiste könnte doch etwas zerbrochen sein. Vielleicht eine Flasche oder ein Glas? Vielleicht muss etwas repariert werden.«

»Und wenn einer von meinen Baggern kaputtgegangen ist?«, fragte Charles besorgt.

»Das ist alles nicht so dringend«, sagte Nina mit einem

Lachen. »Wollen Sie nicht auch auf ein Stück Kuchen rüberkommen?«

Amy knurrte der Magen, doch sie lehnte ab. »Ich wäre jedenfalls beruhigter, wenn Sie in der Kiste nachsehen könnten«, bohrte sie weiter. Rachel warf Nina einen derart vielsagenden Blick zu, dass Amy der Verdacht kam, die beiden hätten bereits über sie gesprochen.

»Das ist Ihre neue Nachbarin, Amy Ashton«, sagte Rachel und klang entschuldigend.

»Dürfte ich einen Blick in den Karton werfen?« Amy wurde fast schlecht vor Anspannung. »Ich habe auch Klebstoff ...«

Nina zuckte mit den Schultern und ging zu dem Karton hinüber. »Ein paar Teebecher und einige Spielsachen, mehr ist da nicht drin«, wiegelte sie ab und schlug die Klappen zurück. »Nichts von Wert.« Amy folgte ihr und spähte ihr über die Schulter. Sie erblickte einen Haufen kleiner gelber Autos. Nein, keine Autos. Bagger.

»Sind meine Bagger noch ganz?«, fragte Charles, stürzte zur Kiste und beugte sich so tief hinunter, dass es aussah, als würde er gleich kopfüber hineinkippen. »Da war mein ferngesteuerter großer Schaufelbagger drin! Aus echtem Metalldruckguss!« Dann begann er, einen Bagger nach dem anderen herauszuholen, einige waren noch originalverpackt. Er stellte sie auf dem Gehweg in einer Reihe auf. Smudge kam wieder herbei und beschnupperte sie neugierig.

»Wir ziehen ins Haus ein, nicht auf den Gehweg«, sagte Nina. »Trag das Zeug rein.«

»Die sind alle heil geblieben.« Charles atmete erleichtert auf. »JCBs halten echt was aus!« Er lächelte Amy an. »Bagger von J. C. Bamford«, erläuterte er, als er ihren verständnislosen Blick sah.

Amy nahm den restlichen Inhalt der Kiste in Augenschein. Ein Sammelsurium an Teetassen, von denen eine offensichtlich beschädigt war. Nina folgte ihrem Blick. »Nur eine einzige Tasse ist kaputt«, sagte sie fröhlich. »Kein großer Schaden.«

Dass eine Tasse zerbrochen war, war kein Wunder. Zwischen den Tassen lagen nur zwei lose Stücke Noppenfolie, als Schutz völlig unzureichend. Amy besah sich das Unfallopfer. Die Tasse hatte einen hübschen, schimmernden Gelbton wie Butter, die in der Sonne schmilzt. Der Griff war ab, die Tasse selbst in zwei Teile zerbrochen. Es würde immer ein Haarriss bleiben, aber alle Teile waren da. Amy war sich sicher, sie kleben zu können.

»Halt!«, rief sie, als sich Nina zur Mülltonne aufmachte, um die Scherben hineinzuwerfen. »Die kann ich reparieren!«

»Das ist doch nur eine billige Tasse«, sagte Nina. »Nicht der Mühe wert.«

»Lassen Sie sie lieber machen«, empfahl Rachel. »Das ist einfacher.«

»Na schön.« Nina gab ihr die Scherben, und Amy nahm sie behutsam in die Hand. »Danke«, schob Nina nach, aber man hörte, dass es ihr nicht ernst damit war.

Amy eilte zu ihrem Haus zurück. Die Tür stand noch offen, zum Glück, da sie ihren Schlüssel nicht mitgenommen hatte. Trotzdem stieg ein ungutes Gefühl in ihr auf – wenn nun Smudge hineingeschlichen war? Er würde ein Gemetzel unter ihren Vögeln anrichten. Sie schwor sich, nie wieder so achtlos hinauszurennen.

Trotz aller Eile bekam sie mit, wie Rachel zu Nina sagte: »Früher war sie nicht so.« Ihre Stimme hatte den typischen Klatsch-und-Tratsch-Ton, eindringlich und erregt. »Die arme Amy. Wirklich tragisch, was sie durchgemacht hat.«

Amy verspürte nicht das geringste Verlangen, sich Rachels Version ihrer Geschichte anzuhören. Sie schlug mit Nachdruck ihre Haustür zu.

FLASCHEN

Oktober 1998

»Wer hat die Spice Girls aufgelegt?«, fragte Amy und sah sich im Raum um. Die Party war in vollem Gange, und niemand antwortete ihr, aber sie hatte die beiden Mädchen im Verdacht, die als Katzen verkleidet gekommen waren. Sie hatten gerade ihre Taschenspiegel gezückt und zogen sich die Schnurrhaare mit Eyeliner nach. Amy ging die CDs durch und entschied sich für das neue Album von Garbage. »Tanzen?«, schlug sie vor und skippte gleich zum zweiten Song.

Chantel zog sich vom Sofa hoch und gab Amy die Hand. Amy hob den Arm, und Chantel drehte sich unter ihm hindurch, vor und wieder zurück, wobei ihr schwarzer Rock hochwirbelte und den Blick auf ihre gelbschwarz geringelten Leggings freigab. Diese Tanzfigur war das Markenzeichen der beiden und kam natürlich bei jeder Gelegenheit zum Einsatz, auch barfuß auf diesem Teppich hier bei der Halloweenparty, zu der Seb eingeladen hatte, während seine Eltern verreist waren.

»Machen wir 'ne Pause?«, bat Chantel, als die CD zu Ende war und jemand The Verve aufgelegt hatte. Chantel klang schon etwas außer Atem, ihr Gesicht war verschwitzt. »Eine Hummel zu sein ist Schwerstarbeit.«

»Glaub ich dir«, sagte Amy. Beide ließen sich wieder aufs

Sofa fallen. »In diesen Leggings ist es bestimmt kochend heiß.«

»Schon, aber die sind das Beste am ganzen Kostüm«, sagte Chantel. »Wenn ich die ausziehe, sehe ich nur noch aus wie eine dämliche Fee.« Sie deutete auf ihre kleinen Flügel, die eigentlich zu einem Feenkostüm gehörten. »Oder wie eine Fliege für mein Netz!« Amy wackelte mit den Fingern vor Chantels Gesicht herum, als nicht sehr überzeugende Spinnenimitation. Doch sie war ziemlich zufrieden mit dem Kostüm, das sie sich hatte einfallen lassen. Die Idee dazu war ihr bei einem ihrer schwarzen Oberteile gekommen, das mit silbernen Spinnweben bedruckt war. Dazu trug sie einem grob gewebten schwarzen Rock, Netzstrümpfe und so viele Plastikspinnen, wie sie an die Kleidungsstücke nähen konnte.

»Da merkt man gleich die Künstlerin«, sagte Chantel, als Amy ihr das Kostüm vorgeführt hatte. »Du hast ein Auge für so was.«

»Ich kann es auch kaum mehr erwarten, an der Kunstakademie anzufangen.«

»Dein Kostüm macht mich richtig nervös.« Chantel schüttelte sich. »Ich denk immer, auf dir würden echte Spinnen rumkrabbeln.« Sie hielt Amy die Cola-Plastikflasche hin, die sie mit Malibu aufgefüllt hatten. Amy nahm einen großen Schluck, gab ihr die Flasche zurück und merkte dabei, wie sich der Raum leicht drehte. Der Geruch von Cannabis hing in der Luft. Amy wusste, dass Chantel es riechen und sich mit demjenigen anfreunden würde, der es mitgebracht hatte.

»Du hättest als Blume gehen sollen«, sagte Chantel. »Dann würdest du zu mir passen und wärst nicht ganz so gruselig.«

»Oder als Honigtopf«, überlegte Amy. »Passt aber nicht ganz zu Halloween.«

»Ah! Ich rieche Gutes!«, unterbrach Chantel unweigerlich das Gespräch. Sie setzte sich auf und äugte wie ein Erdmännchen im ganzen Raum herum. »Willst du auch was?«

»Nein. Mir reicht der Malibu.«

»Wahrscheinlich auch besser so. Bekifft würden dich deine Insekten zu Tode erschrecken.«

»Spinnen sind keine Insekten«, wollte Amy ausführen, aber Chantel war schon weg. Amy ließ den Blick über das Partygeschehen schweifen. Seb, als Cowboy verkleidet, knutschte auf dem anderen Sofa leidenschaftlich mit einer Hexe. Die beiden Mädchen mit den Katzenohren und der schwarzen Nasenspitze hatten jetzt Five aufgelegt und den Platz zum Tanzen eingenommen, den Amy und Chantel freigegeben hatten. Amy sah ihnen kurz zu, wie sie auf und ab hopsten und den Takt mit den Fingern mitzählten. Sie nahm noch einen Schluck von ihrem Drink.

»Ich hatte schon immer was für Spinnen übrig«, sagte da ein Junge in knallorangem T-Shirt und schwarzer Jeans. »Und für Garbage.« Er kam Amy irgendwie bekannt vor, aber sie glaubte nicht, dass sie schon mit ihm gesprochen hatte. Wie viele große Menschen zog er die Schultern ein, um sich kleiner zu machen. Er hatte eine Noel-Gallagher-Frisur und sah, wie Amy bemerkte, extrem gut aus. »Darf ich mich zu dir setzen?«

»Klar«, sagte Amy bemüht lässig. Sie hatte das nebulöse Gefühl, sie könnte für diesen Typ sogar mal geschwärmt haben. Vielleicht war er in der Schule zwei Klassen über ihr gewesen. Oder sie hatte ihn womöglich im Fernsehen gesehen.

Doch dann verpuffte ihre Bewunderung mit einem Schlag. »Was ist das denn?«, rief sie, als sie an seinem Ohrläppchen einen matschigen orangefarbenen Klumpen entdeckte.

»Verdammt, ist da noch was?« Er griff sich ans Ohr. »Ich dachte, ich hätte alles erwischt.«

»Was ist denn das für ein Zeug ...?«

»Jetzt hab ich mir das coole Image voll versaut, was?« Er schnitt eine Grimasse. »Vielleicht trägt es zum Verständnis bei, wenn ...« Er wühlte in einer blauen Plastiktüte und zog ein Stück Kürbis und einen kleinen Hammer heraus. Amy nahm das Kürbisstück und drehte es in ihrer Hand. Es war feucht und klebrig.

»Ich wollte authentisch sein«, sagte er. »Stattdessen bin ich nur mit Kürbis vollgeschmiert.«

»Smashing Pumpkins«, sagte Amy. »Du bist als Smashing Pumpkins hier.«

Er grinste sie an. »Du bist die Erste, die das kapiert«, sagte er. »War eine ziemlich blöde Idee, wie sich rausgestellt hat.«

Amy lachte. »Plastikspinnen sind dagegen natürlich genial.« Er erwiderte ihr Lächeln, und Amy fielen die Fältchen in seinen Augenwinkeln auf. »Ich kenn dich von irgendwoher«, sagte sie.

Er biss sich auf die Lippe. »Ich bin in dieser Gegend ziemlich berühmt.«

»Echt jetzt?«

Er lachte. »Nein. Aber meine Band hatte letzte Woche ihren allerersten Auftritt. Auch wenn's nur im Hinterzimmer eines Pubs war.« Er klang stolz und gleichzeitig ein wenig verlegen.

»Genau!« Jetzt fielen die Teilchen sozusagen zu einem kompletten Kürbis zusammen. »Ihr habt im Firkin gespielt.«

Ihm stand der Mund offen. »Du hast uns gesehen? Vielleicht bin ich berühmter, als ich dachte.«

Amy lachte wieder. »Ich hab dich erst erkannt, als du mir

von dem Auftritt erzählt hast.« Sie machte eine kleine Pause. »Ihr wart aber ziemlich gut.«

»Du bist mein erstes Groupie!«, verkündete er. »Du kannst meine Yoko sein.«

Amy wurde ein bisschen rot. Die Band war gut gewesen. Richtig gut. Amy war total begeistert gewesen.

»Du hast nicht zufällig einen Korkenzieher dabei?«, fragte er. Er zog eine Weinflasche aus seiner Tüte. »Ich finde, das sollten wir feiern.«

»Leider nein.« Amy wünschte sich in diesem Moment nichts sehnlicher als einen Korkenzieher. Plötzlich kam ihr ihre Cola-Malibu-Plastikflasche furchtbar uncool vor. Sie gab ihr einen unauffälligen Stoß mit der Hacke, dass sie unters Sofa rollte und nicht mehr zu sehen war. Amy sah sich um. Eine Gruppe Jungs trank Bier aus Dosen und ließ eine Flasche hochprozentigen Rum kreisen. »Ich glaube nicht, dass hier sonst jemand Wein trinkt«, sagte sie und stand auf. »Ich schau mal in der Küche nach.«

»Ich bin wahrscheinlich zu anspruchsvoll.«

Amy lachte. »Diese Selbsteinschätzung wäre ohne Kürbismatsch im Ohr überzeugender.«

Er folgte ihr in die Küche. »Hör mal«, sagte er, »wenn wir hier keinen Korkenzieher auftreiben, könnten wir doch einen kleinen Spaziergang machen und einen Laden suchen. Ich hätte nichts gegen ein bisschen frische Luft.«

Amy zog eine Schublade auf und schob den Korkenzieher, den sie darin sah, unauffällig ganz nach hinten. Dann schloss sie die Schublade wieder.

»Leider keiner drin.« Sie war eine schlechte Lügnerin. »Da bleibt uns wohl nichts anderes übrig.«

»Super.« Er lächelte sie an, sie lächelte zurück.

»Ich sag nur noch Chantel Bescheid …« Sie suchte im Partytrubel und entdeckte Chantel, wie sie wieder mit Dean Chapman rumknutschte, der, wie sie betonte, nicht ihr Freund war, den sie aber immer küsste, wenn sie was getrunken hatte. »Oh! Sie ist beschäftigt.«

»Ich hol meine Jacke«, sagte er. »Ich heiße übrigens Tim.«

»Und ich Amy«, erwiderte sie. »Amy Ashton.«

Nach der verqualmten Party und ihren Ausdünstungen war die Luft draußen kalt, aber erfrischend, und Amy atmete tief durch. »Tut gut, hier im Freien zu sein«, sagte Tim, als könnte er ihre Gedanken lesen. »Aber du frierst bestimmt.« Er zog seine Jacke aus, eine schwere Lederjacke, und legte sie ihr um die Schultern. So etwas hatte Amy schon im Film gesehen, aber mit ihren siebzehn Jahren noch nie selbst erlebt. Die Jungs in der Schule waren keine solchen Gentlemen, und plötzlich fühlte sie sich, als stecke sie mittendrin in einer echten Liebesgeschichte. Mit einem Rockstar. Ein Schauer überlief sie.

»Wenn dir immer noch kalt ist, können wir ja wieder reingehen.«

»Nein«, wehrte Amy rasch ab und zog die Jacke enger um sich. »Alles gut.« Sie lächelte ihn an. »Danke.«

»Ich hoffe, da klebt kein Kürbis dran«, sagte er.

»Ich auch. Spinnen hassen Kürbis.«

»Wirklich?«

»Keine Ahnung«, gestand sie. Sie lachten beide und gingen weiter. Dieser Teil ihrer Heimatstadt war neu und nach der Verlängerung der Eisenbahnlinie aus dem Boden gestampft worden. Plötzlich war es möglich, hier zu leben und nach London zur Arbeit zu pendeln. Die Häuser sahen meilenweit so gut wie gleich aus, und man konnte sich leicht verirren oder den Eindruck bekommen, man liefe im Kreis.

»Dann bist du also Vollzeit-Rockstar?«, zog Amy ihn auf.

»Irgendwie schon«, sagte Tim. »Letztes Jahr hab ich mein Abi gemacht, und Dad wollte mich zur Uni schicken, Jura studieren. Aber ich wollte lieber eine Pause machen und sehen, ob es mit der Band läuft.«

»Ein Rebell!« Amy überschlug kurz, dass er zwei Jahre älter sein musste als sie, allein das war schon ziemlich aufregend. »Richtig Rock-and-Roll.«

»Ja«, sagte Tim. Er hielt inne. »Dir hat unsere Musik also gefallen?«, fragte er.

»Es war großartig«, sagte Amy ehrlich. »Besonders der Song über die verpassten Sonnenuntergänge.«

»Already Dark?«, rief Tim. »Den Song hab ich geschrieben.« Amy bemerkte, dass er den Rücken jetzt ein bisschen gerader hielt. Sie war groß, aber er überragte sie ein ganzes Stück, er musste weit über eins achtzig sein. Und attraktiv und witzig und talentiert, und seine Lederjacke roch wie ihr Lieblingssessel im Haus ihrer Großmutter.

»Ein sehr trauriger Song«, sagte Amy. »Und sehr schön.« Sie spürte, wie Tim seine Finger zwischen ihre schob. Ihr Herz fühlte sich an wie vergrößert, als wäre es unter seiner warmen Hand, die ihre umfasste, angeschwollen.

»Darin geht es um meine Mutter«, sagte er. Er biss sich auf die Lippe. »Sie ist gestorben, als ich zehn war.«

»Das tut mir sehr leid.« Amy kam sich unbeholfen vor. Sie hätte gern etwas Hilfreiches, Tröstliches gesagt. Aber sie fand keine Worte. Stattdessen drückte sie nur seine Hand.

Tim erwiderte den Druck. »Ich habe noch niemandem erzählt, wovon der Song handelt«, sagte er. Er wandte ihr sein

Gesicht zu, und Amy blickte wie hypnotisiert in seine Augen, die die Farbe von Kastanien hatten.

»Ich habe das Gefühl, dass ich dir vertrauen kann«, sagte er. »Schon jetzt.« Tim ließ ihre Hand los und legte beide Arme um ihren Rücken.

»Kannst du auch«, erwiderte Amy. Sie schloss die Augen, lehnte sich an ihn und spürte die Flasche, die er in seiner Hand hielt.

»Zombie-Alarm!«, schrie plötzlich jemand. Tim löste sich rasch aus der Umarmung, als ein Trupp betrunkener Halloween-Feiernder an ihnen vorbeistolperte, die Leute schnitten furchterregende Grimassen und lachten grölend.

Amy und Tim sahen ihnen kurz nach und gingen dann weiter. Der Moment war dahin. Tim fasste wieder nach Amys Hand. Sie sagte: »Ich glaube, da vorne ist ein Laden. Wahrscheinlich gibt's dort auch Korkenzieher.«

»Eigentlich brauchen wir ja keinen«, sagte Tim. »Das war doch bloß ein Vorwand, um allein sein zu können.«

»Oh«, entfuhr es Amy. Er musste gesehen haben, wie sie den Korkenzieher hatte verschwinden lassen. Sie ließ seine Hand los, es war ihr peinlich.

»Ist ja nicht weiter schlimm«, schob er rasch nach. »Obwohl, wenn man lügt, um ein hübsches Mädchen allein in die kalte, dunkle Nacht rauszulocken, in eine Nacht voller Zombies, dann klingt das vielleicht doch ein bisschen unheimlich.«

»Lügen?«, hakte Amy nach, obwohl sie innerlich damit beschäftigt war, sich das »hübsche Mädchen« noch einmal auf der Zunge zergehen zu lassen.

Kleinlaut hielt er die Flasche hoch. »Schraubverschluss«, gestand er.

Amy lachte. »Und es war tatsächlich ein Korkenzieher in der Küchenschublade«, gestand sie.

»Ich weiß«, schmunzelte er. »Ist das ein kleiner Park da vor uns?«, fragte er dann. »Sieht schön aus.«

»Das ist doch nur ein bisschen Gras in der Mitte einer Verkehrsinsel«, meinte Amy.

»Darf ich dich bitten«, mit einer kleinen Verbeugung bot er ihr seine Hand an, »mit mir einen Schluck billigen Rotwein aus meiner Schraubverschlussflasche in der Mitte der Verkehrsinsel zu trinken?«

Amy nahm seine Hand und lächelte wieder. »So ein Angebot kriege ich nicht alle Tage«, sagte sie. »Jedenfalls nicht von einem Rockstar mit Kürbis im Ohr.«

»Und mit Weinflasche«, ergänzte er. Sie setzten sich auf das struppige Gras, und Tim schraubte die Flasche auf. »Vor allem mit Weinflasche.« Er reichte sie Amy. Die Flasche war kalt in ihrer Hand, aber der Wein wärmte ihre Kehle. Sie gab ihm die Flasche wieder zurück und sah zu, wie er trank. Das Flaschenglas fing das Mondlicht ein und schimmerte in einem dunklen, wunderschönen Grün.

2

Amy bettete die Tassenscherben zwischen zwei bestickte Seidenkissen auf dem Sofa und verbrachte eine Ewigkeit mit der Suche nach dem Kleber. Es war zum Aus-der-Haut-Fahren. Es mussten sich im Lauf der Jahre mindestens zwanzig Tuben angesammelt haben, aber jetzt, wo die Tasse verstört und verstümmelt auf dem Sofa lag, war keine einzige zu finden. Sie wühlte alle Küchenschubladen durch. Wollte sich der Kleber vor seiner klebrigen Aufgabe drücken? Sie wischte eine Ansammlung loser Papierservietten beiseite und erstarrte.

Da lag ein Foto von ihnen dreien. Amy, Chantel und Tim. Aufgenommen vor diesem Haus, an dem Tag, als sie hier vor über fünfzehn Jahren eingezogen waren. Amy hatte einen Riesenrucksack aufgeschnallt, der alle ihre materiellen Besitztümer enthielt. Sie lächelte. Aber damals hatte sie ja noch nicht wissen können, was diese beiden ihr antun würden.

Es klingelte.

Amy legte das Foto in die Schublade zurück und deckte wieder die Servietten darüber. Sie hatte keine Lust auf Besuch, außer er brachte eine Ladung Kleber mit. Aber sich zu verstecken hatte ihr bisher auch nichts gebracht. Also vergewisserte sie sich, dass sie ihre Schlüssel hatte, und schlängelte sich vorsichtig durch die Diele. Sie öffnete die Tür gerade weit genug, um selbst durchschlüpfen zu können, und schlug sie hinter sich ins Schloss.

Vor ihr stand ein Mann, der ihr merkwürdig bekannt vorkam, aber sie konnte ihn nicht einordnen. Er hatte einen Dreitagebart und trug ein schäbiges altes T-Shirt in einem Braunton, der dem Kaffeebraun seiner Augen entsprach. Mit einem Lächeln streckte er ihr die Hand hin. Überrascht stellte Amy fest, dass sie durch den Bart hindurch die Grübchen in seinen Wangen erkennen konnte. Sie zögerte einen Augenblick und griff dann zu. Nach der kühlen Tasse fühlte sie sich sehr warm an.

»Ich bin Richard«, sagte er. »Von nebenan. Ich glaube, Sie haben meine Partnerin und meine Söhne schon kennengelernt.«

Amy lugte an ihm vorbei. Beide Jungs waren über Smudge gebeugt und streichelten ihn. Der Kater lag mit zurückgelegten Ohren zwischen zwei ihrer Topfpflanzen. Misstrauisch beäugte er die Kinder, die ihn mit unerwarteten Zärtlichkeiten überhäuften. Da wurde Amy klar, warum ihr der Mann so bekannt vorkam: Natürlich – er war die größere, bärtige Ausgabe seines älteren Sohns.

»Die Tasse ist noch nicht repariert«, sprudelte Amy hervor. »Ich fürchte, Sie können sie noch nicht mitnehmen.«

»Wie bitte?« Richard sah sie verwirrt an.

»Ich finde den Klebstoff gerade nicht«, erläuterte Amy das Problem. »Und wenn ich ihn dann gefunden habe, braucht er noch Zeit zum Aushärten.«

»Tut mir leid«, sagte Richard. »Ich weiß nicht, worum es geht. Welche Tasse?«

»Ach, egal«, sagte sie. Einen Augenblick lang standen sie sich stumm gegenüber.

»Einen hübschen Vorgarten haben Sie da«, sagte er dann. »Ich glaube nicht, dass ich schon mal so viele Blumenkübel auf einem Fleck gesehen habe.«

»Die sind empfindlich«, warnte Amy. Trotzdem errötete sie über das Kompliment. Wieder Schweigen. Richard sah sich nach seinen Söhnen um und wandte sich dann wieder an Amy.

»Meine Söhne sind ganz begeistert von Ihrer Katze«, sagte er schließlich. »Ich habe gehört, sie hat den Kopf für die beiden hingehalten.« Er lächelte Amy verschwörerisch an. »Vielen Dank.«

»Das ist ein Er«, korrigierte Amy. »Er heißt Smudge. Und er gehört nicht mir, sondern Rachel nebenan. Ihre Frau hat sie schon kennengelernt.«

»Meine Freundin«, korrigierte Richard.

»Ich kann keine Katze halten«, fuhr Amy fort, »weil ich Vögel habe.« Was für einen Schaden dieses Tier anrichten könnte, wenn er in ihr Haus eindränge! Smudge sah sie an, dann räkelte er sich träge, schloss die Augen und gab sich wieder genussvoll den streichelnden Kinderhänden hin. Aber Amy konnte er nicht täuschen. Sie wusste, welche Zerstörungskraft er hatte.

»Die Jungs würden sicher gern mal Ihre Vögel sehen«, sagte Richard. Dann drehte er sich um und rief seinen Söhnen zu: »Stimmt's, Jungs?« Charles krabbelte gleich auf die Füße und zog auch seinen kleinen Bruder hoch, beide machten sich schnurstracks auf zur Tür. Smudge schlug die Augen auf und leckte sich die Pfote. Er schien verärgert, dass die Massage zu Ende war.

»Nein!« Amy wich ein paar Schritte zurück und rumpelte gegen ihre eigene Haustür. Drei überraschte braune Augenpaare starrten sie an. Ihr wurde bewusst, dass sie sehr laut geworden war. Plötzlich wünschte sie sich nichts dringender, als wieder in ihrem Haus zu sein, aber dann müsste sie sich ihren Nachbarn noch einmal nähern, sich umdrehen und mit dem Schlüssel herumfummeln. Stattdessen presste sie sich gegen ihre Tür und rang nach Atem.

»Keine Sorge«, sagte Richard lässig und trat zurück, um Amy Luft zu verschaffen. Er legte eine Hand auf Charles' Kopf. »Kleine Vögel erschrecken leicht. Ich möchte nicht, dass sie Angst vor den Jungs bekommen. Wir gehen mal wieder.« Er lächelte Amy an. »Noch einmal danke. Schauen Sie doch mal bei uns vorbei, Sie sind immer willkommen.«

Als sie zur Gartentür hinausgingen, atmete Amy erleichtert auf und kehrte in ihr Haus zurück.

Es kostete Amy einiges an Nerven, am Montagabend in den Zug nach Hause zu steigen, nach allem, was letztes Mal passiert war. Aber nachdem sie sich verstohlen im Wagen umgesehen hatte, war sie beruhigt – niemand warf auch nur einen Blick in ihre Richtung. Sie hatte noch am Sonntag eine neue Tube Kleber gekauft, und jetzt härtete die Tasse, die sie auf einem Karton im Wohnzimmer deponiert hatte, unter einem kleinen Stapel aufgeschlagener Kochbücher aus. Heute früh hatte sie der Versuchung widerstanden, nach ihr zu sehen. Die zusätzlichen Stunden würden das Ergebnis entscheidend verbessern, sie wusste aus Erfahrung, dass Ungeduld den Reparaturprozess nur behinderte.

Wie oft, wenn sie abgelenkt war, verging die Heimfahrt wie im Flug. Amy sprang aus dem Zug und lief nach Hause. Als sie am Haus ihrer neuen Nachbarn vorbeikam, hörte sie Stimmen. Laute Stimmen. Sie ging schneller und hoffte, das Geschrei würde nicht zur Regel werden. Es war schlimm genug, Rachels Streitereien mit anhören zu müssen, da wollte sie jetzt nicht von beiden Seiten mit häuslichen Auseinandersetzungen beschallt werden.

Ein Umzug bedeutete immer Stress, gestand sie den neuen Nachbarn großzügig zu. Smudge lauerte nicht wie sonst zwischen ihren Topfpflanzen im Vorgarten, und so konnte Amy den Schlüssel gleich ins Schloss stecken und in ihr Haus verschwinden. Sie hatte am Wochenende die Zeitungen neu gestapelt, und ihre Diele wirkte richtig leer, als sie sich an den Flaschen vorbeischob. Es war ein schwüler Julitag gewesen, einer jener Tage, die oft mit einem Gewitter enden, doch das Erdgeschoss ihres Hauses blieb kühl wie ein Keller. Sie hielt inne. Es war wie befürchtet, sie hörte immer noch Geschrei. Zwar nur gedämpft, und zum Glück konnte sie die Worte nicht verstehen, aber diese Art von Geräuschkulisse trug nicht gerade zu einem entspannten Abend bei. Sie hoffte nur, die Neuen würden sich nicht wie Rachel und ihr Mann mit lautem Sex versöhnen. Das wäre unerträglich.

Es konnte nicht sehr angenehm für Scarlett gewesen sein, sich den ganzen Tag solche Streitereien anzuhören. Amy legte die Hand kurz auf den Rücken des Rotkehlchens, dann schälte sie sich aus ihrem Blazer und drapierte ihn über einem Karton, neben den anderen. Sie erinnerte sich an ihren Patienten und ging zu ihm hinüber, um ihn zu untersuchen. Sehr behutsam hob sie die Bücher von ihm herunter, eins nach dem anderen, und wickelte dann die Noppenfolie ab, die als Verband gedient hatte. Sie hob die Tasse in die Höhe. »Bruch bestens verheilt«, teilte sie ihr mit. Die Tasse war wieder stabil, man sah nur noch eine dünne, gezackte Linie, die von oben nach unten lief wie ein Riss in trockener Erde. Sie drückte die Tasse an ihre Wange und spürte den Austausch von Energie: Ihre Wärme heizte das Porzellan auf, im Gegenzug wurde sie von ihm gekühlt. Die Bruchlinie zeichnete sich auf ihrer Haut ab. Amy empfand einen Moment der Ganzheit. Sie stellte sich vor, wie sie aus der Tasse trank, ein herrliches Strömen von Flüssigkeit. Jetzt war genau der richtige Moment für einen Tee. Sie ging in die Küche und nahm die Tasse mit.

Sehr schade, dass sie sie zurückgeben musste. Sie wäre eine großartige Bereicherung ihrer Sammlung. Ihre Tassen nahmen den größten Teil ihrer Arbeitsflächen ein und waren so hoch aufeinandergestapelt, dass Amy die oberste gerade noch erreichen konnte. Aber sie hatten so schöne Farben, dass Amy der Platzverlust nichts ausmachte. Es war, als hätte sie einen prächtigen, wenn auch zerbrechlichen Regenbogen in ihrer Küche. Und sie kochte ja sowieso nie aufwendig, das lohnte sich nicht für sie allein.

Während der Wasserkocher blubberte und zischte, warf Amy einen Blick aus dem Fenster.

Sie erstarrte.

Sie kniff die Augen zusammen und schaute noch einmal hin.

Auch wenn Amy selten in ihren hinteren Garten hinausging, liebte sie es, ihn durchs Küchenfenster zu betrachten. Er unterschied sich sehr vom Vorgarten, wo so viele wunderschöne Pflanzkübel standen und Ordnung herrschte. Der hintere Garten war dagegen ein privates kleines Naturschutzgebiet und bei allem Durcheinander von einer wilden Schönheit. Entstanden nicht etwa durch Vernachlässigung, machte Amy sich immer wieder klar, sondern durch Großzügigkeit gegenüber der Natur. Sie lagerte dort ihre leeren Terrakottakübel und -töpfe, die sie zu Türmen aufstapelte. Manche Töpfe waren groß genug, um ein bescheidenes Olivenbäumchen zu beherbergen, andere kleiner und hatten genau die richtige Größe für Kräuter wie Salbei oder Lavendel. Ein paar der größeren Töpfe lagen auf der Seite und boten kleine Höhlen, an denen Eichhörnchen ihre Freude haben könnten, stellte sich Amy zumindest vor. Während jeder Topf auf seine perfekte Pflanze wartete, hatte das allgegenwärtige Efeu sich ausgebreitet und einige Töpfe unter einem dicken grünen Blättervorhang verborgen. Sogar Amy selbst musste zugeben, dass sie mit den Jahren eine ziemlich stattliche Topfsammlung zusammengetragen hatte.

Brennnesseln keimten auf, und sie ließ sie wachsen. Sie hatte einmal gelesen, Brennnesseln seien gutes Futter für Raupen, und freute sich sehr, wenn Schmetterlinge durch ihren Garten flatterten.

Aber ihre Lieblinge waren die Brombeersträucher. Sie überwucherten etwa ein Drittel des Gartens wie ein kleiner, stacheliger Wald. Jetzt waren sie mit unscheinbaren weißen Blüten übersät, die am Ende des Sommers eine Fülle von Beeren hervorbringen würden. Amy widerstand immer der Versuchung, sie zu pflücken, und überließ sie den Vögeln als besonderen Leckerbissen. Nichts machte mehr Freude, als eine Amselfamilie dabei zu beobachten, wie sie sich die saftigen Beeren in den Bauch stopfte, bis die Schnäbel lila gefärbt waren.

Aber was da ihren Garten bevölkerte, war keine Amselfamilie. Es waren zwei kleine Jungs und ein großer schwarzer Kater.

Smudge schnupperte an einem ihrer Topftürme herum und ignorierte beflissen den kleinen Daniel, der ihm den Rücken streichelte und immer wieder vor Begeisterung quiekte, weil sich das schwarze Fell so weich anfühlte. Charles, der Ältere, war eifrig dabei, unter einen Brombeerstrauch zu kriechen, schon war nur noch die Rückseite seiner Beine zu sehen.

Wahrscheinlich würde er einige Blüten abbrechen, dachte Amy, die dann keine Früchte tragen würden. Außerdem würde er seine Kleider zerreißen, von den Kratzern auf der Haut ganz abgesehen.

Die Lücken in ihrem Zaun hatten eine ganze Menge Schaden zu verantworten.

Amy beugte sich über die Spüle und klopfte ans Fenster, um die Jungs zu verscheuchen, aber die nahmen sie gar nicht wahr. Sie rief laut ihre Namen, ohne Erfolg. Smudge musste sie jedoch gehört haben, denn er sprang plötzlich auf einen der grünen, efeuüberwachsenen Topftürme, der gefährlich zu schwanken begann. Vielleicht sollte sie die Töpfe hereinholen, dachte Amy, und sah sich um, wo sie sie unterbringen könnte. Aber natürlich nahmen die Tassentürme schon den gesamten Platz auf den Arbeitsflächen ein, die Kartons und die Standuhren den größten Teil des Bodens. Es war schon eine Weile her, seit sie ihre Böden gesehen, geschweige denn geputzt hatte.

Sie kam zu dem Schluss, dass ihr Haus einfach zu klein war. Die Töpfe mochten noch so schön sein, sie würden draußen zurechtkommen müssen.

Charles war nun komplett vom Strauch verschluckt, der wackelte wie von Geistern besessen. Daniel stand gefährlich dicht bei einem Brennnesselteppich, den Blick auf Smudge geheftet. Amy wünschte sich, die beiden Gärten wären durch eine hohe, dicke Mauer getrennt und nicht durch den wackligen Zaun, der der Neugier der Kinder offensichtlich nicht standhielt. Jetzt war es wirklich genug. Amy wollte die Küchentür öffnen, hinaustreten und die beiden wegjagen.

Doch das war leichter gedacht als getan. Ihre Küche war klein, und da sie selten in den Garten hinausging, hatte sie den Platz vor der Tür längst als weiteren Lagerraum genutzt. Sie hob einen schweren Karton von seinem Stapel herunter und sah kurz hinein. Er enthielt ein sehr schönes Teeservice, Tassen und Unterteller mit elegantem Goldrand und einem Muster aus Rosen und Erdbeeren, die über das feine Porzellan mäanderten. Sie hatte das Service in einem Charity-Shop entdeckt, komplett bis auf das Milchkännchen, das sie leider auch im Internet nicht hatte auftreiben können. Sie musste das Service wirklich benutzen, nahm sie sich vor. Vielleicht für Earl Grey, dann bräuchte sie keine Milch. Irgendwo hatte sie noch eine Packung Earl Grey. Sie sah sich in ihrer Küche um. Ach, sie würde einfach neuen kaufen.

Da krachte es.

So laut, dass Amy zusammenfuhr und die zarte kleine Goldrandtasse, die sie in die Hand genommen hatte, fallen ließ, aber glücklicherweise im letzten Moment wieder auffangen konnte. Sie stürzte ans Fenster.

Smudge flitzte verängstigt und mit dick aufgeplustertem Schwanz, der nur noch wie ein Stummel aussah, durch den Garten und rettete sich auf einen Baum.

Charles krabbelte unter seinem Brombeerstrauch hervor. Sogar durch das schmutzige Küchenfenster sah Amy, wie verkratzt er war.

Auf dem Boden lag ein Haufen, den sie nicht identifizieren konnte. Dann wurde ihr klar, was es war.

Ihre Töpfe. Ein Topfturm war umgekippt.

Amy fragte sich, warum Charles so in Panik war. Er schrie und scharrte in dem Haufen herum. Dabei gehörten die Töpfe gar nicht ihm, sondern ihr!

Vor Sorge und Schuldgefühlen wurde Amy ganz schlecht. Sie konnte sich nicht erinnern, wann sie das letzte Mal nach ihren Töpfen gesehen hatte, konnte sich nicht einmal an ihre Muster und Farben erinnern. Sie hatte phantasiert, sie seien glücklich unter dem Efeu – aber wenn sie nun unter dem Mangel an Aufmerksamkeit litten, unter dem Mangel an Sonnenlicht und an Pflanzen, die ihr Dasein erst vollendet hätten?

Vernachlässigung.

Das war es. Und jetzt würde Amy die Töpfe vielleicht ganz verlieren.

Amy schloss den Karton mit dem Teeservice und stellte ihn beiseite. Darunter waren noch mehr Kartons, und sie schob den Stapel hastig weg, damit sie zur Tür konnte. Charles zerrte jetzt wie ein Wilder an ihren Töpfen. Er würde mehr Schaden anrichten als Nutzen, sie musste hinaus und seinem Treiben ein Ende setzen.

Er kreischte jetzt richtig. Amy hielt inne und hörte zu. Dann begriff sie, warum er so außer sich war. Begriff, wer in der Gartenszene fehlte.

Sein Bruder.

Der Turm war auf Daniel gestürzt.

ÜBERTÖPFE

Februar 1999

»Ich fasse es nicht, dass ich diesen gutaussehenden Rockmusiker verpasst habe, nur weil ich unbedingt mit Dean Chapman rummachen musste, diesem Blödmann!« Es war Samstagnachmittag, und Chantel und Amy chillten in Chantels Zimmer. Die Wohnung ihrer Mutter war viel kleiner als das Haus von Amys Eltern, aber die Mädchen hingen lieber dort ab. Irgendwie strahlte Chantels Zuhause mehr Wärme aus. Amys Haus fühlte sich immer leer an. Was vielleicht daran lag, dass ihre Eltern immer in der Klinik arbeiteten.

Dean Chapman zu beleidigen gehörte in den letzten vier Monaten, in denen Tim und Amy sich nähergekommen waren, bei Chantel zur Tagesordnung.

»Also, ich glaube, dass du Dean wirklich magst.« Amy sah von der Zeitschrift hoch, die sie auf dem Bett durchblätterte. »Wenn das nicht so wäre, wieso läuft es dann immer darauf hinaus, dass ihr miteinander rumknutscht?«

»Weil er immer was zu rauchen hat«, sagte Chantel. »Und ich immer was zu trinken.« Sie machte eine kleine Pause. »Und weil er gut küsst«, räumte sie dann ein.

»Alles Chemie«, sagte Amy. »Die stimmt einfach zwischen euch. Ich vermute mal, du wirst ihn letzten Endes heiraten und einen Haufen kleiner Chapmans kriegen.«

Chantel schüttelte sich. »Aber wenn wir schon davon reden – habt ihr beide es immer noch nicht gemacht?«

»Nein«, gab Amy zu.

Chantel hatte sich zurückgelehnt, aber bei dieser Nachricht setzte sie sich kerzengerade auf und ihre Augen begannen zu funkeln. »Meinst du, er ist vielleicht schwul?«

»Ob ich meine, dass mein Freund schwul ist?«, wiederholte Amy ungläubig. »Natürlich nicht.«

»Überleg doch mal«, fuhr Chantel fort und erwärmte sich immer mehr für das Thema. »Er ist neunzehn, hat noch nicht mit dir geschlafen, und du bist groß, elegant und einfach umwerfend. Und er benutzt Kokosöl-Haarspülung. Ich weiß, dass sind Klischees, aber ...«

»Hätte ich dir das nur nicht erzählt!«, seufzte Amy. Sie konnte den Kokosduft fast riechen, sein seidiges Haar fast zwischen den Fingern spüren. Das ließ sie daran denken, wie es gewesen war, Samuel, das Kaninchen, das sie mal von ihrer Großmutter zum Geburtstag bekommen hatte, zu streicheln. Ihre Mutter hatte dann natürlich irgendwann vergessen, den Käfig zu schließen, und Amy hatte ihn plattgefahren neben einem Zebrastreifen auf der Hauptstraße gefunden.

»Wir lassen uns Zeit«, sagte Amy. »Ich möchte, dass es ganz besonders wird.«

»Mit Sonnenuntergang und Rosenblüten?«, fragte Chantel und würgte theatralisch. »Weiß er, dass du keine Jungfrau mehr bist?«

»Darüber haben wir nicht gesprochen«, sagte Amy. »Und was gewesen ist, zählt nicht wirklich.« Ihre Gedanken gingen zurück zu einer flüchtigen, betrunkenen Begegnung auf einem Haufen Mäntel mit Eric Townsend auf einer Party, die er gegeben hatte, als seine Eltern auf Teneriffa waren. Sie hatte sich danach auf die Mäntel übergeben und war hinausgeschlichen, während er zufrieden geschnarcht hatte.

Es klopfte an der Zimmertür und Toyah, Chantels Mutter, streckte den Kopf herein. »Ich gehe jetzt einkaufen«, sagte sie. »Soll ich euch was mitbringen? Ich könnte für dich die Fischfrikadellen besorgen, Amy, die dir so gut schmecken, falls du Lust hast, zum Abendessen zu bleiben?«

»Tim kocht heute Abend für mich«, sagte Amy ein bisschen stolz. »Spaghetti Bolognese.«

»Ein gutaussehender Musiker, der auch noch kochen kann!« Toyah war voller Bewunderung. »Hat der nicht zufällig einen Bruder, der Single ist?«

»Mum!«, rief Chantel.

»Ich dachte dabei an dich.« Toyah lachte. »Obwohl ein Toyboy auch nicht schlecht wäre ...«

»Er ist ein Einzelkind«, sagte Amy. »Tut mir leid.«

»Ist wahrscheinlich besser so«, sagte Toyah. »Es kann ja auch nicht sein, dass die Smith-Girls sich um einen Mann streiten.« Sie lächelte. »Ich bin dann mal weg. Und ich sorge auf jeden Fall dafür, dass ich genug Ananassaft im Haus habe, Amy. Ich bin sicher, du kommst morgen wieder und wirst uns alles haarklein erzählen.«

»Danke«, sagte Amy, und Toyah verschwand.

»Dann kocht Tim also heute Abend für dich?«, nahm Chantel den Faden auf. »Vielleicht ist heute die Nacht der Nächte?«

Amy sah zu Boden. Sie hatte das auch schon gedacht.

»Ich wette, heute passiert's.« Chantel wusste in Amys Gesicht zu lesen. »Was ziehst du an?«

»Das blaue Samtkleid«, sagte Amy. »Dazu meine Stiefel mit Keilabsatz.«

»Gute Wahl, darin siehst du heiß aus.« Chantel machte eine kleine Pause. »Und Unterwäsche?«

»Na sicher«, erwiderte Amy leicht schockiert.

Chantel lachte. »Ich meine, was für Unterwäsche? Auf keinen Fall einen von diesen weißen Baumwollschlüpfern mit Blümchendruck, die du immer trägst, und diesen hässlichen beigen BH. Es muss schon sexy sein.« Sie ging zu ihrer Kommode hinüber und wühlte in den Schubladen. »Aha«, triumphierte sie. »Genau, was du brauchst.« Sie zog einen schwarzen Spitzen-BH und einen passenden Tanga heraus.

»Das könnte ich nicht ...«

»Ich hab's nie getragen«, sagte Chantel. »Hatte nie die Gelegenheit. Der verdammte Dean Chapman ruiniert mir alles. Bei dem wären das Perlen vor die Säue ...«

»Aber dann würde Tim wissen ... er hat meinen BH schon gesehen«, gab sie zu. Wie peinlich wäre es, wenn die Dinge wirklich ins Rollen kämen und er diese Dessous sehen würde. Dann würde er denken, sie hätte es geplant. Und obwohl sie es wollte, würde sie sich zu Tode schämen, wenn er den Eindruck bekäme, sie hätte sich extra so zurechtgemacht.

»Er hat dieses monströse Ding schon gesehen und ist immer noch interessiert?«, fragte Chantel. »Dann ist er vielleicht doch nicht schwul. In diesem Fall ...« Chantel zog eine weitere Schublade auf und wühlte. »Na also.« Sie studierte die Verpackung mit einem Stirnrunzeln. »Die laufen in einem Monat ab. Wie tragisch ist das denn? Die Chantel vom letzten Jahr war ganz klar zu optimistisch.« Sie warf Amy die Kondompackung zu. Amy vergrub sie sofort in den Tiefen ihrer Handtasche. Allein schon der Besitz solcher Dinge trieb ihr die Schamröte ins Gesicht.

»Danke«, sagte sie.

Chantel kam zu ihr herüber und nahm sie in den Arm. »Ich weiß, dass ich dich nerve«, sagte sie. »Aber das ist reine Eifersucht. Er ist ein toller Typ, und ich freue mich wirklich für dich. Du bist großartig, und er hat ein Riesenglück.«

Amy drückte sie ganz fest. »Danke«, wiederholte sie. »Du bist die Allerbeste.«

»Und ich will alles wissen. Jedes Detail«, fuhr Chantel fort. »Diesmal wimmelst du mich nicht mit der Behauptung ab, du wärst zu betrunken gewesen, um dich an irgendwas zu erinnern.«

»Ich werde nicht betrunken sein«, sagte Amy. Aber Chantel hatte sie auf eine Idee gebracht. »Ich muss los.« Sie verabschiedete sich von ihrer Freundin und gab ihr einen Kuss auf die Wange. »Drück mir die Daumen.«

»Als ob du das brauchen würdest!«

Amy stand in dem kleinen Supermarkt vor dem Weinregal und wünschte, sie hätte die Flasche von dem Abend, als sie sich kennenlernten, aufgehoben. Jetzt konnte sie sich nur noch daran erinnern, dass es Rotwein in einer Schraubverschlussflasche gewesen war, deren Glas im Mondlicht in einem wunderschönen, weichen Grünton geschimmert hatte. Doch das konnte sie dem gelangweilten Typen, der die Regale auffüllte, wohl kaum so sagen und dann noch Hilfe erwarten.

Es wäre romantischer, wenn sie sich an den Namen des Weins erinnern könnte. Aber selbst wenn sie nur irgendeinen guten Rotwein mitbrächte, würde das zählen. Sie suchte die Regale ab, hatte aber keine Ahnung von Wein und nur den Preis als Anhaltspunkt. In ihrem Geldbeutel steckte ein Zehnpfundschein, vom Babysitten bei Teresa nebenan. Damit ließ sich sicher etwas Gutes erstehen. Etwas Besonderes.

Sie entschied sich für eine Flasche mit einer hübschen Silhouette toskanischer Hügel auf dem Etikett, die von 11 Pfund auf 6,99 reduziert war. Da sie einen Korken hatte, nahm Amy vorsichtshalber auch einen Korkenzieher mit. Das würde Tim zum Lachen bringen und wäre noch besser als eine Flasche mit Schraubverschluss. Sie hatte Tim noch nie in seiner Wohnung besucht. Die anderen Jungs seiner WG waren alle zu einem Fußballspiel nach Manchester gefahren, und er hatte Amy eingeladen. Er würde kochen, hatte er angekündigt. Außer von ihrer Großmutter oder Toyah war sie bisher kaum bekocht worden. Die hastigen Mahlzeiten, die ihre Eltern zwischen den Schichten bereiteten, zählten für sie nicht als richtiges Essen, genauso wenig wie Chantels Käse-Ketchup-Toasts – ihre Spezialität.

Als sie mit der Flasche zur Kasse ging, fühlte sie sich sehr erwachsen. Sie würde bei ihrem Freund zu Abend essen und ihm eine Flasche Wein mitbringen. Freund – sogar das klang nach Reife und Souveränität. Sie hatte sich gescheut, dieses Wort selbst zu benutzen, aber dann hatte er sie der Band als seine Freundin vorgestellt und sie hatte vor Glück gestrahlt. Seitdem sprach auch sie so oft wie möglich von ihrem Freund und spürte jedes Mal wieder einen Nachhall dieses Strahlens.

Die Frau an der Kasse stülpte beim Anblick der Flasche die Lippen vor. Sie war ungefähr so alt wie Amys Mum und trug große goldene Kreolen. Amy konnte sich nicht vorstellen, dass ihre Mum jemals solche Ohrringe tragen würde. »Ausweis?«, fragte sie.

»Wie bitte?«, erwiderte Amy. »Ich bin achtzehn.« Das

stimmte. Sie hatte letzten Monat ihren achtzehnten Geburtstag gefeiert.

»Klar bist du das, Mädchen. Aber ich brauche den Nachweis.«

Amy wühlte in ihrer Handtasche. Ihr Studentenausweis für die Kunstakademie war noch nicht gekommen. Sie hatte keinen Führerschein. Seit sie achtzehn geworden war, nahm sie ihren Pass mit, wenn sie ins Pub ging, aber das hatte sie heute Abend ja nicht vor und war gar nicht auf die Idee gekommen, ihn einzustecken. »Bitte«, bekniete sie die Kassiererin, »mein Freund hat mich zum Essen eingeladen, und ich möchte ihm eine Flasche Wein mitbringen.« Sie hoffte, dass diese Erklärung sie erwachsener wirken ließ.

»Tut mir leid«, sagte die Frau. »Vorschrift ist Vorschrift.«

Die ältere Kassiererin nebenan sah zu Amy hoch. »Kaufen Sie doch Pralinen«, schlug sie vor. »Oder wie wär's mit einem hübschen Blumenstrauß? So was gefällt nicht nur Mädchen.«

Amy kehrte um und stellte den Wein ins Regal zurück, ordentlich mit dem Etikett nach vorn. Der Geldschein lag zerknüllt in ihrer Hand. Tim mochte Pralinen nicht besonders, sie selbst hätte jetzt allerdings gerne eine gegessen. Sie ging zu den Blumen hinüber, aber die schlaffen Sträuße Freesien und Nelken gefielen ihr nicht. Daneben standen einige Zimmerpflanzen, jahreszeitlich völlig unpassende Weihnachtskakteen und ein paar mickrige Usambaraveilchen.

Dann sah sie ihn. Einen prächtigen Farn, ausladend und üppig, die Wedel entrollten sich wie Tentakel. Er sah aus, als sollte er im Regenwald stehen und nicht in einem kleinen Supermarkt. Sie bückte sich nach dem Preis, ob er nicht ihr Budget sprengte, und sah, dass sogar noch ein Übertopf dazu gehörte, orangerot wie ein Kürbis.

Perfekt.

Amys Verlegenheit verflog, sie wurde immer aufgeregter, nahm den Farn und fühlte sich beim Gang zur Kasse wie auf einer Dschungelexpedition. Diesmal steuerte sie die ältere Kassiererin an, die ihr geholfen hatte. »Der wird ihm gefallen«, sagte die Frau. »Da ist auch ein hübscher Topf dabei.«

Amy nickte. »Genau das Richtige.«

Amy lag im Bett. Tim hatte den Arm über sie gelegt und die Augen fest geschlossen. Sie lauschte seinem Atem. Der Farn stand auf dem Tischchen neben seinem Bett, das Orange des Topfes leuchtete hinter Tims Kopf wie der Sonnenuntergang über der Stadt. Die Farnwedel waren so nah, dass sie in seinem Atem zitterten.

Amy hörte ihr Handy vibrieren. Eine Nachricht. Sie drehte sich vorsichtig und beugte sich aus dem Bett, um das Handy vom Boden aufzuheben. Tims Arm blieb auf ihrem Körper liegen, weich und warm.

Sie neigte den Kopf zu Tims kokosduftendem Haar und las. Die Nachricht war von Chantel. Natürlich. Von wem sonst. Amy lächelte. Sie tippte eine kurze Antwort und schaltete dann ihr Handy ab.

Definitiv nicht schwul ;)

Beethovens Fünfte sprang immer wieder zum Anfang zurück, unterlegt mit heftigem Gehämmer an Amys Haustür. Nicht gerade nervenschonend. »Lassen Sie uns rein«, schrie Nina zum x-ten Mal. »Was ist da draußen passiert?«

»Steigen Sie über den Zaun«, blaffte Amy.

»Machen Sie die Tür auf!«, beharrte Nina.

»Über den Zaun geht's schneller«, rief Amy. Schließlich wuchtete sie den letzten Karton vor der Küchentür weg. Sie sah, dass der Schlüssel steckte, und seufzte vor Erleichterung, denn gefunden hätte sie den nie. Sie schloss auf, stieß die Tür auf und rannte in den Garten, ohne auf die Brennnesseln zu achten, die ihr gegen die Beine schlugen. Endlich erreichte sie Charles und half ihm beim Weghieven der Töpfe. Er versuchte, einen auf dem Kopf stehenden Übertopf anzuheben, der größer war als er selbst. Amy zwang sich, die anderen Töpfe zu ignorieren, die sie traurig vom Boden anblickten, mit unversorgten Wunden. Sie würden warten müssen. Stattdessen bückte sie sich neben Charles und wuchtete mit ihm den Topf zur Seite.

Nichts.

Der Vater der Jungen rang einen wackligen Zaunpfahl nieder und quetschte sich durch die Lücke. »Daniel!«, rief er.

Es kicherte. »Such mich, Daddy«, rief eine Stimme.

»Da drüben«, sagte Richard und deutete auf einen großen Pflanzkübel, der auf der Seite lag, von Efeu überwuchert.

Amy war als Erste dort. Sie schob den Efeu zur Seite.

Daniel zwinkerte sie an und grinste breit. Die Spannung ließ nach. »Guckguck«, sagte er. Dann sah er ihre besorgten Gesichter und runzelte die Stirn. »Krieg ich ein Eis?«, fragte er.

Richard zog seinen Sohn aus dem Kübel und drückte ihn fest an sich. Amy sah, wie Nina an der Zaunlücke stand und die Szene beobachtete. Charles war von der Situation überfordert und fing an zu weinen.

»Die Kinder hätten nicht in meinen Garten kommen dürfen«, stellte Amy klar, bevor jemand sie beschuldigen konnte.

Sie verschaffte sich einen Überblick über den Schaden, den Smudge angerichtet hatte. Die größeren Töpfe – das Fundament des Turms – waren unbeschädigt; sie bestanden aus fast drei Zentimeter dickem Terrakotta. Amy stellte die umgefallenen Töpfe einen nach dem anderen wieder auf und rettete sie aus den Brennnesseln. Dabei verbrannte sie sich ihre ganzen Arme, aber sie verdiente es nicht besser. Alles schien heil geblieben.

Dann sah sie den Topf. Genauer gesagt, seine Scherben.

Amy erinnerte sich, wie sie ihn in einem Charity-Shop in der Nähe entdeckt hatte. Von seinem unscheinbaren Platz aus, auf einem Regal zwischen einem Glas voller Perlen und einer abgeschabten schwarzen Lederhandtasche, hatte er sofort ihren Blick auf sich gezogen. Sie hatte ihn jahrelang neben der Haustür als Schirmständer stehen gehabt, doch dann wurde es in der Diele zu eng, und sie musste ihn nach draußen verbannen. Seine schöne weiße Glasur war mit lapislazuliblauen Blüten gesprenkelt, die in der Mitte einen kürbisfarbenen Punkt hatten. Die Blüten schienen um den Topf herum zu tanzen.

Aber jetzt nicht mehr.

Der Topf musste auf einen Stein gefallen sein, er war in viele Stücke zerbrochen. Amy sammelte die Scherben auf, die sich allerdings vor ihr im hohen Gras verbargen, als hätten sie Angst davor, was Amy ihnen antun könnte.

»Der Topf!« Amy spürte Tränen hinter den Lidern stechen. »Der war so schön, und jetzt ist er kaputt.«

»Sie sind gut!«, schnaubte Nina, die durch das Loch im Zaun stieg. »Daniel Joseph hätte sich schwer verletzen können, und Sie regen sich auf, weil ein Topf kaputt ist?«

»Eis bitte!«, sagte Daniel.

»Kann Daniel ein Mini-Milk haben?«, fragte Charles, der sich allmählich beruhigte. »Das hilft immer.«

»Du solltest doch auf deinen Bruder aufpassen«, fuhr Nina ihn an. »Du hättest besser achtgeben sollen.«

Charles verstummte.

»Immer mit der Ruhe, Nina«, sagte Richard. »Siehst du nicht, dass er ganz verstört ist?«

»Wir sind alle verstört«, murmelte Nina.

»Es ist nicht deine Schuld«, sagte Richard zu seinem Sohn. »Wir möchten nur, dass euch nichts passiert.« Mit einem Arm hielt er Daniel umschlungen, der sich mit Armen und Beinen an seinen Vater klammerte, mit der anderen strubbelte er Charles durch die Haare. »Und es ist doch alles in Ordnung.«

»Der Garten ist eine Todesfalle«, erklärte Nina. »Ich werde Sie bei der Verwaltung melden.«

»Das ist Privateigentum«, korrigierte Amy. Nicht genug, dass sie schockiert und traurig war, jetzt musste sie sich auch noch verteidigen. »Ihre Kinder sind hier unerlaubt eingedrungen.«

»Wir sind nicht ihre Kinder«, sagte Charles.

»Eis bitte«, forderte Daniel.

»Mir reicht's«, sagte Nina, drehte sich um und quetschte sich durch den Zaun. Alle hörten, wie sie die Hintertür zuschlug.

»Der Fußball ist aus Versehen über den Zaun geflogen«, erklärte Charles. »Ich hab unter den Sträuchern nach ihm gesucht. Daniel ist hinter mir her. Er hat mit der Katze gespielt.«

»Ist ja nichts passiert«, beschwichtigte Richard, sein Blick bat Amy um Entschuldigung. »Tut mir leid, dass Ihr Topf zu Bruch gegangen ist, Amy.« Amy blickte hoch. »Ich werde diesen Zaun reparieren lassen«, fügte er hinzu. Er blickte sich kurz in ihrem Garten um. »Ich sehe, das ist kein geeigneter Ort für kleine Monster.« Richard ging zum Zaun hinüber, ließ seine Kinder durchklettern und folgte ihnen.

Amy kauerte sich wieder auf den Boden. Trotz des Schocks war sie entschlossen, das letzte Tageslicht zu nutzen, um alle Scherben zu finden. Vielleicht könnte sie den Topf dann reparieren. Sie hatte schon acht Scherben eingesammelt, was aber sicher weniger als die Hälfte war. Sie wog das größte Stück in der Hand und spürte die scharfen Kanten auf der Haut. Dann legte sie es auf dem Boden ab, bettete behutsam die kleineren Scherben hinein und tastete mit der flachen Hand nach weiteren Bruchstücken.

Plötzlich stutzte sie. Da funkelte etwas im Gras, in der letzten Abendsonne.

Sie schob ein Efeublatt beiseite, streckte die Hand aus und hob den funkelnden Gegenstand auf. Es war ein Ring. Ein Ring mit einem blassen Aquamarin, eingerahmt von zwei winzigen Diamanten.

Ein wunderschönes Schmuckstück.

Und so vertraut.

3

»Shit!«, fluchte Amy, als ein schweres Kochbuch auf ihrem großen Zeh aufschlug und kleine Schmerzwellen ihr Bein hinaufschickte. Sie warf einen flüchtigen Blick auf den Titel. *Genüsse aus dem Schongarer.* Sie hatte nie daraus gekocht, besaß aber zwei Schongarer, irgendwo, wahrscheinlich noch originalverpackt. Sie kochte selten – schonend oder nicht. Deshalb beschloss sie, das Buch wegzuwerfen und die Schongarer, falls auffindbar, gleich mit. Sie suchte nach einem Platz, wo sie einen Müllhaufen anlegen konnte. Aber im Gästezimmer war kein Zentimeter Boden frei. Später, sagte sie sich, und kickte das Buch aus dem Weg.

Nur, dass es ein Aus-dem-Weg nicht gab. Amy konnte das Zimmer kaum betreten. Im Vergleich dazu war sie im restlichen Haus ziemlich diszipliniert geblieben. Dort gab es überall Gänge, durch die sie die wesentlichen Ziele in den meisten Räume erreichen konnte: Türen, Fenster, wichtige Möbel. Sie hatte ein Bett, in dem sie schlafen konnte, sie konnte auf dem größten Teil ihres Sofas sitzen und sich in der Küche so weit bewegen, dass sie sich etwas zu essen machen und Tee kochen konnte, und zur Toilette kam sie auch fast immer durch.

Anders im Gästezimmer. Hier hatte alles angefangen. Amy hatte vor langem beschlossen, sich deswegen nicht zu stressen. Auch andere Leute parkten selten benutzte Dinge im Gästezimmer. Das tat doch jeder.

Erst hatte sie dort nur eine Schuhschachtel abgestellt. Das war die Idee der Therapeutin gewesen, eine Erinnerungskiste, die ihr helfen sollte, das Geschehene zu akzeptieren. Und sie hatte auch wirklich geholfen. Amy hatte aufgehört, Tims Freunde und Chantels Mutter ständig nach Neuigkeiten zu löchern. Sie hatte aufgehört, jedes Wort von ihnen in ihr Tagebuch zu schreiben in dem Versuch, zu begreifen, was passiert war. Sie hatte sogar den Kontakt ganz abgebrochen. Leute waren nicht, was sie brauchte, Leute konnten sie immer verlassen. Stattdessen hatte sie ihre Erinnerungen gesammelt und ordentlich in die Schachtel gepackt.

Die Schuhschachtel war zu klein geworden, vielleicht auch ihre Erinnerungen zu groß. Sie ging nicht mehr zur Therapeutin und besorgte sich im Supermarkt einen großen Karton, der einmal Orangen enthalten hatte. Sie füllte den Karton, ein gutes Gefühl. Noch jetzt brauchte nur der Duft einer Orange vorbeizuwehen, und Amy musste sofort an Tim denken.

Sie holte sich weitere Kartons, in denen Bananen aus Peru, Mangos aus Pakistan und Möhren aus Shropshire transportiert worden waren. Als diese Kartons voll waren, gab sie es auf, ihre Schätze zu verpacken, und häufte sie stattdessen aufs Gästebett. Da schlief ja sowieso niemand mehr, denn Chantel war natürlich auch weg.

Jetzt stand Amy vor einer Mauer aus allem möglichen Zeug und bereute ihr Vorgehen. Warum hatte sie nicht wenigstens ihre ursprüngliche Erinnerungskiste zugänglich aufbewahrt? Sie betrachtete die aufgetürmten Gegenstände und fing den Blick einer Porzellanelster auf, die sie zwischen zwei Flaschen und einer kaputten Uhr vorwurfsvoll anstarrte. Die Rücken weiterer Kochbücher verhöhnten sie mit ihren Titeln: Sie hatte keinen einzigen Krümel der 101 *Teige für Brot und Brötchen* nachgebacken, noch hatte sie sich auf den *Geschmack von Indien* eingelassen. Die Töpfe, die sie dafür brauchen würde, waren wahrscheinlich irgendwo ganz hinten im Zimmer, unter den Zeitungen des letzten Jahrzehnts.

Sie würde sich von dem ganzen Krempel befreien, beschloss sie und fühlte sich augenblicklich besser. Alles, was sie nicht brauchte, käme in den Müll. Dann würde sie die Erinnerungskiste im Nu finden. Amy hob die Elster auf und spürte die kühle Verletzlichkeit des Vogels in ihrer Hand. Ihn und nur ihn würde sie aufheben. Sie griff nach einem Kochbuch und machte den Fehler, den Titel zu lesen. *Quiche-Abend.* Das musste sie behalten, sie liebte Quiches. Ihr Blick fiel auf einen Kochlöffel. So etwas wirft man doch nicht weg! Sie könnte ihn in die Küche bringen. Schon mal ein Teil weniger.

Amy stieg mit dem Löffel in der Hand vorsichtig die Treppe hinunter. Vielleicht hatte sie gar nicht zu viele Sachen, überlegte sie, sondern müsste sie nur besser ordnen. Neu verteilen, im ganzen Haus. Sie legte den Kochlöffel in der Küche ab und kehrte nach oben zurück. Bestimmt würde sie die Kiste schnell gefunden haben.

Amy saß auf dem Boden, knapp innerhalb des Gästezimmers. Sie hatte vergessen, dass der Teppich hier grün war, ein blasser Grünton wie Flechten auf Baumrinde. Nach einer Stunde Arbeit hatte sie einen Platz freigeräumt, auf dem sich nicht einmal Smudge zum Schlafen hätte zusammenrollen können. Sie war weit davon entfernt, zu der Kiste vorzudringen. Neben ihr lag ein Flaschenkorken, das einzige, wovon sie sich zu trennen bereit war. Sie schleuderte ihn ins Zimmer zurück. Er war es nicht wert, dass sie sich mit ihm abgab. Amy lehnte sich an ihre Stapel und schloss die Augen.

Dieser Ring.

Vielleicht brauchte sie das Tagebuch aus der Erinnerungskiste ja gar nicht. Die Erinnerungen flossen zu ihr zurück wie Wellen, die an ihren Füßen leckten. Sie erinnerte sich an den Augenblick, als sie den Ring im Fenster eines kleinen Antiquitätenladens entdeckt hatte. Der Laden lag im alten Stadtzentrum, abseits der modernen Einkaufsstraße, die später angelegt wurde, um den Bedarf des Neubaugebiets zu decken. Das alte Zentrum war von ihrem Elternhaus gut mit dem Bus zu erreichen, schien aber Welten entfernt. Die Gassen mit dem Kopfsteinpflaster und den vor sich hin bröckelnden Fassaden folgten den vielen Windungen eines Flusses, auf dem Schwäne übers Wasser glitten.

Natürlich war das genau die richtige Gegend für den Laden, und natürlich war er genau der richtige Laden für den schönsten aller Ringe. Sie erinnerte sich immer noch an die Schaufensterauslage. Der Ring lag eingebettet zwischen einer Pfauenbrosche und einer Kette aus venezianischen Glasperlen. Jedes Mal, wenn sie vorbeigegangen war, hatte sie nachgesehen, ob er noch dort war, als würde er auf sie warten. Sie hätte ihn überall sofort wiedererkannt, auch zwischen den Brennnesseln ihres Gartens, wo sie viele Jahre später nach Scherben suchte.

Wie war der Ring bloß dorthin gelangt? Amy stellte sich die Frage immer wieder. Wie war das möglich? Tim hätte den Ring doch nicht einfach in den Garten geworfen, weder damals noch heute.

Aber dort hatte sie ihn gefunden, und jetzt lag er im Wohnzimmer neben Scarlett, die ihn treu bewachen würde.

Der Ring warf alle Hypothesen über den Haufen.

Amy hatte es nicht glauben können, als die beiden verschwanden. Zehn Jahre lang hatte sie nach ihrer besten Freundin gesucht, die sie von klein auf kannte, und nach ihrem Freund, mit dem sie ein Jahrzehnt zusammen gewesen war, überzeugt, dass den beiden etwas Schreckliches zugestoßen sein musste. Sie würden Amy doch niemals hintergehen!

Aber schließlich war sie mürbe geworden. Keine Anhaltspunkte, keine Spuren, nichts als mitleidige Blicke von allen, die sie fragte. Sogar die Polizei nahm an, dass die beiden miteinander auf und davon waren. Schließlich hatte Amy diese Annahme als Wahrheit akzeptiert. Sie konnte keinem Menschen aus ihrer Vergangenheit mehr gegenübertreten, sie konnte es nicht ertragen, die Leute zu sehen, die Amy, Chantel und Tim gekannt hatten. Die dachten doch garantiert, wie blöd muss Amy sein, dass sie es nicht gecheckt hat.

Und jetzt der Ring. Der Ring, der von Tim stammen musste. Der Ring, der von Tims Liebe sprach.

Nur Tim selbst fehlte. Was war passiert?

Amy zerrte Kochbücher aus dem Wirrwarr heraus und warf sie wahllos hinter sich in den Gang. Dann zog sie einen weiteren Karton heraus und schubste ihn aus dem Zimmer, ohne nachzusehen, was er enthielt.

Sie kam voran. Sie würde etwas finden. Einen Hinweis. Den sie vor all den Jahren übersehen hatte, als sie vor Trauer und Wut nicht mehr richtig denken konnte.

Hinter dem Karton kam eine Vase aus prächtigem Kristallglas zum Vorschein, groß und mit weiter Öffnung. In ihr steckte eine Standuhr aus Porzellan, die vor sich hin tickte, eine der wenigen, die noch funktionierten. Das Porzellan war mit hübschen kleinen Geißblattblüten bemalt. Eigentlich sollte sie die Uhr an einen Platz stellen, wo sie sie öfter sehen konnte. Auch die Vase, sie hatte genau die richtige Größe für Rosen aus dem Garten. Oder für Geißblattranken, dachte sie. Dann könnte sie die Vase neben die Standuhr stellen und so im Wohnzimmer eine kleine Geißblattecke einrichten. Die Vögel würden es ihr danken. Amy zog an der Vase, aber sie klemmte unter mehreren Kartons fest. Amy zog hartnäckiger, die Geißblattecke im Sinn. Scarlett mochte den Duft dieser hübschen Blüten besonders gern.

Die Ecke eines Kartons hatte sich im Hals der Vase verkeilt, deshalb ging nichts voran. Amy versuchte den Karton anzuheben, aber er war schwerer als gedacht. Sie nahm ihre ganze Kraft zusammen, stemmte ihn mit dem Handballen hoch und bekam die Vase endlich frei.

Die Kartons gerieten ins Wanken. Rasch versuchte Amy, sie zu stabilisieren. Zu spät.

Sie spürte einen heftigen, scharfen Schmerz direkt neben dem Auge.

Dann nichts mehr.

»Was ist denn mit deinem Gesicht passiert?«, fragte Rachel, als sie Amy eingeholt hatte.

Verdammter Mist, dachte Amy. Es war Dienstagmorgen, sie hatte den günstigsten Zeitpunkt für den Aufbruch verpasst und war jetzt den ganzen Weg zum Bahnhof mit ihrer Nachbarin geschlagen. Und wenn sie sie dort nicht abschütteln konnte, vielleicht auch noch im Zug, die ganze Strecke bis London Bridge. Sie überlegte, ob sie nicht unter dem Vorwand, etwas vergessen zu haben, umkehren sollte, aber das war jetzt schon der letzte Zug, der sie pünktlich zum Büro bringen würde. Zu spät zu kommen hasste sie noch mehr als Rachels Gesellschaft. Eigentlich wollte sie nur in Ruhe über ihren Ring und die Bedeutung seines Funds nachdenken – am besten mit einem Eisbeutel auf dem blauen Auge.

»Ich bin gegen eine Tür gelaufen«, log sie.

»Das ist aber ein riesiger blauer Fleck«, sagte Rachel.

»Es war auch eine große Tür«, erwiderte Amy.

Plötzlich legte Rachel die Hand auf Amys Arm und stoppte sie. »Du kannst mit mir reden, weißt du«, flüsterte Rachel mit Nachdruck.

»Schnell, wir verpassen den Zug«, drängte Amy. Rachel wird aber auch immer schräger, dachte sie, schüttelte ihre Hand ab und legte ein strammes Tempo vor. Damit Rachel mit ihren kurzen Beinen mithalten konnte, musste sie bei jedem dritten Schritt einen albernen kleinen halben Hüpfer einschieben, sie hoppelte quasi neben Amy her.

»Ich wusste nicht, dass du dich mit jemandem triffst«, sagte Rachel, bereits leicht außer Atem.

»Tu ich auch nicht.« Amy fragte sich, wie Rachel darauf kam. Dann begriff sie, was ihre Nachbarin vermutete – typischer Fall von voreiligen Schlüssen. Sie lachte auf, die vielen TV-Soaps hatten Rachel das Hirn vernebelt. »Tu ich nicht«, wiederholte sie.

»Was ist daran so lustig?«, blaffte Rachel. »Ich versuche nur zu helfen. Ich mache mir Sorgen um dich.«

Amy entdeckte am Boden etwas Neonfarbenes, und ihr Herz machte einen kleinen Sprung. Sie bückte sich und hob es auf. »Ich habe dich noch nie rauchen sehen«, sagte Rachel und sah sie prüfend an.

»Ich rauche auch nicht.« Amy schob ihren Fund in die Tasche.

»Warum bist du dann so scharf auf das Feuerzeug?«

»Feuerzeuge sind nicht nur zum Zigarettenanzünden gut«, erwiderte Amy spitz. »Wollen wir diesen Zug jetzt kriegen oder nicht?«

Sie erreichten den Bahnhof. Amy trödelte und kramte in ihrer Tasche, um Rachel einen Vorsprung zu lassen und sich dann von ihrer Nachbarin abzuseilen. Die Mühe hätte sie sich sparen können. Rachel sauste durch die Schranke und preschte zum vorderen Ende des Bahnsteigs, Amy ging ans hintere Ende. Die hinteren Wagen waren oft leerer, dafür musste man am Zielbahnhof länger laufen.

Das Timing war perfekt, der Zug fuhr ein, als Amy ihre bevorzugte Einstiegsstelle erreichte. Sie stand lieber, als sich auf den einzigen freien Platz zu setzen, neben einen mit offenem Mund schlafenden Mann, aus dessen Mundwinkel Speichel auf seinen Kragen rann. Mit einer Hand hielt sie sich an der Stange fest, mit der anderen tastete sie die empfindliche Stelle um ihr Auge herum ab. Sie zuckte zusammen vor Schmerz. Die Schwellung war noch nicht ganz abgeklungen.

Nach Rachels Aufmerksamkeitsattacke erwartete Amy halb, dass ihre Mitreisenden sie forschend anstarren würden, aber keiner würdigte sie eines zweiten Blicks. So war es eben in der Großstadt. Amy fiel der alte Mann ein, den sie letzte Woche im Zug gesehen hatte, ohne Schuhe, die verkrümmten Füße schwarz und blutig. Und die Frau, die jeden Mittwochfrüh auf dieser Strecke fuhr und die ganze Fahrt mit durchdringendem Sopran »All Things Bright and Beautiful« trällerte. Eine Frau mit einem Veilchen war nichts im Vergleich zu manch anderen, die in den Zug stiegen. Einer der Gründe, warum Amy so gern hier lebte. Die Anonymität.

»Ach, Rachel«, seufzte sie und dachte an die überhitzte

Phantasie ihrer Nachbarin. Der Mann neben ihr verlagerte unauffällig das Gewicht, um den Abstand zu ihr zu vergrößern. Amy hatte nicht vorgehabt, laut zu denken. Rachels Reaktion amüsierte sie, wies sie aber auch auf ein Problem hin.

Auf der Arbeit würde das nicht so lustig sein. Sie konnte es nicht zulassen, dass ihre Kolleginnen bei Trapper, Lemon and Hughes denselben Schluss zogen wie Rachel. Carthika und Zoe waren genauso dämlich wie Rachel, wenn nicht noch dämlicher. Amy konnte es nicht ausstehen, wenn jemand sie mitleidig ansah, das passte überhaupt nicht zu ihrem sorgsam kultivierten Image kompetenter Professionalität. Sie musste den blauen Fleck kaschieren, und die Lösung lautete Make-up.

Zum Glück gab es am Bahnhof eine Drogerie. Amy sah die Flaschen mit Grundierung durch, die verschiedenen Farbnuancen erinnerten sie alle an Lehm. Sie schminkte sich nie und konnte sich keine dieser Farben auf ihrer Haut vorstellen.

»Ich sehe, Sie haben unsere weiche, matte Palette entdeckt«, sprach eine weibliche Stimme sie an. Amy drehte sich um und hatte eine junge Frau vor sich, die ihre eigene Grundierung so perfekt aufgetragen hatte, dass Amy kein Fleckchen natürliche Haut mehr entdecken konnte. Ein Anflug von Rouge zog sich schräg von ihren Wangen bis zum oberen Ende ihrer Ohren, und sie trug einen hübschen Lippenstift, der Amy an die Maraschino-Kirschen auf Eisbechern erinnerte. Ein Namensschild informierte Amy, dass sie es mit Joanna zu tun hatte. »Oh«, sagte Joanna, als sie den Bluterguss sah.

»Ich komme frisch vom Schlachtfeld«, scherzte Amy, sehr zufrieden mit dieser Erklärung. Einigermaßen flapsig und vage genug. Nichts, was eine Frau sagen würde, die von ihrem Mann geschlagen wurde.

Joanna sah sie stirnrunzelnd an. In ihrer Grundierung bildeten sich kurz ein paar Risse, so dass in Amy der Verdacht hochstieg, Joanna könnte älter sein, als sie auf den ersten Blick aussah. »Hmmm«, machte sie. »Elfenbein, glaube ich. Geben Sie mir Ihre Hand.« Sie trug auf Amys Hand einen Streifen Make-up auf und verrieb ihn leicht. Beide bewunderten das Ergebnis. »Ich liege jedes Mal richtig.« Joanna lächelte befriedigt. »Außer, Sie ziehen einen etwas dunkleren Ton vor, um mehr Farbe ins Gesicht zu bringen?«

»Ich möchte nur meinen blauen Fleck kaschieren«, antwortete Amy. »Bitte.«

»Setzen Sie sich.« Joanna deutete auf einen ziemlich wacklig aussehenden Hocker, auf den Amy rückwärts hinaufhopsen musste. »Als Erstes müssen wir abdecken.« Sie nahm einen kleinen Schwamm und begann, um Amys Auge herumzutupfen.

»Aua«, sagte Amy.

»Vielleicht brennt das erst ein bisschen, aber wenn ich fertig bin, wird niemand etwas merken. Als Nächstes die Grundierung. Und vielleicht auch ein bisschen Rouge, genau hier. Sie haben so hübsche Wangenknochen.« Joanna sah sie bewundernd an. »Die brauchen nur ein winziges bisschen Farbe, damit sie zur Geltung kommen.«

Während Joanna geschäftig an ihr herumhantierte, saß Amy da und fühlte sich wie ein schokoladeverschmiertes Kind, dem die Großmutter das Gesicht abputzt. »So«, sagte Joanna schließlich, trat einen Schritt zurück und begutachtete ihr Werk. »Gar nicht schlecht. Sie haben sehr schöne Haut. Wenn der blaue Fleck einmal weg ist, brauchen Sie nur noch eine ganz leichte Grundierung.«

Sie reichte Amy einen Spiegel, und Amy inspizierte ihr Gesicht. Die Umgebung ihres Auges sah ein wenig aufgedunsen aus, was sich auch gut mit einem leichten Ödem und schlechtem Schlaf erklären ließe. Der Fleck war unter einer dicken Schicht Concealer verschwunden. Ihre Wangen schimmerten rosig, als hätte sie einen kleinen Spurt hingelegt.

»Ich würde Ihnen sehr gern Eyeliner auftragen, um Ihre wunderschönen grauen Augen hervorzuheben, aber im Moment ist das wahrscheinlich keine gute Idee. Wenn alles wieder abgeheilt ist, kommen Sie doch wieder und lassen sich von mir ein richtiges Make-up machen.«

»Hervorragende Arbeit«, lobte Amy höflich. »Genau, was ich heute brauche.«

Joanna bedankte sich mit einem Lächeln für das Kompliment, dann fasste sie nach Amys Hand. Amy erwartete, dass sie ihr noch mehr Kosmetik auftragen würde. Aber stattdessen drückte Joanna nur zu.

»Wenn Sie sonst noch etwas brauchen, sagen Sie es ruhig.« Sie blickte Amy bedeutungsschwer in die Augen.

»Danke«, erwiderte Amy. »Sie haben tolle Arbeit geleistet.«

»Und wenn ich Ihnen irgendwie helfen kann ...« Joanna ließ Amys Hand immer noch nicht los. »Meine Cousine ...«

Amy zog ihre Hand zurück. Warum konnten sich die Leute nicht um ihren eigenen Kram kümmern? »Wo ist die Kasse?«, fragte sie. »Ich bin in Eile.«

Joanna deutete in Richtung Eingang. »Bei Make-up haben wir gerade ein Angebot – drei Artikel für den Preis von zweien«, sagte sie wieder ganz geschäftsmäßig. »Falls Sie auch das Rouge nehmen möchten.« Sie dämpfte die Stimme. »Und ich würde Arnikatinktur empfehlen, das unterstützt die Heilung.«

Amy wartete in der Schlange, die Grundierung, den Concealer, ein Fläschchen Arnikatinktur und das blassrosa Rouge in der Hand. Das Rouge funkelte im Neonlicht wie der Staub von Edelsteinen.

Als Amy das Bürogebäude betrat, überkam sie urplötzlich der Drang, kehrtzumachen und wieder nach Hause zu fahren. Sie könnte sich krankmelden. Als sie gestern Abend wieder zu sich gekommen war, hatte sie nur ein Päckchen Kartoffelchips gegessen. Jetzt schmerzte nicht nur ihr Auge, ihr war dazu noch ganz flau im Magen.

Sie konnte nicht einfach wegbleiben, beschloss sie. Seit sie hier im Büro arbeitete, hatte sie in all den Jahren kaum wegen Krankheit gefehlt. Außer natürlich, als es passiert war, aber das zählte nicht. Manchmal hätte sie vielleicht lieber zu Hause bleiben sollen. Sie erinnerte sich noch an eine ziemlich unangenehme Zugfahrt ins Büro am Tag nach dem Experiment mit den Shrimps aus dem kleinen Laden am Bahnhof. Das war ein Tag gewesen, den sie besser in der Nähe der Toilette verbracht hätte.

Amy ging in die Küche. Beim Geruch des säuerlichen Kaffees aus der Maschine wurde ihr noch übler, eine Tasse von dem Gebräu würde ihr den Rest geben. Sie ging die Auswahl an Teebeuteln durch und entschied sich für einen Bio-Kamillentee.

»Frisch und früh wie immer, Amy!« Trevor Trapper kam in die Küche und lächelte sie an. Er sagte jeden Morgen dasselbe, seit siebzehn Jahren. Amy schob ihm seinen Lieblingsbecher hinüber, an dem sie ohnehin kein Interesse hatte, einen großen weißen mit dem Logo des Fußballvereins Nottingham Forest. Trevor nahm den Becher und runzelte die Stirn. »Keinen Kaffee heute?«, fragte er mit einem Blick auf ihren Teebeutel.

»Ich bin nicht ganz auf der Höhe.« Amy hoffte, er würde ihr Auge nicht bemerken. »Ich dachte, Kamillentee ist sanfter für den Magen.«

»Ah, verstehe. Sie sehen wirklich ein bisschen ... Meine Frau schwört auf das Zeug, wenn sie ihre monatlichen ...« Er brach ab und schien sich plötzlich sehr für das Innere seines Bechers zu interessieren. »Sagen Sie mir Bescheid, wenn die Papiere von der Apex-Familie kommen«, bat er sie über das Getöse der Kaffeemaschine hinweg, die den Schaum für seinen Cappuccino ausspuckte. »Mit diesem Portfolio möchte ich mich gerne persönlich befassen.«

»Selbstverständlich, Mr. Trapper«, erwiderte Amy.

Sie trug ihren Tee zum Schreibtisch und setzte sich zu dem Stapel Post, der auf sie wartete. Die meiste Kommunikation lief nun per E-Mail, aber Papierdokumente spielten in dieser Finanzberatungsfirma immer noch eine große Rolle. Ihr Drehstuhl stammte aus den Tagen, als sie die Stelle hier angetreten hatte, und nach jahrelanger Benutzung schmiegten sich die Polster um ihren Körper wie eine Gussform. Amy hielt eisern an ihrem Entschluss fest, nichts von ihren Schätzen im Büro aufzubewahren, so groß die Versuchung auch war, es als zusätzlichen Stauraum zu nutzen. Stattdessen hielt sie ihren Schreibtisch sauber und anonym. Sie hatte nicht einmal einen eigenen Becher im Büro, sondern nahm immer irgendeinen Firmenbecher, der gerade unbenutzt war. Die Kollegen und Kolleginnen hatten ihren Arbeitsplatz mit Fotos ihrer Kinder und Partner dekoriert, aber Amy besaß nichts, was sie aufstellen konnte. Nicht mehr. Höchstens ein Foto von Scarlett, aber das würden die anderen wohl nicht verstehen.

Sie schloss die Augen. Aber nicht Scarletts Bild stieg vor ihrem inneren Auge auf, sondern der Ring, als hätte er sich in die Innenseite ihrer Lider eingebrannt. Sie hob die rechte Hand und massierte den Ansatz ihres linken Ringfingers. Dort glaubte sie eine Leere zu spüren, als vermisste ihr Finger den Ring, den er nie getragen hatte. »Wie ist er bloß zwischen die Brennnesseln geraten?«, grübelte sie. »Das verstehe ich einfach nicht.«

»Was verstehst du nicht?« Amy schlug die Augen auf und erblickte Carthika, die sie schräg ansah.

»Diese Apex-Papiere«, sagte Amy rasch. Sie musste aufpassen, ihr lautes Denken wurde langsam peinlich.

»Kein Wunder, dass du die nicht verstehst«, sagte Carthika. »Du hast ja noch nicht mal den Umschlag geöffnet.«

Amy blickte nach unten. Carthika hatte recht. Ein großer weißer Umschlag lag ungeöffnet vor ihr.

»Woher weißt du überhaupt, dass der von Apex kommt?«, fragte Carthika. Zoe, die ihnen gegenübersaß, hörte auf zu tippen und spitzte die Ohren.

Verlegen spürte Amy, wie ihr die Hitze den Hals hochkroch und das Gesicht erreichte. Bestimmt wurde sie rot, was bei einer Teamleiterin nicht gerade vertrauensbildend war. Sie sah nach unten. »Wenn ihr mal so lange hier gearbeitet habt wie ich«, sagte sie und beschwor die Röte in ihrem Gesicht, sich schleunigst zu verflüchtigen, »dann erkennt ihr die Handschriften.« Die Adresse war mit einer großen, klaren Schrift geschrieben, über den Is keine Punkte, sondern kleine Kreise. Amy schob den dolchförmigen Brieföffner in den Umschlag, schlitzte ihn auf und runzelte die Stirn. Die Dokumente waren gar nicht von Apex. »Oh«, sagte sie zu sich selbst und legte sie auf den Stapel, der zu bearbeiten war.

»Lässt dich langsam dein Gespür im Stich?«, erkundigte sich Carthika. Ihre Heiterkeit war größer als durch die Situation gerechtfertigt. Amy blickte auf und sah, wie Zoe, Emmas Nachfolgerin, sie anstarrte.

»Du siehst heute anders aus«, sagte Zoe. »Trägst du Make-up?«

»Richtig erkannt«, bestätigte Carthika, als könne Amy die beiden nicht hören. »Und zerstreut ist sie auch.« Pause. »Ich hab's! Sie ist verknallt!«

»Wahrscheinlich in Liam vom Marketing«, stimmte Zoe zu. »Sie steht auf glänzende Anzüge.« Beide lachten.

»Es ist nicht Liam vom Marketing«, blaffte Amy.

»Dann Tony aus dem Postraum?«, erkundigte sich Carthika. »Ich wusste es!«

Amy räusperte sich geräuschvoll, hoffentlich ein deutliches Signal an ihre Kolleginnen, dass es reichte und es an der Zeit war, weiterzuarbeiten. Sie begann auf ihre Tastatur einzutippen, falls das Räuspern nicht angekommen war. Es funktionierte. Die anderen wandten sich wieder ihren Bildschirmen zu, wenn auch immer noch kichernd, und Amy lauschte dem beruhigenden Rhythmus der Tasten. Es wurde wieder gearbeitet. Amy holte tief Luft und merkte, wie ihr wieder die Augen zufielen.

Das Bild des Rings stieg wieder vor ihr auf. Sie hatte ihn zu Hause gelassen, unter Scarletts wachsamem Blick, aber jetzt wünschte sie sich, sie hätte ihn dabei. Sie hätte ihn gern gespürt, in ihre Handfläche gedrückt. Sich vergewissert, dass er tatsächlich da war und kein Trugbild, keine Wahnvorstellung.

Das flaue Gefühl in ihrem Bauch stieg nach oben, bis in Herzhöhe. Was hatte das zu bedeuten?

Sie legte die Hand aufs Herz und versuchte, das Gefühl zu unterdrücken. Dann merkte sie, was es war.

Hoffnung.

Amy musste feststellen, dass sie an nichts anderes denken konnte. Nicht, während sie die Schriftstücke bearbeitete, nicht, als sie ihr Käsesandwich mit Pickles aß, und auch nicht bei der Teamsitzung, bei der sie Protokoll führen sollte. Am Ende der Sitzung war ihr Notizblock nur voller Gekritzel, konzentrische Kreise wie Hunderte kleiner, genau ineinanderpassender Ringe.

Schließlich ging auch dieser Tag zu Ende. Wie ferngesteuert stieg Amy in den Zug, zum Glück gab es keine Gleisänderung, sonst hätte sie sonst wo landen können. Sie stieg am richtigen Bahnhof aus und schlenderte langsam nach Hause.

»Amy!« Oh, wie entsetzlich. Rachel und Nina lungerten vor ihrer Gartentür herum, die genau zwischen den Häusern der beiden lag. Sie waren in ein Gespräch vertieft. »Nina hat mir erzählt, was passiert ist!« Genau, was Amy jetzt brauchte.

»Deine Katze hat meinen Übertopf zerbrochen«, sagte Amy und hoffte, die beiden würden ihr Platz machen. Es kam ihr jetzt vor, als wäre die Sache vor Jahren passiert.

»Wir wissen alle, dass es hier nicht darum geht«, sagte Rachel und trat Amy in den Weg. »Ich war lange sehr geduldig, aber jetzt wohnen hier Kinder ...« Sie brach ab und stieß einen seltsamen kleinen Laut aus. Amy sah, wie Nina ihre vor der Brust verschränkten Arme löste und Rachel tröstend die Hand auf die Schulter legte. »Kinder«, wiederholte Rachel. »Und die Umgebung ist nicht sicher.«

»Die Kinder hätten nicht in meinen Garten kommen dürfen«, erklärte Amy.

»Das wissen wir alle«, sagte Nina. »Ich habe es ihnen noch einmal eingeschärft. Aber Sie sind für diesen Zaun verantwortlich. Es war sehr großzügig von Richard, dass er Ihnen angeboten hat, ihn auf seine Kosten zu ersetzen.«

»Für Leute wie dich gibt es Hilfe«, raunte Rachel in jenem salbungsvollen Ton, den sie ausschließlich Amy vorbehielt.

Amy stellte sich vor, dass Rachel und Nina gemeinsam versuchten, ihre schöne Wildnis zuzubetonieren. »Ich mag meinen Garten«, verkündete sie trotzig. »Und er ist gut für die Natur. Wenn ihr mich jetzt entschuldigt ...« Sie zog die Gartentür auf, und die Frauen traten endlich zur Seite.

»Es geht nicht nur um den Garten«, schob Rachel nach, als Amy den Schlüssel in das Schloss ihrer Haustür steckte. »Du musst dir helfen lassen!“

»Und du musst dich um deine eigenen Angelegenheiten kümmern«, schoss Amy zurück. Sie war in einem inneren Zwiespalt. Sie wollte ins Haus, spürte aber, Ninas Augen in ihrem Rücken. Sie wartete doch nur darauf, einen Blick in Amys Diele zu werfen.

Endlich zogen sich die beiden Frauen zurück und gingen zusammen zu Rachels Haus hinüber. Amy seufzte erleichtert. »Ich versuche wirklich alles, um mitfühlend zu sein«, hörte sie Rachel klagen. »Aber es wird immer schlimmer.«

»Du hast selbst schon genug um die Ohren«, redete Nina ihr zu. Amy sah sich um. Die beiden waren nun weit genug entfernt. Sie schloss auf, trat rasch ein und zog die Tür hinter sich zu.

Amy suchte sich eine Tasse aus, die mit einer Geißblattranke verziert war, und machte sich Tee. Sie ging damit ins Wohnzimmer und setzte sich zu Scarlett und dem Ring. Die winzigen Diamanten funkelten im Licht der Deckenlampe, aber nicht so intensiv wie draußen, wo sie gierig das Sonnenlicht aufgesogen und als kleine Regenbogen wieder abgestrahlt hatten.

Sie würde den Ring tragen, beschloss sie. So wäre er am sichersten aufgehoben. Sie zögerte. Irgendwie kam es ihr nicht ganz richtig vor. Als würde sie die Kleidung eines Toten anziehen.

Sie holte tief Luft, schob ihre Bedenken beiseite und steckte sich den Ring an. Wie er ihren Finger umschlang, fühlte es sich an wie eine ganz kleine Umarmung.

Aber kalt.

Amy bewunderte ihre Hand, stand auf, spürte dem Gewicht des Rings an ihrem Finger nach und ging wieder in die Küche. Dort sah sie den zerbrochenen Übertopf, den sie in der Aufregung um den Ring ganz vergessen hatte, und bekam ein schlechtes Gewissen. Sie sammelte die Scherben auf und versuchte, sie ineinanderzupassen wie ein dreidimensionales Puzzle.

Es war aussichtslos. Zu viele Stücke fehlten. Mit einem bedauernden Blick auf den Mülleimer nahm sie die Scherben, um sie wegzuwerfen. Eine der Scherben zog ihren Blick auf sich: Eine komplette Blume blickte ihr entgegen.

Amy hielt inne.

Die Scherben hatten ihre eigene Schönheit. Amy wandte sich vom Mülleimer ab und legte sie wieder auf die Arbeitsfläche. Eigentlich waren sie immer noch zu gebrauchen, fand sie. Zwar malte sie nicht mehr, aber sie könnte etwas daraus basteln. Sie erwärmte sich für diesen Gedanken. Vielleicht könnte sie einen Mosaikrahmen für einen ihrer Spiegel machen. Oder sie könnte die Scherben zwischen die Platten des Wegs von der Gartentür zum Haus setzen. Oder sie könnte ein Aquarium kaufen und die Scherben als hübsche kleine Dekorationen hineinlegen.

Im Moment konnten sie einfach in der Küche auf der Arbeitsfläche liegen bleiben. Amy hatte Wichtigeres zu tun.

Wieder betrachtete sie die Scherben und erinnerte sich an den Übertopf. Er hatte lange in der Diele dicht bei der Haustür gestanden. Aufregung stieg in ihr hoch.

War der Ring auf diese Weise in den Garten gelangt?

Amy malte sich die Szene aus. Tim stand vor der Tür. Wollte Amy wiederhaben. Umklammerte den Ring, im Begriff, ihr einen Antrag zu machen. Bekam Panik. Warf den Ring durch den Briefschlitz, weil er wusste, dass Amy sofort verstehen würde, was er zu bedeuten hätte.

Allerdings wusste er nicht, dass Amys Haus bereits prallvoll mit anderen Schätzen war.

Aber warum war er dann kein zweites Mal gekommen? Dieser Übertopf hatte wie viele Jahre im Garten gestanden? Amy konnte es nicht sagen. Warum hat Tim nicht geklingelt? Warum hat er es nicht noch einmal versucht?

Da klingelte es. Amy zuckte zusammen, hastete zur Tür und riss sie halb in der Hoffnung auf, Tim stünde draußen und würde ihr alles erklären.

Richard. Es war nur Richard. Er wirkte verlegen.

»Tut mir leid, wenn ich störe.« Ihm war spürbar unbehaglich. Amy trat hinaus und schloss die Tür bis auf einen Spalt. Enttäuschung schlug über ihr zusammen. »Rachel hat Nina erzählt, dass etwas passiert ist, und …« Er unterbrach sich und schielte nach hinten über die Schulter. Er und Amy beobachteten, wie Smudge gemächlich die Straße überquerte. »Und die Frauen dachten, falls Sie, also, wenn Sie vielleicht jemand brauchen, der, Sie wissen schon ...«

»Wie bitte?«

»Der auch mal ein paar Muskeln spielen lässt ...« Richard zuckte mit den Achseln.

Amy bekam einen Lachanfall, ihre Anspannung verflog.

Richard tat gekränkt. »Das ist kein Witz! Ich habe durchaus Muskeln zu bieten«, versicherte er ihr.

»Aber klar doch«, sagte Amy und bemühte sich, ihn nicht anzusehen, um nicht wieder loszuprusten. »Das ist typisch Rachel. Ein blauer Fleck, und sie glaubt gleich, ich werde verprügelt. Es ist nur etwas auf mich draufgefallen, weiter nichts.«

»Es ist allein Ihre Sache, wie Sie Ihr Haus einrichten, aber wenn Sie darin nicht mehr sicher sind ...«

»Mir ist nur etwas aus der Hand gerutscht«, sagte Amy beharrlich und fragte sich, woher er wusste, wie es in Wahrheit aussah. »Mit meinem Haus ist alles in Ordnung.«

Richard hob beide Hände zum Zeichen, dass er sich ergab. »Tut mir leid. Ich sollte mich nicht in Ihre Angelegenheiten mischen.« Er lächelte. »Das übernimmt Rachel schon.«

»Danke.« Amy wartete darauf, dass er ging.

Doch er zögerte noch einen Moment und sah aus, als würde er sich gerne hereinbitten lassen.

»Auf Wiedersehen«, schob Amy nach.

»Tschüs dann.« Amy wartete, bis er sich umgedreht hatte, und kehrte ins Haus zurück.

Sie schaute sich um. Nun ja, ihre Diele war schon ein bisschen vollgestellt. Richard musste doch einen Blick erhascht haben, um solche Schlüsse ziehen zu können. Sie lachte bei der Erinnerung an sein Gesicht, als sie etwas über seine Muskeln gesagt hatte. Richard hatte Humor, und es war schon eine

Weile her, seit sie zuletzt mit jemandem herumgeblödelt hatte. Das tat einfach gut.

Amy trug ihre leere Teetasse vom Wohnzimmer in die Küche, stellte sie bei der Spüle ab und ging die Treppe hoch. Beim Anblick, der sich oben bot, musste sie tief Luft holen. Als sie gestern Abend wieder zu sich gekommen war, hatte sie nicht einmal versucht, über das Chaos zu steigen, sondern war einfach wieder hinuntergegangen. Sie hatte sich eine Tüte gefrorene Erbsen, die bestimmt seit zehn Jahren im Gefrierfach lag, aufs Gesicht gepresst und war auf dem Sofa eingeschlafen, während die Erbsen langsam aufgetaut waren. Am nächsten Morgen hatte sie es knapp geschafft, über die Kartonhaufen zum Bad zu klettern, um kurz zu duschen, hatte sich den Schaden aber nicht näher angesehen. Jetzt war es an der Zeit.

Sie hatte Glück gehabt. Es war einer der leichteren Kartons gewesen, der ihr aufs Auge gestürzt war. Genauso gut hätte es ein Karton voller Kochbücher gewesen sein können. Das wäre gefährlich geworden. Oder es hätte ein Spiegel umfallen und in scharfe Splitter zerbrechen können. Wieder fasste Amy den Vorsatz, ihre Sachen zu sortieren. Wenigstens sollte sie dafür sorgen, dass Schweres unten lagerte.

Sie öffnete den abgestürzten Karton und durchsuchte ihn vorsichtig nach Anzeichen von Schäden. Wie dankbar war sie der Amy, die den Karton gepackt hatte! Er enthielt lauter Teetassen, die sie einzeln dick in Noppenfolie eingewickelt hatte, wie eine Spinne eine Fliege einwickeln würde. Alles schien heil geblieben zu sein. Als Stichprobe packte sie eine der Tassen aus. Ihr Henkel war wie eine E-Gitarre geformt, und sie trug die Aufschrift: *Keep music live.* Tim hätte sie geliebt. Sie stellte sie auf den Teppich, morgen früh würde sie ihren Tee daraus trinken.

Morgen früh. Dann würde sie den Rest des Durcheinanders sortieren. Gähnend betrachtete Amy, was vor ihr lag. Uhren, Spiegel, Kartons, Kochbücher, Feuerzeuge. Was im Gästezimmer aufgetürmt gewesen war, lag jetzt über den Gang verstreut und blockierte den Zugang zum Bad. Zum Glück hatte sie auch unten eine Toilette, denn heute Abend könnte sie sich nicht überwinden, sich durch das ganze Zeug zu wühlen. Amy kehrte ins Erdgeschoss zurück. Vielleicht wäre es am besten, wieder im Wohnzimmer zu schlafen.

Sie war nicht daran gewöhnt, Make-up zu tragen und sich abends abschminken zu müssen. Dazu ging sie nun in die Küche, spritzte sich Wasser ins Gesicht und wischte es mit einem Spültuch ab. Der Farbton »Elfenbein« sah auf dem Spültuch orangefarben aus, und auch nach drei Runden Waschen schien die Menge an Make-up auf dem Gechirrtuch nicht weniger zu werden. Da griff Amy zur Spülmittelflasche, drückte einen Klacks smaragdgrünes Gel heraus, seifte die Hände ein und verteilte den Schaum mit zugekniffenen Augen im Gesicht. Dann wusch sie ihn wieder ab und schüttelte sich bei dem ekligen Geschmack, als ihr trotz zusammengepresster Lippen ein wenig Schaum in den Mund drang. Sie spülte gründlich nach und trocknete sich mit einem frischen Geschirrtuch ab.

Ihre Haut war unglaublich trocken und spannte über den Knochen, als wäre sie beim Waschen eingegangen. Ob sich ihre Tassen nach dem Abspülen auch so fühlten? Sie cremte sich mit Handlotion aus einer der vielen Flaschen neben der Spüle ein, was aber wenig gegen die Trockenheit half. Dann träufelte sie Arnikatinktur auf den Bluterguss und nahm sich vor, Joanna morgen einen erneuten Besuch abzustatten, um Reinigungslotion und Gesichtscreme zu kaufen. Die Prellung wurde langsam teuer.

Amy ging ins Wohnzimmer. Es schlief sich gut hier inmitten ihrer Vögel, ein Gefühl wie damals als Teenie, wenn sie bei Chantel übernachtet hatte. Sie machte das Licht aus und tastete sich vorsichtig zum Sofa, ließ sich darauf nieder und zog die Decke bis ans Kinn.

Den Gang oben würde sie freiräumen müssen, das stand fest. Aber vielleicht brauchte sie diese Erinnerungskiste gar nicht zu finden. Sie schloss die Augen und stellte sich die Kiste genau vor. Mindestens zehn Jahre lang hatte sie nicht mehr hineingesehen, kannte ihren Inhalt aber in- und auswendig. Der würde ihr nicht weiterhelfen.

Sie griff wieder nach dem Ring. Als Nächstes musste sie sich vergewissern, dass es wirklich Tim war, der ihn gekauft hatte. Und herausfinden, wann er ihn gekauft hatte.

Diese Fragen könnte die Kiste ohnehin nicht beantworten. Dafür müsste sich Amy weiter in die Vergangenheit zurückbegeben. An einen Ort, an dem sie sehr lange nicht gewesen war.

VASEN

Dezember 1999

»Wo werde ich schlafen?« Tim kaute am Rand eines Fingernagels und blickte aus dem Zugfenster.

Amy lachte. »In einem Bett.«

»Ja, aber wo? In deinem Zimmer? Oder allein? Wie wird das geregelt sein? Vielleicht war es doch keine so gute Idee«, sagte er. »Vielleicht sollte ich einfach wieder nach Hause fahren.«

»Du feierst Weihnachten mit meiner Grandma und mir«, beharrte Amy mit einem müden Unterton, denn dieses Thema hatten sie schon mehr als breitgetreten. »Sie freut sich so darauf.«

»Vor Hunderten von Leuten auf der Bühne zu stehen ist viel einfacher als das«, klagte Tim.

»Vor Hunderten?« Amy zog eine Augenbraue in die Höhe.

»Na ja, vor ein paar Dutzend«, korrigierte sich Tim und lachte. »An einem guten Abend. Was erwartest du? Wir arbeiten an unserem Ruhm. Das braucht Zeit.«

Amy streckte die Hand aus und legte sie auf Tims Arm. »Du schläfst in meinem Zimmer, in einem Bett mit mir«, sagte sie zärtlich. »Na, wie findest du das?«

»Optimal.« Tim legte nun ebenfalls seine Hand auf ihren Arm. »Aber bloß keine Erwartungen.« Mit vorgetäuschter

Leichtigkeit fuhr er fort, »Ich glaube nicht, dass du viel von mir erwarten kannst, wenn ich weiß, dass deine Grandma nebenan schläft.«

»Danke für die Vorwarnung«, sagte Amy. Der Zug fuhr in einen Bahnhof ein, und Amy lächelte. »Hier ist übrigens dieser wunderbare kleine Antiquitätenladen«, sagte sie. »Erinnerst du dich? Ich habe dir von ihm erzählt.«

Tim stand auf. »Dann steigen wir doch hier aus und schauen rein«, schlug er vor.

»Nicht jetzt. Dann kommen wir zu spät.«

»Ach, was soll's.« Er nahm ihre Hand und zog sie auf die Füße. »Sei einfach spontan.«

»Wahrscheinlich können wir von dort auch den Bus nehmen«, sagte sie. »Er fährt bis zu ihrer Straße.«

»Das nenne ich Glück.«

Sie stiegen aus, und Amy führte Tim durch die Gässchen. »Da kann ich ja noch ein Geschenk für deine Grandma besorgen«, meinte Tim.

»Sie braucht eigentlich nichts mehr.«

»Aber Geschenke bekommt sie sicher gern«, widersprach Tim. »Jeder mag Geschenke.«

»Sie hat schon viel zu viel Krempel. Wenn du ihr Haus siehst, wirst du merken, was ich meine.«

»Aber jetzt gehen wir erst mal in diesen Laden«, sagte Tim. »Zu *Arnold's*, richtig?«

»Richtig.« Sie blieben vor dem Schaufenster stehen. Amy fragte sich, ob er sich wohl erinnerte.

Und tatsächlich. Tim deutete auf den Ring mit dem blassblauen Stein, umrahmt von zwei winzigen Diamanten. »Ist das der Ring, der dir so gut gefällt?«, fragte er. »Der, von dem du mir vorgeschwärmt hast?«

Amy lächelte. »Genau. Hübsch, nicht? Die Farbe erinnert mich an den Himmel an einem Sommermorgen.«

»Du und dein Himmel«, neckte Tim sie und drückte ihre Hand. »Gehen wir rein.«

Der Besitzer, ein Gentleman in den Siebzigern, begrüßte sie. »Ich bin Arnold«, stellte er sich vor und schüttelte ihnen die Hand, was beide verlegen machte. Dann beschrieb er einen weiten Bogen um sich herum, als gebiete er über ein riesiges Imperium. »Mein Reich.«

Tim nickte höflich. »Sehr schön«, sagte er. »Der Hirschkopf ist cool.«

»Das ist ein Elch«, erklärte Arnold stolz. »Schönes Tier, nicht wahr? Von Kanada bis hierher gereist.«

Amy atmete tief ein. Der leicht muffige Geruch erinnerte sie an die Universitätsbibliothek. Früher war sie oft zu diesem Laden gelaufen und hatte die Schaufensterauslage bestaunt. Aber nur selten hatte sie dem Wunsch nachgegeben, hineinzugehen, und gekauft hatte sie noch nie etwas. Drinnen fühlte sie sich mehr wie in einem Museum als wie in einem Laden, die Dinge waren einfach zu schön, um sie zu besitzen.

Tim trat zum Schaufenster und schielte zu dem Preisschildchen am Ring. »Oh«, sagte er. »Nicht ganz billig.«

Arnold war Tims Blick gefolgt. »Das ist ein Aquamarin«, erläuterte er. »Smaragdschliff, gerahmt von zwei rechteckigen Diamanten. Art déco.« Er lächelte. »Ihre Herzallerliebste hat einen sehr guten Geschmack. Möchte sie ihn anprobieren?«

»Nein, vielen Dank«, lehnte Amy rasch ab und errötete bei der altmodischen Anrede. »Ich möchte den Ring gar nicht wirklich haben«, log sie. »Ich sehe ihn mir nur gerne an, wenn ich vorbeigehe. Er liegt schon seit Jahren im Fenster.«

»Er wartet eben auf ein besonderes Zuhause.« Arnold zwinkerte ihnen zu.

»Ein sehr besonderes, zu dem Preis«, sagte Tim. »Den würde man nicht so ohne weiteres kaufen. Außer, man will einen Antrag machen.« Die Worte hingen in der Luft. Amy fühlte sich seltsam hilflos und griff nach dem nächstbesten Gegenstand, einer kleinen Vase. Sie hatten nie übers Heiraten gesprochen. Wenn man nicht einmal zwanzig war, schien das Thema entlegen und eher tabu.

»Gefällt sie dir?« Tim nahm ihr die Vase aus der Hand.

»Das ist altes böhmisches Glas«, erklärte Arnold. »Mit einem hinreißenden Schillern – und nur einer ganz winzigen Macke.«

Tim sah verstohlen auf das Preisschild. »Sehr hübsch«, stimmte er zu.

»Finde ich auch«, sagte Amy, obwohl sie die Vase kaum registriert hatte. Sie hatte sich nämlich gerade ihre Hochzeit vorgestellt und deshalb ein schlechtes Gewissen. Schnell warf sie einen Blick auf die Uhr. »Wir sollten lieber los«, drängte sie. »Wir sind spät dran.«

»Ich kaufe die Vase für deine Grandma«, sagte Tim.

»Sie hat ausdrücklich gesagt, wir sollen ihr nichts schenken.«

»Das meint doch niemand ernst«, protestierte Tim. »Mag sie Vasen?«

»Wahrscheinlich schon.«

»Können Sie mir die als Geschenk einpacken?«, fragte er Arnold.

»Frohe Weihnachten!«, antwortete Arnold nur, zog schwungvoll ein Stück knallrotes Seidenpapier hervor und wickelte die Vase geschickt darin ein.

Beide erwiderten den Wunsch. Tim nahm die hübsch verpackte Vase, und Amy schob ihn aus dem Laden.

»Du hattest recht«, sagte Tim und rutschte unbehaglich auf dem geblümten Sofa herum, bis er hinter seinen Rücken griff und die arme Porzellanpuppe hervorzog, auf der er gesessen hatte. »Deine Grandma hat wirklich eine Menge Krempel.«

Amy sah sich im Wohnzimmer um. Auf dem Kaminsims reihten sich Schulfotos, auf denen diverse peinliche Phasen von Amys Kindheit verewigt waren, flankiert von Knetgummifiguren noch aus der Grundschule. Ein Teddybär, der vor Amy einmal ihrem Vater gehört hatte, saß mit ihnen auf dem Sofa, und ihr Abitur-Kunstprojekt nahm den größten Teil der Wand ein.

»Mir gefällt's«, sagte Amy. »Meine Eltern haben nichts aus der Zeit aufgehoben, als ich klein war. Sie haben alles für karitative Zwecke gespendet.«

»Dieses Haus ist wie eine Kultstätte für Amy.« Tim beugte sich zu ihr und gab ihr einen Kuss.

»Es könnte auch bald eine Kultstätte für dich werden.« Amy deutete auf den Ehrenplatz, den die Vase bekommen hatte, neben dem eher bescheidenen Versuch der kleinen Amy, einen Papagei aus Makkaroni, Kleber und viel Glitzer zu basteln. »Sie ist hin und weg von dieser Vase.«

»Ich bin froh, dass ich sie gekauft habe«, sagte Tim. »Wo sie sich solch eine Mühe für uns macht.«

Amys Großmutter hatte die beiden aus der Küche gescheucht, während sie letzte Hand an den Truthahn legte. Sie hatte darauf bestanden, dass Amy und Tim es sich so lange auf dem Sofa gemütlich machten. Vor ihnen standen zwei Porzellantassen aus Großmutters bestem Service. Der süße Tee wurde langsam kalt.

»Sie liebt Weihnachten«, erklärte Amy. »Aber meine Eltern kommen nie. Sie melden sich immer freiwillig für Extraschichten in der Klinik, weil viele Leute gerade an den Feiertagen krank werden, sagen sie.« Ihre Abwesenheit war kein großer Verlust, denn Dad mochte keinen Truthahn, und Mum bat immer anstelle eines Geschenks um eine Spende für Amnesty International. Amy zog es vor, allein mit ihrer Großmutter zu feiern. Ihre Eltern waren gute Menschen, geradezu absurd gut. Natürlich liebten sie Amy – aber sie liebten auch alle anderen. Wenn ihre Eltern mit ihr zusammen waren, hatte Amy immer das Gefühl, sie wären eigentlich lieber woanders. Bei Menschen, die hilfsbedürftiger waren als ihre Tochter.

»Hab ich dir erzählt, dass Dad mich eingeladen hat, Weihnachten mit ihm und Roberta zu verbringen?«, fragte Tim plötzlich.

»Vielleicht solltest du sie mal kennenlernen?«, schlug Amy vorsichtig vor. »Sie werden heiraten.«

»Keine Lust«, erwiderte Tim. »Dad glaubt vielleicht, dass er Mum ersetzen kann, aber ...« Er verstummte und biss sich auf die Lippe. »Ich kann Weihnachten einfach nicht bei ihnen sein«, fasste er schließlich seine Gefühle zusammen. »Wenn eine andere auf Mums Platz sitzt.«

Amy wollte Tim gern aufheitern. »Gehen wir doch raus in den Garten«, sagte sie. »Wir könnten uns umsehen, ob wir etwas für deine Vase pflücken können. Und ich möchte dir noch etwas anderes zeigen.«

Draußen war es kalt, das Gras fühlte sich nass unter ihren Füßen an, der Boden war durchweicht. Anders als im Frühling wirkte der Garten jetzt karg, aber einige Blüten hatten der

Kälte getrotzt. »Wintergeißblatt!«, rief Amy und machte sich gleich daran, ein paar Triebe mit süß duftenden Blüten von dem Busch zu schneiden, der rings um den Schuppen wuchs. Sie zögerte kurz, die Hand auf der Türklinke. »Möchtest du sehen, was da drinnen ist?«, fragte sie.

»Ach, ich bin kein großer Fan von Rasenmähern.« Tim stampfte mit den Füßen, um sich zu wärmen. »Gehen wir lieber wieder rein.«

»Das ist kein simpler Gartenschuppen«, sagte Amy. Sie wurde plötzlich befangen. »Meine Grandma hat ihn für mich ausgeräumt. Dort drinnen male ich, wenn ich herkomme. Da steht auch was für dich.«

»Ein Geschenk?«, fragte Tim. »Worauf warten wir noch?«

Amy kramte einen Schlüssel aus der Tasche und öffnete das Vorhängeschloss. »Nichts Großartiges«, sagte sie und machte das Licht an. Die Gerüche, die sie so liebte, schlugen ihr entgegen, Ölfarbe, Terpentin und der herrliche Kieferndunft, den die Holzwände ausatmeten. »Nur ein Projekt, an dem ich gearbeitet habe, als ich das letzte Mal hier war, aber da fand ich es noch nicht vorzeigbar …«

»Amy!« Tim blieb wie angewurzelt vor einer großen Leinwand stehen. »Ich wusste, dass du begabt bist, aber …«

Amy betrachtete ihr Bild. Sie hatte Farbflächen immer geliebt und sich oft vom Himmel inspirieren lassen, hatte aber geglaubt, sie solle den Himmel auf die Funktion eines Hintergrunds beschränken, als oberen Abschluss einer figürlicheren Darstellung – von Häusern, Bäumen, Menschen.

Aber in diesem Bild hatte sie sich hemmungslos ausgetobt. Riesige Streifen leuchtender Ölfarben durchzogen selbstbewusst die Leinwand. Lila-, Orange- und Rottöne, so dick aufgetragen, dass die Farbeschicht manchmal Schatten warf.

Unten in der Ecke, wo das Lila so dunkel war, dass es fast in Schwarz überging, hatte Amy eine zusammengerollte Gitarrensaite in das Bild montiert. Dazu hatte sie eine von Tims Saiten aufgehoben, die bei einer Probe gerissen war. Darüber explodierte grelles Gelb, strahlender als ein Feld Sonnenblumen.

Tim starrte wie gebannt auf das Bild. Seine Hand fasste nach ihrer.

»Wenn ich das anschaue, höre ich den Song«, flüsterte er. »Aber schöner, als ich ihn je gespielt habe.«

Amy drückte seine Hand. »Ich wusste nicht, ob ich es hinkriege«, sagte sie. »Ich wusste nicht, ob du verstehen würdest …«

»Natürlich verstehe ich«, sagte Tim. »Das ist Liebe, Verletzung, Bedauern …«

»Und Hoffnung«, fügte Amy hinzu.

»Ja«, sagte Tim. »Und Hoffnung.«

»Frohe Weihnachten.«

»Frohe Weihnachten, Amy Ashton«, erwiderte Tim. Er löste sich endlich von dem Bild und sah Amy in die Augen. »Und danke.«

4

Draußen dehnten sich knallgelbe Felder bis zum Horizont, sie leuchteten sogar durch das schmutzige Zugfenster. Raps war nicht so eindrucksvoll wie die Sonnenblumenfelder, die Amy noch von ihrer Schulfahrt nach Frankreich in Erinnerung hatte, besaß aber einen eigenen Zauber. Und erinnerte sie an zu Hause. Amy fröstelte. Es war lange her, seit sie zum letzten Mal dort gewesen war.

Auch jetzt fuhr sie nicht zu ihrem Elternhaus, sondern wollte, als das Wochenende endlich kam, das alte Stadtzentrum aufsuchen. Den Laden, aus dem der Ring stammte.

Amy griff nach ihm. Er hing an einer Silberkette um ihren Hals, unter dem T-Shirt verborgen. Nur wenn sie allein war, steckte sie ihn an den Finger. Jetzt lag er als kühler Kreis in der Nähe ihres Herzens.

Der Zug fuhr in den Bahnhof ein. Amy blieb sitzen wie gelähmt. Eine ältere Frau ging zur Tür, drückte auf den Öffner und trat auf den Bahnsteig hinaus. Amy schloss die Augen und war nicht mehr so sicher, was sie hier wollte. Da spürte sie wieder den Ring auf ihrer Brust, und einen Moment später sprang sie auf und lief zur Tür. Sie rempelte gegen eine mit Einkaufstaschen bepackte Frau, entschuldigte sich und sprang hinaus. Die Türen schlossen sich hinter ihr.

Da war sie nun.

Der Bahnsteig kam ihr verändert vor. Neue Schilder, mit

neuer Schrift. Digitale Plakate ersetzten die alten aus Papier, warben für Brombeergin und Holunderlimonade. Außerhalb des Bahnhofs sah alles vertrauter aus, Kopfsteinpflaster, der kleine Fluss. Sogar die Schwäne schienen noch dieselben, wie sie anmutig übers Wasser glitten, als seien sie sich ihrer Schönheit bewusst. Früher hatte Amy den alten Stadtkern geliebt, sie hätte viel lieber dort gewohnt als in der modernen kleinen Siedlung, in die ihre Eltern gezogen waren.

Als sich Amy dem Antiquitätenladen näherte, begann es in ihrem Bauch zu kribbeln. Der Laden war immer noch da und hieß auch immer noch »*Arnold's*«, wie das Schild – ebenfalls noch das alte – schwarz auf weiß verkündete. Dasselbe Glöckchen bimmelte, als sie die Tür aufdrückte. Sogar derselbe Elchkopf hing noch an der Wand und wartete immer noch auf seinen endgültigen Ruheplatz.

»Kann ich Ihnen helfen?« Amy drehte sich um. Ein junger Mann mit Brille lächelte sie nervös an.

»Ich würde mich gern ein bisschen umsehen«, sagte sie und nahm nebenbei eine Porzellanfigur in die Hand. Wenn der Ring erst vor kurzem verkauft worden war, würde sich dieser junge Mann vielleicht daran erinnern. Sie wollte nur ein bisschen stöbern, bevor sie fragte. Dann sah sie erst, was sie da in der Hand hielt, und zog scharf die Luft ein.

Es war ein Porzellanspatz, ein ganz gewöhnlicher Vogel, aber mit einem äußerst fein gearbeiteten Gefieder. Sie konnte fast die Struktur der Federn spüren. Die Brauntöne waren üppig und intensiv, wie Schokoladenkuchen mit Karamellcreme. Und die Augen! Wach und neugierig. Freundlich und ängstlich zugleich.

Amy musste ihn haben.

Sie reichte ihn dem Mann, ohne auch nur nach dem Preis

zu fragen. Er nickte zu ihrer Wahl, als fände er sie gut. Amys Aufregung stieg von Minute zu Minute, als sie die Regale durchging. Sie waren mit Schätzen nur so beladen. Sie fand eine Eule aus winzigen Muscheln, jede perfekt platziert, um das Gefieder zu imitieren. Sie fand eine unwiderstehliche Porzellantasse, die wie eine bauchige lila Tulpe geformt war. Bei der Vorstellung, daraus zu trinken, begann ihr Mund zu prickeln. Sie fand einen glasierten Aschenbecher in Form einer Zitrone, von so vollendeter Gestalt, dass sie sich unwillkürlich auf die Lippe biss. Jedes Fundstück brachte sie einzeln zum Ladenbesitzer und schärfte ihm ein, ja alles gut zu bewachen. Obwohl sie die einzige Kundin im Laden war, konnte sie es nicht riskieren, dass ihr ein anderer zuvorkam. Ihr wurde schon beim Gedanken schlecht, dass sie einen dieser Schätze wieder einbüßen könnte.

Sie fügte ihrer Ausbeute noch ein silbernes Feuerzeug, einen Handspiegel und eine schwere Kutschenuhr hinzu und strahlte den Ladenbesitzer an. »Sie haben so viele schöne Dinge in Ihrem Laden«, sagte sie, zu Freundlichkeiten aufgelegt. »Ich könnte sie alle kaufen.«

»Sie haben sich ja schon ganz gut eingedeckt«, erwiderte er.

»Ich habe da noch etwas, was ich Ihnen zeigen möchte.« Amy legte die Hand auf den Ring unter ihrer Kehle, hob dann die Arme und nestelte am Verschluss der Kette. Sie löste sie vom Hals, zog den Ring herunter und hielt ihn dem Ladenbesitzer hin. »Der stammt aus Ihrem Laden. Können Sie sich vielleicht daran erinnern, ihn verkauft zu haben?«

Stirnrunzelnd betrachtete er das Schmuckstück. Als er danach griff, gab es Amy einen kleinen Stich, und sie fieberte danach, den Ring wieder selbst in der Hand zu halten. »Sehr schön«, sagte er. Amy nickte. »Aber das war vor meiner Zeit.«

Amy wurde beklommen zumute. »Seit wann ist denn Ihre Zeit?«

»Ich habe den Laden vor mehr als vier Jahren übernommen«, erklärte er.

Dann war Tim also in den letzten vier Jahren nicht hier gewesen. Amy spürte, wie Enttäuschung in ihr aufbrandete. In einem vertrauten Reflex griff Amy nach einer kleinen Porzellanvase und betrachtete sie genauer. Weißes Porzellan, mit einem blauen griechischen Mäandermuster, das sich um den Hals wandt. Nachdem sie sie zu den anderen ausgesuchten Stücken gestellt hatte, fühlte sie sich ein wenig besser. Der Ring war immer noch mehr, als sie lange Zeit von Tim gehabt hatte. Und er könnte ihr immer noch weiterhelfen.

»Haben Sie noch Verkaufsunterlagen von früher?«, fragte sie mit drängendem Ton. »Könnten Sie herausfinden, wer ihn gekauft hat?«

»Sie haben ihn also nicht selbst gekauft?«

Amy schwieg, sie wollte nicht zu viel preisgeben. »Er war ein Geschenk«, sagte sie. »Aber ich hatte ihn lange Zeit verlegt und weiß nicht mehr, von wem er ist.«

»Zu viele Bewunderer?« Der Mann lachte. Amy runzelte die Stirn – machte er sich über sie lustig? »Pardon«, entschuldigte er sich, als er ihre Miene sah. »Wir führen jetzt Buch über unsere Verkäufe, aber vor meiner Zeit hat es das nicht gegeben.«

»Und Sie sind sicher, dass der Verkauf nicht neueren Datums ist?« Amy hielt unwillkürlich den Atem an und beschwor den Mann innerlich, unsicher zu werden.

»Als ich den Laden übernahm, haben wir den Verkauf von Schmuck eingestellt«, erklärte er und gab ihr den Ring zurück. Amy fädelte ihn wieder auf die Kette und hängte sie um, während er behutsam ihre Einkäufe in Seidenpapier einschlug. »Wir haben nie viel Schmuck verkauft«, fuhr er fort. »Es gab kein richtiges Überwachungssystem, und es kam immer wieder etwas weg. Und eine Videoüberwachung zu installieren wäre zu teuer gewesen. Deshalb führe ich keinen Schmuck mehr.« Er unterbrach die Arbeit, um die Muscheleule zu bewundern. »Die hat Arnold noch für den Laden gekauft, vielleicht vor fünfzehn Jahren«, sagte er. »Er wird sich freuen, dass sie ein gutes Zuhause gefunden hat.« Er machte eine Pause und sah Amy an. »Sie möchten nicht zufällig auch einen ausgestopften Elchkopf?«

Amy schloss kurz die Augen. Sie dachte an den Namen über der Tür und an den alten Herrn, dem sie im Laden begegnet war. »Könnte ich mit Arnold sprechen? Vielleicht würde er sich erinnern.«

»Er ist nicht mehr hier«, sagte der Mann.

»Gestorben?«, fragte Amy. »Das tut mir leid.«

»Von wegen, der alte Kerl ist zäh.« Der Mann lachte. »Er ist jetzt fünfundneunzig. Sieht aber keinen Tag älter aus als achtzig. Er hat sich zur Ruhe gesetzt und mir das Geschäft übergeben. Ich bin sein Enkel.« Amy merkte seinem Lächeln an, wie stolz er darauf war, die Familientradition fortzuführen. »Er hält immer noch ein Auge auf die Verkäufe, die ich mache. Ich glaube, er hat Angst, dass ich das Geschäft in einen poppigen Geschenkeladen umwandle. Als ob ich das wollen würde ...« Er blickte sich in seinem muffigen Reich um. Amy spürte eine verwandte Seele.

»Meinen Sie, ich könnte ihn besuchen?«, fragte Amy.

Wieder ein Lächeln. »Gute Kunden sieht er immer gern«, sagte er. »Wahrscheinlich wird er versuchen, Ihnen was anzudrehen. Das kriegen Sie nicht aus ihm raus ...« Er zwinkerte Amy vertraulich zu. Sie kam zu dem Schluss, dass er vielleicht doch keine verwandte Seele war.

Zwinkern würde sie nie.

»Jetzt hätte ich schon fast aufgegeben.«

Überrascht blickte Amy dem Mann ins Gesicht, der bei ihrer Rückkehr in ihrem Vorgarten stand, und umklammerte die Tüte mit ihren Einkäufen. Er hatte einen Gedanken formuliert, der ihr selbst schon oft gekommen war. »Ich dachte schon, dass Sie den Brief vielleicht nicht erhalten haben«, fuhr er fort.

»Den Brief?«

»Sagen Sie bloß, der Brief ist nicht angekommen«, brummte er. »Das Verwaltungsbüro arbeitet in der Regel sehr zuverlässig, aber ab und zu ... Egal. Ich bin hier. Sie sind auch hier. Können wir's hinter uns bringen – auch ohne Brief?«

»Entschuldigen Sie«, begann Amy, »aber ich verstehe nicht ...«

»Wie auch«, sagte der Mann. »Sie haben den Brief ja nicht gelesen.« Er streckte ihr die Hand entgegen, und nach einem Moment der Verwirrung griff Amy zu und musste ein kräftiges Händeschütteln über sich ergehen lassen. »Ich bin Bob«, stellte er sich vor. Dann lachte er aus unerfindlichen Gründen. »Bob der Baumeister sozusagen – die Kids kringeln sich immer vor Lachen, aber ich bin schon Bob der Baumeister gewesen, bevor es diese lustigen Zeichentrickfilme von Bob dem Baumeister gab.« Amy starrte ihn verständnislos an. »Egal«, fuhr er fort, »Ich bin von der Baufirma in Weysham. Wir kümmern uns um die städtischen Siedlungen. Sie haben Ihr Haus im Erbbaurecht erworben, richtig?« Er warf einen Blick auf sein Klemmbrett. »Miss Amy Ashton?«

»Ja«, antwortete Amy. Sie fühlte sich überrollt.

»Sehr gut«, fuhr er fort. »Sie können sich freuen, dass ich gekommen bin, um Ihren Kamin zu überprüfen. Ich sehe vielleicht nicht aus wie der Schornsteinfeger aus *Mary Poppins*, aber ich bin vom Fach.«

»Meinen Kamin überprüfen? Wieso das denn?«

»Sie müssen doch bemerkt haben, dass da ein paar Ziegel lose sind. Ich sehe ein Ziegelstück in Ihrem Garten liegen.« Er deutete auf einen Splitter, den Amy für das abgeplatzte Stück eines Übertopfes gehalten hatte. Nun erkannte sie, dass es in Wirklichkeit ein Stück Ziegel war. Umso besser.

»Müssen Sie aufs Dach?«, fragte Amy. Ängste wurden in ihr wach. »Das wäre nicht gut für meine Pflanzen.«

»Keine Bange«, sagte Bob fröhlich. »Ich kann das von innen sehen. Wenn sich oben tatsächlich etwas gelockert hat, muss ich den ganzen Aufbau prüfen. Bei Kaminen kann man nie vorsichtig genug sein.«

»Von innen?«, wiederholte Amy.

»Ja«, bestätigte Bob. »Und ein Tässchen Tee wäre auch nicht verkehrt.« Er zwinkerte ihr zu, und Amy fragte sich, wann dieses allgemeine Gezwinkere in Mode gekommen war. »Ich liebe guten Tee.« Er trat zur Seite, damit Amy zur Tür gehen konnte. Sie blieb stehen, wo sie war.

»Sie können nicht hereinkommen«, sagte sie.

»Na gut.« Bob wirkte ein wenig angesäuert. »Weil Sie den Brief nicht gekriegt haben ...« Er schlug auf seinem Klemmbrett ein neues Blatt auf. »Wann passt es Ihnen?«

»Es passt nie«, erwiderte Amy. »Sie können mein Haus nicht betreten.«

Bob sah sie an. »Ich kann mich ausweisen.« Er stieß einen Seufzer aus und wühlte in seiner Tasche.

»Darum geht es nicht«, sagte Amy. »Sie können einfach nicht hereinkommen.« Sie dachte kurz nach. Wie sagten die Leute immer? »Bei mir herrscht ein ziemliches Durcheinander«, zitierte sie einen Satz, der bei ihr hängen geblieben war.

Bob lachte. »Keine Bange, Sie sollten mal sehen, wie es bei uns aussieht, wenn die Kiddies rumgetobt haben«, sagte er. »Als hätte eine Bombe eingeschlagen. Ich bin so was gewöhnt, machen Sie sich da mal keinen Kopf.«

»Vielen Dank für Ihre Zeit und Mühe«, sagte Amy. »Aber ich bin sehr zufrieden mit meinem Kamin. Den können Sie von Ihrer Liste streichen.«

»So funktioniert das leider nicht, fürchte ich.« Bobs Stimme hatte jetzt einen schärferen Unterton. »Besorgte Nachbarn haben sich bei uns gemeldet. Teile des Schornsteins stürzen herunter. Das ist eine Gefahrenquelle.«

»Welche Nachbarn?«, erkundigte sich Amy. Da steckte doch garantiert Rachel dahinter.

»Besorgte Nachbarn, die anonym bleiben möchten«, antwortete Bob. »Hören Sie, ich brauche nicht lange, um die Sache zu prüfen. Ich verspreche, dass ich mir Ihr Durcheinander gar nicht ansehe. Aber ich muss mich vergewissern, dass die Bausubstanz in Ordnung ist. Für uns besteht hier eine Sorgfaltspflicht.« Er rümpfte die Nase über die Bürokratensprache, dann lächelte er wieder. »Wir können doch Ihr Haus nicht einfach einstürzen lassen, oder?«

»Einstürzen?«, wiederholte Amy wie ein Echo.

»Im schlimmsten Fall.« Bob lachte freundlich. »Aber selbst im besten Fall gibt es in Ihrem Kamin dort oben lose Stücke.

Das ist gefährlich. Wenn hier vorne was runterfällt, tut es das hinten auch. Was ist, wenn eins der Kinder von nebenan in Ihrem Garten spielt und von einem Ziegelbrocken getroffen wird?«

»Die Kinder von nebenan dürfen nicht in meinen Garten«, erwiderte Amy.

Bob wandte sich wieder seinem Klemmbrett zu. »Auch dazu habe ich eine Notiz«, sagte er. »Umstürzende Pflanzkübel?«

Aha, daher wehte der Wind. »In diesem Garten hält sich niemand auf außer mir«, erklärte Amy klipp und klar. »Und ich gehe das Risiko eben ein.«

»Geben Sie mir zwanzig Minuten zur schnellen Kontrolle des Kamins. Den Tee können Sie sich schenken.«

»Hier gibt es nichts zu verhandeln«, sagte Amy steif. »Das ist mein Haus, und Sie werden es nicht betreten.« Sie sah ihn fest an. »Und ich möchte bitte, dass Sie meinen Garten jetzt verlassen. Das ist Privateigentum.«

»Leute gibt's«, brummte Bob und ging mit erhobenen Händen rückwärts, als ziele Amy mit einer Pistole auf ihn. »Ich werde der Verwaltung Bericht erstatten müssen.« Er sah sie wieder an. »Sie wissen doch, dass Sie gegen die Erbbaukonditionen verstoßen? Irgendwann kommen Sie nicht mehr drum herum, uns reinzulassen.«

Amy blieb stur. »Auf Wiedersehen.« Sie beobachtete seinen Rückzug, bis er wieder in seinem Kastenwagen saß. Dann drehte sie sich um und ging endlich ins Haus.

Amy stand in der Küche und sah aus dem Fenster. Es war ein heißer Sommertag gewesen, und jetzt hatte der Sonnenuntergang den Himmel in einem rötlichen Lilaton eingefärbt, der aussah wie ein Abglanz des Sommerflieders ganz hinten im Garten. Ein einsamer Schmetterling, ein kleiner Fuchs, taumelte durch die Abendbrise und ließ sich dann auf den dichten Blütenbüscheln nieder, um Nektar zu saugen. Amy hatte die umgestürzten Töpfe wieder zu einem standfesten Turm aufgestapelt, der sich gegen den Sonnenuntergangshimmel abzeichnete. Es hatte eine Zeit gegeben, da wäre sie wild darauf gewesen, diesen Horizont mit seinem Farbenspiel auf der Leinwand festzuhalten, aber jetzt hätte sie dabei nur ein Gefühl von Leere gehabt.

Sie konnte niemanden in ihr Haus lassen. Die würden den Schornstein sowieso nicht finden. Sie konnte sich nicht erinnern, wann sie ihren offenen Kamin zum letzten Mal gesehen hatte.

Was sie brauchte, war eine Mauer. Eine Mauer, die die Kinder von ihrem Garten fernhielt. Die sowohl die Töpfe als auch die Kinder schützte, und damit würde hoffentlich auch Bob sie in Ruhe lassen. Die Kaminkontrolle war doch nur ein Vorwand gewesen. Sie warf einen Blick in die Diele. Die Lokalzeitungen, die sich hier auftürmten, waren garantiert voll mit Berichten über Stadtverwaltungen, die zu wenig Mittel hatten und mit Arbeit überlastet waren. Wenn sie dafür sorgte, dass die Kinder nicht in ihren Garten gelangten, dann könnte sich die Stadtverwaltung um Dringenderes kümmern.

Aber wie sollte sie das anstellen? Beim Gedanken an Bauarbeiter musste sie sich schütteln. Die würden durch ihr Haus trampeln, die Abdrücke ihrer dreckigen Schuhe auf den Zeitungen hinterlassen, Flaschen und Töpfe umwerfen, die Brennnesseln niedertreten ohne Rücksicht auf die kostbaren Schmetterlingspuppen, die daran hingen. Amy würde sich verpflichtet fühlen, ihnen Tee zu kochen, und sie würden die zarten Porzellantassen in ihre grobschlächtigen, achtlosen Hände nehmen und daraus trinken.

Nein.

Sie hatte nicht viel Ahnung vom Mauerbauen, aber so schwer konnte das doch nicht sein? Ein paar Ziegel, ein bisschen Mörtel, ein Youtube-Tutorial und ein bisschen Muskeleinsatz. Mehr war sicher nicht nötig.

Doch wenn sie länger überlegte ... Das Material war schwer. Und unhandlich. Da sie ein Reihenhaus hatte, müsste sie alles quer durchs Haus nach hinten in den Garten schaffen. Amy trat aus der Küche in die Diele. Wie vorsichtig sie auch wäre, es könnte leicht etwas kaputtgehen, wenn sie die schweren Säcke mit Zement und die Ziegeln durchschleppte. Falls die überhaupt durchpassten.

Sie hörte nebenan ein Geräusch. Eine schimpfende Stimme. Wahrscheinlich wies Nina eines der Kinder zurecht.

Natürlich.

Richard hatte doch gesagt, er würde den Zaun reparieren.

Da könnte er auch gleich eine Mauer bauen, auf seiner Seite. Sie waren gerade eingezogen, ihr Haus wäre folglich noch relativ leer und das Baumaterial ließe sich leicht hindurchtragen. Schließlich waren seine Kinder das Problem. Da offiziell etwas auf Amys Seite repariert werden musste, würde sie anbieten, das Material und die Arbeiter zu bezahlen.

Amy hasste es, um Hilfe zu bitten. Aber als sie sich in ihrem Haus umsah, wurde ihr klar, dass sie sich dazu würde überwinden müssen. Sie hatte die Verantwortung, ihre prächtigen Schätze vor Schaden zu bewahren. Sie vertrauten ihr.

Am besten tat sie es gleich.

Amy ging an ihrer Einkaufstüte vorbei und hob sich das Vergnügen, ihre neuen Kostbarkeiten auszupacken, für später auf. Sie öffnete die Tür. Das warme Rotlila am Himmel war zu einem päpstlichen Violett abgekühlt, und die Welt sah aus wie ein Schattenreich.

»Da bist du ja, Amy«, sagte Rachel. Amy zuckte zusammen. Rachel und Nina standen vor Ninas Haus und rauchten. Amy starrte auf die Zigarettenglut, die im Abendlicht tanzte wie Glühwürmchen.

»Ich habe wieder angefangen zu rauchen, okay!«, sagte Rachel. »Ich hatte viel Stress.«

Nina legte die Hand auf Rachels Arm und sagte: »Du hast dir ein bisschen Erholung wirklich verdient.«

»Du auch«, erwiderte Rachel. »Du hast da eine große Verantwortung übernommen. Das würde nicht jede tun.« Beide Frauen zogen an ihren Zigaretten und bliesen Rauch aus, den die Abendbrise ins Dunkel wehte.

Amy unterdrückte einen Hustenreiz. »Ich würde gern mit Richard sprechen«, sagte sie.

»Ach ja?« Nina sah sie amüsiert an. »Was wollen Sie denn von ihm?«

Beide Frauen sahen sie an, und unter ihren forschenden Blicken wurde es Amy unbehaglich. Sie zupfte an ihrem weiten schwarzen T-Shirt. »Ich möchte ihn nur etwas fragen.«

»Den gibt's nur im Dreierpack, mit zwei Kindern«, bemerkte Nina. »Bevor Sie auf Ideen kommen.«

»Wie bitte?«, fragte Amy.

»Entschuldigung, war nur ein Scherz«, sagte Nina. Rachel lachte.

»Was wollte denn dieser Mann von dir?«, fragte Rachel, bevor Amy an ihr vorbeigehen konnte. »War er da, um sich um deine Mäuse zu kümmern?«

Sie hatte sie also beobachtet. Das war ja klar. »Die Mäuse

kommen nicht aus meinem Haus«, widersprach Amy mit Nachdruck.

»Na dann.« Rachel schnippte die Asche auf den Boden. »Wenn du es sagst.«

»Kann ich einfach hineingehen?« Amy sah, dass die Tür nur angelehnt war.

»Nur zu«, forderte Nina sie auf und trat beiseite. »Es ist schon nach acht, aber er ist mit den Kindern im Garten, statt sie ins Bett zu bringen.« Sie ließ die Zigarette fallen und bohrte sie mit der Schuhspitze in den Boden.

Amy ging an den beiden vorbei und spürte ihre Blicke im Rücken. Irgendetwas an der neuen Freundschaft ihren Nachbarinnen erinnerte sie an Schule.

Amy war ein bisschen aufgeregt. Es war lange her, seit sie ein Haus von innen gesehen hatte, das nicht ihr eigenes war, und bei Mrs. Hill war sie nie gewesen.

Als sie das Haus betrat, verschlug es ihr fast den Atem. Was für eine riesige Diele! Das Haus war identisch mit dem ihren, garantiert, wirkte aber ungemein weiträumig.

Wie eine Höhle.

Leer.

Ein kleines Fahrrad und ein Dreirad lehnten an der Wand, und der Boden war mit Schuhen übersät, die ihr viel zu winzig vorkamen, als dass ein Mensch sie hätte tragen können. Amy blickte verstohlen die Treppe hoch. Sie war in voller Breite betretbar. Nichts, worüber man hätte steigen müssen.

Einen Augenblick lang stellte sich Amy ein Leben in einem solchen Haus vor.

Es wäre einfacher. Sicherer.

Leerer.

Fast wäre sie wieder umgekehrt, denn sie verspürte plötzlich das starke Bedürfnis, ihre Besitztümer wieder um sich zu haben.

Nein. Sie musste sie beschützen. Sie musste Richard bitten, ihr mit der Mauer zu helfen.

Amy sah sich rasch im Wohnzimmer um. Auch dieser Raum schien riesig. Ein paar vereinzelte Spielsachen und Bälle lagen auf dem Boden, aber sie mussten einsam sein. Ein trauriges Gefühl, so wenig zu besitzen. Sie eilte durch die Küche und bemerkte einige benutzte Töpfe. Der herrliche Duft von Ofengemüse weckte plötzliche Erinnerungen an ihre Großmutter. Amy hatte schon seit Jahren nicht mehr gekocht. Von der Küche konnte man ungehindert in den Garten gehen, kein Karton versperrte den Weg zur Glastür.

Mrs. Hill war, bevor sie alt geworden war, eine leidenschaftliche Gärtnerin gewesen. Das Licht nahm nun rasch ab, doch Amy sah noch zwei große, mit rosa Blüten übersäte Rosensträucher, Lavendel in voller Blüte und einen Apfelbaum, üppig beladen mit kleinen, noch grünen Früchten, die im Herbst reifen würden.

Amy trat aufs ungemähte Gras hinaus, das ihr bis zu den Waden reichte. Von Richard war nichts zu sehen. »Hallo?«, fragte sie ins Grüne hinein.

Drei Köpfe ploppten aus dem Gras hoch. »Amy ist da!«, rief Charles.

»Amy!«, wiederholte sein kleiner Bruder aufgeregt.

»Amy?«, sagte Richard. »Von nebenan?« Er stand auf und klopfte sich ab. »Willkommen. Kann ich Ihnen was zu trinken anbieten?«

»Amy, Amy, Amy«, sang Daniel.

»Nein.« Bei der vielen Aufmerksamkeit, die sich plötzlich auf sie richtete, wurde Amy nervös. »Ich bleibe nicht lange.«

»Bleib!«, kommandierte Daniel, umfasste mit seiner klebrigen kleinen Hand die ihre und drückte sie. »Eis?«

»Kein Eis«, schmetterte Richard entschieden ab. Dann sah er Amy an. »Außer, Sie möchten welches.«

»Nein, danke.« Amy versuchte ihre Hand zu befreien, aber der kleine Kerl hielt sie erstaunlich fest umklammert. Sie sah ihn verstohlen an. Er trug ein T-Shirt mit einer Mickymaus, die Amy fröhlich zuzwinkerte.

»Wir warten auf die Sterne«, erklärte Charles. »Leg dich hin und schau mit uns. Was ist dein Lieblingssaft?«

Amy wurde ein bisschen schwindlig von den Gedankensprüngen. »Ich weiß nicht«, sagte sie und überging die Aufforderung, sich hinzulegen.

»Wenn du dir einen aussuchen müsstest, weil du sonst sterben müsstest?«

»Wahrscheinlich Ananas«, sagte Amy. »Ich muss mit deinem Vater reden.«

»Ananas ist auch meiner!«, rief Charles. »Der von Daniel ist Apfel. Der von Dad Orange. Nina mag Grapefruit.« Er zog angewidert die Nase kraus. »Aber wir beide mögen Ananas. Der ist der Beste.« Er grinste sie an. »Ich mag dich.«

Amy wich einen Schritt zurück.

»Sie sind bei uns sowas wie eine Heldin«, erklärte Richard. »Seit Sie verhindert haben, dass die Jungs wegen einer zerbrochenen Teetasse Ärger bekommen haben.« Amy hatte sofort ein schlechtes Gewissen, als sie an die Tasse dachte. Sie stand immer noch in ihrer Küche.

»Ich kann sie gleich zurückbringen«, bot sie zögerlich an.

»Keine Eile.«

»Das mit deinem Blumentopf tut mir leid«, sagte Charles. »War der besonders?«

»Sie sind alle besonders«, sagte Amy.

Das konnte Charles nachvollziehen, »Wie meine Bagger.« Er grinste sie wieder an. »Ich zeig sie dir!«

»Nein, danke«, lehnte Amy rasch ab.

»Ich sehe einen Stern!«, schrie Daniel. Er ließ Amys Hand los und warf sich ins Gras, auf den Rücken, mit dem Gesicht zum Himmel.

»Kleines Samstagabendritual«, erklärte Richard und legte sich ebenfalls wieder hin. »Das macht mir so viel Spaß, dass ich schon einen Wintergarten entworfen habe, damit wir das ganze Jahr über Sterne gucken können. Und vielleicht auch den einen oder anderen Sonnenuntergang.«

»Dad ist ein Ar-chi-tekt.« Charles sprach das Wort so sorgsam aus, als könnte es zerbrechen.

Richard hob den Kopf wieder aus dem Gras. »Machen Sie mit, Amy?«, fragte er. »Auf der Decke ist noch viel Platz.«

»Nein, danke.« Nach der Erwähnung von Sonnenuntergängen hatte Amy ein wenig den Boden unter den Füßen verloren. »Ich möchte Sie nur etwas fragen.« Sie zögerte. »Oder eher, Sie um einen Gefallen bitten.« Die drei lagen nun in einem kleinen Kreis im Gras, Kopf an Kopf, ihre Körper zeigten in verschiedene Richtungen wie die Speichen eines Rads. Nach einem verlegenen Blick auf das Familienidyll ging Amy in die Hocke. Ihre Knie beschwerten sich mit einem Knacken.

»Komm doch«, forderte Charles sie auf. »Leg dich neben mich.«

»Und mich«, sagte Daniel.

Amy fand es nicht richtig, wenn sie sich in den Garten eines Nachbarn legte, aber sie musste unbedingt mit Richard reden. Sie setzte sich auf die Decke neben ihn und legte die Arme um die Knie. Richard hielt seine Arme unter dem Kopf verschränkt, und wenn er ausatmete, spürte sie, wie die raue Haut seines Ellbogens leicht gegen ihren Knöchel streifte. Sie rutschte etwas weiter von ihm weg. »Der Zaun ...« begann sie.

»Da oben sind Billionen Sterne«, dozierte Charles, setzte sich auf und schob sich näher an sie heran. Wenn er mit ihr sprach, wandte er ihr sein Gesicht zu, und mit seinem Atem wehte sie der Duft von Schokorosinen an. Er legte den Kopf in den Nacken, um nach oben zu schauen.

»Squillinonen«, ergänzte Daniel.

»Das ist keine echte Zahl«, sagte Charles. Er lächelte Amy an. »Der ist noch so klein, der versteht das noch nicht.« Dann schob er nach: »Nicht so wie wir.«

Amy blickte ebenfalls in den Himmel. Je dunkler es wurde, desto mehr Sterne traten hervor. Der weite Himmel stülpte sich über sie wie eine riesige Salatschüssel. Amy versuchte, das Thema Mauer anzusprechen, aber es fiel ihr schwerer als gedacht, eine Trennmauer vorzuschlagen, wenn sie doch alle denselben Himmel miteinander teilten. Stattdessen schloss sie kurz die Lider und blickte dann wieder zu den Sternen hoch. Sie fühlte sich winzig. Als Tim verschwand, hatte sie anfangs auch oft zu den Sternen hochgeblickt und Trost in dem Gedanken gefunden, dass er vielleicht denselben Himmel sah wie sie.

»Pst«, machte Richard, obwohl keiner von ihnen etwas gesagt hatte. »Hört mal.«

Amy horchte. Am Boden raschelte es leise. »Das könnte ein Igel sein«, sagte Richard.

»Oder ein Frosch«, schlug Charles vor.

»Oder ein Dinosaurier«, trug Daniel bei.

»Rachel hat Mäuse«, sagte Amy und kam sich niederträchtig vor. »Das könnte auch eine Maus sein.«

Ein Vogel zwitscherte. »Das ist ein Rotkehlchen«, sagte Richard. »Das singt noch, obwohl es längst schlafen sollte.«

Amy lauschte, ihre Gedanken schweiften zu ihren eigenen Vögeln. »Der Zaun«, begann sie. »Vielleicht wäre eine ...«

»Ich habe schon ein neues Zaunelement gekauft«, fiel ihr Richard ins Wort. »Nächstes Wochenende stelle ich es auf.«

»Vielleicht wäre etwas Stabileres besser?«, holte Amy aus. »Ich dachte an eine Mauer ...«

»Ach, ein Zaun reicht«, sagte Richard. »Der hält Ihr Grundstück frei von Ungeheuern.« Er streckte die Hand aus und kitzelte Daniel, der vor Vergnügen gluckste.

»Aber wenn wir Amy besuchen wollen, dürfen wir an ihrer Haustür klingeln, ja, Dad?«, fragte Charles.

»Da müsst ihr sie selbst fragen«, erwiderte Richard.

»Dürfen wir? Bitte!«

Amy stand auf. »Ich glaube, eigentlich nicht ...«

»Ich bringe dir Ananassaft mit«, sagte Charles.

»Und ich Eis«, schob Daniel schnell nach.

»Und Baumaschinen«, fuhr Charles fort. »Einen Bagger und einen Kran. Der große Schaufelbagger ist so besonders, dass er in meinem Zimmer bleiben muss.«

Amy brachte nicht die Kraft auf, sich zu widersetzen. Sie würde einfach öfter so tun müssen, als wäre sie nicht zu Hause. »Wir werden sehen«, wich sie aus. Dann kehrte sie ins Haus zurück und blinzelte im hellen Licht.

FEUERZEUGE

August 2000

»Wer hat sich denn den Schwachsinn einfallen lassen und uns zur selben Zeit wie Blur eingeplant?«, beschwerte sich Simon, der Bassist in Tims Band. Er blickte aus dem Zugfenster in den grauen Himmel.

»Also ich weiß schon, für wen ich mich entscheide«, sagte Chantel. »Damon Albarn ist der Bringer.«

»Niemand wird uns zuhören«, redete Simon weiter, Tragik in der Stimme. »Unser erster Auftritt auf einem Festival wird ein Desaster.« Er beugte den Kopf vor und lehnte seine Stirn an seinen Rucksack in einer Pose tiefster Niedergeschlagenheit. »Und es regnet«, knurrte er. »Natürlich regnet es.«

»Unfassbar, dass meine Mum mit Tante Laura in Dubai in der Sonne schmort und ich hier im Regen festsitze«, regte sich Chantel auf.

»Ich dachte, deine Mum hasst Sonne«, sagte Amy.

»Nicht so sehr, wie sie ihren Schwager hasst.« Chantel lachte. »Ich glaube, Tante Laura hat ihr das Ticket geschickt, um ihr richtig eins reinzuwürgen. Mum wäre wahrscheinlich lieber zu diesem Festival mitgekommen.«

»Ich weiß genau, wo ich am liebsten sein möchte«, erwiderte Amy loyal und griff nach Tims Hand. »Denn dieser Auftritt wird das Tollste, was die Welt je gesehen hat.« Tim lehnte sich an sie und schnupperte dankbar an ihrem Ohr.

»Ihr beiden seid widerlich«, erklärte Chantel. »Ich find's grässlich, dass ich das Zelt mit euch teilen muss.«

»Ich auch«, sagte Tim. Er hatte lautstark dagegen protestiert, aber Amy war eisern geblieben. Chantel hatte noch nie gezeltet und war in heller Panik. Und das Zelt mit Simon zu teilen, konnte Amy der armen Chantel erst recht nicht zumuten. »Hättest du dir kein Flugticket kaufen können?«, schob Tim nach. »Du hast doch jetzt einen Job.«

»An der Rezeption mit Mindestlohn«, erwiderte Chantel. »Wohl kaum die Erfüllung meiner Träume.«

»Jetzt entspannt euch mal«, sagte Amy und sah aus dem Fenster. »Der Regen hat aufgehört.«

Als die Sonne mit messerscharfen Strahlen durch die Wolken schnitt, hellte sich die Stimmung wieder auf, und Amy wurde von einer kleinen Aufregungswoge erfasst. Die meisten Mitfahrer in diesem Zug sahen genauso aus wie sie: jung, ungebügelt und mit gewaltigen Rucksäcken, vollgepackt mit Zeltausrüstung, Gummistiefeln und Marihuana.

Sie fuhren in den Bahnhof ein und folgten dem Menschenstrom durch die Stadt, über die Brücke und auf die Festivalwiese. Dort reihten sie sich in die riesige Schlange vor dem Einlass ein. »Können wir nicht durchgehen?«, fragte Chantel. Sie hatte keinen Rucksack und zog einen Rollkoffer hinter sich her, der völlig deplatziert wirkte. »Ihr Typen seid doch in einer von den Bands.« Sie sprach besonders laut, aber drehte sich zu ihr um.

»Wir sind eben nicht die Chemical Brothers«, sagte Tim, dem das Ganze peinlich war. »Ich glaube, wir sollten lieber warten wie alle anderen auch.«

»Spielverderber«, nörgelte Chantel. »Was hat man davon, Rockstar zu sein, wenn man nicht mal eine VIP-Behandlung kriegt?«

»Die Musik«, sagte Tim.

»Ach, egal.«

»Das ist für euch beide euer erstes Mal, ich meine auf einem Festival, stimmt's?«, fragte Simon. Chantel und Amy sahen sich an und nickten. »Hier ein paar Tipps vom Experten«, fuhr er fort, als sie die Wiese endlich betreten durften. »Erstens: Leichtes Gepäck. Das hat schon mal nicht geklappt, Chantel, mit diesem lächerlichen Koffer.«

»Irgendwo muss ich das Glätteisen für meine Haare ja unterbringen«, konterte sie.

»Na klar doch!« Simon lachte. »Und wo willst du das einstecken, du Genie?«

»Es muss doch irgendwo Steckdosen geben«, sagte Chantel. »Wo steckt ihr denn eure Gitarren ein?«

»Da hat sie nicht ganz unrecht«, sagte Tim und lachte. »Ich sehe Chantel schon auf der Bühne, wie sie in einer Ecke ihre Haare glättet, während die Red Hot Chilis spielen.«

»Ich muss eben das Beste aus mir rausholen.« Chantel lächelte.

»Zweitens«, dozierte Simon weiter, »Verpflegung. Das Essen, das die auf dem Festivalgelände verkaufen, ist überteuert und unterirdisch. Wenn wir unser Zeug abgestellt haben, gehen wir in die Stadt zum Supermarkt und decken uns ein. Würstchen, Bier, Brötchen. Im Umkreis meines Zelts isst niemand versnobte Quiches oder Hummus. Ja, dich meine ich, Tim.«

»Das war einmal«, sagte Tim. »Und das schmierst du mir immer wieder aufs Brot.«

»Drittens. Wahl des Zeltplatzes. Ihr glaubt, ihr wollt in der Nähe der Klos sein, falls ihr nachts pinkeln müsst, aber das wollt ihr nicht. Festivaltoiletten stinken. Ihr glaubt, ihr wollt in der Nähe der Büsche sein, ein bisschen geschützt. Das wollt ihr nicht. Büsche sind Ersatzklos für Faule. Da stinkt's auch. Ihr glaubt, Ihr wollt in der Nähe der Bühnen sein. Wieder falsch. Die Leute besaufen sich beim Zuhören und kotzen auf dem Weg zurück zu ihren Zelten. Ihr wollt nicht neben der Kotze liegen. Da stinkt's auch.«

»Und wo wollen wir dann sein?«, fragte Chantel.

»Auf erhöhtem Gelände«, antwortete Simon. »Ihr wollt, dass der ganze Dreck von euch wegfließt.« Die Mädchen verzogen das Gesicht. »Irgendwo in der Mitte. Das minimiert das Risiko, dass jemand auf euer Zelt pisst.«

»Ich verstehe nicht mehr, wie ich mich von dir bequatschen lassen konnte, mitzukommen«, sagte Chantel. »Wär ich doch bloß bei meiner Mum in Dubai!«

»Denk an Damon Albarn«, sagte Amy. »Für den lohnt sich einfach alles.«

»Du und ich, und nächstes Jahr eine Druidenhochzeit in Glastonbury«, sülzte Spike. Chantel kicherte. Amy rollte mit den Augen, aber Chantel ging das Geschwätz runter wie Öl. »Bis dahin bin ich aus Ibiza zurück.«

»Ich würde auch gern mal nach Ibiza«, sagte Chantel. Die Mädchen saßen im Chill-out-Zelt, das schon ein bisschen heruntergekommen aussah. Spike hatte Chantel schnell ausgeguckt und sich gekrallt. Er sah gut aus, war wahrscheinlich fünfzehn Jahre älter als sie, strahlte mit seinen schmutzigen blonden Dreadlocks und der intensiven, rötlichen Sonnenbräune ein umwerfendes Selbstvertrauen aus und stank nach Gras. Chantel war hin und weg.

»Sag noch mal, wie dein Businessplan war«, sagte Amy.

»T-Shirts«, erwiderte Spike. »Mit Slogans. Die Clubber werden sie lieben. Ich werde ein Vermögen machen.« Er hielt inne. »Aber es geht nicht ums Geld«, schob er nach, so schnell es seine schleppende Sprechweise zuließ. »Es geht um Erfahrung.«

»Ich finde, das klingt genial!«, sagte Chantel. »Ich war noch nie im Ausland.«

»Doch, warst du«, widersprach Amy. »Mit elf haben wir eine Schulfahrt nach Frankreich gemacht. Wir haben den Teppich von Bayeux gesehen, erinnerst du dich nicht mehr?«

Spike lachte, und Chantel warf Amy einen finsteren Blick zu. »Ich würde trotzdem wahrsinnig gern mal nach Ibiza«, wiederholte Chantel.

»Komm doch mit«, schlug Spike vor. Chantel kicherte wieder, und Amy sah, wie Spike besitzergreifend Chantels Schenkel umfasste.

»Wir sollten die anderen suchen«, sagte Amy und stand auf.

»Ich bin hier ganz zufrieden«, lehnte Chantel ab.

»Es wird spät«, sagte Amy.

»Geh doch«, forderte Chantel sie auf. »Ich find's super hier.«

»Dann bleibe ich auch«, sagte Amy.

»Nein, geh«, drängte Chantel sie mit Nachdruck. »Schau nach, wo Tim ist.«

»Ich kümmere mich schon um deine Freundin«, sagte Spike und zog ein silbernes Döschen aus der Tasche.

Chantel grinste. »Bei mir wird's später, Amy«, sagte sie. »Du brauchst nicht zu warten.«

Als Chantel am nächsten Tag zurück zum Zelt kam, war es schon zwölf Uhr Mittag vorbei. Sie grinste Amy wieder an. »Du riechst komisch«, sagte Amy. »Gehen wir duschen.« Aber als sie die Duschen sahen, die das Festival zur Verfügung stellte, kamen sie zu dem Schluss, dass sie dafür noch nicht verzweifelt genug waren. Dann im Supermarkt hatte Chantel einen genialen Einfall, und jetzt waren die beiden dabei, ihn umzusetzen.

»Ihr seid schlimmer als Tim und seine Quiche«, beschwerte sich Simon. Amy goss aus einer riesigen Evian-Flasche Wasser über Chantels Haare und massierte das Shampoo ein. »Ihr habt überhaupt nicht kapiert, worum es bei einem Festival geht. Es geht darum, sich auszuleben.«

»Das ist Shampoo und Spülung in einem«, erwiderte Chantel. »Wir leben uns aus.«

»Ihr sollt fettige Haare haben und stinken«, beharrte Simon.

»Ich finde das echt scharf«, sagte Tim. »Ich wasche den Rest deines Körpers, Amy.«

»Für den Rest unserer Körper haben wir Feuchttücher besorgt«, erklärte Chantel durch den Wust ihrer nassen Haare hindurch. »Du kannst dich wieder abregen.«

»Mund zu«, sagte Amy und goss reichlich Wasser über Chantels Kopf. »Fertig«, sagte sie. »Perfekte Frisur.«

»Vielleicht hätte ich lieber schmutzige Haare behalten sollen«, sagte Chantel und zog ein Handtuch aus ihrem Koffer. »Dann könnte ich mir Dreadlocks machen lassen wie Spike.«

»Und acht Piercings, wie Spike?«, fragte Amy.

»Neun Piercings«, korrigierte Chantel. »Da gibt es noch ein geheimes.« Sie grinste.

»Spike riecht seltsam«, sagte Amy.

»Wir riechen alle seltsam«, sagte Chantel. »Das ist ein Festival.«

Tim warf einen Blick auf sein Handy. »Der Rest der Band ist schon beim Soundcheck. Wir müssen los, Simon.« Sie standen auf. »Ich weiß nicht, ob wir vor dem Gig noch mal zurückkommen. Neun Uhr am Bacardi-Zelt.«

»Wir sind da«, versprach Amy.

»Mit sauberen Haaren«, fügte Chantel hinzu. »Und Glätteisen.«

»Und mit Spike«, knurrte Amy augenrollend.

Amy stand ganz vorne. Gut, dass sie und Chantel früh hingegangen waren. Es war knallvoll. Amy hatte die Musik der vorigen Bands kaum gehört, so nervös war sie wegen Tim. Sie warf einen Blick hinter sich, in ein Meer von Menschen. Das war der größte Gig, den Tims Band je gehabt hatte.

Die Jungs kamen auf die Bühne, und die Zuschauer kreischten los. Es war unwahrscheinlich, dass sie diese Band schon einmal gehört hatten, das Kreischen lag wohl eher an einem großzügigen Begeisterungsvorschuss und am allgemeinen Festivalfieber. Sie sah, wie Tim das Publikum scannte und seine Augen sich angesichts der Massen weiteten. Dann entdeckte er Amy und lächelte. Chantel drückte ihre Hand.

Als die Band zu spielen anfing, wurde Amy etwas klar. Da waren alle diese Leute versammelt, aber Tim sang für sie. Nur für sie. Eine Woge des Glücks erfasste sie.

Die Jungs spielten erst die Songs, die richtig einheizten, dann fuhren sie die erhitzte Stimmung mit einem langsamen Stück herunter. Mit Amys Lieblingssong – »Already Dark.« Amy löste kurz den Blickkontakt mit Tim und drehte sich um, denn sie wollte sehen, wie die Menge reagierte. Das Hüpfen hatte aufgehört, die Leute standen da wie in Trance. Dann streckte jemand sein Feuerzeug in die Höhe und begann es zu schwenken, im Rhythmus der Musik.

Plötzlich flackerten überall kleine Flammen auf. Amy blickte wieder zu Tim zurück. Sie hatte ihn noch nie so glücklich gesehen. Zum ersten Mal in ihrem Leben wünschte sich Amy, auch sie würde rauchen und könnte ihr Feuerzeug zücken.

»Dafür nehm ich sogar diese Klos in Kauf«, sagte Chantel, die auch gleich ihr Feuerzeug herauszog und schwenkte. Sogar Spike wiegte sich im Rhythmus mit, den Arm um Chantel geschlungen.

Amy nickte, ohne Tim aus den Augen zu lassen. »Besser geht's nicht«, sagte sie.

5

»Schönen guten Morgen, junge Frau. Herrlicher Tag heute. Steife Brise aus Südwest.« Amy nickte dem älteren Herrn mit Kapitänsmütze und blauem Blazer höflich zu. Er hatte ihr schwungvoll die Tür geöffnet, als der Summer ertönte und damit angezeigt hatte, dass der Durchgang freigegeben war. Dann trat der Mann zurück und schwenkte den Arm mit einer ausladenden Bewegung zur Seite. »Natürlich *Ladies first*. Viel Spaß bei Ihrem Besuch hier.« Er salutierte, und kaum war sie drinnen, schob er sich aus der Tür. Amy drehte sich um und sah, wie er in flottem Trab die Zufahrt zum Lockhart-Pflegeheim hinuntereilte.

In einem Sessel gleich neben der Tür saß eine ältere Dame. »Der Käpt'n ist wieder ausgebüxt«, rief sie mit schriller Stimme und schlug aufgeregt mit dem Kopf gegen die Lehne. Amy wich zwei weiß gekleideten Pflegerinnen aus, die dem Käpt'n nachsetzten.

Amy sah sich um. Die Wände des modernen Gebäudes waren beige, die Teppiche räucherlachsrosa. Es roch nach Desinfektionsmittel, mit einer Note von gekochtem Kohl. Der Empfangsbereich ging in eine große Lobby über, wohl der allgemeine Aufenthaltsraum. In den Sesseln saßen einige Bewohner, manche lebten offenkundig in ihrer eigenen Welt, andere schliefen, der Rest sah Amy neugierig entgegen. Alle trugen Hausschuhe. Amy musste an ihre Großmutter denken, die fest entschlossen war, bis zum Ende in ihrem Haus zu bleiben, umgeben von ihren Dingen, an denen unzählige Erinnerungen hingen.

Die alte Dame, die Alarm geschlagen hatte, winkte ihr zu. »Nicht Ihre Schuld, meine Liebe«, sagte sie zu Amy. »Er versucht es jedes Mal. Wer regelmäßig herkommt, kennt das schon, aber das können Sie ja nicht wissen.«

Amy nickte und spähte durch die Glastür. Der Käpt'n kehrte zurück, eine Pflegerin am rechten und eine am linken Arm, als schlenderten sie freundschaftlich über ein Schiffsdeck. »Etwas raue See heute«, sagte er beim Hereinkommen und nickte Amy zu. »Wir warten mit dem Auslaufen bis morgen.« Er spazierte mit einer der Pflegerinnen weiter, die andere löste sich von seinem Arm und begrüßte Amy.

»Tut mir leid«, sagte sie. »Die Rezeption sollte immer besetzt sein, damit solche Dinge nicht passieren, aber wenn uns die Bewohner brauchen, müssen wir hin. Leider sind wir unterbesetzt. Aber er kommt nie weit. Nun, was kann ich für Sie tun?«

Amy zögerte. »Ich möchte gern Arnold Putney besuchen.« Sie schob die Hand in die Tasche und fasste nach dem Zettel, auf den sein Enkel die Adresse des Pflegeheims geschrieben hatte.

»Genau, sein Enkel hat uns schon Bescheid gesagt, dass Sie kommen. Ein liebenswürdiger alter Herr, dieser Mr. Putney! Ich glaube, er hat schon gegessen und ist wieder in seinem Zimmer.« Amy warf einen verstohlenen Blick auf ihre Armbanduhr. Es war genau zwölf Uhr.

»Das Mittagessen gibt es bei uns recht früh«, erklärte die Pflegerin. »Zimmer 24. Diesen Gang entlang und dann die Treppe hoch.«

Amy folgte den Angaben. Vor Arnolds Zimmertür blieb sie stehen und fragte sich, was sie hier eigentlich wollte. Ein Fünfundneunzigjähriger konnte sich doch unmöglich erinnern, ob er vor über vier Jahren einen Ring verkauft hatte. Und selbst wenn, was hatte sie davon? Tim bliebe verschwunden. Sie drückte ihre kleine Einkaufstüte an sich und spähte hinein, um auf andere Gedanken zu kommen. Die kleine Weinflasche reckte ihr den Hals entgegen, als wollte sie fragen: »Was hast du schon zu verlieren?« Nichts, dachte Amy und klopfte.

»Nur herein, meine Liebe«, meldete sich eine Stimme. Amy trat ein.

Das Zimmer war klein, aber hell, möbliert mit einem Einzelbett, zwei Besucherstühlen vom Charme eines Schulleitungsbüros und einem niedrigen Tischchen mit Stehlampe. Auf einem Regal reihten sich Familienfotos, etliche mit einem kleinen Jungen, den Amy als den jetzigen Ladeninhaber wiedererkannte. Ein prächtiger Ficus füllte eine Ecke, der Übertopf ein Paradebeispiel für das Willow Pattern, das blau-weiße Flechtmuster.

Arnolds Sessel stand zum Fenster gewandt, doch als Amy eintrat, begann sich Arnold langsam zu erheben und zu drehen, damit er sie sehen konnte. »Ach, nur keine Umstände«, bat sie rasch, sie sah schon den bösen Sturz, den komplizierten Hüftbruch.

Er ignorierte die Bitte, richtete sich zu voller Größe auf und wandte sich ihr zu. »Umstände sind das keineswegs«, sagte er. »Ich freue mich, so schönen Besuch zu bekommen. Was für wunderschönes kastanienbraunes Haar. Und diese Augen.« Er hielt inne, und Amy spürte seinen forschenden Blick. »Sie kommen mir bekannt vor. Sind wir uns schon einmal begegnet?«

»Einmal kurz«, sagte Amy.

»Ach ja. Kommen Sie doch, ziehen Sie sich einen Stuhl heran.«

Amy stellte behutsam ihre Tasche aufs Bett, hob einen der Stühle vom Teppich und stellte ihn in einem respektvollen Abstand zu Arnolds Sessel wieder ab. »Sehr freundlich von Ihnen, dass Sie mich empfangen«, sagte sie. Arnold wankte ein bisschen hin und her und streckte die Hand nach der ihren aus. Hastig griff sie zu, beunruhigt von seinem unsicheren Stand. Da führte er ihre Hand an seinen Mund und drückte einen langen, feuchten und ein wenig klebrigen Kuss darauf. Amy musste sich zusammennehmen, damit ihre Gesichtszüge nicht entgleisten. Sie zog ihre Hand zurück und setzte sich. Auch Arnold begann sich niederzulassen, offensichtlich eine längere Prozedur, und Amy sprang wieder auf, um ihm zu helfen.

»Danke, meine Liebe«, sagte er und sah sie erwartungsvoll an. Amy setzte sich und erwiderte seinen Blick. »Haben Sie mir eine Kleinigkeit mitgebracht?«, fragte er schließlich.

»Selbstverständlich!« Sie schoss erneut in die Höhe, ging zu ihrer Tasche und nahm die kleine Flasche Rotwein heraus, die sie auf Anweisung seines Enkels gekauft hatte. Arnold strahlte sie an. »Da ist eine leere Johannisbeersaftflasche in der Schublade neben dem Bett«, flüsterte er verschwörerisch. »Sind Sie so lieb und füllen den Wein um?«

Amy erfüllte ihm seine Bitte mit großer Vorsicht, damit sie nichts auf den rosa Teppich verschüttete, und reichte ihm die Saftflasche. Er setzte sie an die Lippen und nahm leicht zittrig einen Schluck. Dann stieß er einen zufriedenen Seufzer aus und wischte sich über den Mund. »Das Heim ist nicht schlecht«, sagte er. »Reichhaltiges Frühstück, das Mittagessen frisch gekocht. Na ja, abends nur Brot. Aber es herrscht ein lächerliches, striktes Alkoholverbot. Als ob irgendwer merken würde, wenn wir Alten ein bisschen angeschickert sind.« Er lachte und bot ihr die Flasche an. »Die Hälfte von uns ist sowieso nicht mehr ganz dicht.«

Amy schüttelte den Kopf. »Der ist für Sie.«

»Und was kann ich für Sie tun?« Arnold strahlte sie an, sichtlich gut gelaunt. Er trank noch einen Schluck Wein. Amys Blick folgte dem Tropfen, der ihm aus dem Mund Richtung Kinn rann. Da streckte er die Zunge heraus und leckte ihn auf. Wie ein Frosch, erstaunlich schnell. »Möchten Sie bestimmt nichts davon? Sie sehen aus, als könnten Sie einen Drink gebrauchen.«

»Vielen Dank«, lehnte Amy ab. »Ich freue mich, dass ich kommen durfte.«

»Mein Enkel sagte, Sie wollten mir etwas zeigen, das aus dem Laden stammt?«

Amy nahm ihre Kette ab, ließ den Ring herausgleiten und hielt ihn Arnold hin. Er nahm ihn, dann griff er in die Jackentasche und setzte sich seine Brille auf, um den Ring prüfend zu betrachten. Amy beobachtete ihn scharf, hielt Ausschau nach einem Zeichen des Wiedererkennens.

»Ich habe sehr gern mit Schmuck gehandelt«, erzählte er. »Ich hatte nie viel davon, und es dauerte immer ziemlich lang, bis sich Käufer dafür fanden. Deshalb erinnere ich mich an jedes Stück. Dave hat schließlich damit aufgehört. Mein Enkel. Ich glaube, er machte sich Sorgen, dass Schmuck Einbrecher anlocken könnte. Aber ich schaue mir so gerne die Gesichter der Leute an, wenn sie etwas Besonderes wie diesen Ring kaufen. Manche Frauen haben Schmuck gekauft, um sich selbst eine Freude zu machen. Manchmal kamen Männer, die

Schmuck kauften, um bei ihren Frauen etwas gutzumachen. Weiß Gott, was sie angestellt hatten.«

Er sah Amy an, die geduldig nickte. »Erinnern Sie sich an diesen Ring?«, fragte sie.

»Ich stellte mir immer gerne vor, wer welches Stück kaufen würde und warum. Natürlich lag ich nicht immer richtig. Zum Beispiel erinnere ich mich an eine sehr hübsche Brosche, Art déco, eine filigrane Silberarbeit in Form eines Käfers. Die Augen waren aus Citrin. Ich war sicher, diese Brosche würde von einem Mann gekauft werden, der mit einer Hobbygärtnerin verheiratet war. Aber dann kam diese Frau herein, die etwa in Ihrem Alter gewesen sein muss, und kaufte sie für ihren zwölfjährigen Sohn, der Insekten und Schmucksteine liebte. Es gibt schon seltsame Dinge auf der Welt, finden Sie nicht?«

Wieder nickte Amy. »Und dieser Ring?«

»Ich habe es meinem Enkel angemerkt, dass er sehr von Ihnen angetan war«, sagte Arnold. »Er hat mir erzählt, dass Sie die Eule gekauft haben.«

»Sie ist wunderschön«, sagte Amy. Ihr sehnlicher Wunsch, mehr über den Ring zu erfahren, ballte sich in ihrem Hals wie zu einem Kloß zusammen, weil Arnold sie ständig ins Leere laufen ließ.

»Ja, ich merke, dass Sie einen guten Blick für die Dinge haben. Sie sind wohl Künstlerin?«

»Ja«, antwortete Amy verblüfft. »Eigentlich nein. Nicht mehr.«

Arnold nahm wieder einen Schluck und blickte dann auf den Ring hinunter. »Dieser Ring ...« sagte er mit zärtlicher Stimme. »Ich wusste immer, dass bei ihm Liebe im Spiel wäre.«

»Sie erinnern sich an ihn?«, fragte Amy und beugte sich

vor. Arnolds Atem roch nach Wein und schwarzen Johannisbeeren. »Erinnern Sie sich, wer ihn gekauft hat?«

»Ich habe ihn auf einem Parkplatz-Flohmarkt entdeckt, wo die Leute ihre Sachen aus dem Kofferraum ihres Autos heraus anbieten«, fuhr er fort. »Ich musste die ganze Ladung nehmen, da war viel Ramsch dabei, Faschingskostüme, aber auch ein hübsches Malachitarmband. Doch ich habe das ganze Zeug nur wegen des Rings gekauft. Er runzelte die Stirn. »Wunderbares Art-déco-Stück«, sagte er und gab Amy den Ring zurück. »Aquamarine sind nicht die wertvollsten Steine, und die Diamanten sind winzig, aber der Ring ist sehr elegant, finden Sie nicht?«

Der Ring war noch warm von Arnolds Händen, und Amy erlaubte es sich jetzt, ihn an den Finger zu stecken. »Aber Sie erinnern sich nicht an den Käufer?«, sagte sie nach einer Weile.

Arnold blickte hoch. »Natürlich erinnere ich mich an ihn«, entgegnete er. »Ich hatte mir jahrelang ausgemalt, wer ihn kaufen würde, und der junge Mann passte perfekt ins Bild. Hochgewachsen, dunkle Haare, gutaussehend. Bisschen zappelig. Hat viel vor sich hin gesummt.«

Amy presste ihre Hand um den Ring. Der Typ, den Arnold beschrieb, war Tim.

»Der will bestimmt einen Heiratsantrag machen, dachte ich mir. Der Ring muss für eine Verlobung sein. Ich merke es den Leuten immer an, wenn sie verliebt sind.«

Amy schüttelte den Kopf. »Nein. Er hat mir keinen Antrag gemacht.«

»Schade«, sagte Arnold traurig.

»Ich habe ihn seit über elf Jahren nicht gesehen«, fügte Amy hinzu.

»Elf Jahre«, wiederholte Arnold. »So lange muss es ungefähr her sein, dass ich den Ring verkauft habe, ein, zwei Jahre hin oder her. Maeve hat noch gelebt, denn ich erinnere mich, dass ich ihr davon erzählt habe. Der Ring war damals das Teuerste in meinem ganzen Laden. Ich weiß noch, dass ich mich fragte, wo so ein junger Mann das Geld dafür herhatte.« Er lächelte breit. »Ich habe keinen solchen Phantasiepreis verlangt wie die Luxus-Juweliere in Hatton Garden, aber der Ring war doch teurer als ein Porzellanvogel. Da war auch eine höhere Gewinnspanne drin.« Er zwinkerte Amy zu, was sie an seinen Enkel erinnerte.

»Danke«, sagte sie. Jetzt wollte sie über die ganze Tragweite dessen nachdenken, was sie gerade erfahren hatte. Tim hatte den Ring ungefähr zu dem Zeitpunkt gekauft, als er verschwunden war. »Sie haben mir sehr geholfen.«

»Gern geschehen, meine Liebe«, sagte er. »Mein Enkel kommt mich zwar auch besuchen, aber es ist nett, wenn mir mal eine hübsche junge Dame wie Sie Gesellschaft leistet.« Zu den jungen Damen zählte sich Amy zwar nicht mehr, aber das musste man wohl in Relation sehen, dachte sie.

»Passen Sie gut auf den Ring auf«, sagte Arnold zum Abschied. »Er ist ein erlesenes Stück, typisch für den Stil der Zeit. Dezent, aber trotzdem sehr schön.« Er blickte zu Amy hoch. »Genau wie Sie.«

Der Ring konnte nicht reden. Er konnte nur auf alles Mögliche hindeuten, und Amy konnte alles Mögliche daraus folgern. Aber Arnolds Worte klangen ihr in den Ohren. Liebe. Verlobung. Antrag. Sie musste es noch einmal versuchen. Sie musste noch einmal versuchen, Tim zu finden.

Wenn sie sich all die Jahre geirrt hatte? Wenn er sie gar nicht betrogen hatte?

Amy überlief ein Schauer. Wenn er gar nicht fortgegangen war, um mit Chantel zusammenzuleben, was war dann passiert? Und wo war Chantel?

Montagfrüh flogen Amys Hände über die Tastatur. Natürlich würde sie ihn nicht im Netz finden, das hatte sie schon oft versucht. Aber vielleicht konnte sie seine alten Freunde aufspüren. Elf Jahre war es nun her. Vielleicht hatte einer etwas gehört.

»Du bist bei Facebook?«

Verdammte Carthika, mit ihrer ständigen Schnüffelei.

»Uns hast du gesagt, wir dürfen da nicht rein, nicht mal in der Mittagspause. Social Media hat im Büro nichts zu suchen, hast du gesagt.«

»Und ob Social Media hier was zu suchen hat«, mischte sich Liam ein und kam zu ihnen herüber. »Twitter ist die Zukunft des Marketings.«

Carthika rollte hinter seinem Rücken mit den Augen. Er setzte sich auf Amys Schreibtisch, sie konnte gerade noch rechtzeitig die Apex-Akte beiseiteschieben. »Kann ich etwas für Sie tun?«, fragte sie widerstrebend.

»Ich hoffe doch.« Er lächelte sie an. Seine Zähne sahen heller aus als letztes Mal, Amy fragte sich, ob er sie gebleicht hatte. Anstatt nun seine Wünsche genauer zu erläutern, blieb er einfach auf ihrem Schreibtisch sitzen und blockierte ihr den Zugang zur Tastatur.

»Und?«, forderte sie ihn zum Reden auf.

»Ach, richtig«, sagte er. »Ich schreibe gerade eine Rundmail zur innerbetrieblichen Kommunikation und brauche jemand, der sich umhört, wie die Leute darauf reagieren.«

Was für eine Zeitverschwendung, dachte Amy. »Tut mir leid, ich bin sehr beschäftigt.«

»Du warst bei Facebook!«, grätschte Carthika dazwischen. »Nachdem du uns gesagt hast, wir dürften das nicht, nicht mal in der Mittagspause.«

»Das stimmt nicht«, sagte Amy, obwohl sie sich vage an eine solche Aussage erinnerte. »Was ihr in der Mittagspause treibt, ist eure Sache.«

»Jetzt ist nicht Mittagspause.« Carthika blickte demonstrativ auf ihr Handgelenk. Amy sah, dass sie nicht einmal eine Uhr trug. »Also wirklich.«

»Zu deiner Information, ich war schon um halb acht hier und habe meine Mittagspause vorverlegt«, sagte Amy und deutete auf ein Käsesandwich, das sie sich unterwegs im Supermarkt besorgt hatte. »Nicht, dass ich mich rechtfertigen müsste«, schob sie nach, zunehmend verärgert. »Ich mache auch keine Zigarettenpausen. Im Unterschied zu gewissen anderen Leuten.«

Carthika lachte. »Jetzt krieg dich wieder ein. Ich sag's auch nicht weiter. Und zu deiner Information, ich rauche jetzt nur noch zehn Stück am Tag. Damit bin ich praktisch Nichtraucherin.«

Liam lächelte wegen des Wortwechsels. »Dann helfen Sie mir also?«, fragte er Amy noch einmal.

»Ich schlage Carthika vor«, sagte Amy.

»Also eigentlich glaube ich, Sie wären ...«

»Carthika übernimmt das.« Amy blieb fest. Dann wedelte sie auffordernd mit der Hand, damit er ihren Schreibtisch räumte. »Wenn Sie jetzt so gut wären ...«

»Alles klar«, antwortete er, rutschte enttäuscht von der Tischplatte und kehrte an seinen Platz zurück.

»Zurück an die Arbeit«, sagte Amy. Carthika versuchte sie mit ihren Blicken zu erdolchen. »Ich muss weiterrecherchieren«, sagte Amy.

»Facebook-Suche?«, fragte Carthika. »Und dazu das ganze Make-up letzte Woche.« Sie grinste. »Versuchst du einen Exfreund aufzuspüren ...« Carthika brach abrupt ab. »Tut mir leid«, sagte sie rasch. »Ich wollte nicht ... ach, ich bin ja so blöd, ich sollte keine ...«

»Schon okay«, sagte Amy. Erst jetzt bemerkte sie, wie verspannt ihr Unterkiefer war. Sie hatte Carthika nie erzählt, was passiert war, aber natürlich wurde im Büro getratscht. »Die Unterlagen von Jessop müssen wegsortiert werden.«

Untypisch schweigsam wandte sich Carthika wieder ihrer Arbeit zu. Amy brauchte noch eine Weile, bis sie ihre Gefühle im Griff hatte, dann wandte sie sich wieder dem Bildschirm zu. Am besten einfach alles ausblenden, dachte sie. Vielleicht hilft ein bisschen Ablenkung.

Amy machte ein neues Fenster auf und klickte die Keramik-Rubrik der Oxfam-Website an. Sie kaufte einen Aschenbecher in Form einer auf dem Rücken liegenden Schildkröte. Danach fühlte sie sich besser, wickelte ihr Sandwich aus und biss hinein.

Da ploppte eine Nachricht auf. Liam. Stirnrunzelnd kaute Amy weiter. Sie hatte Mr. Trapper empfohlen, Messenger-Programme zu löschen. In ihrem eigenen Team wurde gerne gechattet, während alle taten, als würden sie arbeiten. Allerdings verrieten sie sich, wenn sie ab und zu in Gelächter ausbrachen.

Vielleicht benutzt Liam das Programm ja angemessen, dachte Amy großzügig. Für eine Nachricht, die dringender war als eine E-Mail, aber nicht so aufdringlich wie ein Anruf oder ein zweiter Besuch an ihrem Schreibtisch. Sie las die Nachricht.
Nett, heute mit Ihnen zu plaudern.

Von wegen dringend. Sie löschte die Nachricht, ohne zu antworten.

Da kam eine zweite Nachricht. *Wenn Sie mir bei meinen Erkundigungen schon nicht helfen wollen, möchten Sie dann vielleicht mit mir was trinken gehen?*

Amy hustete, dass ein paar Sandwichkrümel zum Bildschirm flogen. Sie trank einen Schluck Wasser.

»Alles in Ordnung?«, fragte Carthika.

»Ja, bestens«, stotterte Amy. Sie klickte die Nachricht weg und kehrte zur Oxfamseite zurück.

Ihre Finger schwebten über dem Bestellbutton eines Kanarienvogels aus Porzellan, der auf einem knorrigen Zweig saß. Sie packte ihn in den Einkaufswagen und suchte sich dann noch eine hübsche gelbe Tasse mit Untertasse aus, die mit einer rosa Lilie dekoriert war.

Die nächste Nachricht. *Was meinen Sie?* Auf die Worte folgte das Emoji eines dicken kleinen Gesichts, das ihr zuzwinkerte.

Normalerweise antwortete Amy nicht auf solche Nachrichten, doch diesmal schien es ihr nötig. *Nein, danke* tippte sie. *Alle weiteren Anfragen bezüglich Recherche bitte direkt per E-Mail an Carthika.*

Jetzt ging es ihr ein wenig besser, und sie kehrte zu Facebook zurück. Social Media spielten für sie natürlich keine so große Rolle. Es war schon schlimm genug, Menschen persönlich zu treffen, auch wenn man sich dann keine Fotos von ihren Kindern, Hunden und irgendwelchen Abendessen ansehen musste. Aber Amy hatte ihren Account die ganzen Jahre behalten. Nur für den Fall.

Sie fand überraschend viele Freundschaftsanfragen von Leuten, mit denen sie mal was zu tun hatte. An manche konnte sie sich kaum erinnern, aber andere lösten lebhafte Erinnerungen aus. George Matthew. Sie hatte sich halb totgelacht, als er sich im Kindergarten einen Sonnenblumenkern so weit in die Nase geschoben hatte, dass er zum Arzt musste. Mary Cook. Sie hatte Amy feierlich anvertraut, dass ihre Hündin trächtig geworden war, nachdem sie an einem Baby geschnüffelt hatte. Georgina Pewter. Die hatte sich mit elf im Sportunterricht absichtlich in die Hosen gemacht, nachdem ihr die Lehrerin nicht erlaubt hatte, zur Toilette zu gehen. Georgina hatte gepinkelt und kichernd ihren Hockeyschläger in die Pfütze fallen lassen.

Amy ignorierte die Anfragen. Dann ploppte noch eine Nachricht von Liam auf. Diesmal nur ein Gesicht, das in Tränen aufgelöst schien. Amy bekam erst ein wenig Mitleid, doch dann sah sie, dass das Gesicht zugleich lachte. Tränen lachte. Unverschämtheit! Amy löschte die Nachricht und startete ihre Facebook-Suche.

Da war er.

Simon Oaks.

Sein Profilfoto zeigte ihn auf der Bühne mit E-Bass. Amy ging seine übrigen Fotos durch und fand ein paar Bilder seiner Band. Von den alten Mitgliedern war niemand mehr dabei, wahrscheinlich hatte es »künstlerische Differenzen« gegeben. Er und Tim hatten die ständig, aber waren zusammengeblieben.

Bis sie dann nicht mehr zusammen waren.

Amy entdeckte neben seinem Namen einen kleinen grünen Kreis. Er war gerade online.

Sie beschloss, den Moment zu nutzen und mutig ins kalte Wasser zu springen.

Amy ließ eine lange Umarmung über sich ergehen. »Ich kann's gar nicht fassen, dass du es bist«, sagte Simon, als hätte er eine wildfremde Person erwartet, die Amys Facebook-Account gehackt und sich als falsche Amy mit ihm verabredet hatte. »Du siehst aus wie immer. Phantastisch.«

Sie wusste, dass das nicht stimmte, und brachte es nicht über sich, das unehrliche Kompliment zu erwidern. Simon wirkte auf sie wie ein Schuh, den selbst sie ausmustern würde, ausgelatscht und alles andere als frisch. Aber sein Lächeln war immer noch dasselbe, es breitete sich über sein Gesicht aus, bis sich zuletzt auch die Augenwinkel nach oben krümmten. Zu ihrer Überraschung schien er sich aufrichtig über ihr Wiedersehen zu freuen.

»Nett von dir, dass du so spontan warst«, sagte Amy. Sie war fast bestürzt gewesen, als sich herausstellte, dass Simon in der Stadt war und sich noch für denselben Abend verabreden wollte. Ihr war nichts eingefallen, wie sie die Sache noch abbiegen könnte, und so standen sie jetzt vor einem Pub in einer ruhigen Nebenstraße beim Bahnhof und umarmten sich.

Unter dem Vorwand, sie wolle die Drinks besorgen, machte sie sich von ihm los. Er ließ sich auf einem grünen Ledersofa in Türnähe nieder, während Amy zur Bar ging und sich zu sammeln versuchte. Sie bestellte einen Gin Tonic und ignorierte den Vorschlag des Barmanns, einen Doppelten daraus zu machen. Für Simon kaufte sie »irgendwas aus dem Zapfhahn«, das der Barmann in einen hässlichen, klobigen Humpen füllte. Wenigstens brauchte sie sich so keine Sorgen zu machen, was passieren würde, wenn Simon ein zartes Glas in seine ewig zittrigen Hände bekäme.

Sie reichte Simon sein Bier und stieß freundlich mit ihm an. Simon trank einen großen Schluck und strahlte. »Schön, dich zu sehen«, wiederholte er. »Finde ich auch.« Amy nickte.

»Mit der Band läuft es super«, begann er von sich aus. »Hast du Tony mal erlebt? Den besten Drummer, den wir je hatten.«

»Nein«, sagte Amy.

»Ist er wirklich.« Simon lief jetzt richtig warm. »Du solltest uns jetzt hören. Total anderer Sound. Kosmischer. Wir hoffen, dass wir bald einen Gig im Sheep and Goat kriegen. Da solltest du kommen.«

»Vielleicht.« Amy konnte sich nichts Schlimmeres vorstellen. Einen Moment lang saßen sie schweigend da.

»Ich habe bei Facebook gesehen, dass du immer noch Single bist«, sagte Simon dann. »Ich hab mich auch nie fest gebunden. Ich hab's ein paar Mal versucht, aber du weißt, wie es ist. Hab nie die richtige Frau gefunden.« Er sah sie erwartungsvoll an. Amy nickte unverbindlich. »Phil hat geheiratet, hat zwei Kids. Idris auch. Der hat Zwillinge gekriegt mit Sandy. Erinnerst du dich an sie?«

»Klar«, sagte Amy. Sie tastete nach dem Ring in ihrer Tasche. »Ich muss zugeben«, begann sie, »dass ich aus einem bestimmten Grund hergekommen bin.«

»Hab ich schon vermutet.« Simon lächelte sie an. »Wir hatten doch immer einen Draht zueinander. Keine Frage.«

»Wie meinst du das?«

»Die Chemie stimmt einfach«, fuhr Simon fort. »Damals, direkt danach, hätte es natürlich nicht gepasst, aber jetzt ...« Er hielt inne. »Es ist wirklich schön, dich zu sehen. Du siehst umwerfend aus.« Amy begann zu bedauern, dass sie das von Joanna empfohlene Rouge aufgetragen hatte. Sie nippte an ihrem Gin Tonic, ein Eiswürfel stieß gegen ihre Zähne.

»Sei mir nicht böse, wenn ich dich hier gleich ausbremse«,

sagte sie. Er sah sie fragend an. »Ich muss dir etwas zeigen.« Sie nahm den Ring aus der Tasche und hielt ihn Simon hin.

»Den solltest du dir an den Finger stecken«, sagte er vorwurfsvoll, lehnte sich zurück und trank noch einen Schluck Bier. »Es ist schlechter Stil, ihn nicht zu tragen. Da kommt man als Mann auf falsche Ideen.«

»Das war nicht meine Absicht ...«

Er beugte sich vor und umschloss ihre ringlose Hand mit der seinen. Seine Hand fühlte sich überraschend an, warm und rau. »Entschuldige«, sagte er. »Ich freue mich für dich. Keine Frage. Ich bin froh, dass du jemanden gefunden hast. Nachdem das passiert ist, dachten wir alle, du würdest vielleicht ...« Er brach ab.

»Du verstehst mich falsch«, sagte Amy. »Dieser Ring ...« Sie steckte ihn an. »Ich habe niemanden gefunden. Der Ring ist von Tim.«

Simon zog eine Braue hoch. »Von Tim?«, wiederholte er.

»Ja.« Amy schwieg.

»Hast du ihn gesehen?«, fragte Simon. Er sah sie mit zusammengekniffenen Augen an, und Amy konnte sehen, dass er dachte, sie sei durchgeknallt.

»Natürlich nicht«, sagte Amy. »Er ist seit Jahren verschwunden.«

»Genau«, bestätigte Simon.

Sie fuhr fort, »Ich habe den Ring in meinem Garten gefunden. Ich weiß nicht, wie lange er dort gelegen hat, er war unter ...«, sie hielt inne, »... unter ein paar Sachen begraben. Aber Tim wusste, dass mir dieser Ring gefiel. Er war der Einzige, der das wusste. Deshalb muss er ...« Sie hörte auf zu reden.

»Ich war immer überzeugt, dass er dich liebt«, sagte Simon.

»Keine Frage. Ich war so schockiert wie alle anderen auch, als es passierte.«

»Hat er dir gegenüber mal was erwähnt?«

»Nie«, sagte Simon. »Weder den Ring1 noch Chantel. Nichts. Aber wir hatten damals künstlerische Differenzen. Wenn du dich erinnerst.«

»Ich erinnere mich.«

»Deshalb war ich überrascht, dass er dir erzählt hat, er würde sich an jenem Abend mit mir treffen«, sagte Simon. »Wir haben uns natürlich nicht getroffen. Aber auf eine gewisse Art war ich geschmeichelt, dass er mich als Alibi benutzte. Das hieß für mich, dass er mich immer noch als Freund betrachtete, auch wenn er vorhatte abzuhauen.«

»Und er hat sich die ganzen Jahre nicht bei dir gemeldet?«

»Nein«, sagte Simon. »Ich dachte immer, wenn er sich meldet, dann bei dir.«

»Nicht, wenn er mit Chantel weg ist«, sagte Amy. Bitterkeit war in ihre Stimme.

»Ich glaube nicht, dass er das getan hat«, sagte Simon. »Das habe ich nie geglaubt. Tim brauchte dich. Du warst sein Fels. Chantel hätte kein Fels sein können, sie trieb selber haltlos im Meer.« Simon lächelte. »Klingt wie eine gute Songzeile, findest du nicht? Könnte ich direkt aufschreiben.«

Amy sah zu, wie Simon einen Stift nahm und auf einen Bierdeckel kritzelte. »Du warst ein Fels für uns alle«, fuhr er dann fort. »Für Tim. Für Chantel. Und für mich.« Er zögerte, ein Anflug von Verletztheit wanderte über sein Gesicht wie eine Wolke. »Ich glaube, dich habe ich am meisten vermisst«, sagte er. »Als die beiden weg waren.«

»Ich war doch da.«

»Anfangs schon. Als du noch dachtest, ich könnte dir dabei

helfen, sie zu finden. Aber als du gemerkt hast, dass ich nichts wusste, hast du mich nicht mehr angerufen.«

Amy spürte das Bedürfnis, sich zu verteidigen. »Ich war völlig fertig.«

»Das glaub ich dir«, sagte Simon. »Das war ich auch. Ihr wart doch meine besten Freunde. Als die beiden weg waren, dachte ich, wir würden uns vielleicht näherkommen. Aber dann war es, als ob du auch noch verschwunden wärst.«

Amy zögerte. Sie hatte sich Simon nie sonderlich nahe gefühlt, aber sie hatten viel gemeinsame Geschichte, hatten einiges zusammen erlebt und lange sogar zusammen in einer WG gewohnt. Wahrscheinlich waren sie doch ganz gute Freunde gewesen. Und dann hatte sie ihn verlassen. Wie Tim und Chantel sie verlassen hatten.

»Tut mir leid«, entschuldigte sie sich.

»Ist längst verjährt«, sagte Simon mit einer unechten Leichtigkeit in der Stimme. Er hielt sein Bierglas hoch, zu Amy hin, und sie stießen wieder miteinander an. Beim Klirren der Gläser zuckte Amy zusammen.

»Und überhaupt ...«, redete Simon weiter, deutlich bemüht, die schwermütige Stimmung aufzuhellen, »... bevor Tim endgültig verschwunden ist, hab ich ihn schon eine ganze Weile nicht gesehen. Er hat sich mit ein paar anderen Leuten zusammengetan, eine üble Clique.«

»Was für andere?« Amy horchte auf.

»Fans von House. Kein Geschmack. Keine Ahnung von guter Musik. Tim ist mit denen sogar zu ein paar *Gigs* gegangen. Wenn man bei solchem Zeug überhaupt von Gig sprechen kann.«

»Direkt bevor ... es passiert ist? Daran erinnere ich mich nicht.«

»Wahrscheinlich warst du da in Florenz.«

Amy nickte. »Weißt du, wie diese Leute heißen?«

»Leider nein. Ich habe sie nur einmal getroffen. Kamen mir ziemlich unangenehm vor.« Er stand auf. »Noch ein Getränk? Wir haben einiges nachzuholen.«

»Nein, danke. Ich muss nach Hause.« Sie zögerte. »Aber ein anderes Mal gerne«, schob sie nach. »Ich habe dich vermisst.« Als sie den Satz ausgesprochen hatte, wusste sie, dass sie ihn ehrlich meinte.

Simon lächelte sie an, sein Gesicht hellte sich auf. »Klar«, sagte er. »Ganz bestimmt hast du das.«

Sie hörte ihn, bevor sie ihn sah. Peng, peng, peng. Unregelmäßig, unrhythmisch. Ganz bestimmt prellte Charles wieder seinen Ball vor ihrem Haus aufs Pflaster. »Ich pass schon auf deine Blumentöpfe auf«, kam er allen Einwänden zuvor. »Schau, wie ich den Ball unter Kontrolle hab. Ich hab es sechsundfünfzig Mal geschafft.« Da rebellierte der Ball und sprang in einem spitzen Winkel von ihm weg. Charles lief ihm nach, bückte sich und angelte ihn unter einem geparkten Auto hervor. »Du hast mich abgelenkt«, tadelte er sie.

Amy nickte und ging an ihm vorbei zu ihrem Haus.

»Macht nichts«, sagte Charles. »Nicht so wichtig. Ich bin sowieso fertig.« Amy drehte sich um und sah, dass er ihr auf dem Gartenweg gefolgt war. Der Ball klemmte unter seinem Arm.

»Ist es nicht ein bisschen zu spät für dich, um noch draußen zu sein?«, fragte sie.

»Ich bin jetzt achteinhalb«, sagte Charles. Amy sah ihn verständnislos an. »Fast neun«, erklärte er. »Du bist auch spät dran. Wo warst du denn?«

»War nichts Interessantes«, sagte Amy. Sie wollte ihre Tür aufschließen und ins Haus gehen, und dafür wünschte sie sich den Jungen samt Ball weit weg.

»Hattest du ein Date?«, wollte Charles wissen.

Amy sah ihn überrascht an. »Das geht dich nun wirklich nichts an«, sagte sie. »Wenn du jetzt so freundlich wärst ...«

»Hast du Lust auf einen Ananassaft?«

Amy merkte, dass sie nach dem Gin Tonic großen Durst hatte und tatsächlich gern einen Ananassaft hätte, aber das wollte sie nicht zugeben. Für sie war es jetzt dringender, hineinzugehen und die nächsten Schritte zu planen. »Nein, danke«, lehnte sie ab. »Machen sich deine Eltern keine Sorgen, wo du steckst?«

»Mein Dad weiß, wo ich stecke«, sagte Charles selbstsicher. »Und meine Mum ist tot.«

Das sagte er so sachlich, dass Amy nicht wusste, was sie darauf erwidern sollte.

»Ist Nina zu Hause?«, fragte sie schließlich.

»Sie ist bei Rachel«, antwortete Charles. »Die sind jetzt beste Freundinnen.« Er verzog das Gesicht.

»Vielleicht nehme ich dein Saftangebot doch an«, sagte sie in Erinnerung an Richards Einladung, jederzeit vorbeizuschauen. »Ich komme mit, aber nur ganz kurz.«

Charles stieß einen Freudenschrei aus. »Du bist die erste Freundin, die mich hier besucht«, vertraute Charles ihr an, nahm mit seiner verschwitzten Hand die ihre und führte sie zu seiner Haustür, wo er Amy noch einmal loslassen musste, um aufzuschließen. »Magst du Bagger?«

»Nicht besonders.« Sie folgte ihm ins Haus. Als sie am Wohnzimmer vorbeigingen, drehte er sich um und legte den Finger auf die Lippen. Sie warf einen Blick in den Raum.

Richard saß auf dem Sofa, Daniel lag zusammengerollt auf seinem Bauch und sabberte ein bisschen auf Richards T-Shirt. Richard winkte und legte ebenfalls den Finger auf die Lippen. Amy schlich leise vorbei. Die beiden sahen so entspannt und gemütlich aus. So glücklich.

»Und ganz große Schaufelbagger?«, fragte Charles, als sie in die Küche kamen.

»Wie bitte?«

»Magst du Schaufelbagger? Ich habe einen wirklich tollen. Echt maßstabsgetreu, genau wie die Bagger, die sie in echt auf der Baustelle benutzen. Dad hat ihn mir zum Geburtstag geschenkt, als ich acht geworden bin. Weil ich so brav war.«

»So wirklich reißen mich Bagger nicht vom Hocker«, gestand Amy. Charles nahm den Saft aus dem Kühlschrank. Er füllte ein Glas bis zum Rand, und als er damit zu der kleinen Frühstückstheke ging, an der Amy unbequem auf einem der hohen Stühle klemmte, schwappte ein wenig auf den Boden. Da hob er das Glas an den Mund und trank einen Schluck ab, bevor er ihr den Saft reichte.

»Und Kräne?«

Amy dachte kurz nach. »Die sind schon gut«, sagte sie dann. »Wenn man Zeug in große Höhen befördern muss.«

»Finde ich auch«, sagte Charles begeistert. »Kräne sind toll. Die sind meine drittliebsten großen Baumaschinen, nach Baggern und großen Schaufelbaggern. Willst du meine Sammlung sehen?«

»Vielleicht später«, wich Amy aus und trank ihren Saft in kleinen Schlucken. Er war herrlich kalt, was sie daran erinnerte, dass sie ihren Kühlschrank mal vom Kundendienst überprüfen lassen sollte, denn bei ihr wurde nichts mehr richtig kalt. Dann dachte sie daran, dass ein Kundendienstmechaniker zu ihr ins Haus kommen müsste, und verwarf die Idee wieder.

»Dein Ring gefällt mir«, platzte Charles ganz plötzlich heraus. »Bist du verheiratet?«

»Nein.« Amy schwieg und überlegte, was sie sonst noch sagen könnte.

»Gut«, sagte Charles. Auch er schwieg. »Mein Dad ist mit Nina auch nicht verheiratet.«

Amy nickte und trank noch einen Schluck Saft.

»Der Ring ist für mich ein Rätsel«, vertraute sie Charles dann an. Irgendwie seltsam, mit diesem kleinen Jungen darüber zu reden, aber kaum waren die Worte draußen, fühlte sich Amy erleichtert. »Ich habe ihn im Garten gefunden. Als der Kater die Blumentöpfe umgeworfen hat.«

»So ein Finderglück.«

»Ich glaube, dass er schon für mich bestimmt war«, sagte Amy. »Mein Freund wollte ihn mir schenken.«

»Du hast einen Freund?« Charles zupfte an dem Schorf auf seinem Knie.

»Hatte«, sagte Amy. »Er ist vor langer Zeit weggegangen.« Sie machte eine Pause. »Verschwunden.«

»Meine Mum ist auch weg«, sagte Charles. »Damit haben wir schon wieder was gemeinsam. Ananassaft, und einen Menschen verloren. Und Kräne.« Er schwieg kurz. »Und wo ist er jetzt?«

»Ich weiß es nicht«, antwortete Amy.

»Hast du die Polizei angerufen?«, fragte Charles aufgeregt.

»Natürlich habe ich die Polizei angerufen«, antwortete Amy. »Gleich, als er verschwunden ist.«

»Polizeiautos sind meine siebtliebsten Fahrzeuge«, informierte Charles sie. »Nach Baggern, großen Schaufelbaggern, Kränen, Feuerwehrautos ...«

»Die haben ihn monatelang gesucht«, unterbrach ihn Amy, »und nicht gefunden.«

Charles dachte nach. »Was glaubt die Polizei denn, was passiert ist?«

Amy trank wieder einen Schluck. Sie sprach nicht gerne über die Vermutungen der Polizei, nicht einmal mit Scarlett. »Da gibt es noch jemanden, der gleichzeitig mit ihm verschwunden ist«, sagte sie langsam.

»Der Mörder!«, sagte Charles. »Das ist ja klar.«

»Nein. Meine beste Freundin«, klärte Amy ihn auf. »Die Polizei vermutet, dass die beiden zusammen weggelaufen sind, und ich habe das irgendwann auch geglaubt. Aber jetzt habe ich diesen Ring gefunden, und der ist für mich ein Hinweis, dass Tim und Chantel vielleicht doch nicht zusammen weggelaufen sind ...«

»Oh«, sagte Charles. Er runzelte die Stirn.

»Was habt ihr beide denn hier zu besprechen?« Richard stand in der Tür. Seine Haare waren noch verstrubbelter als sonst. Daniel stand neben ihm, den Daumen im Mund.

»Das ist privat«, sagte Charles. »Geh weg.«

»Nein, ich gehe«, sagte Amy. Sie zögerte. »Danke«, sagte sie dann zu Charles.

»Du solltest noch mal zur Polizei gehen«, sagte Charles. »Und ihnen sagen, dass du ein neues Indiz hast.«

»Polizei?«, fragte Richard. »Alles in Ordnung, Amy?«

»Ta-tü-ta-tü«, trug Daniel zum Gespräch bei.

»Nein, alles gut«, sagte Amy. »Ich muss jetzt rüber.« Sie wandte sich noch einmal zu Charles. »Danke«, sagte sie. »Der Ananassaft war lecker.«

BECHER

Juli 2002

»Großartig, dass Sie zu uns an Bord kommen, Amy. Es ist angenehm, ein jüngeres Gesicht um sich zu haben. Das bringt frischen Wind in die Bude.« Mr. Trapper lächelte Amy an, und sie hatte das Gefühl, dass dieser herrliche Sommer für sie verloren war.

Amy bedankte sich. »Es ist ja nur für einen Monat«, fügte sie hinzu, mehr zu ihrer eigenen Beruhigung als für Mr. Trapper.

»Selbstverständlich. Kunststudentin, hat Ihre Großmutter gesagt. Vielleicht können Sie das Büro ein bisschen verschönern. Wenn Sie nicht gerade am Kopierer stehen, meine ich.« Sie sahen sich beide in dem tristen grauen Raum um, in dem es nur einen einzigen Farbtupfer gab, das gerahmte Babyfoto seiner Tochter. Sie trug ein bonbonrosa Hütchen und blickte anklagend in die Kamera.

»Ich kann's versuchen«, sagte Amy. »Aber jetzt muss ich los.« Sie bückte sich und hob ihre Tasche auf, denn solange ihr nicht sieben Pfund die Stunde bezahlt wurden, wollte sie hier nicht mehr Zeit verbringen als nötig.

»Ich stelle Sie noch Margery vor«, sagte Mr. Trapper. »Sie kann Ihnen alles zeigen, damit Sie am Montag gleich loslegen können.« Er stand auf, und Amy folgte ihm widerstrebend eine Treppe hinunter. Margery war eine verdrießlich dreinblickende ältere Frau, die gerade Kaffee trank und kritisch ihre Fingernägel betrachtete. »Margery, das ist Amy. Ihre Großmutter hat zusammen mit meiner Frau im Kirchenchor gesungen. Hervorragender Sopran.«

Margery blickte hoch, unbeeindruckt von der familiären Verbindung. »Sie wird Ihnen den Sommer über helfen«, fuhr Mr. Trapper fort. »Kopieren, Tippen, Botengänge und so weiter.« Er lächelte wohlwollend, ohne Margerys missmutige Miene zur Kenntnis zu nehmen. »Ich lasse Sie beide jetzt allein, damit Sie sich kennenlernen können«, sagte er und kehrte in sein Büro zurück.

»Nett, Sie kennenzulernen.« Amy streckte die Hand aus.

»Wir haben hier sehr viel zu tun«, sagte Margery, trank noch einen Schluck Kaffee und ignorierte die angebotene Hand. »Sie werden kaum einen Augenblick zur Besinnung kommen. Sklaventreiber, dieser Mr. Trapper.«

»Wirklich?«, fragte Amy höflich.

»O ja«, sagte Margery. »Holen Sie sich gleich einen Kaffee, solange Sie noch können, und legen dann neues Papier in den Kopierer ein. Das Papier ist ausgegangen. Ich kriege vor Arbeit keinen Fuß mehr auf den Boden.« Sie warf einen Blick auf ihren Schuh, dann auf Amy, wie um ihre Aussage zu verdeutlichen.

»Ich fange eigentlich erst am Montag an«, entschuldigte sich Amy. »Ich glaube, Mr. Trapper dachte nur, wir könnten uns kennenlernen und Sie erklären mir meine Arbeit ein bisschen ...«

»Also dann bis Montag.« Margery wandte sich abrupt wieder ihrem Computer zu. »Der Kaffee ist sowieso schon kalt«, sagte sie, und ihr Blick verfinsterte sich weiter. »Das ist ein Irrenhaus hier.«

Amy nahm von Tim den Becher entgegen. Sie teilten sich den Tee. Simon war mit dem Abwasch dran, aber er lag verkatert in seinem Zimmer und schlief. Die anderen Tim eingeschlossen und damit auch Amy, weigerten sich aus Protest, auch nur ein einziges Geschirrteil abzuspülen.

Amy hatte nichts dagegen, mit Tim aus einem Becher zu trinken. Sie saß im Schneidersitz auf seinem Bett, nahm einen Schluck und gab den Becher dann zurück. Sie genoss diese kleine Intimität. Das Bild, das sie ihm geschenkt hatte, hing an der Wand gegenüber und schuf eine nicht endende Sonnenuntergangsstimmung. »Es war schrecklich«, erzählte sie weiter. »Der Raum, in dem ich arbeiten soll, liegt im Keller und hat nicht einmal Tageslicht. Und die Kopierer surren so nervig und blasen eklig heiße Luft raus, und Mr. Trapper hat mich gewarnt, ich soll aufpassen, wenn ich bei einem Papierstau in das Gerät reingreifen muss, weil sich das letzte Mädchen dabei die Hand verbrannt hat.«

»Willkommen in der Arbeitswelt«, sagte Tim. Er hatte im Supermarkt einige Schichten übernommen und die Regale eingeräumt, um seine Einkünfte aus den Bandauftritten aufzubessern. »Die ist eben scheiße.« Er hob den Becher, wie um mit Amy anzustoßen. »Wenigstens wirst du anständig bezahlt.«

»Es lohnt sich«, sagte Amy. »Dann kann ich den Sommer über in der Stadt bleiben ...« Sie sah ihn an und hoffte, er würde auf diesen Wink reagieren. Sie waren jetzt fast vier Jahre zusammen. Da wäre es doch an der Zeit. »... und dich öfter sehen.«

»Ach, übrigens ...«, begann Tim und reichte ihr den Becher wieder. Amy griff erwartungsvoll danach. Der Henkel fühlte sich glatt und heiß an, Amy begann an den Handflächen zu schwitzen. »Ich hab mir überlegt«, fuhr Tim fort, »du bist doch sowieso die meisten Nächte hier. Ich weiß, unsere Wohnung ist kein Nobelhotel oder so und es steht immer stapelweise schmutziges Geschirr rum, aber wenn Simon weiß, dass eine Lady hier ist, dann reißt er sich vielleicht zusammen ...«

»Ja!«, quiekte Amy. Sie drückte den Becher an die Brust, stellte ihn ab, warf die Arme um Tim und vergrub ihr Gesicht an seinem Hals. »Ich würde wahnsinnig gern bei dir einziehen. Danke.« Sie ließ ihn wieder los und strahlte.

»So viel Begeisterung hatte ich gar nicht erwartet.« Er erwiderte ihr Lächeln. »Hast du unser Bad gesehen? Vier Typen in einer WG, das ist nicht wirklich ...«

»Ist mir egal«, sagte Amy. Sie hatten ihren Sommer zurück. Eine WG in Camden. Jeden Abend mit Tim zusammen. Morgens mit ihm aufwachen und nicht überlegen müssen, ob sie was Frisches zum Anziehen eingepackt hatte. »Das ist super.«

»Du bist super«, sagte Tim. Er beugte sich vor und küsste sie. »Komm, das feiern wir.« Er schnupperte sanft an ihrem Ohr. »Ich glaube, es wird mir gefallen, das Zimmer mit dir zu teilen.«

Die Nachmittagssonne sickerte durch den dünnen pinken Vorhang und übergoss Tims schlafendes Gesicht mit einem Leuchten, das Amy an Erdbeereis an einem heißen Sommertag erinnerte. Sie konnte nicht widerstehen.

Sie nahm den Becher, der auf dem Nachttisch stand, ging ins Bad und füllte ein bisschen Wasser hinein. Auf Rat ihrer Kunstprofessorin trug sie nicht mehr nur ein Skizzenbuch mit sich herum, sondern auch noch ein kleines Wasserfarbenset, einige Pinsel und einen Block mit dickem, rauem Papier, das nur darauf wartete, bemalt zu werden. Sie wusste jetzt, dass Farbe für ihre Kunst wesentlich war, Bleistifte, so praktisch sie auch sein mochten, konnten dem niemals gerecht werden.

Amy ließ sich auf dem Teppich nieder, ignorierte die Keks- und Tabakkrümel, die ihr Gesellschaft leisteten, und tauchte einen breiten Pinsel in den Becher und begann zu malen. Nicht Tims Gesichtszüge, aber die Farbe seiner Haut im Sonnenlicht, das durch den Vorhang fiel. Die Farbe seines dunklen Haares, das in diesem Licht fast blau schimmerte. Er schnarchte, und sie nahm einen feineren Pinsel, um mit kleinen Pünktchen Bewegung über ihm zu erzeugen.

Es war nicht perfekt, hielt aber die Erinnerung fest, die sie brauchte. Wenn sie das nächste Mal im Atelier wäre, würde sie die Skizze als Basis für eine Arbeit mit Ölfarben nutzen. Aber sie bräuchte noch etwas für die Struktur. Sie stand auf und streckte sich. Dabei fiel ihr Blick auf ein Tabakpäckchen, und sie schob es in die Tasche. Sie würde winzige Tabakkrümel in die Farbe mischen. Perfekt.

Sie blickte wieder zu Tim. Er lag mit offenen Augen da und beobachtete sie. »Wenn du anfangen willst zu rauchen, dann könntest du mich auch einfach fragen, ob ich dir eine drehe«, sagte er, rieb sich die Augen und räkelte sich ausgiebig. »Du brauchst nicht zu warten, bis ich schlafe, um dir das ganze Päckchen unter den Nagel zu reißen.«

»Tschuldige!« Amy zog das Päckchen wieder heraus und legte es auf die Bettkante. »Ich wollte es für ein Kunstprojekt benutzen.«

»Alles gut.« Tim setzte sich auf und lachte. »Ich hab noch jede Menge davon. Ich hab mir schon gedacht, dass es um so was geht. War nur ein Scherz.« Er bemerkte den Skizzenblock. »Lass mal sehen.«

»Das ist nur ein Entwurf.« Es machte Amy immer verlegen, wenn sie ein unfertiges Bild herzeigen sollte. Sie schubste den Block aus seiner Reichweite und sah auf die Uhr. Zwei Uhr nachmittags, Mr. Trapper wäre jetzt wahrscheinlich vom Mittagessen zurück. Sie sprang auf und holte ihr Handy, er sollte möglichst schnell erfahren, dass sie den Job nun doch nicht brauchte. Sollte er sich eine andere Unglückliche suchen, die den Sommer damit verbrachte, sich am Fotokopierer die Finger zu verbrennen.

»Was gibt's?«, fragte Tim.

»Ich werde Mr. Trapper sagen, dass er sich seinen Job sonst wohin stecken kann«, sagte sie. »Höflich natürlich.«

»Was? Wieso?«

Amy sah Tim verwirrt an. »Wenn ich mir für den Sommer kein Zimmer suchen muss, dann brauche ich nicht die ganze Zeit zu jobben.« Sie lächelte. »Vielleicht kellnere ich ein bisschen. Dann reicht es auch für die Reise nach Florenz ...«

»Klar«, sagte Tim. »Natürlich.« Er lächelte sie an und sah dann auf die Uhr. »Ich muss jetzt los. Doppelschicht im Supermarkt, und heute Abend der Auftritt. Du kommst doch, oder?«

»Den würde ich mir nie entgehen lassen.«

»Super. Morgen hab ich Frühschicht, deshalb darf es heute Abend nicht so spät werden. Und jetzt viel Spaß, wenn du Mr. Trapper sagst, was er mit seinem Job machen kann ...«

»Danke.« Amy betrachtete Tim, als er in die Jeans stieg, und bemerkte die dunklen Ringe unter seinen Augen. Seine Haut, die immer ziemlich blass war, hatte einen ungesunden Grauton angenommen, jetzt, wo das Sonnenlicht nicht mehr auf sein Gesicht fiel. Vielleicht lag es nur an den Zigaretten und am Alkohol. Vielleicht war es aber auch Erschöpfung. »Du arbeitest ganz schön hart«, sagte sie. »Mit der Band und dem Supermarkt.«

»Wenn wir einen Vertrag kriegen, ist das die Sache wert«, sagte Tim. »Nächste Woche kommt ein Scout, hab ich dir das schon erzählt? Dann sind wir alle unsere Geldprobleme los.«

»Geldprobleme?«, hakte Amy nach.

»Scheißjobs und miese Wohnungen«, sagte Tim. »Damit werden wir uns nicht mehr lange herumschlagen.« Er lächelte sie an. »Das hat mich sogar auf eine Idee für einen neuen Song gebracht. Ich muss nur noch die Harmonien ausarbeiten. Vielleicht hab ich morgen nach dem Supermarkt Zeit dazu. Wer braucht schon Schlaf?«

»Ich nehme den Job doch an«, erklärte Amy plötzlich.

»Was? Der klingt doch grauenhaft.«

»Ich möchte helfen«, sagte Amy. »Ich mache diesen Job, und wir teilen uns das Geld. Dann musst du nicht mehr so viele Schichten übernehmen und hast mehr Zeit für deine Musik.«

»Nein, Amy«, sagte Tim. »Und was ist mit Florenz?«

»Florenz kann warten.« Amy schloss kurz die Augen und dachte an die Farben, die ihr entgehen würden. Der dreifarbige Marmor – rosa, grün und weiß – an der Fassade der Kathedrale, das Orangerot der Kuppel. Das kräftige Rot der Pastasaucen, das schlammige Grün des Arno. Sie machte die Augen wieder auf. Nichts davon war so wichtig wie Tim, der sie betroffen ansah und einen Schluck aus dem Becher trank.

Aus dem Becher, den sie für die Pinsel benutzt hatte.

»Halt!«, schrie Amy. »Nicht runterschlucken!«

Er spuckte das Wasser in den Becher zurück. »Und ich dachte immer, Simon wäre eklig.« Er verzog das Gesicht. »Hat meine Zunge jetzt eine andere Farbe?« Er streckte sie heraus, damit Amy sie untersuchen konnte.

Amy fing an zu lachen. Ein Kichern, das außer Kontrolle geriet und zu einem hysterischen Lachen wurde. Plötzlich lachte auch Tim, sie spürte, wie er seine Arme um sie schlang und sein Gesicht an ihren Hals drückte. »Und mit so einer wohne ich jetzt zusammen! Worauf hab ich mich da bloß eingelassen?«, brummte er und küsste sie.

Sie spürte die Kühle des Porzellanbechers an ihrer Wange und Tims heißen Atem auf ihren Lippen. »Irgendwo muss ich doch meine Pinsel auswaschen«, brachte sie zwischen Lachen und Küssen hervor.

»Wenn ich erst mal meinen Plattenvertrag hab, dann zahlst du keinen Penny mehr«, sagte Tim. Er lehnte sich zurück, sein Gesicht war wieder ernst. »Dann kauf ich dir sogar ein paar richtige professionelle Pinselauswaschbecher oder wie man die Dinger nennt. Und wenn die mir einen Vorschuss geben, dann bist du vielleicht schon auf dem Weg nach Florenz, bevor der Sommer vorbei ist.«

Amy sah zu, wie Tim nach einer Dose griff und einen Joint zu drehen begann. »Was soll das jetzt?«, fragte sie.

»Ich bin doch ein ausgehaltener Mann«, spottete Tim. »Ich zieh jetzt erst mal einen durch, dann melde ich mich krank, und danach schreib ich dir einen Lovesong, wie du noch keinen gehört hast.« Er grinste, zündete den Joint an und aschte in den Pinselbecher. »Ich werde dich für alles entschädigen, Amy Ashton«, sagte er fröhlich. »Wart's ab.«

6

Die Polizeiwache hatte sich in elf Jahren nicht viel verändert, zumindest nicht außen. Damals war sie ganz neu gewesen, der Stolz des Stadtbezirks. Amy erinnerte sich noch an den Geruch frischer Farbe und neu verlegter Teppichböden. Auf einigen Fenstern hatte damals noch die Schutzfolie geklebt, als wollten die Polizeibeamten das Abziehen auf die letzte Minute verschieben, um das Glas vor Kratzern zu schonen, wie es Amy auch gerne beim Display eines neuen Handys machte. Die Bäume draußen, damals dürre Stecken, an denen kaum ein Blatt hing, hatten sich prächtig entwickelt und erinnerten Amy daran, dass einiges an Zeit vergangen war.

Sehr viel Zeit.

Amy atmete tief durch und trat in die Drehtür, die sie auf der anderen Seite so schnell wie möglich wieder verließ. Sie erinnerte sich, dass sie schon damals eine Abneigung gegen diese Drehtür gehabt hatte. Sie saugte einen ein und spuckte einen wieder aus wie eine Meeresströmung.

Sie hatte vorher angerufen und erfahren, dass Chantels Exfreund Jack nach wie vor dort arbeitete. Amy konnte es immer noch nicht fassen, dass Chantel eine Beziehung mit einem Polizisten gehabt hatte, das krasse Gegenteil von Spike. Und jetzt war Jack kein gewöhnlicher Polizist mehr. Er war Detective Chief Inspector Hooper.

Jack hatte damals an dem Fall nicht mitgearbeitet, aus Befangenheitsgründen. Schließlich war die Verschwundene seine Freundin. Aber er hatte sich anscheinend immer auf dem Laufenden gehalten. Zumindest konnte sich Amy darauf verlassen, dass er sich erinnerte, was passiert war. Der Polizeibeamte am Empfang führte sie durch einen Gang, der alle paar Meter von schweren Feuertüren unterbrochen war und die er beflissen für sie aufhielt. Dann gelangten sie durch ein vollbesetztes Großraumbüro zu einer großen Glastür. Er klopfte, ein freundliches »Herein« ertönte, und Amy betrat das Büro.

Jack stand zur Begrüßung auf und streckte ihr eine braungebrannte Hand entgegen. Er hatte sich gut gehalten. Schon vor elf Jahren war er kräftig und muskulös gewesen, hatte auf Amy aber immer hungrig gewirkt. Das letzte Jahrzehnt hatte ihm einen Weichzeichner beschert, ein Polster von wohl zehn zusätzlichen Kilos, das er trug wie eine teure Jacke. Er lächelte sie an. Amy nahm wahr, wie in seiner Gegenwart ein leichtes Unbehagen in ihr aufstieg. »Amy Ashton«, sagte er und begrüßte sie wie eine alte Freundin. »Schön, dich zu sehen.«

Amy nickte. »Gratulation zu ...« Sie deutete auf die Umgebung.

»Danke. Ich hatte Glück. Setz dich doch. Tee? Kaffee?«

Ein heißes Getränk wäre wohl etwas viel verlangt von dem plötzlich so wichtig erscheinenden Chief Inspector Jack Hooper, dachte Amy. Aber ihr Mund war ganz trocken, wie mit Watte ausgestopft. »Ein Glas Wasser?«, bat sie.

Jack drückte auf einen Knopf am Telefon und bestellte für Amy ein stilles Wasser und für sich selbst einen Cappuccino. »Ich glaube, letztes Mal, als du hier warst, hatten wir noch nicht einmal eine Kaffeemaschine«, sagte er im Plauderton.

»Nein«, bestätigte Amy. Sie erinnerte sich so lebhaft an

süßen, lauwarmen Tee, dass sie meinte, ihn schmecken zu können. »Hattet ihr nicht.«

»Da hat sich einiges verbessert.« Er lächelte wieder. »Und wie geht's dir?«

Die Ankunft der Getränke ersparte Amy eine Antwort. Sein Cappuccino wurde in einer überraschend eleganten Porzellantasse serviert, die in seinen großen Händen ziemlich zerbrechlich wirkte. Amy macht sich tatsächlich Sorgen um die Tasse, während sie ein paar Schlucke Wasser aus einem eher gewöhnlichen Glas trank. Sie ergriff die Chance, nach der Trinkpause das Thema zu wechseln.

»Ich habe etwas gefunden«, berichtete sie, »in meinem Garten. Man kann es für eine Nichtigkeit halten«, fuhr sie fort. »Aber ich dachte, es könnte für die Frage, was Tim und Chantel zugestoßen ist, von Bedeutung sein.«

»Nach elf Jahren?« Jack wirkte überrascht.

»Ich wohne immer noch im selben Haus«, erklärte Amy. »Wo wir alle zusammengelebt haben.«

»Nur weiter«, ermutigte er sie.

Amy nahm den Ring aus ihrer Handtasche. Es hatte sie genervt, ihn immer von der Kette zu nehmen und wieder aufzufädeln oder ihn in die Tasche zu stecken und wieder herauszunehmen. Aber wenn sie ihn einfach am Finger trug, hatte sie das Gefühl, er verliere seine Eigenschaft als Beweisstück. Auf Charles' Vorschlag hin hatte sie ihn in eine Papiertüte gesteckt. Der Junge hatte ihr versichert, dass die Polizei es gerne sah, wenn Beweismaterial auf diese Weise verpackt wurde. »Fingerabdrücke und DNS-Spuren«, hatte er gesagt und blieb auch noch unbeirrt, nachdem sie eingewandt hatte, dass sie den Ring nicht nur ständig in die Hand genommen, sondern auch poliert hatte. Sie reichte Jack die Papiertüte.

»Es handelt sich um einen Ring«, erklärte sie. Er nahm die Tüte, spähte hinein und nickte.

»Tim hat ihn gekauft«, fuhr Amy fort. »Bevor er verschwunden ist. Das hat mir der Besitzer des Ladens bestätigt. Ich glaube, Tim wollte ihn mir schenken. Und mir einen Antrag machen.«

Jack nickte. »Sehr gut möglich.« Er lächelte sie mitfühlend an und gab ihr die Tüte zurück. »Gut, dass du jetzt diesen Ring hast«, sagte er mit sanfter Stimme. »Du brauchst Erinnerungen. Danke, dass du ihn mir gezeigt hast.«

Amy sah ihn stirnrunzelnd an. »Aber das ist doch von Bedeutung. Meinst du nicht?«

»In welcher Hinsicht?«

»Ich weiß, dass du immer der Meinung warst, sie seien zusammen abgehauen, weil sie gleichzeitig verschwunden sind. Mit Absicht.«

»Wir wissen nicht, was passiert ist. Das ist eine von mehreren Erklärungen, und sie kam mir am plausibelsten vor. Du hast dich letztlich dieser Meinung angeschlossen. Erinnerst du dich?«

»Aber warum würde er mit ihr weglaufen, wenn er mich heiraten wollte?«

Jack trank noch einen Schluck von seinem Cappuccino. »Uns wurde beiden damals das Herz gebrochen«, sagte er, und seine professionelle Haltung wich einer neuen, weichen Verletzlichkeit. »Als Chantel mich verlassen hat, war ich am Boden zerstört. Die beiden wollten einfach zusammen sein, und wir waren eben der Kollateralschaden.«

»Das hast du immer gesagt«, sagte Amy. »Aber der Ring erzählt eine andere Geschichte. Tim war der einzige Mensch, der wusste, dass mir dieser Ring gefiel. Wir haben ihn uns zusammen angesehen, in dem alten Antiquitätenladen in meinem Heimatort. Tim hat damals sogar selbst gesagt, der Ring wäre das Richtige für einen Heiratsantrag. Und dann taucht er plötzlich in meinem Garten auf.« Amy dachte daran, was Charles gesagt hatte. »Er ist ein Indiz.«

»Tut mir leid.« Jack schüttelte den Kopf. »Die Entdeckung dieses Rings wird uns nicht dabei helfen, Tim zu finden. Nicht einmal, wenn wir den Ring damals schon entdeckt hätten, und jetzt schon gar nicht.«

»Aber er verändert die Sachlage«, beharrte Amy. »Er weist darauf hin, dass Tim nicht einfach mit Chantel davongelaufen ist. Vielleicht ist ihm etwas zugestoßen. Ihnen beiden.«

»Er verändert die Sachlage ganz und gar nicht«, sagte Jack. »Nicht, was die Polizei betrifft. Er ist ein wunderbares Erinnerungsstück für dich ...«

»Nein«, sagte Amy. »Das ist er nicht. Er ist der Beweis, dass Tim mich nicht verlassen wollte.«

»Die Leute ändern doch dauernd ihre Meinung«, sagte Jack. Seine Stimme klang nicht mehr ganz so weich. »Tut mir leid. Wir konnten ihn vor einem Jahrzehnt nicht finden. Wenn er nicht gefunden werden will, dann wird er auch nicht gefunden werden. Keiner der beiden. Ein Schmuckstück ändert nichts daran.« Er sah Amy an, die die Tüte zwischen ihnen auf den Tisch gelegt hatte. »Sogar Chantels Mutter hat akzeptiert, dass die beiden auf und davon sind.«

»Toyah?« Es war Jahre her, seit Amy diesen Namen zuletzt ausgesprochen hatte.

»Sie ist nach Dubai gezogen. Ein Neuanfang. Den bräuchtest du wahrscheinlich auch.«

»Dubai?«, hakte Amy nach. Das kam ihr vor wie ein Widerspruch in sich, passte so gar nicht zu Chantels Mutter. »Zu ihrer Schwester?«, fragte sie ein wenig ungläubig. »Und zu ihrem Schwager?«

»Toyah hat mir vor ihrer Abreise ihre Nummer dagelassen, falls es neue Erkenntnisse in dem Fall gibt. Möchtest du sie haben? Sie hätte sicher nichts dagegen.«

Amy zögerte. Als sie sich damit abgefunden hatte, dass Tim und Chantel miteinander weggelaufen waren, hatte sie den Kontakt zu Toyah abgebrochen, als wäre sie durch den Verrat ihrer Tochter ebenfalls beschmutzt. Aber wenn es eine andere Erklärung gab? Amy nickte und notierte sich die Nummer, die Jack ihr diktierte.

»Aber was den Fall betrifft«, fuhr Jack fort, »sehe ich nicht, was wir noch tun können. Nicht nach der ganzen Zeit. Tut mir leid, Amy, ich wünschte, ich könnte dir weiterhelfen.«

Amy nahm die Tüte mit dem Ring wieder an sich und verstaute sie in ihrer Handtasche. »Ich verstehe«, sagte sie. Sie verstand wirklich. Wenn sie die Wahrheit herausfinden wollte, könnte sie nicht mit der Hilfe von Jack oder der Polizei rechnen. Sie wäre allein auf sich gestellt.

Amy ertappte sich dabei, wie sie auf seine Hände starrte, was sie vor allem deshalb tat, um einen Blickkontakt zu vermeiden. Da bemerkte sie an seinem Ringfinger einen breiten Goldring. Verstohlen sah sie sich im Büro um und entdeckte gerahmte Fotos von einer hübschen Frau, zwei Kindern und mehreren Fernreisen. Sein Leben war weitergegangen. Natürlich.

Nur sie sehnte sich nach einer Vergangenheit, die vielleicht ohnehin nur eine Lüge gewesen war.

»Danke, dass du dir Zeit für mich genommen hast«, sagte sie und stand auf. »Du bist sicher sehr beschäftigt.« Er schüttelte ihr die Hand.

»Trag diesen Ring«, sagte er. Seine Stimme war wieder freundlich. »Er ist sehr schön.«

Amy nickte, dann drehte sie sich um und verließ sein Büro.

Im Gartencenter beugte sich Amy über die kleinen eingetopften Geranien und suchte nach der schönsten. Sie hatte den Ring wieder aus der Tüte genommen und war sich ziemlich lächerlich vorgekommen. Jetzt baumelte er an ihrer Halskette und verfing sich in den Blumen. Amy befreite ihn und schob ihn unter die Bluse, die sie weiter zuknöpfte, damit er nicht wieder herausrutschte. Dieser Ring hatte sie nicht weitergebracht. Tim blieb verschwunden, der Ring konnte nicht erzählen, wo Tim war oder warum er fortgegangen war. Vielleicht hatte Jack recht mit seiner Meinung, er sei nichts weiter als ein hübsches Andenken.

Amy biss sich auf die Lippe und versuchte sich auf die Pflanzen zu konzentrieren. Sie hatte es all die Jahre ohne Tim geschafft. Ohne etwas von ihm zu wissen. Sie würde einfach so weiterleben müssen. Sie war doch ganz gut zurechtgekommen, als sie einmal ihren Rhythmus gefunden hatte. Und sie hatte dafür gesorgt, dass niemand sie noch einmal so verletzen konnte. Von ihren kostbaren Dingen hatte sie jedenfalls nichts zu befürchten.

Sie wählte eine knospenstrotzende Geranie und ging an den Terrakottatöpfen vorbei, ohne einen längeren Blick zu riskieren. Die waren nichts Besonderes, sagte sie sich, sie hatte ohnehin Unmengen davon. Tatsächlich hatte sie einen ihrer Töpfe ausgesucht, um eine Geranie darin einpflanzen und sie Richard und den Jungs zu schenken, als Dankeschön für die versprochene Zaunreparatur. Sie trennte sich zwar nur äußerst ungern von dem Topf, aber wenigstens käme er nicht weit weg. Sie hoffte, ihre Nachbarn würden ihn in den Vorgarten stellen, dann könnte sie ihn immer noch täglich bewundern.

Der Topf, den sie aus ihrer Sammlung ausgewählt hatte, besaß eine schöne weite Öffnung und einen hübsch geschwungenen Bauch, der sich elegant nach unten verjüngte. Seine Glasur leuchtete in einem tiefen Lapislazuli-Blau, in das weiße Sternchen eingeritzt waren. Die Geranie würde kleine weiße Blüten bekommen, die selbst wie Sternenbüschel aussähen. Das würde den Jungs sicher gefallen. Hoffte Amy zumindest.

Und wenn nicht, könnten sie ihr den Topf ja zurückgeben. In ihrem eigenen Vorgarten würde er sich hervorragend machen.

Amy kämpfte den Drang nieder, eine zweite Geranie für sich selbst zu kaufen, erlaubte sich aber einen kleinen Streifzug durch die Abteilung mit den Pflanzen der Saison. Erdbeerpflänzchen waren im Sonderangebot, mit niedlichen weißen Blüten und kleinen grünen Erdbeeren, die noch reifen mussten. Amy wählte drei kräftige Pflanzen, eine für sich und je eine für die beiden Jungs. Sie überlegte, ob sie zwei weitere kleine Töpfe erübrigen könnte, um die Erdbeeren einzupflanzen und stilvoll zu verschenken.

Klar könnte sie, beschloss sie in einer Anwandlung von Großmut. Vielleicht würde sie den Jungs sogar eine ihrer kleinen Gießkannen schenken. Sie mochte gar nicht daran denken, dass die Erdbeeren womöglich Durst leiden und die prallen Früchte verschrumpeln könnten wie Rosinen.

»Keine Töpfe heute?« Der Verkäufer an der Kasse grinste sie an.

»Nein«, sagte sie entschieden, zögerte dann aber doch. Panik schnürte ihr die Kehle zu. Ein Topf war zerbrochen, einen würde sie mit der Geranie verschenken und dazu noch zwei kleine mit den Erdbeeren. Ihr Vorrat schrumpfte.

Der Mann nahm ihr Zögern wahr. »Wir haben ein paar sehr schöne Töpfe im Angebot«, sagte er. »Drei für den Preis von zwei.«

Das wäre wirklich ein Schnäppchen.

Amy fasste mit der Hand an den Hals, an den Ring.

»Danke, ich habe schon genügend«, erwiderte sie. Sie zahlte und packte die Pflanzen sorgfältig in Tüten. Dann eilte sie schnell zur Bushaltestelle, damit sie es sich nicht noch anders überlegen konnte.

Hinten im Garten schnitt Amy mit einer Schere den Sack Pflanzerde auf. Mit der Schaufel häufte sie eine Schicht Erde in den ausgewählten Topf, bevor sie die Geranie vorsichtig umdrehte und aus ihrem Plastiktopf schüttelte. Sie pflanzte sie sorgfältig in ihr neues Zuhause, füllte den Topf mit frischer Erde auf und drückte den Wurzelballen an. Dann kamen die Erdbeeren an die Reihe, für die sie zwei kleine Töpfe ausgesucht hatte, einen roten für Daniel und einen weißen für Charles. Einige der Stängel trugen schon kleine Beeren, andere blühten noch. Die Pflanzen wirkten ein wenig schlapp, deshalb nahm Amy die Gießkanne und gab ihnen Wasser.

Amy wischte sich mit der Hand über die Stirn. Sie schwitzte. Ihr übliches Büro-Outfit, die schwarzen Leggings und ein locker sitzendes T-Shirt, hatte sie schon gegen alte Jeans-Shorts und ein ärmelloses Top ausgetauscht, die sie im Haus gefunden hatte. Aber ihr war immer noch viel zu heiß. Und sie hatte genauso viel Durst wie die Pflanzen. Wenn sie ihrer Großmutter im Garten geholfen hatte, hatte sie zur Erfrischung immer selbstgemachte Zitronenlimonade bekommen. Obwohl Grandma an Arthritis litt, ließ sie es sich nicht nehmen, die Zitronen mit der Hand auszupressen. Auch dabei hatte Amy manchmal geholfen. Und wenn ihr der Saft in die Augen gespritzt war, hatte ihre Großmutter den brennenden Schmerz weggeküsst.

»Hallo!« Charles streckte den Kopf durch die Lücke und strahlte sie an. »Dad stellt heute Nachmittag den neuen Zaun auf.«

»Sehr gut«, sagte Amy.

»Aber du kannst es dir immer noch anders überlegen«, schob er nach. »Wenn du die Lücke doch behalten willst.«

»Nein«, erwiderte Amy. »Ich glaube, es ist besser so.«

»Okay.« Charles sah ihr zu, wie sie die frisch bepflanzten Töpfe noch einmal gründlich goss. »Kann ich helfen?«

»Bin schon fertig«, sagte Amy. Sie hob die Geranie vom Boden. »Die ist für euch«, sagte sie. »Für euch alle, ein Dankeschön für den Zaun.« Sie reichte Charles den Topf durch die Lücke, und als sie ihn losließ, nagte doch ein leiser Abschiedsschmerz an ihr.

»Für euch Jungs habe ich Erdbeeren«, fuhr sie fort, entschlossen, ihren Plan bis zum Ende durchzuziehen. »Einen Topf für dich und einen für Daniel.« Sie hob die Töpfe auf, mit jeder Hand einen, und hob sie ebenfalls durch die Lücke.

»Dürfen wir die behalten?«, fragte Charles ungläubig, als er Amy die Hände entgegenstreckte und den ersten Topf in Empfang nahm. »Für immer?«

»So lange, wie du die Pflanzen am Leben erhalten kannst«, sagte Amy. Sorge stieg in ihr auf. »Du musst sie jeden Tag gießen. Aber nicht zu viel.«

»Daniel!«, schrie Charles zu seinem Bruder hinüber. »Komm her und schau, was Amy für uns hat.«

»Das ist ja hübsch!« Richards Kopf tauchte über dem Zaun auf. »Wie nett von Ihnen, Amy!«

»Nicht der Rede wert.«

»Das ist das tollste Geschenk aller Zeiten«, sagte Charles. »Nach meinem Bagger und meinem Feuerwehrauto und meinem …«

»Wir haben's schon kapiert«, sagte Richard und lachte. »Amy, ich dachte mir, vielleicht haben Sie Lust, sich den Zaun anzusehen, den ich ausgesucht habe.«

»Ich bin sicher, Sie haben eine sehr gute Wahl getroffen«, sagte Amy. Insgeheim hoffte sie, er wäre hoch genug, damit Richard nicht in ihren Garten schauen könnte.

»Er steht auf Ihrer Seite, deshalb dachte ich, Sie möchten sich vielleicht vergewissern, dass er Ihnen auch gefällt.«

»Ach so«, sagte Amy. Sie schwieg kurz. »Ich zahle natürlich dafür.«

»Das habe ich nicht gemeint«, sagte Richard. »Tut mir leid, so sollte das nicht klingen. Ich bin hier derjenige mit den kleinen Ausreißern, die Ihrer Katze nachjagen.«

»Smudge ist nicht meine Katze«, sagte Amy wieder. Sie spürte, wie sie rot wurde. Bestimmt verstand er das immer wieder falsch, weil sie alleine lebte und er daraus schlussfolgerte, dass sie eine typische ältere Katzenbesitzerin war. »Ich bin wahrscheinlich jünger, als du denkst«, murmelte sie vor sich hin.

»Wie bitte?«, fragte Richard. »Wissen Sie was? Steigen Sie doch durch dieses Loch, solange es noch da ist. Wir können uns hier unterhalten. Möchten Sie eine Zitronenlimonade?«

Amy zuckte bei dem Angebot zusammen. Die Familie nebenan schien die unheimliche Fähigkeit zu besitzen, ihre

Gedanken zu lesen. Ihr Widerstand brach in sich zusammen. »Danke, gern«, sagte sie und ging zur Zaunlücke.

Doch drüben wartete zu ihrer Enttäuschung kein Glaskrug mit frischen Zitronen und klirrenden Eiswürfeln, wie von ihrer Grandma zubereitet, sondern eine lauwarme Dose 7 Up, die Richard in ihre Richtung warf und die sie nicht auffing.

»Sie mag Ananassaft«, tadelte Charles seinen Vater, hob die Dose auf, wischte das Gras ab und reichte sie Amy.

»Tut mir leid«, sagte Richard.

»7 Up mag ich auch«, sagte Amy. Sie hielt die Dose unbeholfen in der Hand, weil sie wusste, dass sie beim Öffnen riskierte, alle Anwesenden mit süßem Wespenköder einzusprühen. Sie blickte auf und sah Richard zum ersten Mal richtig an.

»Oh«, sagte sie. Er trug Jeans-Shorts, Flipflops und sonst nichts. Rasch senkte sie den Blick wieder auf ihre Limonadendose.

Charles sah sie an und dann seinen Vater. »Dad«, sagte er. »Du bist so peinlich.« Er reichte ihm ein T-Shirt.

»Entschuldigung«, sagte Richard und zog das T-Shirt über. »Es war nur so heiß ...«

»Alles gut«, sagte Amy rasch und versuchte, ihr Erröten zu unterdrücken. »Sie sind hier in Ihrem eigenen Garten und können ... Ich bin schließlich keine alte Dame.«

»Das sehe ich«, sagte Richard und musterte sie von oben bis unten. Sein Blick verharrte kurz auf ihren langen Beinen, die sie so selten zeigte. Amy folgte seinen Augen, und beide sahen zur Seite. Jetzt sah Amy ihn wieder an. Röte kroch ihm die Wangen hinauf, nur teilweise vom Bart verdeckt. Er gab ein merkwürdiges Geräusch von sich, wahrscheinlich ein missglücktes Lachen. »Für diese kleinen Racker sind wir alle alt.« Er verstrubbelte Charles die Haare.

»Ich bin dreieinhalb«, meldete sich Daniel zu Wort.

»Das ist beinahe vier«, erklärte Charles.

»Richtig«, sagte Amy.

»Gut gerechnet«, stimmte Richard zu. Er lachte, diesmal ungezwungener. »Was halten Sie denn nun von diesem Zaunelement? Mir hat schlichtes Holz am besten gefallen.«

Amy hatte zum Thema Zaunelement nicht viel zu sagen. »Wahrscheinlich wird mein Efeu den Zaun bald überwuchern.«

»Es gefällt Ihnen also nicht«, sagte Richard und lachte wieder.

»Dad, du bist langweilig«, sagte Charles.

Nina kam in den Garten. Sie trug ein kleines weißes Kleid und eine riesige Sonnenbrille. »Herrliches Wetter«, sagte sie. »Ach, hallo!« Ihr Blick streifte Amys Beine. »Wieder hier? Sie nutzen das Loch im Zaun, wie ich sehe.«

»Amy sagte, wir dürfen sie trotzdem jederzeit besuchen, wenn wir Lust haben«, sagte Charles zu ihr. Amy runzelte die Stirn. Sie konnte sich nicht erinnern, jemals so etwas gesagt zu haben.

»Du auch, Richard?«, fragte Nina und legte ihren Arm um Richards Hüfte. Sie stieß ein kurzes Lachen aus, das wohl anmutig perlend klingen sollte.

»Dad mag Amy«, sagte Charles. »Wir alle mögen sie.«

»Ich muss wieder rüber«, sagte Amy. »Danke für Ihre Mühe.« Sie schwieg kurz. »Und für die Limonade.« Die Dose war noch ungeöffnet, und Amy schwankte einen Moment, ob es höflicher wäre, sie zurückzugeben oder mitzunehmen.

»Die gehört dir«, nahm Charles ihr die Entscheidung ab. »Wenn du nächstes Mal kommst, kriegst du Ananassaft. Versprochen.«

»Auf Wiedersehen, Amy«, sagte Nina und winkte mit Nachdruck. Amy schlüpfte durch die Zaunlücke.

In ihrem Garten sah sich Amy den Stapel mit ihren Blumentöpfen an, der sich nun, nachdem sie einige Töpfe verschenkt hatte, ein wenig zur Seite neigte. Dann hob sie einen kleinen Topf aus einem größeren, der auf dem Boden stand, heraus, was bei einer Asselfamilie, die dort Schutz vor den Elementen gesucht hatte, Panik auslöste. Die Asseln hasteten in alle Richtungen, stießen immer wieder zusammen und flohen dann durch ein Drainageloch in die unterirdische Sicherheit.

Fast stieß Amy einen Freudenschrei aus.

Da lagen sie. Zwei große Scherben ihres zerbrochenen Blumentopfs waren in den größeren Topf gefallen. Vielleicht hatte sie jetzt genug Teile, um den Topf wieder zusammenzukleben. Sie nahm die Scherben heraus.

Darunter lag noch etwas anderes.

Ein Brief. Das Kuvert war von Schmutz verfärbt und ringsum angeknabbert, wahrscheinlich von Schnecken oder Rachels Mäusen, und hatte in einer Ecke sogar ein Loch. Es musste nass geworden sein, denn die Tinte war verlaufen. Aber Amy konnte immer noch ihren eigenen Namen und ihre Adresse erkennen, in Großbuchstaben auf die Vorderseite geschrieben.

Amy setzte sich auf und riss das Briefkuvert auf. Drinnen lag ein Foto. Sie betrachtete es stirnrunzelnd.

Es ergab für sie keinen Sinn. Ein Stück Park oder Wald, bei Sonnenuntergang. Das konnte überall sein. Sie sah genauer hin. Am Rand des Fotos stand ein großes Auto oder ein Laster. Aber auch das sagte ihr nichts. Und noch etwas war im Umschlag.

Ein Brief.

Die Schrift war verschmiert. Der Brief musste lange in diesem Topf gelegen haben. Regen war hereingesickert, das Papier war mit Erde verschmiert, manche Teile fehlten ganz. Amy konnte sehr wenig entziffern.

Aber die Handschrift.

Die würde sie immer erkennen.

GEISSBLATT

Juli 2003

»Bist du sicher, dass das eine gute Idee ist?«, wandte Amy vorsichtig ein. »Du musst in fünf Minuten auf die Bühne.«

Tim kippte einen weiteren Tequila. »Genau was ich brauche«, erwiderte er und wischte sich über den Mund. »Wo ist mein Bier?«

Amy schob es ihm hin, trank dann selbst aus einem durchsichtigen Plastikbecher einen Schluck Weißwein und betrachtete die Tequilaflasche. Sie hatten sie auf dem Weg zum Auftritt gekauft, jetzt war sie halb leer.

»Da draußen brennt schon die Luft«, meldete Chantel, als sie in die Garderobe stürmte, die nichts weiter war als ein besserer Wandschrank. Sie drehte den anderen den Rücken zu und zog ihre Bürouniform aus, Blazer und Bluse. Darunter kam ein tief ausgeschnittenes Glitzertop zum Vorschein. »Genauso wie hier!« Sie drehte sich wieder um und entdeckte die Flasche. »Kann ich?«

»Klar«, sagte Simon. »Hübsche wie du immer.« Er füllte Tims Glas wieder und reichte es Chantel.

Chantel kippte den Tequila runter und streckte ihm das Glas zum Nachschenken wieder hin. »Wo ist der Rest der Band?«, erkundigte sie sich.

»Idris und Phil konnten nicht kommen«, sagte Tim.

»Künstlerische Differenzen?« Chantel lachte.

»So ungefähr«, knurrte Simon. »Arschlöcher.«

»Hm. Aber ihr braucht doch einen Schlagzeuger und einen zweiten Gitarristen?«

»Wir kriegen das schon hin«, sagte Tim. »Bleibt uns ja nichts anderes übrig.«

»Du wirst super sein«, ermutigte ihn Amy. »Das bist du immer.«

»Jetzt komm schon, Tim«, sagte Simon. »Gehen wir raus. Nimm dein Bier mit. Die Fans warten.«

»Es lag an dem schlechten Equipment«, sagte Amy durch die Kabinentür im Männerklo. »Es war nicht deine Schuld.« Sie versuchte unter der Tür durchzuspähen, konnte aber nur ein Paar schmutzige Sneaker sehen und richtete sich wieder auf, wobei sie versuchte, die Pfütze auf dem Toilettenboden zu meiden.

»Wir sind scheiße«, sagte Tim. »Wir waren schon immer scheiße. Das hat man nur nicht so gemerkt, weil Idris und Phil auch scheiße waren.«

Ein Mann trat in den Toilettenraum, und einen Augenblick lang drang durch die offene Tür der Clublärm herein. Genauso plötzlich wie Lärm gekommen war, verstummte er auch wieder. Der Mann warf einen Blick auf Amy und benutzte dann aber trotzdem das Urinal. Sie versuchte, nicht hinzusehen.

»Die Leute waren echt gemein«, sagte Amy. »Und die Flasche. Das war Körperverletzung.«

»Die Flasche hat mich kaum berührt«, sagte Tim. »Ich bin ziemlich sicher, die sollte Simon treffen.«

»Du hast dich großartig angehört«, sagte Amy treu ergeben.

»Das war Müll«, sagte der Mann am Urinal und zog den Reißverschluss hoch. »Totale Kacke.« Er verzichtete aufs Händewaschen und ging, und wieder schwoll der Lärm an und ab.

Amy hörte ein Wimmern aus der Kabine. »Vergiss den blöden Kerl«, beschwor sie Tim. Sie schwieg einen Moment. »Ich glaube, es lag nur am Mikro. Das hatte eine Macke. Soll ich mit dem Geschäftsführer reden?«

»Bloß nicht«, sagte Tim. »Amy, jetzt hör doch auf, mir einzureden, dass ich super bin. Ich habe Ohren. Und es macht mich wahnsinnig, wenn du versuchst, mich in Watte zu packen, als wäre ich ein zartes kleines Pflänzchen. Du solltest wenigstens so viel Respekt vor mir haben, dass du ehrlich zu mir bist.«

»Aber du hast so viel Talent ...«

»Lass jetzt das Gerede, Amy«, sagte Tim. »Und hör mir zu.« Er hielt inne. »Wenn wir nicht ehrlich zueinander sein können ...«

Er verstummte. Amy stand reglos da. Sie fühlte sich, als hätte sie einen Schlag in die Magengrube bekommen. »Das ist doch nicht dein Ernst«, sagte sie.

Der Lärm schwoll wieder an, und seine Antwort ging darin unter. Chantel tauchte auf. »Ach, hier bist du. Ich hab dich überall gesucht.« Sie warf einen Blick zur Kabine. »Ist er da drin?«

»Er will nicht rauskommen«, sagte Amy. »Ich versuch's schon seit einer Ewigkeit.«

»Ich hab da eine halbe Flasche Tequila, Timmy-Boy, auf der dein Name draufsteht«, trällerte Chantel. »Raus jetzt aus der Pissbude, komm mit mir mit.«

Die Tür ging auf, und Tim trat heraus. »Na, dann los«, sagte er. Er ließ den Kopf hängen.

»Glaubst du nicht, du hast ...«

»Nein«, fiel er Amy ins Wort. »Kommst du mit?«

»Nein«, sagte sie, »ich hab genug.«

Amy lag zusammengerollt im Bett. Hellwach. Sie warf einen Blick aufs Handy. Drei Uhr früh. Sie drehte sich auf die andere Seite, aber an ihrer Unruhe war nicht das Bett schuld. In letzter Zeit kam das immer öfter vor. Tim trank und rauchte, während Amy nervös zusah. Sie nervte ihn. Er nervte sie.

Vielleicht war es vorbei.

Amy trank einen Schluck aus dem Wasserglas neben dem Bett. Es konnte nicht vorbei sein. Sie liebte ihn doch.

Sie schloss die Augen, aber sie spielte sich nur selber etwas vor. An Schlaf war nicht zu denken. Sie lauschte.

Die Wasserleitung rauschte. Jemand im Haus hatte die Toilette gespült.

Jetzt hörte sie ein Klappern, jemand schloss die Tür auf. Simon und Tim wohnten beide hier, und sie wünschte sich inständig, dass es Tim wäre, der jetzt nach Hause kam. Gleichzeitig wünschte sie es sich nicht. Sie stellte sich schlafend. Einen Streit könnte sie nicht verkraften. Nicht jetzt.

Die Tür ging auf, und entgegen aller Vorsätze blinzelte sie unter der Decke hervor. Tim stolperte ins Dunkel.

»Hallo«, sagte Amy. Ein Strom der Liebe überwältigte sie, als er sich herunterbeugte und ihr einen Kuss gab, der nach Rauch und Tequila und etwas Süßerem roch.

»Komm ins Bett«, bat sie ihn.

»Chantel ist hier«, sagte er und richtete sich wieder auf. »Wir wollen erst noch eine rauchen. Vielleicht einen Absacker trinken. Da ist noch Rum im Schrank.«

»Echt?«, fragte Amy. »Es ist schon spät.«

»Nur einen«, beharrte er. Dann sagte er, »Und wegen heute Abend ...« Der süße Duft wurde intensiver, und Amy spürte, wie etwas über ihr Gesicht streifte. »Ich wollte dir Blumen kaufen«, sagte Tim. »Um mich zu entschuldigen. Aber alles war zu.«

»Es ist drei Uhr früh«, sagte Amy.

»Ach deswegen«, sagte Tim. »Und so hab ich dir die hier gepflückt.«

Amy griff nach dem, was er ihr hinstreckte, und knipste die Nachttischlampe an. Tim kniff die Augen zusammen, und auch Amy brauchte einen Moment, bis sich ihre Augen an das Licht gewöhnt hatten. Sie hielt mehrere üppig blühende Geißblattstängel in der Hand, deren elegante weiße Blüten sie an Balletttänzerinnen erinnerten. Tief sog sie den lieblichen Duft ein.

»Ich hoffe, die Nachbarn merken nicht, dass was fehlt«, sagte Tim.

»Die sind wunderschön.« Amy spürte, wie der Stress des Abends sich im Duft aufzulösen begann. »Danke.«

»Ich hab dir doch gesagt, die würden ihr gefallen.« Amy sah Chantels Silhouette in der Tür. »Hi, Amy«, sagte Chantel. »Sorry, dass ich Tim vom rechten Weg abgebracht habe.«

»Dazu braucht es nicht viel«, sagte Amy. »Aber die Blumen sind sehr hübsch.«

Amy träumte vom Garten ihrer Großmutter. Von Geißblatt, Rosen und frischer Zitronenlimonade. Aber als sie aufwachte, stank die Wohnung nach Rum, Zigaretten und Marihuana. Amy ging ins Wohnzimmer hinüber und hustete, zum Teil wegen des üblen Geruchs, zum Teil, um Chantel und Tim aufzuwecken, die auf dem Sofa pennten, beide leicht schnarchend. Ohne Erfolg. Die eine Zigarette war zu einer weiteren Party geworden, einer Party für zwei. Wie Amy vorausgesehen hatte.

Sie ging in die Küche, um sich einen Kaffee zu machen, aber die wenigen Tassen, die es in diesem Haushalt gab, waren alle in der Nacht für Drinks benutzt worden. Amy sehnte sich nach einer Welt, in der sie ihren Küchenschrank mit Tassen füllen konnte. Prächtige Tassen in allen Farben des Sonnenuntergangs. Doch im Hier und Jetzt musste sie erst einmal ins Wohnzimmer zurückkehren. Sie hob die Tasse auf, die der Tür am nächsten stand. Sie roch allerdings übler als nur nach Rum und Coke. Amy sah hinein. Darin schwammen Zigaretten- und Jointstummel wie Tampons in einer Toilette.

Amy stellte die Tasse wieder ab und beschloss, ihren Kaffee lieber auf dem Weg ins Atelier zu kaufen. Sie teilte das Atelier mit einem Kollektiv mehrerer Künstler, und heute war ihre einzige Möglichkeit in dieser Woche, dort zu malen. Aber sie fühlte sich nicht inspiriert.

Tim regte sich, doch Chantel schlief tief und fest weiter. »Nett, dass sie über Nacht dageblieben ist, findest du nicht?«, fragte Tim, als er die Augen aufschlug. »Bringt Schwung in die Bude. Gibt's Kaffee?«

»Es gibt keinen Kaffee, weil ihr beide alle Tassen in Aschenbecher verwandelt habt«, sagte Amy.

»Wirklich? Ich dachte, wir hätten nur die orangefarbene benutzt.« Er beugte sich vor und griff nach einer blauen Tasse. »Oh, die auch. Tut mir leid.«

»So können wir nicht weitermachen«, sagte Amy.

Tim rieb sich den Kopf. »Ich bring das in Ordnung«, versprach er.

Chantel schlug die Augen auf. »Ich höre Gemecker«, sagte sie. »Da will ich schwer hoffen, dass es nach zehn Uhr morgens ist.«

»Es ist halb acht«, stellte Amy klar.

Tim und Chantel stöhnten im Chor. »Kein Wunder, dass ich mich so beschissen fühle«, sagte Chantel. »Ich meld mich krank.«

»Ich auch«, sagte Tim. »Die Regale können mich mal.«

»Ich habe heute Vormittag für zwei Stunden das Atelier, mehr Zeit kann ich mir da nicht leisten«, sagte Amy. »Danach gehe ich ins Büro. Es wäre wirklich toll, wenn die Wohnung bei meiner Rückkehr nicht mehr in diesem ekelhaften Zustand wäre.«

»Alles klar«, sagte Chantel. Ihre Lider klappten wieder zu. Tim schnarchte schon. Amy schlug beim Hinausgehen die Tür zu und hoffte, der Knall würde den beiden so richtig in den Köpfen wummern.

Im Atelier erreichte Amy nicht ganz ihre Topform. Die Farben blieben gedämpft, die Strukturen leblos. In letzter Zeit malte sie selten etwas, mit dem sie zufrieden war. Sie fragte sich, ob es an ihrem Job bei Trapper, Lemon und Hughes lag. Der war schließlich nur für einen Monat in den Semesterferien gedacht gewesen, dauerte aber nun schon ein ganzes Jahr und vereinnahmte nicht mehr nur ihre Ferien, sondern ihr ganzes Leben. Sie sollte lieber in einer Galerie oder in einem Laden für Künstlerbedarf arbeiten. Vielleicht könnte sie sogar Unterricht geben. Amy stellte sich einen Moment lang eine begeisterte, talentierte Klasse vor, die sie im Aktzeichnen unterrichtete. Anschließend würde sie voller Ideen in ihr Atelier fahren und das Meisterwerk malen, das, wie sie hoffte, immer noch in ihr schlummerte.

Aber sie musste die Miete zahlen. Tim weigerte sich immer noch, nach einem besser bezahlten Job zu suchen, und beharrte darauf, der Supermarktjob sei nur eine vorübergehende Lösung, bis seine Band den Durchbruch geschafft hätte. Einen richtigen Job anzunehmen bedeutete für ihn, sich damit abzufinden, dass die Band keine Zukunft hatte.

Für Amy schmeckte der ganze Tag bitter wie zu lange gezogener Tee, und das Gefühl, dass ihr das Leben übel mitspielte, hielt sich bis zum Abend, als sie nach Hause zurückkehrte. Tim kam in den Flur und begrüßte sie mit einem Kuss.

»Komm ins Wohnzimmer«, sagte Chantel. »Wir wollen dir was zeigen.« Amy folgte der Aufforderung – und ihr blieb die Luft weg.

Makellos war der Raum zwar nicht, das wäre unmöglich gewesen, aber sauberer, als Amy ihn je gesehen hatte. Tims Gitarren waren ordentlich in eine Ecke geräumt, und auf dem Sofatisch stand eine Tasse voller Geißblattranken.

Der echte Blickfang aber waren Amys Bilder. Das Bild, das sie Tim vor Jahren geschenkt hatte, hing seitdem an seiner Schlafzimmerwand, aber die anderen hatte Amy kurzerhand in einen Schrank gestopft. Jetzt schmückten ihre drei Lieblingsbilder die Wände. Jedes zeigte den Himmel zu einem anderen Zeitpunkt. Bei Sonnenaufgang, für den Amy kleine Stückchen Eierschale in die Farbe eingearbeitet hatte. Zur Mittagszeit, bei der kleine Stücke goldener Kronkorken, von Amy gesammelt und zerkleinert, die sattgelbe Sonne zum Funkeln brachten. Und in der Abenddämmerung, für die Amy den violetten Himmel mit getrockneten Fliederblüten beklebt hatte, die wie Wolken vor dem aufgehenden Mond vorbeizogen.

»Wir fanden es an der Zeit, die Bilder mal zu präsentieren«, sagte Chantel mit einem breiten Lächeln. »Hier im Wohnzimmer, bis du deine eigene Ausstellung hast.«

»Und die wirst du haben«, sagte Tim. »Ganz bestimmt, das weiß ich.«

»Beim Abspülen haben wir gemerkt, dass wir eine überzählige Tasse haben, und da haben wir Geißblatt reingestellt«, sagte Chantel. »Hübsch, nicht? Hat Stil.«

»Es sieht grandios aus«, sagte Amy und sah ihre zwei liebsten Menschen an. »Danke.«

7

»Frisch und früh wie immer, Amy«, begrüßte Mr. Trapper sie, als er die Kaffeemaschine in Gang setzte. »Das sehe ich gerne. Der frühe Vogel fängt den Wurm.«

Amy nickte, registrierte ihn aber kaum. Sie ging zum Büromaterialschrank und holte einen großen braunen Umschlag mit dem Aufdruck »Bitte nicht knicken« heraus. Dann schlug sie vorsichtig das dünne Kochbuch auf, in dem sie das Foto und die Überreste des Briefs sicher aufbewahrt hatte, und machte sich daran, sie in den Umschlag schieben. Sie hielt inne.

Von dem Brief hatte sie kaum etwas entziffern können. Regen hatte ihn durchnässt, Schnecken hatten ihre glänzenden Spuren hinterlassen, und Rachels Mäuse hatten große Teile weggenagt. Er musste jahrelang in dem Topf gelegen haben. Dieser Topf hatte in ihrer Diele neben der Haustür gestanden, als Schirmständer. Der Brief konnte leicht hineingerutscht sein, genau wie der Ring. Als es in ihrer Diele zu voll geworden war, hatte sie die Regenschirme herausgenommen und den Topf in den Garten gestellt. Die anderen Töpfe, die sie in ihn hineingestapelt hatte, hatten den Brief vor den schlimmsten Verwüstungen durch Wind und Wetter geschützt.

Und jetzt lag er vor ihr. Ihr Name stand ganz oben. Die erste Zeile war vollständig erhalten, sagte aber so wenig aus. Typisch.

Ich weiß nicht, wo ich anfangen soll. Es tut mir so leid. Ich musste egoistisch sein.

Diese Handschrift. Leicht schräg, merkwürdig ordentlich für eine oft so leichtsinnige Person. Sie erinnerte Amy an unzählige, in der Klasse an sie weitergegebene Zettel. An unbezähmbare Kicheranfälle. An Umarmungen, gemeinsam getragene Kleider, Gelächter und Malibu. Eine solche Freundschaft hatte sie nie wieder erlebt.

Nach der ersten Zeile war nur hin und wieder ein Wort lesbar. Aber genug, um das Puzzle, das Amy das Herz brach, zu vervollständigen.

Eifersüchtig

Liebe

Angst

Davongelaufen

Tut mir leid.

Amy schob den Brief in den Umschlag. Vielleicht war es gut, dass der Brief in diesem Zustand war. Er enthielt ein Geständnis, das sie gar nicht lesen wollte.

Und kam ausgerechnet in dem Moment, als Hoffnung in ihr aufkeimte. Hoffnung in Form eines wunderschönen Rings mit Aquamarin. Hoffnung, dass die beiden sie doch nicht betrogen hatten. Doch nun bestätigte dieser Brief, dass wahr war, was Amy so inständig nicht glauben wollte. Es fühlte sich für sie an, als wäre alles gerade noch einmal passiert. Als wollten die beiden es ihr Jahre später noch einmal so richtig unter die Nase reiben.

Sie betrachtete den Reißwolf und überlegte, ob sie den Brief heute früh deshalb in ihre Handtasche geschoben hatte, um ihn zu schreddern. Aber das würde an der Wahrheit nichts ändern.

Amy nahm sich das Foto wieder vor. Warum hatte Chantel es beigelegt? Der Brief hätte es vielleicht erklärt, aber Amy konnte sich keine Erklärung vorstellen. *Wir sind zusammen aufgewachsen, dann bin ich mit deinem Freund durchgebrannt. Zum Trost ein hübsches Foto von einem Wäldchen bei Sonnenuntergang.*

Sie musste herausfinden, wo sich dieses Waldstück befand. Das Foto war der einzige konkrete Anhaltspunkt, den sie besaß, wo der Brief ja leider unleserlich war. Wenn sie wüsste, wo das Foto aufgenommen worden war, wäre sie der Wahrheit einen Schritt näher.

»Wie schön, Sie beim Büromaterialschrank zu treffen.« Amy sah auf und blickte in Liams grinsendes Gesicht. »Haben Sie noch mal über meine Anfrage nachgedacht?«, erkundigte er sich.

»Bekommen Sie von Carthika nicht das Feedback, das Sie brauchen?«, erwiderte Amy und schob das Foto in den Umschlag zurück.

»Touché«, sagte Liam. Sein Atem roch nach extra starkem Mintaroma. »Aber Sie wissen, was ich meine.« Er zwinkerte ihr zu, um ihr nötigenfalls auf die Sprünge zu helfen.

Amy trat einen Schritt zurück. »Ich pflege mit Bürokollegen keine Privatkontakte«, sagte sie.

»Vielleicht machen Sie mal eine Ausnahme?«

»Bedaure.«

»Das Angebot steht.« Er ließ sich nicht beirren. »Falls Sie es sich doch noch anders überlegen.«

Ohne ihn einer Antwort zu würdigen, kehrte Amy zu ihrem Schreibtisch zurück und setzte sich. Sie legte den Umschlag vor sich hin. Wieder nahm sie den Brief heraus und las die Worte, die sie entziffern konnte. *Liebe. Davongelaufen. Tut mir leid.*

Genau das, was alle damals vermutet hatten. Jack war davon überzeugt gewesen. In der Stellungnahme der Polizei hatte es geheißen, dass die Motivation nicht geklärt sei, aber Amy wusste, dass Jack recht hatte. Die beiden hatten sie betrogen.

Nicht nur betrogen. Tim und Chantel hatten alles zurückgelassen, damit sie zusammen sein konnten. Ohne Amy. Und seitdem hatte sie keine Verabredung mehr gehabt.

Eine Nachricht ploppte auf. *Meinung schon geändert?*

Amy tippte rasch die Antwort, bevor sie darüber nachdenken konnte.

Okay, schrieb sie. *Gehen wir was trinken.*

Das Gästezimmer in ihrem Haus war nicht immer ein Zimmer für Gäste gewesen. Dass sie zu dritt ein Haus mieten könnten, war Chantels Idee gewesen. Sie hatte die Mietanzeigen durchforstet, bis sie ein kleines Haus mit drei Zimmern gefunden hatten, das sie sich leisten konnten. Amy und Tim kamen dem Vorschlag bereitwillig nach, ihre alte WG hatte sich überlebt. Gekauft hatte Amy das Haus erst Jahre später, als ihr Vermieter verkaufen wollte. Sie hatte das Gefühl, keine andere Wahl zu haben. Unerträglich der Gedanke, mit allen ihren Kostbarkeiten umzuziehen. Außerdem musste sie einfach in diesem Haus bleiben. Wenn die beiden zurückkämen, dann sollten sie sie finden können.

Nach Chantels und Tims Verschwinden hatte Amy Chantels Zimmer mehrere Monate so belassen, wie es war. Sie hoffte, Chantel würde mit einer vernünftigen Erklärung zurückkehren und ihre Sachen holen. Irgendwann hatte Amy ihre Erinnerungskiste dort aufbewahrt, und dann größere Kartons, immer mehr davon, bis das Zimmer unbewohnbar wurde.

Jetzt stand sie in der Tür und versuchte zu überblicken, was vor ihr lag.

Beim letzten Entrümpelungsversuch hatte sie die Kartonberge kaum angekratzt und sich dabei auch noch ein blaues Auge geholt. Sie ließ das Zimmer eine Weile auf sich wirken. Es kam ihr vor, als wollte Chantel sie nicht darin haben.

Chantel hatte hier gar nichts zu bestimmen, befand Amy und dachte an den Brief. Amy brauchte die Erinnerungskiste mit ihren Tagebüchern. Vielleicht würde sie dort einen Anhaltspunkt finden, den sie vor all den Jahren übersehen hatte. Einen Anhaltspunkt, was die beiden geplant hatten.

Amy biss die Zähne zusammen, bis sie sie knirschen hörte, und wuchtete einen großen Karton herunter. Sie würde ihn nicht durchsehen, und sie würde nichts wegwerfen. Sie brauchte nur einen Zugang. Wo steckte die Schuhschachtel? Sie schloss kurz die Augen und versuchte, sie sich zu vergegenwärtigen. War sie vielleicht im Schrank? Unter dem Bett? Ihr blieb nur eine einzige Möglichkeit, das herauszufinden.

Sie nahm einen Spiegel und lehnte ihn vorsichtig an den Karton hinter ihr. Wenn sie so weitermachte, würde sie den Flur wieder verbarrikadieren, aber sie musste die Erinnerungskiste finden. Sie zerrte einen zweiten Karton hinaus. Aus den Augenwinkeln glaubte sie einen winzigen dunklen Schatten durch das Zimmer flitzen zu sehen. Reine Einbildung, entschied sie dann. Ganz bestimmt keine Maus.

Jetzt sah sie schon den Rand des Schranks. Sie schaffte keine Kartons mehr aus dem Zimmer, sondern stapelte sie hinter sich auf. Schließlich hatte sie eine der Schranktüren freigeräumt. Sie öffnete sie.

Der Schrank war voll, jeder Zentimeter als Lagerraum genutzt. Amy erinnerte sich jetzt, dass sie ihre Schätze erst in diesem Schrank aufbewahrt hatte, bis sie aufgegeben und zugelassen hatte, dass sich die Sachen überallhin ausbreiteten. Sorgfältig nahm Amy einen Gegenstand nach dem anderen heraus. Es war wie das Wiederfinden alter Freunde. Sie legte ihre Fundstücke auf die Kartons hinter ihrem Rücken. Im Schrank türmten sich jede Menge Schuhschachteln. Aber nicht diese spezielle, in der einmal Adidas-Sportschuhe verpackt gewesen waren, die Tim sich gegönnt hatte. Die Schachteln gehörten alle Chantel.

Genau wie die Kleider. Amy ließ den Blick über sie wandern, wie Geister hingen sie im Schrank. Das Glitzertop, das Chantel bei Tims katastrophalem Auftritt getragen hatte, als er sich heulend im Klo eingeschlossen hatte. Als Amy es jetzt betrachtete, fiel ihr auf, wie tief ausgeschnitten es war.

Und da war das ärmellose Top, das Chantel auf dem Festival getragen hatte. Auch mit Glitzer. Und der enge rote Pulli, den Chantel angehabt hatte, als sie Weihnachten einmal mit zu Amys Großmutter gefahren war.

Amy ging die Klamotten durch und fragte sich, wann es wohl angefangen hatte. Wie lang hatten die beiden sie betrogen?

Bei einem blauen Seidenkleid stockte ihre Hand. Das Kleid gehörte ihr. Sie hatte es Chantel nicht geliehen, ganz sicher nicht. Chantel musste in ihr Zimmer – in ihr und Tims Zimmer – gekommen sein und es einfach genommen haben.

Plötzlich und ohne nachzudenken riss sich Amy ihr schwarzes T-Shirt und die Jeans vom Leib, und im nächsten Moment zog sie das Seidenkleid über den Kopf. Es war blau wie der Hochsommerhimmel, kurzärmlig, bodenlang und hatte einen Ausschnitt, mit dem Amy sich nackt vorkam.

Sie streifte den Gummi von ihrem Pferdeschwanz, beugte

sich vor und fuhr mit den Fingern durch ihr dunkles Haar. Dann warf sie den Kopf zurück, dass ihr kurz schwindlig wurde. Sie drehte sich um.

Zahlreiche Spiegel hielten ihr ihr eigenes Bild entgegen.

So hatte sie früher ausgesehen. Nun war sie zwar älter und viel trauriger, doch zum ersten Mal seit Jahren erkannte sie sich wieder.

Die Erinnerungskiste war vergessen. Amy wirbelte um ihre eigene Achse und schwor sich, einen Weg zu ihrem Schlafzimmerschrank zu bahnen. Früher hatte sie mit solcher Freude schöne Farben getragen. Osterglockengelb, die Rotlilatöne des Abendhimmels, das zarte Blau eines diesigen Morgens. Mit diesen Farben hatte sie auch gemalt, dazu mit den florentinischen Orange- und Ockertönen und dem Grün von frisch gemähtem Gras. Schwarz hatte sie nie gemocht, vielleicht hatte sie es deshalb getragen, seit die beiden weg waren. Seitdem schien ihr Freude nicht mehr angebracht.

Amy stieg über die Kartons und ging hinunter, um Joannas Make-up auszuprobieren. Reichlich Grundierung, ordentlich Rouge, und schon sah sie dem Mädchen von früher noch ähnlicher. Jetzt freute sie sich, dass sie alle diese Spiegel behalten hatte. Jedes Mal, wenn sie sich umdrehte, wurde sie von dieser hübschen Person überrascht, die ihren Blick erwiderte. Sie lächelte sich vorsichtig an, wollte ausprobieren, wie es sich wohl anfühlte, wieder glücklich auszusehen.

Es klingelte, und diesmal hatte Amy nichts gegen die dramatischen Töne. Sie öffnete die Tür und sah Charles draußen stehen. »Du siehst ja ganz anders aus«, sagte er.

»Ich habe ein paar alte Kleider gefunden«, erklärte sie.

»Dein Gesicht sieht auch anders aus.« Er sah sie misstrauisch an.

»Was möchtest du denn?«, fragte Amy.

Er lächelte. »Du hast gesagt, ich darf bei dir klingeln, wenn ich dich sehen möchte.« Amy gab keine Antwort. »Hier bin ich also«, verkündete Charles. »Ich dachte, wir könnten in meinem Zimmer spielen, damit wir nichts mehr von deinen Sachen kaputtmachen.«

»Eigentlich bin ich ziemlich beschäftigt«, begann Amy.

»Für eine Pause ist immer Zeit«, entgegnete Charles altklug. »Übrigens müssen wir auch in meinem Zimmer aufpassen. Damit nichts zerbricht, wenn wir spielen.«

»Ich bin ein bisschen alt für ...«

»Ich wette, du bist jünger als mein Dad, und der spielt auch manchmal mit mir. Nina spielt nie. Die ist einfach langweilig.«

Amy dachte an das Chaos oben. Sie sollte lieber die Kartons wegräumen, die sie aus dem Gästezimmer geschafft hatte. Aber wohin? Sie hatte die Erinnerungskiste immer noch nicht gefunden und wollte nicht alles wieder in das Zimmer stellen, aber wo sonst wäre Platz? Sie biss sich auf die Lippe und erwog, sich doch von einigen ihrer Dinge zu trennen. Aber von welchen? Allein schon beim Gedanken wurde ihr beklommen zumute. Vielleicht war es ganz gut, wenn sie das Problem eine Weile ruhen ließ. »Okay«, willigte sie ein. »Aber nicht lange.«

»Dann komm mit«, sagte Charles und fasste sie an der Hand. »Wir haben nicht den ganzen Tag Zeit.«

Amy schlüpfte in Sandalen und ließ sich zum Haus nebenan ziehen. Sie gewöhnte sich allmählich an die Leere dort. Charles ging die Treppe hinauf, er nahm immer zwei Stufen auf einmal. Amy lupfte ihr langes Kleid und machte es ihm nach. »Das ist mein Zimmer«, sagte Charles stolz, als er die

Tür aufmachte. »Ich muss es mit Daniel teilen«, räumte er ein. »Aber die coolsten Spielsachen gehören alle mir.«

Amy sah das kleine, wie ein Auto geformte Plastikbett, das ihr beim Einzug der Familie aufgefallen war. Der Bettbezug war mit einer Mickymaus bedruckt, die gerade einen Fußball kickte. Auf der anderen Seite des Zimmers stand ein größeres Bett mit einem Bettbezug, der wie ein Katalog für alle nur vorstellbaren Baumaschinen aussah. »Setz dich.« Charles deutete auf das Baustellenbett. Amy ließ sich vorsichtig darauf nieder. »Da kann man gut drauf rumhüpfen«, erläuterte er. Amy nickte und sah sich um. Es gab zwei kleine Kommoden, eine Handvoll bunter Plastikspielsachen und einige Dinosaurier, die den Teppich erkundeten. Das Zimmer war ziemlich aufgeräumt.

Charles zerrte eine schwere rote Kiste aus einer Ecke und kippte sie um. Kleine gelbe Baufahrzeuge breiteten sich über den ganzen Boden aus. »Meine Sammlung«, sagte er.

»Die ist ja toll.« Amy spürte eine gewisse Seelenverwandtschaft. Charles wühlte noch eine andere Kiste durch und zog ein schweres Buch heraus. »Da steht mehr drin, als du jemals über Baumaschinen wissen musst, sagt mein Dad.« Charles blätterte bis zu einer zerfledderten Seite vor. »Schau dir das mal an.«

Amy gehorchte. »Lies dir alles durch«, wies Charles sie an und ging zum Schrank. Er kam mit einer Schachtel zurück, in der ein Schaufelbagger verpackt war. »Der JCB 220X LC«, sagte er. »Mit Fernbedienung.« Vorsichtig öffnete er die Schachtel, entfernte mehrere Stücke Seidenpapier und nahm dann einen kleinen Bagger heraus. Er stellte ihn auf den Boden. »Mein Dad hat ihn mir zum Geburtstag geschenkt«, sagte er. »Ein maßstabsgetreuer Nachbau der echten Bagger, die auf echten Baustellen wie in dem Buch rumfahren.« Er deutete auf die

Seite. »Nur haben die in echt keine Fernbedienung. Da steigen Leute rein und machen alles.«

»Der sieht sehr gut aus«, sagte Amy.

»Magst du ihn fahren?«, fragte Charles. »Du musst sehr vorsichtig sein.«

»Wenn du mir zeigst, wie?«

»Gute Idee.« Er schaltete den Bagger an, und ein hohes Sirren ertönte, während die Maschine durch das Zimmer fuhr. »Am besten geht's im Flur«, sagte Charles. Amy folgte ihm, als er hinausfuhr. »Der kann echte Sachen aufheben. Schau mal, ich zeig's dir.« Er stieß eine Tür auf, und sie gingen hinein. Amy erkannte, dass sie sich in einem Erwachsenenschlafzimmer befanden. Charles nahm einen Lippenstift vom Frisiertisch und ließ ihn auf den Boden fallen. Er legte vor Konzentration die Stirn in Falten. Der Bagger tat sich schwer, den Gegenstand aufzuschaufeln. »Wir müssen ihm etwas Zeit lassen«, sagte Charles. »Lippenstifte sind schwierig.« Er mühte sich noch eine Weile damit ab, dann warf er dem Bagger einen mit einer Mohnblüte dekorierten Parfumflakon hin. »Der hat eine bessere Form«, sagte er. Beide sahen zu, wie der Bagger den Flakon aufhob und aufs Bett warf. »Cool«, sagte Charles.

»Was ist cool?« Richard stand in der Tür, mit Daniel, der einen Arm um sein Bein geschlungen hatte. »Ach, hallo, Amy.« Er sah sie an. »Sie sehen anders aus.«

»Wie eine Prinzessin«, sagte Daniel.

Amy fühlte sich unwohl. »Ich habe ein paar alte Kleider gefunden«, erklärte sie.

»Blau steht Ihnen«, sagte Richard.

»Geschafft!« Der Bagger schwenkte triumphierend herum, den Lippenstift in der Schaufel.

»Gut gemacht«, sagte Richard, und sein Blick kehrte wieder von Amy zu seinem Sohn zurück.

»Und jetzt passt auf«, forderte Charles. Der Bagger ließ den Lippenstift fallen und fuhr zur Kommode. Charles presste vor Anspannung die Lippen zusammen, während der Bagger den Arm hob, den Schubladengriff fasste und zog. Die Schublade ging auf, und alle klatschten. »Pst!«, machte Charles. »Ich muss mich konzentrieren.« Die Baggerschaufel löste sich vom Griff und beförderte eine Handvoll Seidenunterwäsche aus der Schublade. »Fertig!«

Wieder klatschten sie. Der Bagger drehte sich stolz herum und verteilte die Unterwäsche auf dem Boden.

»Was ist denn hier los?« Das Gelächter erstarb, und alle wandten sich zu Nina um, die in der Tür stand. »Was liegt denn da auf dem Boden?«

»Entschuldige«, sagte Richard und sammelte die Unterwäsche auf. »Charles hat uns gerade gezeigt, wie geschickt er mit dem Schaufelbagger hantieren kann.«

»Sind das meine Slips?«, fragte Nina. »Und auf dem Boden mein Parfum?« Sie sah sich im Zimmer um und fasste Amy scharf ins Auge. »Oh, hallo!«, sagte sie. »Sie haben sich ja in Schale geworfen.« Ihr Blick wanderte zu Richard zurück.

»Ich habe ein paar alte Kleider gefunden ...«, setzte Amy an.

»So sieht's aus«, sagte Nina. »Richard, du hast mir gar nicht gesagt, dass wir Besuch haben.«

»Eigentlich besuche ich Charles«, erklärte Amy.

»Ach so«, sagte Nina. »Charles, du hast ein großes Zimmer, in dem du spielen kannst, ohne hier hereinzukommen.« Sie wandte sich an Richard. »Sag ihm das, Darling.«

»Er hat sich nichts Böses dabei gedacht«, sagte Richard und

stopfte die Unterwäsche in die Schublade zurück. Nina ging hinüber und nahm sie wieder heraus.

»Seide muss zusammengelegt werden«, sagte sie.

Amy bemerkte Ninas Blick. »Es tut uns allen leid, Nina«, sagte sie. »Kann ich beim Zusammenlegen helfen?«

»Auf Wiedersehen, Amy«, sagte Nina.

»Aber Amy hat noch keinen Ananassaft gehabt«, protestierte Charles.

»Ich bin sicher, Amy hat viel zu tun«, sagte Nina. »Nicht wahr?«

Amy schlüpfte zur Tür hinaus und hastete die Treppe hinunter.

Als Amy am nächsten Abend vom Bahnhof nach Hause kam, stand eine Frau an ihrer Haustür. Verärgert wartete Amy in einigem Abstand, bis diese Frau, eine dicke, sehr energisch wirkende Person, ihren Flyer oder was immer sie verteilte, durch den Türschlitz geworfen hätte und verschwinden würde. Die Frau trug eine weite Blumenhose, auf die Amy begehrliche Blicke warf, obwohl sie ihr mehrere Größen zu groß sein würde. Am Abend zuvor hatte sie eine Schneise zu ihrem eigenen Schrank geschlagen, sie freute sich darauf, wieder Farbe zu tragen. Das gab den Tagen doch gleich ein wenig mehr Hoffnung.

Zu Amys Überraschung beugte sich die Frau vor und spähte durch Amys Briefschlitz.

»Kann ich Ihnen helfen?« Amy schlug einen Ton an, der der Frau klarmachen sollte, dass sie hier unerwünscht war.

»Sind Sie Amy Ashton?«, fragte die Frau mit einem aufgeräumten Lächeln, das ihre Zähne entblößte, deren Färbung verriet, dass sie viel Tee oder Kaffee trank. Oder Rotwein.

Amy sah sie finster an. »Und wer sind Sie?«, fragte sie zurück.

»Ich bin Leah Silverton«, stellte sich die Frau vor. »Von der Stadtverwaltung.«

Amy sah sie verständnislos an. Leah schwenkte einen Ausweis, der an einem Band um ihren Hals hing. Amy prüfte ihn. Eine erheblich jüngere Leah lächelte sie an.

»Ich bin froh, dass ich Sie endlich angetroffen habe«, fuhr Leah fort. »Kann ich reinkommen?«

»Nein«, sagte Amy.

»Da haben Sie ja eine schöne Sammlung in Ihrem Vorgarten«, fuhr Leah unerschüttert fort. Amy sah sie an, das Kompliment machte sie misstrauisch. »Wie es wohl drinnen aussieht?«

»Was wollen Sie?«, fragte Amy.

»Ich glaube, es wäre besser, wir besprechen das drinnen«, sagte Leah. »Unter vier Augen.«

Amy blickte sich um. »Das geht auch hier draußen. Warum sind Sie hier?«

Leah winkte nach oben, und einen Augenblick lang glaubte Amy, Leah würde sie fragen, ob sie Jesus gefunden habe. »Dieser Kamin auf Ihrem Dach«, erklärte sie.

»Wer hat Sie gerufen?«, Amy rollte mit den Augen. »War es Rachel? Die soll sich um ihre eigenen Angelegenheiten kümmern.«

Leah überging die Frage. »Wenn wir nicht drinnen miteinander reden können, dann setzen wir uns wenigstens auf Ihre Gartenmauer«, schlug sie resigniert vor. »Ich stehe mir hier schon eine Ewigkeit die Beine in den Bauch, langsam tut mir der Rücken weh.« Die beiden Frauen gingen zu Amys Gartenweg und ließen sich auf der Mauer nieder, was auch nicht sonderlich bequem war. Als Amy hörte, wie laut Leah dabei schnaufte, bekam sie ein schlechtes Gewissen.

»Tut mir leid, dass ich nicht gastfreundlicher bin«, sagte Amy versöhnlicher. »Aber ich habe Sie nicht erwartet.«

Leah zog eine Augenbraue hoch. »Wie ich gehört habe, haben Sie meinem Kollegen Bob Hendricks am neunten Juli eine Besichtigung verweigert. Dafür muss ein neuer Termin angesetzt werden.«

»Ich will niemanden in meinem Haus haben«, sagte Amy.

»Und noch etwas«, fuhr Leah fort. »Wir haben Ihnen monatelang Briefe geschickt, die Sie nicht beantwortet haben.« Sie öffnete ihre Handtasche und nahm einen braunen Umschlag voller Papiere heraus, die sie auffächerte wie einen Satz Spielkarten. »Der erste war vom Oktober letzten Jahres. Sieben Stück sind es insgesamt. Ich kann Ihnen die Daten nennen.«

»Ich habe keine Briefe bekommen«, sagte Amy.

»Kann es sein, dass sie verlorengegangen sind?«, fragte Leah. »So was kommt vor. Vor allem in solchen Fällen.«

Amy dachte an ihre Diele und gab keine Antwort. »Was steht denn in den Briefen?«, fragte sie.

»Bei uns ist eine Beschwerde eingegangen«, sagte Leah. Amy drehte sich zu Rachels Haus um und sah, wie der Vorhang sich kurz bewegte. »Eine anonyme Beschwerde«, fügte Leah hinzu. »Jemand machte sich Sorgen um Ihre Sicherheit, und wir wollten Ihre Lebensumstände überprüfen.«

»Mir geht es gut«, sagte Amy. »Mit meinem Haus ist alles in Ordnung.«

»Was Ihr Haus betrifft«, fuhr Leah fort, »das gehört zwar Ihnen, aber dem Erbbaurecht nach verbleibt der Grundbesitz bei der Stadt. Wir haben durchaus eine Fürsorgepflicht ...«

»Danke schön.« Amy versuchte die Angst zu ersticken, die

in ihrer Kehle wie Sodbrennen hochstieg. »Aber es ist mein Haus, und es gibt damit kein Problem.«

»Ich bin nicht hier, um zu werten«, sagte Leah mit dem abwertendsten Tonfall, den Amy je gehört hatte.

»Es gibt hier nichts zu beanstanden«, beharrte Amy.

»Ich habe allerdings von einem Vorfall in Ihrem Garten erfahren, in den die Kinder von nebenan verwickelt waren. Am ...« Sie blätterte in ihren Notizen. »Am vierten Juli, vor zwei Wochen?«

Amy biss sich auf die Lippe. Vielleicht hatte Nina sie gemeldet. Die Briefe waren jedoch schon vor Monaten verschickt worden, das heißt, Rachel hatte die Sache ins Rollen gebracht. Plötzlich hatte Amy das Gefühl, links und rechts würde Front gegen sie gemacht und sie dazwischen zerrieben. Einen Augenblick lang hatte sie den spontanen Impuls, aus ihrem Haus auszuziehen. Nur weg von hier. Aber sie konnte dieses Haus nicht verlassen. Nicht jetzt. Was wäre, wenn Tim zurückkäme?

»Der Vorfall war nicht der Rede wert«, sagte Amy. Sie versuchte, von oben herab durch die Nase zu sprechen, was ziemlich schwierig war, weil sie um Luft ringen musste. »Eine Katze war schuld. Die Kinder hätten nicht im Garten sein dürfen, aber keiner wurde verletzt. Der Zaun ist inzwischen repariert, die Kinder können nicht mehr durch.« Amy merkte, dass sie zu schnell redete.

»Kann ich den hinteren Garten sehen?«

»Nein.«

Leah stieß einen kleinen Seufzer aus und verlagerte auf der Mauer ihr Gewicht. »So kommen wir nicht weit, nicht wahr?«, sagte sie. Sie machte eine Notiz und hielt ihr Notizbuch so, dass Amy nichts lesen konnte. »Ich fürchte, ich werde wiederkommen müssen«, sagte sie schließlich. »Mit Begleitung. Wir müssen Ihr Haus von innen sehen, zu Ihrer eigenen Sicherheit. Sie werden einen Brief in der Post haben mit Datum und Uhrzeit. Achten Sie darauf.« Leah verstaute ihr Notizbruch. »Ich schlage vor, Sie führen inzwischen eine Entrümpelung durch, vor allem in den Bereichen, die für andere gefährlich werden könnten. Dieser sogenannte Garten muss freigeräumt werden, und wir brauchen zumindest Zugang zu Ihrem Kamin.« Sie legte die Hand auf Amys Arm. Amy zuckte zusammen. »Das soll ja nicht traumatisch für Sie werden«, sagte sie, »aber wir müssen an die Sicherheit aller denken, einschließlich Ihrer eigenen. Wenn Sie etwas verbessern können – und wenn es auch nur ein bisschen ist –, dann können wir sicherlich jegliche Unannehmlichkeiten vermeiden. Glauben Sie, Sie kriegen das hin?«

Amy nickte.

»Gut«. Leah stand auf und lächelte, als wären sie alte Freundinnen, die bei einer Tasse Tee geplaudert hatten. »Ich melde mich wieder. Achten Sie auf den Brief. Wir möchten nicht, dass er wieder verlorengeht.«

Amy sah Leah nach, wie sie sich entfernte, und wartete, bis sie ganz am Ende der Straße angelangt war, bevor sie sich umdrehte und durch den Vorgarten zu ihrer Haustür ging. Sie schloss auf und verschwand in ihrem Haus.

ASCHENBECHER

Februar 2004

Amy konnte das Geräusch nicht einordnen. Sie schlug die Augen auf. Es war dunkel, nur von ihrem Handy kam ein Lichtschein. Genau! Ihr Handy klingelte. Sie drehte sich um, tastete auf dem Nachttisch danach und landete in Tims gitarrenförmigem Porzellanaschenbecher. Wenigstens hatte er jetzt einen gekauft und benutzte nicht mehr ihre Teetassen. Sie richtete sich auf, griff nach dem Handy und blinzelte die Schlaftrunkenheit weg. Tim grunzte leise und vergrub den Kopf tiefer in das Kissen.

»Amy? Gott sei Dank bist du da. Ich brauche deine Hilfe.« Chantel redete so schnell, als hielte jemand bei ihr die Vorspultaste gedrückt.

»Was ist los?« Amy setzte sich mit einem Ruck kerzengerade auf. Es war nicht das erste Mal, dass sie mitten in der Nacht einen solchen Anruf bekam. »Tim hat kein Gras. Er hat damit aufgehört.«

»Pst«, sagte Chantel. Dann schwieg sie. »Ich bin verhaftet worden«, zischte sie.

»Verhaftet?«, wiederholte Amy.

»Es ist alles ein großes Missverständnis«, sagte sie. »Ich hab für Spike eine Tasche getragen, und als die Polizei aufgetaucht ist, hat er mir noch einen Beutel zugeworfen, und du weißt ja, dass ich Kapitänin des Korbballteams war, und bescheuert wie ich bin, fang ich den Beutel auf. Er ist weggerannt, und ich hab dumm dagestanden und ausgesehen wie eine Dealerin. Aber das bin ich nicht. Du weißt, dass ich so was nicht mache.«

»Wo bist du jetzt?«, fragte Amy und tastete auf dem Boden nach ihren Kleidern.

»Polizeirevier Camden«, sagte Chantel.

»Bin schon unterwegs.«

Tim rollte herüber und machte die Augen auf. »Chantel?«, fragte er.

»Ich muss zum Polizeirevier«, sagte Amy.

Tim sah auf sein Handy. »Es ist ein Uhr nachts«, sagte er.

»Sie braucht meine Hilfe.«

Tim stand auf und machte das Licht im Schlafzimmer an. Amy zog ihre Jeans hoch. Sie konnte Tim im Spiegel sehen. Er kratzte sich auf der blassen Brust und kniff im Licht die Augen zusammen. »Du gehst nicht mitten in der Nacht aufs Polizeirevier«, sagte er zu ihrem Spiegelbild. Amy machte den Mund auf, um zu protestieren. »Jedenfalls nicht allein. Gib mir eine Minute, um meine Hose zu suchen, dann komme ich mit.«

»Ist schon okay«, sagte Amy. »Sie ist meine Freundin. Schlaf weiter.«

»Kommt nicht in Frage.« Tim zog sich ein zerknittertes T-Shirt über. »Ich kann mich morgen krankmelden.«

»Schon wieder?«, fragte Amy.

»Notfall«, erwiderte er. Er beugte sich vor und küsste sie, sein Atem schmeckte nach Schlaf.

»Danke«, sagte Amy.

Amy blinzelte im grellen Licht auf dem Revier. Sie war dankbar für Tims Arm um ihre Schulter, als sie gemeinsam dastanden und zusahen, wie sich ein Betrunkener in einem zerrissenen Anzug bei der Beamtin am Empfang beschwerte.

»Setzen Sie sich doch bitte«, sagte die Beamtin. »Soll ich Ihnen noch einmal erklären ...«

»Ich bin ausgeraubt worden«, lallte der Mann wieder. »Meine Brieftasche. Mein Handy. Mein verdammter Hausschlüssel. Alles weg, und Ihr kriegt den Arsch nicht hoch.«

»Ich habe Ihnen ein Formular ausgehändigt«, sagte sie. »Und jetzt nehmen Sie bitte Platz.«

Der Betrunkene wandte sich an Tim. »Wir verschleudern unsere Steuergelder, um die da zu bezahlen, und die schreibt mir vor, was ich zu tun habe?«

»Vielleicht füllen Sie einfach das Formular aus«, schlug Tim vor und zog Amy ein Stück von dem Mann weg.

»Formular, Formular, Formular«, sagte der Mann, frustriert, dass Tim seine Empörung nicht teilte.

»Gibt's Ärger, Constable Kelly?« Ein großer, muskulöser Mann trat in den Empfangsbereich. Er trug Zivil, aber sein ganzes Auftreten verriet den Polizisten. »Vielleicht müssen wir diesen Gentleman ein paar Stunden in einer Zelle ausnüchtern? Wegen Trunkenheit und Störung der öffentlichen Ordnung?«

»Alles gut, Officer«, lallte der Mann, von verschleuderten Steuergeldern war keine Rede mehr. »Ich fülle gerade mein Formular aus.« Er setzte sich.

»Danke, Jack«, sagte Police Constable Kelly und lächelte. Sie wandte sich Amy zu. »Kann ich Ihnen helfen?«, fragte sie mit müder Stimme.

»Meine Freundin ist verhaftet worden«, begann Amy. »Aber das ist alles ein Irrtum ...«

»Der Name Ihrer Freundin?«

»Chantel Smith«, sagte Amy. »Sie ist nicht diejenige, die hier festgehalten werden sollte. Ihr Freund ist an allem schuld.«

»Füllen Sie bitte dieses Formular aus«, sagte Constable Kelly und reichte ihr einige Papiere. Einen Moment lang konnte sich Amy gut in den Betrunkenen hineinversetzen.

»Wird sie freigelassen, wenn ich das ausfülle?«

»Füllen Sie das Formular aus, und ich werde sehen, was zu tun ist«, erwiderte Constable Kelly.

Amy setzte sich auf einen der hässlichen Plastikstühle und hielt den größtmöglichen Abstand zu dem Betrunkenen, der jetzt leise irgendetwas über den Inhalt seiner gestohlenen Brieftasche vor sich hinmurmelte. Tim blieb stehen, er fühlte sich sichtlich unwohl. Der Officer, der den Betrunkenen eingeschüchtert hatte, lehnte an der Empfangstheke und schäkerte leise mit Constable Kelly. Ab und zu unterbrach ein kurzes Gelächter der beiden die Stille.

Schließlich war Amy mit dem Formular fertig und stand auf, um es abzugeben. Die Polizistin lächelte noch immer vor sich hin, als sie es entgegennahm.

Tim griff nach Amys Arm, und sie schaute sich um und sah Spike, wie er mit gesenktem Kopf vorbeihastete.

»Wo willst du hin?«, fragte sie ihn.

»Nach Hause«, antwortete Spike, der zögerlich stehen geblieben war. »Ich bin entlassen worden.«

»Du wurdest entlassen?«, wiederholte Amy.

»Ja.«

»Aber Chantel ist immer noch hier?«, fragte Amy und sah die Polizistin an, um sich zu vergewissern. Die nickte. Spike ging weiter.

»Stopp!«, befahl Amy. Alle blickten hoch, sogar der Betrunkene hörte mit seinem Gemurmel auf. »Das ist alles deine Schuld«, sagte Amy. »Hast du denen das erzählt?«

»Schrei nicht so rum«, sagte Spike. »Ich bin an überhaupt nichts schuld.« Er lächelte dem muskulösen Polizisten zu und zuckte ein wenig mit den Achseln, als wüsste er nicht, wovon Amy redete.

»Chantel ist in Schwierigkeiten«, sagte Amy.

»Alles ist gut«, erwiderte Spike. »Sie kriegt wahrscheinlich nur eine Verwarnung.«

»Ich kann nicht glauben, dass du sie den Kopf für dich hinhalten lässt.« Amy spürte Wut in sich hochschießen wie Lava. »Das heißt, eigentlich kann ich es doch glauben.« Sie sah sich um. »Der ist ein Drogendealer«, erklärte sie, an den Polizisten gewandt. »Der gehört ins Gefängnis.«

»Beruhig dich«, sagte Spike und versuchte, die Situation mit einem Lachen zu überspielen. Dann zischte er Amy an: »Lass den Quatsch! Sie war diejenige, die das Zeug hatte.«

»Weil du es ihr zugeworfen hast!«

»Halt die Klappe, Amy«, sagte Spike und baute sich vor ihr auf.

Tim kam herbei und legte Amy die Hand auf die Schulter. »So redest du nicht mit ihr«, sagte er.

»Du kannst auch die Klappe halten«, sagte Spike. »Du bist ja wohl auch nicht gerade sauber.« Er wandte sich wieder an Amy. »Du hast keine Ahnung, was passiert ist. Was hast du für ein Problem?«

»Macht er Ihnen Schwierigkeiten, Ma'am?« Der Polizist war gekommen, um sich zwischen sie zu stellen.

»Ja«, sagte Amy. »Er ist der Drogendealer und hat meine Freundin dazu gebracht, den Kopf für ihn hinzuhalten.«

»Interessant«, sagte der Polizist.

»Sie muss es ausbaden, und er kommt ungeschoren davon. Das ist nicht fair.«

Nun wandte sich Spike an den Polizisten. »Amy weiß überhaupt nicht, was passiert ist«, sagte er. »Das ist Verleumdung.«

»Amy!« Chantel stürzte herbei und schlang die Arme um ihre Freundin. »Gott sei Dank bist du hier.«

»Ist das die Freundin, von der Sie gesprochen haben?«, fragte der Polizist und musterte Chantel von oben bis unten.

Amy bejahte.

»Sie können gehen«, sagte er zu Spike und schob ihn nachdrücklich in Richtung Tür. Spike ließ sich das nicht zweimal sagen.

»Warten Sie kurz hier.« Der Polizist ließ Amy und Chantel stehen und ging zu Constable Kelly, um mit ihr ein paar Worte zu wechseln.

»Ich hoffe, du hast der Polizei erzählt, was passiert ist«, sagte Amy.

»Ich hab nur eine Verwarnung bekommen«, sagte Chantel. »Da hat es sich nicht gelohnt, einen Riesenwirbel zu machen.«

»Ich bin froh, dass alles okay ist«, fügte Tim hinzu.

»So«, sagte der Officer. »Und nun noch ein kurzes Wort zu Ihnen, Ma'am«, sagte er und sah Chantel an. »Dann können Sie alle nach Hause gehen.«

»Danke«, sagte Amy. Sie fasste Tim an der Hand und sah zu, wie der Polizist mit Chantel sprach und ihr einen kleinen Zettel gab. »Und jetzt will ich nur noch ins Bett«, sagte Amy.

»Ich brauche noch was, um runterzukommen«, flüsterte Tim. »Nach so einer Nacht.«

Als die drei in die Wohnung zurückkamen, ging Tim zielstrebig ins Wohnzimmer zu der Beatles-Dose, nahm ein Plastiktütchen heraus und schüttelte es. »Reicht gerade noch.«

»Was soll das?«, fragte Amy. »Du hast doch aufgehört.«

»Ausnahmesituation«, sagte Tim. »Das zwar ziemlich stressig.« Er stand auf, holte den Aschenbecher in Gitarrenform aus dem Schlafzimmer, setzte sich hin und begann einen Joint zu drehen.

»Brillante Idee«, sagte Chantel, die ihm dabei zusah.

»Scheißidee«, konterte Amy. »Chantel, die Drogen haben dich in dieses Schlamassel reingeritten.«

»Spike hat mich reingeritten«, widersprach Chantel. »Ist das zu fassen?«

»Mich überrascht das nicht«, sagte Tim. »Der ist doch ein Arschloch.«

»Der hat einiges wiedergutzumachen«, pflichtete Chantel ihm bei und streckte die Hand nach dem Joint aus.

»Du denkst doch hoffentlich nicht daran, weiter mit ihm zusammenzubleiben?«, fragte Amy. »Chantel, wo bleibt deine Selbstachtung?«

Chantel nahm einen tiefen Zug und betrachtete ihr Spiegelbild, wie es Ringe blies. »Wir sind nicht alle Miss Perfect mit Kunstdiplom und strahlender Zukunft«, sagte sie. »Einige von uns sind echte Versager.« Sie reichte Tim den Joint. »Stimmt's?«

»Sprich für dich selbst«, sagte Tim. Er lehnte sich zurück und schloss die Augen. Amy nahm ihm den Joint aus der Hand, bevor er die Polster versengte, und drückte ihn im Aschenbecher aus. Chantel holte ihn in aller Ruhe wieder heraus und zündete ihn an.

»Keinen Vortrag«, sagte sie und warf sich ebenfalls aufs Sofa. »Das verkrafte ich jetzt nicht.«

»Du musst mit Spike Schluss machen«, sagte Amy. »Du hast jetzt einen Eintrag ins Strafregister.«

»Nur eine Verwarnung«, sagte Chantel. »Das ist keine große Sache.«

»Doch, ist es schon«, sagte Amy. »Und kannst du bitte diesen Joint ausmachen? Mir wird schlecht davon.« Sie wollte danach greifen, aber Chantel hielt ihn so, dass sie ihn nicht zu fassen bekam.

Tim schlug die Augen auf. Er schnappte Chantel den Joint aus der Hand und drückte ihn im Aschenbecher aus. »Amy wollte morgen früh malen und muss dann ins Büro, trotzdem ist sie mitten in der Nacht aufgestanden, um dir zu helfen.«

»Wir sind beide aufgestanden«, sagte Amy. Tim hielt immer noch den Aschenbecher in der Hand, und Amy legte ihre Hand auf seine. Sie fühlte sich warm und tröstlich an.

»Ich lass dich da doch nicht alleine hingehen«, sagte Tim. Gemeinsam sahen sie zu, wie sich ein dünnes Rauchfädchen nach oben ringelte. Tim drückte mit der anderen Hand den Joint vollständig aus. Er beugte sich zu Amy und gab ihr einen Kuss.

»Du warst derjenige, der diesen Joint gerollt hat«, maulte Chantel. »Und euch beide zuzugucken, wie ihr euch wie Turteltauben anschmachtet, ist nicht das, was ich gerade brauche.«

»Was du brauchst, ist eine Trennung von diesem Drogendealer«, sagte Amy. Sie wandte ihre Aufmerksamkeit wieder Chantel zu, ohne Tims Hand loszulassen. Er streichelte sanft über ihren Daumen.

»Er ist gar kein richtiger Drogendealer«, sagte Chantel. »Du übertreibst.«

»Er dealt mit Drogen«, erwiderte Amy.

»Ja, aber er ist kein Gangster«, sagte Chantel.

»Er hat dich reingelegt«, sagte Amy.

»Stimmt«, sagte Chantel. Amy wähnte sich dem Sieg nahe.

»Aber ich will nicht allein bleiben«, sagte Chantel.

»Er ist nicht die einzige Option«, sagte Amy. »Es gibt jede Menge nette Jungs.«

»Wie Tim?«, fragte Chantel. Er war auf dem Sofa eingenickt, mit offenem Mund.

»Jetzt mal langsam«, sagte Tim, der kurz wach wurde. »Ich bin ein guter Fang.«

»War nur ein Witz«, sagte Chantel. »Du bist großartig. Im Vergleich zu Spike ist jeder großartig. Sogar Dean Chapman, dieser Trottel.«

Amy lachte. »Er hat geheiratet«, sagte sie. »Hast du's gehört?«

»Nicht wahr!«, sagte Chantel. »Er war mein Backup. Jetzt ist sogar der vergeben, und ich bleibe hocken und bin auch noch vorbestraft.«

»Ist ja nur eine Verwarnung«, sagte Amy. Sie lächelte ihre Freundin an. »Was hat eigentlich der Polizist zu dir gesagt?«, fragte sie neugierig.

»Er hat mir seine Nummer gegeben«, sagte Chantel. »Falls Spike mir Ärger macht.«

»Der steht auf dich«, sagte Tim, ohne die Augen zu öffnen.

»Nein, tut er nicht«, widersprach Chantel.

»Doch. Ein Mann merkt so was.«

»Er war schon scharf«, gab Chantel zu. »Bisschen zu spießig für mich.«

»Spießig ist genau das, was du brauchst«, sagte Amy.

Chantel schwieg kurz. »Vielleicht hast du recht.« Sie setzte sich auf. »Ich hätte Lust, ganz neu anzufangen«, sagte sie dann. »Woanders. Ich hatte schon immer was für Wales übrig. Wogende Hügel, überall Schafe. Ich könnte mir einen Job in einem malerischen kleinen Pub besorgen und mit den Bauern flirten.«

»Das klingt gut«, sagte Tim zu Amys Überraschung. »Keine verdammten Schlagzeuger, die Wutanfälle kriegen, keine Supermärkte mit Regalen, die eingeräumt werden müssen, keine Kredite, die abbezahlt werden müssen. Ich kann mir gut vorstellen, einer der Bauern in deinem Pub zu sein, Schafe zu scheren.«

»Das würdet ihr beiden doch keine fünf Minuten aushalten«, sagte Amy. »Ihr braucht die Stadt. Den Rausch.«

»Spike meint, auf dem Land gibt's noch viel mehr Drogen«, sagte Chantel. »Die Leute haben nichts anderes zu tun.«

»Ich bin raus«, sagte Amy. »Mir gefällt's hier.«

»Dann wir beide, Timmy«, sagte Chantel.

»Und die Schafe«, sagte Tim. »Vergiss die Schafe nicht.«

Amy versuchte das unwillkommene Tageslicht auszublenden, das durch die Vorhänge drang, drehte sich um und kuschelte sich näher an Tim heran. Sie lehnte den Kopf an seine Brust und spürte den regelmäßigen Schlag seines Herzens, ein Echo ihres eigenen.

»Glaubst du, sie wird Schluss mit ihm machen?«, fragte Tim. Seine Frage überraschte Amy, sie hatte gedacht, er schliefe noch.

»Hoffentlich«, sagte Amy. »Ich habe nie verstanden, was sie an ihm findet. Und jetzt macht er auch noch so was mit ihr.«

»Gefährliche böse Jungs«, erklärte Tim. »Frauen können uns nicht widerstehen.«

»Uns?«, fragte Amy lachend.

»Natürlich uns«, sagte er. »Ich bin doch der Inbegriff von Gefahr: ein trinkender Rockstar.«

»Du warst schon ewig nicht mehr betrunken«, sagte Amy stolz. Sie erwähnte nicht, dass die Band auch schon ewig nicht mehr aufgetreten war. »Und du magst Shampoo mit Kokosduft und kicherst wie ein Baby, wenn ich dich am Bauch kitzle.« Sie fuhr mit den Fingern neckend über seinen Bauch.

Tim stieß ein schrilles Quieken aus und zog heftig den Bauch ein. »Du hast gewonnen.«

»Außerdem wette ich, du würdest nicht mit einer Tasche voller Drogen nach mir werfen, wenn die Polizei auftaucht«, fuhr Amy fort.

»Und wenn? Würdest du sie denn auffangen?«, wollte Tim wissen, drehte sich auf die Seite und sah Amy an. »Würdest du für mich den Kopf hinhalten?«

»Ich war immer furchtbar schlecht in Korbball«, antwortete Amy. »Wahrscheinlich würde ich die Tasche auf den Boden fallen lassen.«

»Das will ich hoffen«, sagte Tim mit ernster Stimme. »Mir wäre die Vorstellung zuwider, dich bei meinem Untergang mit in den Abgrund zu reißen.«

»Werde einfach kein Drogendealer, dann ist alles gut«, scherzte Amy.

»Im Ernst«, sagte Tim. »Manchmal glaube ich, ohne mich wärst du besser dran. Du könntest wirklich weit kommen. Vielleicht bin ich für dich nur ein Klotz am Bein.«

Amy starrte ihn an. Sogar im Dämmerlicht sah sie, wie seine Züge sich verdüsterten. »Du bist kein Spike«, sagte sie. »Du bist talentiert, lustig und warmherzig. Und die Liebe meines Lebens.« Sie beugte sich vor und küsste ihn. »Und du drückst sogar einen Joint aus, wenn ich dich darum bitte, in einem Aschenbecher, der wie eine Gitarre aussieht.«

»Richtig, ich bin schon ziemlich wunderbar.« Tim klang bereits fröhlicher. »Und du bist übrigens auch die Liebe meines Lebens.« Er grinste sie an, kuschelte sich in sein Kissen und ließ seinen Arm wohlig auf ihrer Brust liegen. »Auch wenn du nicht fangen kannst.«

8

»Zwei Besuche in einer Woche, Amy, nach elf Jahren, in denen wir kaum ein Wort gewechselt haben.« Detective Chief Inspector Hooper saß an seinem Schreibtisch, ließ die Hand aber auf der Maus liegen, und sein Blick wanderte rasch zwischen ihr und dem Bildschirm hin und her, als läge dort die Lösung des Problems.

»Tut mir leid, wenn ich dich schon wieder belästige«, sagte Amy. Sie spürte, dass er sie gerne wieder los wäre – er hatte ihr nicht einmal ein Glas Wasser angeboten.

»Ich habe tatsächlich sehr viel zu tun.« Er tippte emsig auf seiner Tastatur herum.

»Es ist nur so, dass ich noch etwas gefunden habe«, sagte Amy. »Einen Brief. Von Chantel.« Endlich wandte er sich vom Bildschirm ab, und Amy glaubte zu sehen, wie er ein wenig zusammenzuckte. »Du bist beschäftigt«, sagte sie. »Vielleicht sollte ich damit zu jemand anderem gehen.«

»Nein, nein, ist schon in Ordnung«, sagte Jack. »Jetzt habe ich meine E-Mail abgeschickt.« Er drehte sich nun ganz vom Computer weg und widmete Amy seine volle Aufmerksamkeit. »Was ...« Er hielt inne und fragte dann untypisch zaghaft, »Was schreibt sie denn?«

Amy holte den Brief hervor und schob ihn zu ihm. »Schau selbst«, sagte sie.

Er griff rasch nach dem Brief und vertiefte sich darin. »Man kann nicht gerade behaupten, dass er in einem guten Zustand ist«, sagte er schließlich.

»Er hat ziemlich lange in einem Blumentopf gelegen«, erklärte Amy. »Er muss reingefallen sein, als der Topf noch neben der Haustür stand, und als ich den dann in den Garten hinausgetragen habe, habe ich den Brief übersehen.«

»Da haben alle möglichen Viecher dran rumgenagt«, sagte er. »Ich verstehe nicht, worauf Chantel hinaus will. Du?«

»Ich kann nur einzelne Worte entziffern«, sagte Amy. »Aber ich glaube, es könnte ein Geständnis sein.«

»Geständnis?«

»Dass sie und Tim zusammen fortgelaufen sind. Schau mal: *Eifersüchtig. Liebe. Davongelaufen.*«

»Aha«, sagte Jack. Er musterte den Brief noch einmal. »Ja«, stimmte er Amy zu. »Das hab ich doch schon immer gesagt.« Er lächelte sie an. »Vielleicht ist der Brief das, was du für einen Schlussstrich brauchst.«

»Da gibt es noch etwas.« Amy reichte ihm das Foto. Er nahm es und starrte es lange an.

»Weißt du, was das ist?«, fragte er schließlich.

»Keine Ahnung«, erwiderte Amy. »Ich dachte, du erkennst die Gegend vielleicht wieder.«

»Nein«, sagte er. »Tut mir leid.« Er sah noch mal auf das Foto. »Ich sehe nichts Markantes. Das kann sonst wo sein. Das lässt sich unmöglich herausfinden.«

»Ich werde Nachforschungen anstellen«, sagte Amy. »Bei den Leuten herumfragen, die wir früher gekannt haben. Da muss doch jemand dabei sein, der weiß, was da abgebildet ist. Und wenn ich einmal weiß, wo das Foto aufgenommen wurde, kann ich mehr darüber herausfinden, was eigentlich passiert ist. Da muss es einen Zusammenhang geben.«

»Das kann ich für dich übernehmen«, sagte Jack. Seine Hände lagen noch auf dem Foto. »Ich bin schließlich Profi in solchen Sachen.«

»Ich würde mich lieber selbst darum kümmern«, sagte Amy und zog ihm das Foto wieder weg. »Wenn du nichts dagegen hast.«

»Natürlich nicht«, erwiderte Jack. Er schwieg eine Weile. »Aber ich möchte dich warnen.« Amy blickte ihn überrascht an. Er beugte sich vor. »Eigentlich wollte ich dir das nicht erzählen«, sagte er, »aber Tim ist zu mir gekommen, bevor er verschwunden ist.« Er seufzte. »Er hatte Geldprobleme. Du weißt ja, wie er war.«

»Er ist zu dir gekommen?«, fragte Amy.

»Ja«, bestätigte Jack. »Er brauchte meine Hilfe.«

»Wollte er Geld von dir leihen?«

»Nein«, sagte Jack. »Er hatte sich schon Geld geliehen, von Leuten, um die er lieber einen Bogen hätte machen sollen.«

»Von wem denn?«, fragte Amy.

»Von Leuten, die er über Chantel kennengelernt hat«, sagte Jack. »Egal, diese Leute wollten ihr Geld zurückhaben, und Tim machte sich Sorgen, was sie ihm antun könnten, wenn er nicht bezahlen würde.«

»Das hast du mir nie erzählt«, sagte Amy nachdenklich. »Könnten diese Leute mit dem, was passiert ist, zu tun haben? Mit seinem Verschwinden?«

»Ich habe damals mit meinen Kollegen darüber gesprochen, und sie sind dieser Möglichkeit nachgegangen«, sagte Jack. »Aber ihre Recherchen haben nichts ergeben, deshalb habe ich dich nicht damit belastet.«

»Dann könnte er also geflohen sein, um seinen Schulden zu entkommen?« Amy zögerte. »Oder haben sie ihn vielleicht ...«

»Wie gesagt, meine Kollegen haben damals recherchiert«, wiederholte Jack. »Es war eine Sackgasse. Ich wollte dich nicht beunruhigen«, fuhr er fort. »Aber ich würde nicht zu viel in der Vergangenheit herumstochern. Es hat keinen Sinn, dir selber Ärger einzuhandeln.«

Er nahm eine Visitenkarte, kritzelte hinten etwas darauf und gab sie Amy. »Wenn du etwas brauchst«, sagte er, »egal was, kannst du mich direkt anrufen. Das ist meine private Handynummer.« Er lächelte sie an. »Amy, ich will nur dein Bestes. Pass auf dich auf.«

Amy saß am Computer und wünschte, sie hätte sich nie auf einen Drink mit Liam eingelassen. An diesem Abend hatte sie überhaupt keine Zeit. Jacks Warnung bestärkte sie nur in ihrem Entschluss, die Wahrheit herauszufinden. Sie hatte eine neue Spur, die mehr Erfolg versprach als alles Bisherige. Sie musste ihr nachgehen.

Spike. Den musste sie finden. Er würde wissen, mit wem Chantel Umgang hatte. Vielleicht hatte er Tim sogar selbst Geld geliehen. Er hatte immer viele Scheine in der Tasche.

Bei der Aussicht, Spike zu treffen, drehte sich ihr der Magen um. Sie konnte ihn fast riechen, diese seltsame Mischung aus Haschisch, Schweiß und dem Avocadoöl, das er immer in seine Dreadlocks rieb. Amy hatte Spike nie leiden können, was die Situation damals schwierig gemacht hatte. Sie erinnerte sich, wie froh sie darüber gewesen war, dass Chantel und Tim sich so gut verstanden. Amy stieß ein kurzes, bitteres Lachen aus. Welch Ironie.

Was ist so lustig? Amy las Liams Nachricht. Er konnte ihren Schreibtisch von seinem Platz aus nicht sehen, also hatte er sie wohl lachen gehört und gleich geschrieben. Nach der Nachricht schickte er noch einen animierten Esel, der vor Lachen wieherte.

Wie charmant.

Amy klickte die Nachricht weg und dachte nach. Spike. Ihr wurde klar, dass sie seinen Nachnamen nicht kannte. Er war für sie eine Person mit nur einem einzigen Namen gewesen, wie Cher oder Madonna.

Simon. Der hatte vielleicht Spikes Nummer. Jetzt erinnerte sie sich. Anfangs hatte er Spike nicht gemocht, hatte sich aber für ihn erwärmt, als er herausfand, dass Spike Zugang zu erstklassigem Stoff hatte.

Amy nahm ihr Handy heraus und schickte Simon eine kurze Nachricht. Dann saß sie da und starrte auf ihr Handy. Zehn Uhr morgens. Wenn Simon und Spike ihren früheren Lebensstil beibehalten hatten, bestanden nur geringe Chancen, dass sie um diese Zeit schon wach waren.

»Wartest du auf einen Anruf?«, fragte Carthika. Amy blickte hoch, in Carthikas amüsiertes Gesicht. »Ein Handy, das beobachtet wird, klingelt nie«, sagte sie.

»Danke für die Lebensweisheit«, sagte Amy.

»Gern. Jederzeit wieder.« Carthika kehrte zum Glück zu ihrem eigenen Schreibtisch zurück.

Dann also Drinks heute Abend ... wie ist die Stimmung?« Das war die nächste Nachricht von Liam, der stoisch überging, dass Amy seinem Esel keine Beachtung geschenkt hatte.

Wollte denn niemand sie in Ruhe lassen, damit sie tun konnte, was ihr auf den Nägeln brannte?

Tut mir leid, heute Abend kann ich nicht, antwortete Amy. Sie musste sich auf ihre Recherchen konzentrieren.

Sofort kam zurück: *Hast du aber versprochen,* dazu ein Cartoon, ein Vogel mit riesigen, in Tränen schwimmenden Augen. Der Vogel erinnerte Amy an Scarlett, und sie bekam ein schlechtes Gewissen, auch wenn sie ihr Einlenken nicht als Versprechen bezeichnen würde.

Kaffee stattdessen?, schrieb Amy. Frische Luft täte ihr gut. Ein schneller Espresso, und Liam wäre abgehakt.

Lunch?, kam die Antwort und gleich hinterher ein fettleibiges Männchen, das einen ziemlich großartig aussehenden Burger verdrückte.

Gut, antwortete Amy, die nicht in längere Verhandlungen verwickelt werden wollte. Inzwischen tippte sie »Spike« in Google ein und überflog die Treffer. Hoffnungslos, was da kam: Nägel, Hunde und mehrere Verweise auf eine kaktusartige Figur in einem Computerspiel. Keine streng riechenden Drogendealer. Sie musste auf Simon hoffen.

»Das hatte ich mir etwas anders vorgestellt«, sagte Liam, als sie in der To-Go-Abteilung eines winzigen Supermarkts standen. »Ich hab dir doch gesagt, ich könnte einen Tisch im Sky Rocket buchen.«

»Das hier reicht vollkommen aus«, sagte Amy, griff sich ihr übliches Käse-Sandwich mit Gurken, dazu eine appetitliche Plastikflasche mit Zitronenlimonade ohne Kohlensäure und eine kleine Tüte Schokorosinen.

»Essen wir im Park?«, fragte Liam. Er lud ein dreilagiges Clubsandwich in seinen Korb, dazu zwei Tüten Käselocken, einen Schokoriegel, eine Schachtel gefüllter Kekse und eine Dose Cola light.

»Klar«, sagte Amy, die schon auf dem Weg zur Kasse war. Liam griff nach ihrem Korb und bestand trotz ihres Protests darauf, alles zu zahlen. Amy schielte auf ihr Handy. Immer noch nichts.

»Hoffst du auf ein besseres Angebot?«, fragte Liam. Amy fühlte sich schlecht.

»Tut mir leid«, sagte sie und schob ihr Handy in die Tasche. Sie rang sich ein Lächeln ab. »Natürlich nicht.«

»Du wirst keins kriegen«, erwiderte Liam ziemlich ungnädig. »Oh«, sagte er, als sie zum Ausgang kamen. Regen prasselte herunter.

»Dann müssen wir eben an unseren Schreibtischen essen«, sagte Amy erfreut. »Trotzdem war es nett.«

Amy spürte ihr Handy in der Tasche vibrieren und konnte es sich nicht verkneifen, es blitzschnell hervorzuziehen. Die Nachricht kam von Simon und enthielt eine Nummer.

Bestimmt die Nummer von Spike.

»Ich muss dringend telefonieren«, sagte sie und sah Liam an. »Tut mir echt leid. Aber das ist ein Notfall.«

»Nächstes Mal plane ich unser Date«, sagte er niedergeschlagen. Er zog sich die Jacke über den Kopf und spurtete zum Büro zurück.

Als Amy am Abend in ihre Straße einbog, sah sie Rachel, Nina, Richard und beide Jungs, wie sie dastanden und zu dem riesigen Baum in Amys Vorgarten hinaufstarrten. Amy verlangsamte ihren Schritt und überlegte, ob sie eine Chance hatte, sich unbemerkt an ihnen vorbeizuschleichen und in ihr Haus zu flitzen. Immer schien jetzt jemand auf der Straße herumzulungern, darauf aus, ihr das Leben schwerzumachen. Dabei wollte sie nur bei ihren Sachen sitzen und nachdenken, was als Nächstes zu tun wäre.

Ein Ast im Baum bewegte sich plötzlich, und Rachel streckte beide Arme hoch. »Komm runter, Sweetheart. Sei ein braver Junge«, lockte sie.

Amy drückte ihre Gartentür auf, die verräterisch quietschte. Alle drehten sich zu ihr um. »Ich hab dir ja gesagt, dass du Mäuse hast«, sprudelte Rachel erregt hervor. »Und jetzt ist der arme Smudge zu Tode erschrocken.«

»Seltsame Katze, die Angst vor Mäusen hat«, erwiderte Amy, deren Geduld bereits am Ende war.

»Ach Amy, es ist was Schreckliches passiert«, rief Charles unter Tränen. »Die arme Maus.«

Daniel drehte sich zu ihr, die Augen voller Tränen. »Micky braucht Hilfe«, sagte er.

»Was ist denn los?«, fragte Amy.

»Die Jungs haben Smudge mit etwas spielen sehen«, sagte Richard. »Sie wollten wissen, mit was, und als sie zu ihm hinliefen, hat er es ins Maul genommen und ist den Baum hinaufgeklettert.«

»Er war noch nie so hoch oben«, jammerte Rachel. »Er muss Panik haben.«

»Er hatte kein Problem damit, auf meinen Töpfen herumzuspringen«, sagte Amy.

»Jetzt ist er schon auf der Höhe vom Dach«, rief Rachel. »Und wenn er abstürzt?«

»Du musst Micky retten«, heulte Daniel.

»Wen?«, fragte Amy.

»Die Maus«, erklärte Charles. »Wir müssen sie retten, bevor Smudge sie auffrisst.«

Richard taxierte den Baum. »Ich bin nicht sicher, ob ich da hinaufkomme«, sagte er. »Die Äste fangen zu weit oben an.«

»Wahrscheinlich ist es keine Maus«, sagte Nina. »Sondern eine Ratte, die in Ihrem Haus lebt wie eine Made im Speck.«

»Ratten sind ziemlich reinliche Tiere«, warf Charles ein. »Das haben wir in der Schule gelernt.«

»Ratten sind schmutzige, bösartige Schädlinge«, widersprach Rachel. Sie blickte wieder in den Baum hinauf. »Komm runter, Darling.« Sie hielt kurz inne. »Der steckt da oben fest, mit einer dreckigen, fetten Ratte.«

Amy wollte tief durchatmen, aber ihre Lungen machten nicht mit. Sie bekam keine Luft. Ratten in ihrem Haus! Sie schluckte, geriet ins Wanken, ihr wurde schwarz vor Augen. Ein Bild von Scarlett stieg in ihr auf, mit einer Ratte, die auf dem Rücken des schönen Vögelchens kauerte und mit den schwarzen Augen blitzte.

»Keine Angst, ich hab Sie«, sagte Richard. Kräftige Hände umfassten ihre Arme. Sie lehnte sich an ihn und spürte die Wärme und Ruhe, die von ihm ausgingen. »Einfach atmen.«

Amy befolgte seine Anweisung und merkte, wie die Enge in ihrer Brust sich zu lösen begann.

»Es geht ihr gut, du kannst sie wieder loslassen«, sagte Nina.

»Lassen Sie sich Zeit, so viel Sie brauchen.« Richards Stimme war sanft, sein Atem warm an ihrem Ohr.

»Die war winzig«, sagte Charles. »Das kann keine Ratte gewesen sein. Ich glaube, es war ein Mäusebaby.«

Daniel fing wieder an zu heulen, heftige, dramatische Schluchzer schüttelten seinen kleinen Körper. Richard ließ Amy los und ging zu seinem Sohn. Amy betrachtete den Baum und spürte ihre Kraft zurückkehren. »Ich kann da hochklettern«, sagte sie und fühlte sich plötzlich selbstsicher, als Adrenalin sie durchströmte. Mit Klettern hatte sie einige Übung, weil sie ständig über ihre Kistenstapel stieg. Dagegen wäre der Baum ein Klacks. »Ich brauch nur eine Räuberleiter.«

Richard versuchte, Daniel an Nina zu übergeben, aber da schrie der Kleine wie am Spieß. »Ich nehme ihn«, sagte Charles und schlang die Arme um den Bauch seines Bruders.

Richard trat zu Amy und fragte: »Sind Sie sicher? Gerade eben war Ihnen noch schwindelig.«

»Ich muss nur den ersten Ast erreichen«, sagte sie.

»Kein Problem. So weit kann ich Sie hinaufheben. Sie sind ja federleicht.«

Nina schüttelte missbilligend den Kopf. »Ich glaube, das ist nicht unbedingt nötig«, begann sie.

»Wir müssen Smudge retten!«, rief Rachel.

»Und die Maus«, ergänzte Charles.

Richard fasste Amy um die Knie und stemmte sie hoch. Sie bekam den untersten Ast zu fassen und drückte sich auf Richards Händen ab, mit denen er jetzt ihre Füße hielt. So konnte sie sich hochschwingen.

Als Smudge sie näher kommen sah, kletterte er höher hinauf. Aber Amy setzte ihm entschlossen nach und kletterte weiter, bis die Äste ihr Gewicht kaum noch tragen konnten und gefährlich schwankten. Sie reckte den Arm zu dem Kater hinauf und sah auch, dass ihm ein winziges Tierchen zwischen den Zähnen klemmte. Beinahe hätte sie Smudge zu fassen bekommen, doch da sprang er auf einen tieferen Ast und dann hinunter zum Boden – vor Amy hatte er mehr Angst als vor dem Sprung aus der Höhe. Er landete einigermaßen elegant, bis Rachel sich auf ihn warf und ihn dabei umstieß. Charles ließ seinen Bruder stehen, und Amy beobachtete von oben das Gerangel zwischen dem Jungen, dem Kater, der Frau und der Maus. So musste die Welt für Scarlett aussehen, dachte sie und genoss den Blick aus der Vogelperspektive auf den Tumult dort unten.

»Ich hab sie«, verkündete Charles. »Sie lebt.« Daniel stellte sein Gebrüll augenblicklich ein und rannte zu seinem Bruder.

»Pass auf, dass sie dich nicht beißt«, sagte Richard.

»Die steht unter Schock«, sagte Charles. »Das ist wirklich eine Babymaus.«

»Nehmen wir sie mit rein und suchen eine Schachtel«, sagte Richard.

»Das Tier kommt mir nicht ins Haus!«, rief Nina. »Das ist eklig.«

»Wir bringen sie zum Tierarzt«, sagte Richard.

»Was das kostet!«, protestierte Nina. »Und das für Ungeziefer.«

»Haustier!«, widersprach Daniel. Seine Tränen waren so schnell getrocknet, wie sie hervorgesprudelt waren. »Mein Haustier!«

»Warten wir ab, was der Tierarzt sagt.« Richard verschwand ins Haus und kam einen Moment später mit einer Schuhschachtel zurück.

»Ich oder die Maus«, erklärte Nina.

»Die Maus«, sagte Charles wie aus der Pistole geschossen.

»*Micky*!«, rief Daniel.

»Wir wissen noch gar nicht, ob sie überlebt«, sagte Richard.

Nina blieb bei ihrer Haltung. »Die ist Ungeziefer«, sagte sie. »Wir sollten sie beseitigen.«

»Nina!«, rief Richard. »Ein bisschen Mitgefühl, bitte!« Nina verschwand im Haus und schlug die Haustür mit einem dramatischen Knall zu. Richard beachtete sie nicht weiter und sah zu Amy hoch. »Alles in Ordnung da oben?«

»Bestens«, antwortete sie. Sie stieg vorsichtig wieder zum

untersten Ast ab, von dem sie sich kurz wie ein Affe baumeln ließ, löste die Hände und landete auf dem Boden. »Dann fahren Sie mal los zum Tierarzt.«

Richard gab Charles die Schachtel, während er Daniel auf dem Kindersitz anschnallte. Amy blieb auf der Straße stehen und sah Rachel an, die sich immer noch um Smudge kümmerte.

»Ich liebe ihn wie ein Baby«, sagte Rachel mehr zu Smudge als zu Amy. »Als wir keine ... da haben wir eben Smudge bekommen. Ich liebe ihn so sehr.« Sie drückte ihr Gesicht ins Smudges Fell. Der Kater schnurrte jetzt.

»Das tut mir alles sehr leid«, sagte Amy.

»Wir versuchen es immer noch«, sagte Rachel. »Es ist erstaunlich, was die heute alles machen können.« Sie sah auf. »Aber es ist nicht leicht für uns.« Amy biss sich auf die Lippe. Rachel rieb Smudge am Ohr, und er schnurrte immer lauter, bis er brummte wie ein kleiner Motor. »Danke, Amy«, sagte Rachel dann. »Ich weiß, mit uns war es immer ein Auf und Ab. Meistens eher ein Ab. Aber ich danke dir dafür, dass du meinen Kater gerettet hast.«

»Ach, der ist zäh«, sagte Amy. »Ich glaube, um Smudge brauchst du dir keine Sorgen zu machen.«

»Er kann ja nichts dafür«, sagte Rachel. »Er will ja nicht bewusst andere Tiere verletzen oder Kinder in Angst und Schrecken versetzen. Aber das Jagen ist eben seine Natur.«

»Klar«, sagte Amy. »Wir können alle nichts dafür, wie wir von Natur aus sind.«

Amy saß in ihrer Diele auf einem unordentlichen Stapel Post. Post konnte sie nicht leiden, die zählte definitiv nicht zu ihren Schätzen. Aber irgendwie schien sie sich in ihrem Haus genauso breitzumachen wie die ganzen Zeitungen, Blumentöpfe und Flaschen. Ihre Gedanken wanderten wieder zu Chantels Brief. Ihre vielen Sachen hatten ihn vor ihr verborgen. Vielleicht, wenn sie nicht ganz so viel aufgehoben hätte, hätte sie diese eine Sache, auf die es wirklich ankam, gefunden.

Sie wollte nicht, dass das, was in diesem Brief stand, die Wahrheit war. Aber sie erkannte auch, dass es zu einem Schlussstrich hätte führen können. Schon vor langer Zeit.

Selbst als es zwischen Amy und Tim immer schlechter wurde, hatten sie doch immer wieder zusammengefunden. Er hatte sie besser verstanden als alle anderen Menschen, die sie kannte. Zumindest hatte sie das geglaubt. Sie erinnerte sich daran, wie sehr sie sich gewünscht hatte, Tim zu finden, so sehr, dass es sich manchmal so anfühlte, als wäre sogar seine Leiche zu finden eine Erleichterung. Bevor sie sich schließlich erlaubt hatte, den Gedanken zuzulassen, dass sie sich in ihm getäuscht hatte, vielleicht von Anfang an. Dass er sie betrogen hatte.

Und jetzt war alles, was von der Geschichte übrig geblieben war, ein Ring, der sie in Verwirrung stürzte, ein Foto von einem Sonnenuntergang über ein paar Bäumen.

Und ein Mäuseproblem.

Die Flaschen waren schuld. Die Flaschen und die Töpfe und die Zeitungen und die Vögel und die Aschenbecher. Sie hatten Amy von der Wahrheit abgeschottet.

Vielleicht hatte Leah recht. Vielleicht sollte sie alles entrümpeln.

Sie stellte sich die Maus in Smudges Maul vor, winzig und verletzlich. Es war eine Maus, aber hätte es auch eine Ratte sein können, wie Nina zu denken gegeben hatte? Hier lebten jetzt Kinder. Vielleicht war ihr Haus ein öffentliches Ärgernis.

Die Flaschen auf dem Dielenboden als Erstes, beschloss Amy und stand gleich auf, solange sie den Impuls spürte, aktiv zu werden. Das waren doch nur leere Weinflaschen. Die waren nichts Besonderes. Sie waren ausgetrunken, damit hatten sie ihren Zweck erfüllt. Sie würde ihnen nur einen Gefallen tun, wenn sie sie entsorgte, sie in die Recyclingtonne warf, damit sie die Chance auf ein neues Leben bekämen.

Sie würden zerkleinert und neu erschaffen. Wiedergeboren. Nur weil sie ihre momentane Form nicht behielten, hieß das nicht, dass sie nicht glücklich sein würden.

Glücklich. Amy musste beinahe über sich lachen. Es waren Flaschen. Leblose Gegenstände. Sie war doch eine vernünftige Frau. Du lieber Himmel, sie arbeitete im Finanzsektor! Schön und gut, Flaschen erinnerten sie an Tim – na und? Er wollte nicht an Amy erinnert werden. Er war gegangen, hatte alles hingeschmissen, um mit einer anderen zusammen zu sein. Mit ihrer besten Freundin.

Wo sollte sie anfangen? Sie packte die nächstbeste Flasche und gleich noch ein paar dazu. So viele, wie sie in ihren Armen halten konnte. Sie ging zur Tür, stieß sie auf – und rannte fast Richard um, der draußen stand. Neben einem Boten, der einen Riesenstrauß roter Rosen hielt.

»Ich wollte nur mal rüberkommen und nachsehen, wie es der Heldin des Tages geht«, sagte Richard. »Aber es sieht so aus, als wären Sie allgemein sehr beliebt.«

Amy blickte zu den Blumen. »Sie sind garantiert an der falschen Adresse«, sagte sie zu dem Boten. Sie hatte Mühe, keine der Flaschen fallen zu lassen. Richard sprang vor und nahm ihr einige ab.

Der Bote klappte das Visier seines Helms hoch und musterte stirnrunzelnd das Etikett. »Sind Sie Amy Ashton?«, fragte er.

»Ja.«

»Hier unterschreiben.« Er hielt ihr eine Art Tablet hin. Amy kritzelte mit dem Finger ihren Namen und fand es überraschend schwierig, die Buchstaben ohne Stift zu formen.

»Die sind ja sensationell«, sagte Richard. »Von wem sind die denn?« Der Bote warf Richard einen mitleidigen Blick zu, klappte das Visier herunter und ging.

Amy antwortete nicht. Blumen. Könnten die von ...? Rote Rosen waren zwar nicht ganz sein Stil, aber trotzdem ... Sie riss das Kuvert auf.

»Dann überlasse ich Sie mal Ihren Blumen«, sagte Richard. Ohne zu gehen.

Amy las den Gruß. »Ach so«, sagte sie tief enttäuscht. »Nur von Liam.«

»Wer ist Liam?«

»Niemand.« Amy zwang sich ein Lächeln ab, um nicht in Tränen auszubrechen. »Wie geht's der Maus?«

»Die wird sich wieder erholen«, berichtete Richard. »Aber es kommt noch besser: Der Tierarzt meinte, sie wäre genau im richtigen Alter, um noch zahm zu werden. Wir werden sie also behalten.« Er hob die Flaschen hoch. »Was soll damit passieren?«

»Darf ich Ihre Recyclingtonne mitbenutzen?«, fragte Amy. »Ich habe meine nie benutzt, und dann brauchte ich Platz für meine Blumentöpfe, und so ...«

»Klar«, sagte Richard. Er zog eine Augenbraue hoch und sah Amy an. »Sieht ganz so aus, als hätten Sie eine Riesenparty gefeiert. Nächstes Mal laden Sie mich ein.«

»Ich habe Jahre gebraucht, um den Wein zu trinken«, sagte

Amy würdevoll. »Ich bin kein Teenager, der sich volllaufen lässt.«

»Ich bitte um Verzeihung«, sagte Richard. »Ich hab nur einen Witz gemacht. Das war nicht lustig.« Er warf einen Blick in ihre Diele. »Diese Zeitungen können die auch entsorgt werden?«

»Nicht die Zeitungen. Die enthalten Informationen«, erklärte Amy.

»Aus welcher Zeit?«, erkundigte sich Richard.

Bei den Zeitungen handelte es sich um Lokalblätter, manche waren elf Jahre alt. Erst hatte Amy sie nach Fakten durchforstet, die der Polizei entgangen, aber womöglich von eifrigen Journalisten aufgedeckt worden waren. Dann, als ihre Hoffnung schwand, hatte sie nicht mehr genug Energie, um die Seiten gründlich durchzusehen. Aber sie konnte sie einfach nicht wegwerfen. Sie könnten einen Hinweis enthalten.

Aber trotzdem. Von einigem musste sie sich trennen. »Sie können die Flaschen mitnehmen, Richard«, sagte sie entschlussfreudig. »Nur die, die Sie gerade in der Hand haben. Gibt es noch Platz für alte Post?«

»Natürlich«, sagte Richard. »Für alles, was Sie loswerden wollen.« Er lächelte sie an. »Also wissen Sie, Amy Ashton, Sie sind in mehr als einer Hinsicht ganz schön mutig.«

Amy sah ihn stirnrunzelnd an. »Nehmen Sie die Flaschen mit, bevor ich es mir anders überlege«, sagte sie in dem Vertrauen, dass ihr immer noch genügend übrig blieben. Er verschwand mit den Flaschen, und Amy schloss die Tür hinter sich.

Amy sah sich um und kam zu dem Schluss, dass sie die unterste Treppenstufe gut als Sortierstation benutzen könnte. Sie nahm sich den Packen Post vor, der noch auf der Türmatte lag, und die Briefe, die vom Stapel gerutscht waren, übergelaufen wie Schaum aus einer frisch entkorkten Sektflasche. Damit würde sie anfangen.

Alle Umschläge mit offensichtlicher Werbung warf Amy direkt auf den Haufen für die Tonne. Umschläge mit aufgedruckter Adresse wurden rasch geöffnet, überflogen und anschließend demselben Schicksal übergeben. Wie Leah ihr mitgeteilt hatte, fand sie mehrere Briefe von der Verwaltung, zunehmend aggressiver im Ton. Auch sie kamen auf den Haufen.

Amy kam schnell voran, der Haufen für die Tonne reichte ihr schon bis zu den Knien, das Papier schmiegte sich zärtlich an ihre Beine. Sie überlegte, was als Nächstes damit passieren würde. Wozu würde es verarbeitet? Vielleicht zu einem Buch. Wenn sie die ganzen Umschläge so ansah, dann vielleicht zu mehreren Büchern. Das wäre ein schönes zweites Leben für Werbepost. Sie stand auf, um zur Toilette zu gehen, und brauchte nicht mehr durch Papier zu waten. Gleich würde sie die erste Ladung hinausbringen, beschloss sie. Sie schaufelte das Papier in eine Riesenumarmung, öffnete die Tür und ging zur Recyclingtonne vor Richards Haus. Mit einiger Mühe hob sie den Deckel und verzog das Gesicht über die Gerüche, die ihr entgegenschlugen – verschimmelte Reste Dosenbohnen, nicht ganz saubere Joghurtbecher. Sie vermied einen Blick auf die Flaschen und warf das Papier hinein. Dann ging sie wieder ins Haus.

Schon jetzt fühlte sich die Diele anders an. Geräumig. Der Boden war frei, wenigstens rings um die Türmatte. Amy atmete tief ein. Herrlich.

Fast gab sie dem Drang nach, ihre Haustür aufzureißen, um der Welt ihre schöne Diele zu zeigen, aber dann schreckte sie bei dem Gedanken doch zurück.

War die Diele wirklich schön? Amy betrachtete den schmutzigen Fußboden. Sie hatte vergessen, wie hässlich das Linoleum war. Vielleicht sah es mit Flaschen doch besser aus. Sie spürte einen Luftzug. Die Post hatte die Diele wenigstens abgedichtet.

Es war Mittwoch. Der Müll würde erst nächsten Montag abgeholt werden. Bis dahin konnte sie es sich immer noch überlegen. Noch war nichts für immer verloren.

Amy hörte, dass auf ihrem Handy eine Nachricht einging, und zog es rasch aus der Tasche.

Spike.

Und er wollte sich mit ihr treffen.

SCHLÜSSELANHÄNGER

Juni 2004

»Das ist ja wie *Unsere kleine Farm.*« Chantel hopste auf dem Gartenweg herum.

»Das ist ein winziges Dreizimmerhaus in einem grottigen Vorort«, sagte Tim. »Mit abgeranztem Linoleum und scheußlichen grünen Teppichböden.«

»Das ist ein Neuanfang«, sagte Amy. »Ich glaube, das hat Chantel gemeint.«

»Keine Drogen im Haus«, sagte Chantel und lächelte. »Keine ausgeflippten Partys, kein Rum um drei Uhr morgens. Tee und Kekse und ab und zu ein kultiviertes Glas Wein.«

»Ich war schon immer der kultivierte Wein-Typ«, sagte Tim und gab Amy einen Kuss. »Erinnerst du dich noch an die Nacht, in der wir uns kennengelernt haben?«

»Immer.« Amy lehnte sich an ihn, um den Kuss zu erwidern. »Schraubverschluss und Kreisverkehr«, flüsterte sie ihm zu.

Chantel ignorierte die beiden. »Ich mache für euch eine Begrüßungstour durchs Haus.« Sie steckte den Schlüssel ins Schloss. »Hallo, neues Leben, wir kommen.«

»Warte kurz«, sagte Amy. »Ich mache ein Foto.« Sie setzte die Kamera vorsichtig auf der Mauer ab, stellte den Timer für den Selbstauslöser ein, und die drei posierten und grinsten wie die Irren. Amy und Tim hielten ihre Rucksäcke, in die sie ihre ganze Habe gestopft hatten, Chantel hatte zwei große Rollkoffer. »Sagt *Cheese*!«, forderte Amy auf.

»Cheesiiieee!«, sagte Chantel. Sie machte die Tür auf und atmete den Geruch des Hauses ein. Dann drehte sie sich zu Amy um und sagte: »Danke.« Sie wiegte ihre Freundin in einer Riesenumarmung. »Manchmal habe ich das Gefühl, ich möchte einfach raus aus meiner Haut und ganz neu anfangen. Und jetzt kann ich es tun.«

Amy erwiderte den Druck von Chantels Armen. »Alles zurück auf Start«, sagte sie. »Ich kann's gar nicht erwarten.« Sie war ganz aufgeregt. Zwar bedeutete die höhere Miete, dass sie erst einmal in Vollzeit bei Trapper, Lemon und Hughes festsaß, aber malen konnte sie ja immer noch abends und am Wochenende.

»Schade, dass es keine Garage gibt«, sagte Tim.

»Du hast doch gar kein Auto«, wandte Chantel ein.

»Für die Band«, erklärte Tim. »Wir werden im Wohnzimmer proben müssen.«

»Da machen wir uns bei den neuen Nachbarn aber beliebt!«, sagte Chantel. »Das Paar nebenan sieht schon ziemlich angesäuert aus.«

»Mr. und Mrs. Hill? Ich habe sie kennengelernt, als ich bei der Lieferung der Matratze da war. Die kamen mir sehr nett vor, ich wette, die werden Tims Musik mögen«, sagte Amy loyal.

»Wir bevorzugen jetzt die sanfteren Töne«, stimmte Tim zu.

Chantel machte einen ihrer Koffer auf und nahm einen kleinen Wasserkocher und drei angeschlagene Tassen heraus. »Tee?«, fragte sie. »Zur Einweihung des neuen Hauses.«

»Du bist die perfekte Mitbewohnerin«, sagte Amy. »Ich hätte nie daran gedacht, einen Wasserkocher mitzunehmen.«

»Morgen müssen wir die ganzen anderen Sachen kaufen, die wir brauchen«, sagte Chantel. »Ich habe alles bei Spike gelassen. Ziemlich tragisch, findet ihr nicht? Alles, was wir haben, ist in diesen Koffern. Und in diesen hässlichen Rucksäcken.«

»Ich habe auch noch meine Musik«, sagte Tim abwehrend. »Und Amy hat ihre ganzen tollen Kunstwerke in ihrem Atelier. Du hast ...« Er machte eine Kunstpause. »Zählt eine Vorstrafe?«

»Es ist nur eine Verwarnung«, sagte Chantel. »Und du bist ein Arsch.«

»Ignorier ihn einfach«, empfahl ihr Amy. »Er versteht keinen Spaß, wenn es um die Rucksäcke geht.«

Chantel lachte. »Da hab ich schon Schlimmeres erlebt. Also, ich geh jetzt Milch und Kekse kaufen. Und Schlüssel nachmachen lassen.«

Chantel zog los, und Amy und Tim standen da und sahen einander an. »Ich habe vergessen, dich über die Schwelle zu tragen«, sagte er bedauernd. »Gehen wir noch mal raus und rein, jetzt, wo sie weg ist?«

»Ich glaube, dafür sollten wir verheiratet sein.«

»Bist du wirklich so kleinkariert, Amy?«, fragte Tim. »Auch für einiges andere, was wir so machen, sollte man verheiratet sein.«

Eine Sekunde lang glaubte Amy, er würde ihr einen Antrag machen. Es würde perfekt zum neuen Start im neuen Haus passen. Das Planen einer Hochzeit. Sie würde die Einladungen entwerfen. Tims Band würde auf der Hochzeitsparty spielen.

Wenn Tim ihre Gedanken lesen konnte, verriet er es nicht. »Komm«, forderte er sie auf, »lass uns das Haus richtig einweihen.« Er versuchte, sich Amy über die Schulter zu werfen, und sie stieß einen überraschten Schrei aus. »Vielleicht lieber doch nicht«, sagte er, setzte sie wieder ab und küsste sie stattdessen. »Komm, gucken wir uns das Schlafzimmer an.«

Amy lag neben Tim. Sie hatten noch kein richtiges Bett gekauft, nur eine Matratze, die auf dem Boden lag. Sie hatten nicht einmal den Plastikbezug abgenommen, an dem nun ihre nackten Beine klebten.

»Ich möchte schon, weißt du«, sagte Tim aus heiterem Himmel. Amy sah ihn erstaunt an, sie hatte gedacht, er schliefe.

»Was möchtest du?«, fragte Amy. Sie glaubte es zu wissen, wollte aber, dass er es aussprach.

»Du weißt schon, was ich meine«, sagte Tim. Amy wurde klar, dass er es nicht aussprechen wollte. »Aber ich möchte erst mein Leben auf die Reihe kriegen. Damit ich für dich sorgen kann.«

»Wir sind doch nicht mehr in den Fünfzigern«, widersprach Amy. »Ich verdiene mit meinem Bürojob mehr als du, außerdem hat sich diese Galerie für meine Bilder interessiert.« Kaum waren die Worte ausgesprochen, bereute sie sie auch schon. Da sagte er ihr praktisch, dass er sie heiraten wollte, und sie prahlte mit ihren eigenen Erfolgen.

»Das ist super«, sagte Tim gelassen. »Aber mein eigenes Leben ist ein Chaos. Das weißt du. Ich muss das mit der Band endlich hinkriegen, oder es wird Zeit, damit aufzuhören. Und Jura zu studieren, wie es mir mein Dad empfohlen hat. Den Schwanz einzuziehen und mir Geld fürs Studium von ihm zu leihen.«

»Aber Musik ist deine Leidenschaft.« Amy wollte ihren Mangel an Einfühlungsvermögen von eben wiedergutmachen.

»Und du bist so begabt.« Obwohl sie selbst zugeben musste, dass er in den letzten Jahren mit der Band kaum etwas verdient hatte. Auch sie fragte sich, ob es nicht an der Zeit war, dass er sich nach einer Alternative umsah. Ein intelligenter Mensch wie er sollte nicht ewig im Supermarkt Regale einräumen.

»Es tut mir so gut, wie du mir den Rücken stärkst«, sagte Tim, und Amy hatte wegen ihrer Überlegungen gleich wieder Schuldgefühle. Tim beugte sich über sie und küsste sie, die Plastikfolie raschelte laut unter ihm. »Und ich will nur, dass du weißt, dass ich es eines Tages tun werde.«

»Und eines Tages werde ich ja sagen.« Amy wünschte sich, sie hätte genau das vorhin schon gesagt.

Ein lautes Klopfen an der Schlafzimmertür unterbrach sie. »Seid ihr angezogen?«, fragte Chantel.

»Kleinen Augenblick«, rief Tim. Beide schlüpften hastig wieder in ihre Klamotten, als Chantel auch schon mit einem Tablett hereinkam, das sie eindeutig aus einem Pub geklaut hatte. Darauf befanden sich drei Tassen mit Tee, ein Päckchen Kekse und ein glänzender Haufen Schlüssel mit riesigen, plüschigen Schlüsselanhängern. »Pfui!«, sagte sie und starrte auf Tims nackte Brust, während er sich rasch ein T-Shirt über den Kopf zog. »Es gibt so was wie Fitnessstudios, weißt du.«

»Und es gibt auch etwas, das nennt sich Privatsphäre«, knurrte er und nahm eine Teetasse vom Tablett.

Chantel stellte das Tablett auf dem Boden ab und setzte sich auf die Matratze. »Federt gut«, bemerkte sie. »Schön.«

»Das sind aber viele Schlüssel«, sagte Amy und nahm sich einen Keks. »Und auch ganz schön viele Schlüsselanhänger.«

»Einen Hausschlüssel für dich, einen für mich und zwei für Tim, weil er seinen verlieren wird«, sagte sie. Tim sah Chantel an und schnitt eine Grimasse. »Und zwei Schlüssel für die Hintertür. Wir können einen in die Küche legen, und du behältst den Ersatzschlüssel, Amy, weil du am meisten Verantwortungsgefühl hast. Tolle Schlüsselanhänger, was? Geschenk von mir. Der rosafarbene ist für dich«, sagte sie zu Tim und warf ihm seinen Schlüsselbund zu. Er fing ihn auf, verschüttete dabei aber seinen Tee. »Deiner ist der graue, Amy«, sagte Chantel. »Passend zu deinen Augen. Ich habe den braunen.«

Amy nahm ihren Schlüsselbund in die Hand, drückte ihn und spürte der beruhigenden Härte der Schlüssel nach, die sich in ihre Haut gruben. Sie streichelte den Schlüsselanhänger, einen grauen Flauschball, der Amy an eine kleine Maus erinnerte. »Danke, Chantel.«

»Danke, Amy«, erwiderte Chantel ohne jede Ironie. »Und dir danke ich auch, Tim. Das habe ich gebraucht.« Sie streckte die Arme aus und umfing beide Freunde in einer engen Umarmung. Amy drückte sie zurück. Nun würde sie mit den beiden Menschen zusammenleben, die sie am meisten auf der Welt liebte. Sie wusste, dass sie in diesem Haus sehr glücklich sein würde.

9

Als Spike vorschlug, sie könnten sich in seinem »Büro« treffen, konnte sich Amy dieses Wort nur in Anführungsstrichen vorstellen. Wahrscheinlich nannten sie so das besetzte Haus, das gleichzeitig ihre Opiumhöhle war. Amy hatte einen Gegenvorschlag gemacht, ein Café in der Nähe, aber Spike blieb beharrlich. Schließlich ließ sie sich darauf ein und schlug ein Treffen am frühen Vormittag vor, wenn sie davon ausgehen konnte, dass nicht so viele von Spikes »Kunden« (ebenfalls in Anführungsstrichen) herumhingen. Er war einverstanden und verblüffte sie mit einem Terminvorschlag um acht Uhr früh. Das »Büro« lag in der Stadt, und als sie es auf der Karte suchte, entdeckte sie, dass sie nicht einmal zu spät zur Arbeit kommen würde, wenn sie das Gespräch kurzhielt und gleich zum Kern der Sache kam.

Und sie wollte es so kurz wie möglich halten. Sie hatte am Bahnhof wieder einen Abstecher in die Drogerie gemacht und sich von Joanna großzügig mit Parfum einnebeln lassen, vier Pumpstöße, von denen sie leichte Kopfschmerzen bekam. Aber das war immer noch besser als Spikes Duftalternative, und sie durfte nicht riskieren, dass ihre Bürokleidung nach Cannabis roch.

Und so war Amy sehr überrascht, als sie vor einem großen Gebäude stand, das sehr viel schicker war als das, wo sich die Büros von Trapper, Lemon und Hughes befanden. Sie vergewisserte sich noch einmal, dass die Adresse stimmte, und ging hinein. Dabei beschlich sie der Gedanke, dass sie womöglich den falschen Spike kontaktiert hatte.

In dem Gebäude waren viele Firmen untergebracht, und sie musste ein Formular mit Angaben zu ihrem Termin ausfüllen. Sie zögerte bei dem Namen der besuchten Person, weil sie es unpassend fand, »Spike« hinzuschreiben. Aber ihr blieb nichts anderes übrig, und so kritzelte sie den Namen eben in einer schlampigen, hoffentlich unleserlichen Schrift. Doch offensichtlich wurde sie erwartet, und die Rezeptionistin übergab ihr ein Schlüsselband und instruierte sie, Lift B zum 17. Stock zu nehmen. Amy folgte den Anweisungen, und als sie aus dem Lift trat, stand sie vor einem Labyrinth von Büroräumen mit Glastrennwänden und unzähligen Firmenlogos. Sie fühlte sich verloren.

»Amy Ashton?« Ein großer Mann mit kurzem grauen Haar und smartem Anzug sah sie an.

Sie sagte: »Ich bin auf der Suche nach Spike«, und kam sich dabei wie ein kleines Mädchen vor. »Tut mir leid, aber ich kenne seinen Familiennamen nicht.«

»Du hast dich kein bisschen verändert!«, rief er. Amy wurde von seiner Umarmung schier erdrückt. Dann ließ der Mann sie wieder los und hielt sie ein wenig von sich weg, damit sie sich besser ansehen konnten. »Ohne Dreadlocks erkennst du mich nicht, was?«

»Spike?« Amy sah ihm forschend ins Gesicht, das tatsächlich vertrautere Züge anzunehmen begann. Doch seine Augen blickten weniger verschlafen, seine Haut war klarer, und es fehlte die früher für ihn so typische Duftmarke. Aber er war es.

»Mann, das erinnert mich an früher«, sagte er und lachte.

»Michael Spikerton«, stellte er sich vor. »Schon seit Jahren hat mich niemand mehr Spike genannt. Komm, wir gehen in mein Büro. Ich habe Frühstück bestellt.«

Amy folgte ihm, seine Verwandlung machte sie ganz schwindlig. Er führte sie in einen kleinen Raum mit einem Besprechungstisch, mehreren Stühlen und einem atemberaubenden Stadtpanorama. »Kleine Croissants?«, fragte er und deutete auf eine sehr nach Firmencatering aussehende Frühstücksplatte. »Oder Obstspießchen? Bedien dich, ich gieße uns Kaffee ein.«

»Was ist denn mit dir passiert?«, platzte es aus Amy heraus, die nicht mehr an sich halten konnte.

»Ich bin erwachsen geworden«, sagte Spike. »Schon vor einer ganzen Weile. Milch?«

»Ja bitte«, sagte Amy. Sie nahm eine Zimtschnecke, setzte sich wieder und starrte ihn an. »Wie ...«

»Ich hatte immer schon vor, mit vierzig erwachsen zu werden. Und vorher, in den Zwanzigern, Dreißigern, meinen Spaß zu haben. Und Mann, den hatte ich.« Er lächelte Amy an, sein Blick verlor sich in Erinnerungen. »Dabei habe ich mir auch ein gutes Finanzpolster zugelegt.« Er zwinkerte ihr zu. »Dann war Schluss mit Drogen, ich habe das Geld investiert und mir die Dreadlocks abgeschnitten. Die hatten auch angefangen zu stinken.«

»Und was machst du jetzt?« Amy beschrieb mit der Hand einen Halbkreis durch den Raum.

»Dies und das«, sagte er geheimnisvoll. »Import, Export. Ein bisschen Immobilienentwicklung. Investitionen. Alles ziemlich legal.« Er grinste sie wieder an. »Eigentlich ist diese Arbeit viel einfacher. Viel bessere Arbeitszeiten. Und wie geht's der Kunst?«

Amy griff nach einem Croissant und legte es wieder hin. »Ich male nicht mehr«, sagte sie.

»Das ist aber schade.«

Sie richtete den Blick auf ihren Kaffeebecher. Weiß, nichtssagend, typisches Firmengeschirr. »Ich kann mich nicht erinnern, dass du dir meine Arbeiten jemals angesehen hättest«, sagte Amy. Plötzlich wurde sie von Wut auf diesen neuen Spike gepackt. Oder Michael. »Du warst zu sehr damit beschäftigt, dich zuzudröhnen und Chantel die Polizei auf den Hals zu hetzen.«

Zum ersten Mal wirkte Spike nervös. »Ich hoffe, du willst dich nicht streiten«, sagte er. »Ich habe mich verändert.« Er sah sie an, und sein Gesicht verhärtete sich. »Aber wenn du unbedingt Ärger haben willst ...?«

»Nein«, sagte Amy. Die Richtung, die das Gespräch nahm, war ihr nicht geheuer. Als sie Spike kennengelernt hatte, war er harmlos erschienen, aber sie erinnerte sich, dass er ganz schön jähzornig werden konnte.

»Entschuldige«, sagte Spike und biss in ein Mini-Croissant. »Das war unangemessen.«

»Schon in Ordnung.«

»Wie geht's dir denn so?« Spikes Stimme klang wieder freundlich. »Wohnst du immer noch im selben Haus?«

»Ja«, antwortete Amy überrascht.

»Ich besitze jetzt ein paar Immobilien in der Gegend«, sagte Spike, und nun kam der Geschäftsmann in ihm zum Vorschein. »Ich könnte dir gern einen Freundschaftspreis machen. Um der alten Zeiten willen.«

»Ich bin sehr zufrieden da, wo ich bin«, erwiderte Amy. Sie machte eine Pause. »Ich bin wegen Tim hergekommen«, sagte sie. »Und wegen Chantel.«

»Hast du sie gesehen?« Spike ließ sein Croissant zurück auf seinen Teller fallen.

»Nein«, antwortete Amy. »Nicht mehr, seitdem sie verschwunden sind.«

Sie nahm das Foto aus ihrer Tasche und reichte es ihm über den Tisch. Spike betrachtete es eingehend. »Was ist denn das?«, fragte er.

»Erkennst du, was da drauf ist?«

Spike runzelte die Stirn. »Leider nein«, sagte er dann und gab es ihr zurück. Amy schluckte ihre Enttäuschung hinunter und starrte auf das Foto. Ein schöner Sonnenuntergang, aber warum war nichts abgebildet, was einem weiterhelfen konnte? Zum Beispiel irgendein Turm, eine Kirche? Stattdessen gab es nur nichtssagende Bäume, die allgegenwärtige Sonne und ein Stück von irgendeinem Fahrzeug. Wenn sie nur herausfinden könnte, wo das war!

»Meiner Meinung nach ist Jack an allem schuld«, sprudelte Spike aus heiterem Himmel los. »Ich konnte ihn nie leiden. Weißt du, dass er jetzt Detective Chief Inspector ist?«

Amy ging nicht darauf ein. Spike war natürlich eifersüchtig auf Jack. »Jack hat mir erzählt, dass Tim sich Geld geliehen hat. Von einem von Chantels Freunden. Ich dachte, vielleicht weißt du was davon.«

»Nichts. Null«, erwiderte Spike rasch. »Tim war nicht gerade mein bester Kumpel.«

Enttäuschung stieg Amy die Kehle hoch und mischte sich mit dem Zimtgeschmack. »Ganz sicher nicht?«, hakte sie nach. »Du hattest doch immer viel Bargeld. Vielleicht ...«

»Ich habe ihm bestimmt kein Geld geliehen«, erwiderte Spike. »Bei einem Musiker hätte ich kein Vertrauen, dass er es mir zurückzahlt. Schon gar nicht bei Tim.«

»Und du hast auch keine Ahnung, wer ihm etwas geliehen haben könnte?«

»Nein.« Er nahm sein Croissant wieder vom Teller und blickte in die Luft, als würden dort seine Erinnerungen herumschwebten. »Ich habe nie geglaubt, dass Chantel dir das angetan hat«, sagte er mit gedämpfter Stimme, als könnte sie jemand hören. »Ihr wart euch doch so nah. Ich glaube, wenn sie mit jemandem abgehauen wäre, dann mit dir.«

»So war es aber nicht«, sagte Amy.

»Sag ich ja«, sagte Spike. Er schwieg eine Weile. »Als Chantel und ich zusammen waren, hat sie dich immer noch am meisten geliebt. Natürlich nicht auf die Art«, schob er rasch nach. »Aber für mich war es schwer. Ich habe immer die zweite Geige gespielt, hinter ihrer besten Freundin.«

»Als sie dann mit Jack zusammen war, habe ich nicht mehr viel von ihr zu sehen bekommen«, sagte Amy.

Spike zuckte mit den Achseln. »Vielleicht war es mit den beiden anders«, meinte er. »Aber ich kann mir nicht vorstellen, dass sie dich für einen Mann im Stich gelassen hat. Für keinen Mann der Welt. Für Tim schon gar nicht. Mein Bauchgefühl sagt mir, dass das nicht sein kann. Und das weißt du auch.«

Amy saß in ihrem Haus und sah Scarlett an. Der Vogel erwiderte ihren Blick. Leoparden können die Zeichnung auf ihrem Fell nicht ändern, dachte Amy, und Rotkehlchen können ihre rote Brust nicht ändern. Aber Drogendealer? Spike war wie das Gegenteil von Samson. Vielleicht hatte ihm das Abschneiden seiner Haare Kraft verliehen.

Was er über Chantel gesagt hatte, stimmte sie nachdenklich. Vielleicht sollte sie nicht nur nach Tim suchen.

Sie stand auf und holte ihre Handtasche. Darin steckte der Zettel mit Toyahs Nummer. Durch die Ländervorwahl kam sie ihr lang und kompliziert vor.

Dubai.

Es war schwer vorstellbar, dass es Toyah endgültig dorthin verschlagen hatte, aber vielleicht war ihr Bedürfnis, Familie um sich zu haben, stärker gewesen als ihre Abneigung gegen die Sonne. Und vielleicht war ihr Schwager mit den Jahren milder geworden. Menschen verändern sich. Wie Amy wusste.

Sie hatte in den Social Media nach Toyah gesucht und gehofft, sie könnte ihr eine Nachricht schicken. Aber zu ihrer Überraschung fand sie nichts. Sie hatte auch nach Tims Vater gesucht. Den hatte sie sofort bei Facebook gefunden, und Amy hatte gleich eine kurze Nachricht an ihn gepostet, bevor sie es sich anders überlegen konnte.

Amy nahm den Zettel wieder in die Hand und strich mit einem Finger über die Zahlen. Sie hatte seit Jahren nicht mehr mit Toyah gesprochen. Dabei war sie für Amy einmal wie eine zweite Mutter gewesen. Amy hatte mit Sicherheit eine engere Beziehung zu ihr gehabt als zu ihrer eigenen Mutter. Aber nach der anfänglichen Panik, als Chantel und Tim verschwunden waren, in der sie ständig telefoniert hatten, hatte Amy aufgehört anzurufen. Toyah hatte mehrmals versucht, sie zu erreichen, aber Amy war nicht mehr drangegangen. Wenn ihre Tochter zu einem solchen Verrat fähig war, dann hatte Amy keinen Grund mehr gesehen, ihrer Mutter zu vertrauen.

Es sei denn, sie hatte sich all die Jahre geirrt.

Amy griff nach ihrem Handy und wählte. Dann wurde ihr klar, dass sie sich gar keine Gedanken gemacht hatte, wie spät es jetzt in Dubai war. Sie wollte schon wieder auflegen, um die dortige Uhrzeit auszurechnen.

Doch da antwortete schon eine Stimme.

Nicht die von Toyah.

»Ist da Laura?«, fragte sie.

»Ja«, sagte die Stimme misstrauisch. »Wollen Sie mir was verkaufen? Ich hab keine Zeit.«

»Nein«, sagte Amy. Sie zögerte. Sie hatte Laura ein-, zweimal getroffen und rief sich ihr Bild vor Augen. Dunkelblondes Haar, immer braungebrannt. Elegantes Outfit, gerne mit weißer Hose und figurbetonten Jacken. Ein herrisches Auftreten, das Amy eingeschüchtert hatte. »Ich weiß nicht, ob Sie sich an mich erinnern«, murmelte sie. »Ich bin Amy Ashton. Ich war mit Chantel befreundet.«

Als Antwort kam ein langes Schweigen. »Woher haben Sie diese Nummer?«, fragte Laura schließlich.

»Jack Hooper hat sie mir gegeben«, sagte Amy. »Er war Chantels Freund ...«

»Ich weiß, wer Jack Hooper ist«, sagte Laura argwöhnisch. »Warum haben Sie mit ihm gesprochen?«

»Ist Toyah da?«, fragte Amy. Sie fühlte sich Chantels ziemlich aggressiver Tante nicht ganz gewachsen.

»Sie ist gerade außer Haus«, antwortete Laura. »Aber ich kann ihr etwas ausrichten.«

Amy zögerte kurz, war nicht sicher, wie viel sie preisgeben sollte. »Können Sie ihr bitte sagen, dass ich etwas gefunden habe? Etwas, worüber ich mit ihr sprechen möchte?«

»Das klingt ziemlich mysteriös«, sagte Laura. »Genauere Angaben, bitte.«

»Es ist ein Brief«, sagte Amy. Nun hatte sie einmal angefangen und konnte nicht mehr zurück. »Ich habe ihn erst vor fünf Tagen gefunden, aber er hatte schon sehr lange da gelegen. Ein Brief von Chantel.«

Am anderen Ende herrschte Stille. »Ich kann ihn nicht lesen«, fuhr Amy fort. »Nicht viel davon. Er war eine Weile draußen, und der Regen hat die Schrift verwischt. Es lag auch ein Bild dabei. Ein Foto.«

»Was ist auf dem Foto zu sehen?«, fragte Laura.

»Das weiß ich eben nicht«, sagte Amy. »Vielleicht ein Park. Bäume. Ein Sonnenuntergang. In der Ecke irgendein Auto. Aber ich kann nicht erkennen, wo es aufgenommen worden ist. Ich dachte, vielleicht erkennt Toyah den Ort. Sie könnte mir helfen zu verstehen, was Chantel mir mitteilen wollte.«

»Haben Sie diesen Brief Jack gezeigt?«, fragte Laura.

»Ja«, sagte Amy. »Das Foto auch. Er hat nichts erkannt.«

»Auf dem Brief stand keine Adresse, unter der Sie Chantel kontaktieren könnten?«

»Da lässt sich nichts mehr entziffern«, antwortete Amy.

»Sind Sie sicher?«

»Natürlich bin ich mir sicher«, blaffte Amy. Und bekam gleich ein schlechtes Gewissen. Laura wollte sicher auch wissen, wo ihre Nichte war. »Tut mir leid«, entschuldigte sie sich. »Aber der Brief ist sehr ramponiert.«

»Haben Sie ihn sonst noch jemandem gezeigt? Das Foto oder den Brief?«

»Spike«, sagte Amy.

»Spike? Wie geht's dem Mistkerl?«

»Überraschend gut«, sagte Amy. Einen Moment lang hatte sie das überwältigende Bedürfnis, mit Chantel über Spikes unglaubliche Verwandlung abzulästern. Aber nicht mit Laura. Diese Frau am Telefon war nicht ihre Freundin. Nicht einmal annähernd.

»Und er hat auf dem Foto nichts erkannt«, griff Laura voraus.

»Nein«, bestätigte Amy und wurde wieder ungeduldig. »Wann kommt Toyah denn zurück?«

»Nicht so bald«, antwortete Laura. »Aber ich sage Ihnen, was Sie tun können. Scannen Sie das Foto und den Brief ein und schicken Sie mir die Sachen per E-Mail zu. Dann zeige ich sie Toyah, und sie kann sich selbst bei Ihnen melden, wenn sie etwas erkennt. Sie ist allerdings sehr beschäftigt, und es könnte eine Weile dauern.«

»In Ordnung«, stimmte Amy zu und notierte sich die E-Mail-Adresse.

»Amy?«, setzte Laura noch einmal an, diesmal freundlicher. »Toyah hat lange nichts von Ihnen gehört.«

Amy nickte und vergaß für einen Moment, dass sie nicht zu sehen war.

»Ich glaube, dass sie sich über Ihren Anruf freuen wird. Sehr sogar.«

»Ich möchte nur herausfinden, was wirklich passiert ist«, sagte Amy.

»Selbstverständlich«, sagte Laura.

»Ich kann mir Toyah gar nicht in Dubai vorstellen«, sagte Amy gedankenverloren. »Das passt doch gar nicht zu ihr.«

»Was soll das heißen?«, fuhr Laura sie an. »Sie ist hier bei mir. Bei ihrer Schwester.«

»Aber ...« Amy brach ab. Sie wusste, dass Toyah sich weder mit ihrer Schwester noch mit deren Mann gut verstanden hatte. Aber das konnte sie schlecht sagen. »Es ist so heiß dort«, sagte sie dann lahm.

»Wir leben nicht in einem Zelt mitten in der Wüste«, polterte Laura. »Es gibt Klimaanlagen und Hochhäuser und Sonnencreme.«

»Dann ist es ja gut«, sagte Amy wenig überzeugt.

»Hören Sie mal, Amy«, sagte Laura. »Toyah geht es gut hier. Aber behalten Sie Ihre Gedanken für sich.«

»Wie bitte?«

»Nicht alle Menschen sind vertrauenswürdig.«

»Das ist mir sehr wohl bewusst«, sagte Amy.

»Passen Sie gut auf sich auf, Amy.« Sie legte auf.

Der Anruf erinnerte Amy daran, wie schroff Laura sein konnte. Jetzt fiel ihr wieder ein, dass Toyah oft über ihre Schwester geklagt hatte und ziemlich froh gewesen war, als Laura ins Ausland ging. Sie hatte gesagt, sie könne Laura leichter lieben, wenn ein Kontinent zwischen ihnen läge. Und wenn man dann noch bedachte, dass sie sich wirklich nicht gerne in der Sonne aufhielt und ihren versnobten Schwager nicht ausstehen konnte, kam es Amy immer unwahrscheinlicher vor, dass Toyah beschlossen haben sollte, nach Dubai zu ziehen. Das passte nicht zusammen.

Toyah hatte ihre Tochter verloren, rief sich Amy ins Bewusstsein. Tiefe Trauer kann durchaus ein sonderbares Verhalten auslösen.

Trotzdem blieb in Amy nach dem Gespräch eine innere Unruhe zurück. Sie wünschte, sie hätte mit Toyah selbst reden können. In die Unruhe mischte sich noch ein anderes Gefühl. Kummer. Amy merkte, dass sie aus dieser Familie nicht nur Chantel vermisste. Sondern auch Toyah.

Amy stutzte. Sie hörte Geräusche draußen vor dem Haus. Leute unterhielten sich. Vorsichtig bewegte sie sich durch ihre kleine Schlucht zum Fenster.

Es war sechs Uhr abends, aber mitten im Sommer und immer noch hell. Drei Frauen und ein Mann standen direkt vor ihrer Gartentür. Amy sah Rachel und Nina, die wie üblich hier herumlungerten. Den Mann kannte sie nicht. Er sah gelangweilt aus und warf immer wieder flüchtige Blicke auf seine Uhr. Die dritte Frau erkannte sie wieder. Sie trug auch diesmal eine Blumenhose. Es war die Frau von der Stadtverwaltung.

Die Frau sah zu Amys Fenster. Amy versuchte abzutauchen, aber ein Karton stand im Weg. Ihre Blicke begegneten sich.

»Sie ist zu Hause«, sagte Leah laut.

»Hab ich Ihnen doch gesagt«, sagte Nina. »Sie ist abends immer zu Hause.«

Es gab für Amy kein Entrinnen mehr. Sie ging zur Tür. Und machte sie auf. »Das ist ja eine Überraschung«, sagte sie.

»Sollte es nicht sein«, sagte Leah angesäuert. »Wir haben Ihnen einen Brief geschrieben.

Amy war sehr zufrieden mit sich, dass sie die Diele entrümpelt hatte, und ließ die Tür einen Spalt breit offenstehen. »Der muss in der Post verlorengegangen sein«, sagte sie und dachte an die ganzen Umschläge, die sie in Richards Recyclingtonne geworfen hatte.

»Ich hoffe, wir kommen zu einem günstigen Zeitpunkt«, sagte Leah. »Wir wissen, dass Sie Vollzeit arbeiten, deshalb haben wir einen Besuch außerhalb der Dienstzeit angesetzt.«

»Einen Besuch weshalb?«, fragte Amy.

»Um Ihr Haus zu besichtigen«, sagte Nina. »Das ganze Zeug, die Blumentöpfe, die Mäuse. Zu Ihrem eigenen Besten, Amy. Ich glaube, ich habe neulich eine Ratte gesehen.«

»Also bitte, Nina«, sagte Rachel. »Das war doch keine Ratte. Nur eine sehr kleine Maus, und die hätte von überall herkommen können.« Sie lächelte Amy an. »Ich habe einen Kater«, erklärte sie Leah. »Der schleppt von überall die Mäuse an.«

Amy lächelte Rachel dankbar zu, aber Nina schoss finstere Blicke auf sie ab. »Was sie hier treibt, ist eine Bedrohung für die Kinder«, erklärte sie.

»Wirklich?« sagte Rachel. »Ich dachte, die Kinder sind von ihr ziemlich angetan.«

»Darum geht es hier nicht«, sagte Nina.

»Sehr richtig«, fügte Leah hinzu. »Hier geht es um Ihr Haus, Amy, nicht um Ihren Charakter.« Sie machte eine Pause. »Hatten Sie denn Gelegenheit aufzuräumen?«

»Die Diele«, sagte Amy. Sie machte die Tür etwas weiter auf, und alle drei Frauen spähten hinein. Der Mann blieb zurück, an den Van gelehnt, seine Finger zuckten nervös. Er sah aus, als hätte er wahnsinnig gern eine geraucht.

»Ich sehe da ziemlich viele Sachen auf Ihrer Treppe«, sagte Leah. »Kann ich reinkommen und mir das genauer ansehen?«

»Nein.« Amy spürte schon wieder Panik in ihr aufsteigen. »Das hat jetzt keinen Sinn. Ich werde den Rest des Hauses auch noch aufräumen«, log sie. »Bisher habe ich nur die Diele geschafft.«

»Okay«, sagte Leah und machte sich eine Notiz. »Das ist schade.«

»Aber wir haben einen Zeitplan, nicht wahr, Amy?«, schaltete Rachel sich ein. »Die Diele war das Etappenziel für diese Woche, nächste Woche machen wir das Wohnzimmer, dann kommt die Küche dran, und im August nehmen wir uns das Obergeschoss vor. Wir haben einen Container gemietet.«

Bei der Vorstellung, dass alle ihre schönen Sachen wie Kraut und Rüben in einem dieser grässlichen Container lagen, wurde Amy ganz schlecht.

»Nicht wahr, Amy?«, ermunterte Rachel sie.

»Alles in Ordnung, meine Liebe?«, fragte Leah.

Amy riss sich zusammen. »Ja, alles gut«, sagte sie. »Und ja«, fügte sie hinzu und sah Rachel an, »ich habe Hilfe.«

»Das ist ja eine gute Nachricht«, sagte Leah. »Aber ich glaube, wir sollten jetzt doch einen kleinen Blick hineinwerfen, nur um zu wissen, womit wir es zu tun haben.«

»Die will uns da drinnen nicht haben«, meldete sich plötzlich der Mann. Amy hatte ganz vergessen, dass er da war. »Und sie hat einen Plan. Mehr brauchen wir nicht. Notieren wir uns das, und kontrollieren wir in, sagen wir, zwei Wochen noch einmal?«

»In drei«, sagte Rachel.

»Alles klar«, erwiderte er. »Jetzt mach schon, Leah. In zehn Minuten fängt das Spiel an.«

»Wir kommen wieder«, warnte Leah etwas verstimmt, weil ihr Vorstoß so einfach ausgehebelt worden war. »Zu einer weiteren Begutachtung. Und der Kamin muss immer noch repariert werden.«

»Sie gehen einfach?«, fragte Nina. »Und belassen es dabei?«

»Im Moment können wir nicht viel mehr tun«, sagte Leah bedauernd. »Aber machen Sie sich keine Sorgen. Die Mühlen der Verwaltung sind in Bewegung.«

Nina schnaubte und verschwand in ihrem Haus. Leah und der Mann stiegen in den Van.

»Danke, Rachel«, sagte Amy.

»Keine Sorge. Ich habe früher selbst bei der Stadtverwaltung gearbeitet, ich weiß, wie das läuft.«

Amy wartete, bis der Van weggefahren war. »Ich werde keinen Container mieten«, flüsterte sie.

»Das ist mir klar«, sagte Rachel. »Aber wir schaffen das sicher auch ohne.« Sie grinste Amy an. »Jetzt muss ich Smudge füttern«, sagte sie. »Wir wollen doch nicht, dass er wieder Appetit auf Mäuse kriegt.«

»Ich hatte immer gehofft, dass wir uns eines Tages kennenlernen, aber ich hatte Sie mir immer am Arm meines Sohnes vorgestellt.« Als Nächstes fand Amy sich in einer Umarmung wieder, die zu lange dauerte. Es war Samstagnachmittag, und sie hatte den ganzen Vormittag für die Fahrt hierher gebraucht, aber plötzlich wünschte sie, sie könnte sich umdrehen und nach Hause zurückkehren. Endlich gab Tims Vater sie frei. »Wir hätten uns schon vor Jahren treffen sollen«, fügte er hinzu. »So viel verlorene Zeit!«

»Danke, dass ich kommen durfte, Mr. Carver«, sagte Amy. Er war bei Facebook leicht aufzufinden gewesen, denn er gehörte zu der Generation, die die digitalen Möglichkeiten nutzte, ohne zu verstehen, wie man seine Privatsphäre dabei schützte.

»Nennen Sie mich doch Alan.« Sie sahen einander an und taxierten den Schaden. Alan war Ende sechzig. Tim hatte ihr erzählt, dass er noch jung gewesen war, als er Tims Mutter geheiratet hatte. Liebe auf den ersten Blick. Und die Liebe hatte angedauert, bis Tims Mutter zwölf Jahre später starb. Alan war in seiner eigenen Trauer verschwunden und hatte wenig Liebe übrig, um sich um seinen zehnjährigen Sohn zu kümmern, der am Boden zerstört war. Tim hatte ihm das nie verziehen, und seine Verbitterung war noch weiter gewachsen, als Alan schließlich wieder geheiratet hatte. In all den Jahren, in denen Amy mit Tim zusammen gewesen war, hatte sie Alan oder seine neue Frau nie gesehen.

»Kommen Sie rein«, sagte Alan mit gezwungener Fröhlichkeit. »Wir haben uns viel zu erzählen.«

Amy trat ins Haus. Es war großzügig geschnitten, eines von vielen identischen, freistehenden Häuser in einer, wie es ein Immobilienmakler nennen würde, luxuriösen Wohnsiedlung.« Dem Cremeton, in dem die Wände gestrichen waren, war ein Hauch Rosa beigemischt. Die hellen Teppiche fühlten sich unter Amys Sohlen dick und weich an. »Ach, ziehen Sie doch bitte die Schuhe aus«, bat Alan in einem um Verständnis heischenden Ton. »Roberta ist bei Pilates, sie würde einen Anfall bekommen, wenn sie wüsste, dass wir mit Schuhen über den neuen Teppich laufen.«

»Gerne.« Amy schlüpfte aus ihren Sportschuhen und sah die Teddybären auf Alans Socken. Sie empfand es als zu intim, hier nur in ihren schwarzen Socken herumzulaufen, und fühlte sich seltsam verletzlich, als sie Alan ins Wohnzimmer folgte.

Der Raum war groß, aber leider stand ein unförmiges Veloursofa zu viel darin, so dass er überladen wirkte. Amy lachte fast laut auf. Wer war sie, dass sie Kritik üben konnte? Sie tapste zum Kaminsims, auf dem ein Familienfoto stand: Alan und Roberta blickten ihr entgegen, dazu zwei Jungen, die Zwillinge sein mussten und in zu großen Schuluniformen steckten. Daneben stand ein zweites Foto, auf dem Tim ebenfalls in Schuluniform mürrisch in die Kamera blickte.

Plötzlich wünschte sich Amy, sie wäre nicht hergekommen.

»Setzen Sie sich«, sagte Alan. »Tee?«

»Nein, danke.« Amy ließ sich auf der Kante eines der riesigen Sofas nieder, das sein Bestes tat, sie weiter in die Tiefe zu ziehen. »Ich kann nicht lange bleiben.«

»Selbstverständlich«, sagte Alan. Sie saßen eine Weile schweigend da.

»Jedes Mal, wenn es an der Tür klingelt, hoffe ich, dass er

es ist«, begann er plötzlich. Er sah Amy an. Unwillkürlich flackerte in ihrem Blick Verständnis auf. »Ich weiß. Zehn Jahre, und wir haben kaum miteinander gesprochen. Ich habe Sie nie kennengelernt. Seine Freundin. Aber ich dachte immer, dass wir uns eines Tages versöhnen. Ich wusste, dass er wieder zu sich kommen würde. Ich hatte es mir mit der Geburt der Zwillinge erhofft, aber genau dann ist er verschwunden.« Alan stockte. »Ich hatte damals keine Zeit, um mich damit richtig auseinanderzusetzen«, sagte er. »Und ich war Ihnen keine Hilfe.« Alan sah Amy an. »Es tut mir leid«, sagte er. »Ich dachte, er würde zurückkommen.«

»Ich hatte gehofft, Sie hätten vielleicht etwas gehört«, sagte Amy. »Von Tim. Deshalb bin ich hier.«

»Hat er sich gemeldet?« Alan beugte sich auf seinem Sofa vor.

»Nein«, sagte sie rasch. »Tut mir leid. Das ist nicht der Grund, warum ich frage. Ich dachte, vielleicht würde er mich nicht ...« Amy brachte es nicht über sich, auszusprechen, dass Tim sie vielleicht gar nicht sehen wollte. Dass sie vielleicht der Grund war, warum er gegangen war.

»Als Erstes hätte er Sie angerufen«, sagte Alan, »wenn er ...« Auch er brach ab. Er sah wieder zu seinen Socken hinunter. »Aber ich glaube nicht mehr, dass er wiederkommt. Nicht nach so langer Zeit.« Alan stand auf und ging zu dem Foto hinüber. »Er war ein gutaussehender Junge«, sagte er. »Ich weiß, dass die Zwillinge blond sind, aber auch sie haben etwas von Tim, finden Sie nicht?«

Amy sah zu dem Foto der beiden lächelnden blonden Jungen hinüber. »Vielleicht«, sagte sie zögerlich.

»Freut mich, dass auch Sie das sehen.« Alan lächelte. »Obwohl die Leute immer gesagt haben, Tim komme nach seiner

Mutter ...« Seine Stimme verebbte. »Sind Sie sicher, dass Sie keinen Tee möchten?«

»Wenn Sie nichts gehört haben ...« hob Amy an. Sie stand auf.

»Trinken Sie einen Tee mit mir«, sagte Alan. »Bitte. Ich habe meinen Sohn fast zehn Jahre lang nicht gesehen, bevor er verschwunden ist. Vielleicht können Sie mir etwas von ihm erzählen?«

Amy stand reglos da. Es war lange her, seit sie von Tim gesprochen hatte.

»Können Sie mir etwas von seiner Musik erzählen?«, fuhr Alan fort. »Heute wünsche ich mir, ich hätte ihn darin mehr unterstützt. Wenn ich doch nur einen seiner Auftritte miterlebt hätte! Jetzt würde ich alles dafür geben, aber das hilft nun nicht mehr.« Er zupfte einen Fussel von seinem Pulli. »Ich wollte, dass er einen guten Job findet und sich nicht als Musiker durchkämpfen muss. Er war blitzgescheit, er hätte Anwalt werden können.« Alan machte eine Geste in den Raum. »So etwas. Sicherheit. Alles das habe ich mir auch so sehr für ihn gewünscht.«

»Er hat wunderschöne Songs geschrieben«, sagte Amy und setzte sich wieder. »Einer handelte von einem verpassten Sonnenuntergang ...« Einen Moment lang konnte sie nicht weitersprechen.

»Ich hole uns Tee.« Auf dem Weg zur Küche blieb Alan stehen, kehrte um und drückte Amys Hand. »Danke, dass Sie gekommen sind«, sagte er. »Ich danke Ihnen von ganzem Herzen.«

Es war lange her, seit Amy zum letzten Mal eine Nacht außer Haus verbracht hatte. Aber als sie an diesem Abend auf die Uhr sah, war es für die lange Rückfahrt schon zu spät. Alan hatte ihre Bitte ignoriert, ein Taxi zu rufen, um zum Übernachten ins nächste Hotel zu fahren, und hatte darauf bestanden, dass sie im Gästezimmer schlief. Roberta hatte einen Shepherd's Pie in den Ofen geschoben, und beim Abendessen hatte sie angeregt mit den inzwischen elfjährigen Zwillingen über die Schule geplaudert und über Leute, die Amy nicht kannte. Alan und Amy hatten schweigend gegessen, eingehüllt in einen erschöpften Schleier aus Erinnerungen. Schließlich hatte Amy sich von Roberta flauschige Handtücher in den Arm drücken lassen und war in einem weichen, viel zu warmen Bett in einen unruhigen Schlaf gesunken.

Jetzt hatte sie reichlich Eier mit Speck im Magen und roch nach Robertas fremder Maiglöckchenseife, als ihre Heimr eise sich endlich dem Ende zuneigte. Sie hatte die ganze Fahrt über mit den Tränen gekämpft. Sie brannten immer noch hinter den Lidern und würden sofort hervorströmen, sobald Amy die Haustür hinter sich geschlossen hätte. Sie bog um die Ecke in ihre Straße ein. Alan war ganz anders, als sie erwartet hatte, und sie wünschte so sehr, sie hätte Tim dazu ermutigt, Frieden mit seinem Vater zu schließen.

Alan Carver war, was Tim in seinem Leben gebraucht hätte. Und er hätte seinen Vater zurückhaben können. Wenn sich sein Vater doch nur hartnäckiger um ihn bemüht hätte. Oder wenn Tim ihm hätte verzeihen können.

Amy spürte wie eine Welle der Versöhnlichkeit sie überschwemmte wie Robertas Seife. Wenn sie bei den Menschen, die sie verloren hatte, eine zweite Chance bekäme, dann würde sie sie nicht in den Wind schlagen. Sie würde ihnen verzeihen und dann wenigstens ihre Freunde wiederhaben.

Zumindest hoffte sie, dass sie das tun würde.

»Amy!« Charles rannte ihr entgegen und riss sie beinahe um. »Da bist du ja.«

»Tut mir leid, Charles.« Amy fühlte sich erschöpft. »Ich kann heute nicht mit dir reden. Ich will nur nach Hause.«

»Aber das ist es ja«, sagte Charles. »Bei dir zu Hause ist was passiert. Komm und schau's dir an.«

Ein Adrenalinschub verjagte mit einem Schlag ihre ganze Müdigkeit. Adrenalin und schlimme Vorahnungen. Sie jagte Charles hinterher, und auch ihre Gedanken begannen zu rasen. Ein Gasleck. Eine Explosion. Ein Feuer. Eine geplatzte Wasserleitung. Eine Überschwemmung. Ein Einbruch. Ihre Schätze verbrannt. Von Wasser durchweicht. Gestohlen. Zerstört.

»Amy!« Richard kam auf sie zugelaufen wie sein Sohn ein paar Sekunden zuvor. »Keine Panik«, sagte er in einem völlig sinnlosen Beruhigungsversuch. »Aber gestern Abend ist etwas passiert.«

Amy drängelte an ihm vorbei. Sie musste es mit eigenen Augen sehen.

Das Haus stand immer noch. Sie entdeckte weder Rauch noch Wasser.

Aber dann sah sie es.

Sie schlug sich so heftig die Hand auf den Mund, dass es weh tat. Dann spürte sie Richards Hand auf ihrer Schulter. »Es tut mir so leid«, sagte er. »Ich habe nachts Geräusche gehört, dachte aber, es wären die Füchse. Ich hätte etwas unternehmen sollen, ich wusste ja nicht, dass Sie ...«, er hielt inne, »außer Haus übernachtet haben.«

Ihre Töpfe.

Amy schaffte es kaum, das ganze Ausmaß des Schadens an sich heranzulassen. Sie legte die Hand auf ihre Gartentür, etwas in ihr sträubte sich, hineinzugehen. Richard hatte seine Hand nicht von ihrer Schulter genommen.

»Wir wussten nicht, ob wir aufräumen sollten«, sagte er leise. »Deshalb haben wir alles so gelassen. Wollen Sie die Polizei rufen?«

Amy schüttelte benommen den Kopf. Richard fuhr fort: »Ich vermute, es waren nur dumme Jungs.« Als wäre das ein Trost. »Vandalismus. In Ihr Haus ist nicht eingebrochen worden, da haben wir uns vergewissert.«

»Tut mir leid, Amy«, sagte Charles, selbst den Tränen nahe. »Die Töpfe waren toll. Und die Blumen. Fast so toll wie Bagger.«

»Kann ich jemanden für Sie verständigen?«, fragte Richard, als hätte Amy einen Todesfall zu verkraften. Genauso fühlte sie sich allerdings. »Ihren Freund vielleicht? Liam, richtig?«

»Wie bitte? Nein«, sagte Amy. Eine klebrige kleine Hand schob sich in die ihre. Sie blickte nach unten. Es war Daniel. Die andere Hand hielt er vor den Mund und nuckelte am Daumen. »Eis für Amy«, sagte er, mit dem Daumen im Mund kaum verständlich.

»Gute Idee«, sagte Richard. »Kommen Sie rüber zu uns, und ich mache Ihnen einen Tee.« Er sah sie wieder an. »Oder vielleicht was Stärkeres.«

»Ich muss nur …« Ihre Stimme versagte.

»Natürlich.« Richard schob seine Söhne von ihrer Gartentür weg, und Amy spürte, wie sich die klebrige kleine Hand aus der ihren wieder löste. »Wir sind gleich nebenan«, sagte Richard. »Wenn Sie dann so weit sind.«

Amy öffnete ihre Gartentür und hörte sie hinter sich ins Schloss fallen. Sie stand da und betrachtete ihren Vorgarten.

Alle ihre Blumentöpfe. Zerschlagen. Sie bückte sich zum ersten Topf, gleich zu ihren Füßen. Er war grün glasiert, aber jetzt sah sie das orangefarbene Terracotta darunter, sein Innenleben war nach außen gekehrt. Mit dem Finger fuhr sie eine Bruchkante entlang, und aus dem zerbrochenen Topf fiel noch ein bisschen Erde. Der Rosenstrauch, den sie darin gepflanzt hatte, lag auf dem Boden. Seine Dornen hatten ihn nicht schützen können.

Sie ging zu den nächsten Opfern, eine Gruppe scharlachroter Töpfe. Die Geranien darin waren schon seit einer Weile braun, aber die Töpfe hatten ihre Farbe behalten – ein Rot, kräftiger als frisches Blut.

Weiter zum Haus hin wurde es noch schlimmer. Die farbig glasierten Scherben waren so wüst durcheinandergeworfen, dass sich nicht mehr erkennen ließ, welches Teil von welchem Topf stammte. Die Pflanzen lagen kreuz und quer im Garten wie gefallene Soldaten auf dem Schlachtfeld. Mit nackten Wurzeln, welken Blättern, verstreuten Blütenblättern.

Amy begann die Scherben einzusammeln. Sie hob auf, so viel sie tragen konnte, und drückte sie an ihre Brust, als wolle sie sie in sich hineinpressen. Sie arbeitete immer hastiger, konnte es nicht aushalten, ihre schönen Töpfe so zerbrochen, so kaputt zu sehen. Die Scherben wurden zu viele, rutschten ihr aus dem Arm und fielen wieder auf den Boden, als sie versuchte, andere aufzuheben. Panik durchflutete sie. Sie musste sie hineinbringen. In Sicherheit.

Da spürte sie eine Hand auf ihrem Rücken. »Kommen Sie, Amy«, sagte Richard. »Das kann warten. Sie stehen unter Schock.« Er nahm ihr die Scherben aus den Händen und legte sie behutsam auf den Boden. »Wir werden Ihnen helfen«, versprach er. »Aber jetzt brauchen Sie erst mal einen Moment, um sich zu erholen. Ich geb Ihnen einen Brandy.«

Amy ließ sich von ihm aus ihrem Vorgarten in das Haus nebenan führen und aufs Sofa setzen. Die beiden Jungs rutschten zu ihr heran, einer links, der andere rechts, Amy wurde von beiden umarmt. Sie schloss die Augen und spürte die Wärme ihrer kleinen Körper.

Ihre Töpfe.

Was hatte sie sich nur dabei gedacht, als sie sie im Vorgarten aufstellte? Wenn sie abends nach Hause gekommen war, hatte sie sich immer an ihnen erfreut, aber das war egoistisch von ihr gewesen. Sie wusste, was für schreckliche Dinge Menschen anrichten konnten, und sie hatte ihre wunderschönen Töpfe jedem x-Beliebigen ausgeliefert, der vorbeikam.

Zufällig vorbeikam. Oder gezielt. Sie erinnerte sich an Jack Hoopers Warnung. Konnte das mit den Fragen zu tun haben, die sie gestellt hatte?

»Bitte sehr«, sagte Richard und reichte ihr ein geschliffenes Kristallglas. Sie trank einen Schluck von dem Brandy, und der Alkohol zog eine brennende Spur ihre Kehle hinunter. Sie umklammerte das Glas, spürte seiner soliden Form in ihrer Hand nach. Dann trank sie noch einen Schluck.

Richard hob Daniel auf seinen Schoß und setzte sich neben Amy. »Das Angebot war ernst gemeint«, sagte er. »Dass wir helfen. Ich dachte, ich könnte schnell zum Gartencenter fahren und Plastiktöpfe und ein paar Säcke Erde holen, dann pflanzen wir alles neu ein. So werden Ihre Blumen die Sache gut überstehen. Und wenn Sie dann so weit sind, können Sie sie in ein paar der übrigen Töpfe aus Ihrem hinteren Garten umpflanzen. Wir können die Töpfe auch über den Zaun heben und durch unser Haus zu Ihnen nach hinten tragen, wenn das einfacher ist.«

»Danke«, würgte sie schließlich hervor. »Das ist sehr großzügig von Ihnen.« Sie stellte das Glas ab und fragte sich, warum Richard so nett zu ihr war. Dann hörte sie Charles mit seinem Bruder flüstern, und Daniel befreite sich vom Schoß seines Vaters. Beide Jungs liefen davon.

»Es geht mir nicht in den Kopf, wie jemand so etwas tun kann«, sagte Richard. Er legte ihr den Arm um die Schultern. Amy erlaubte es sich, den Kopf an seinen Hals zu lehnen. Sie atmete tief ein. Er roch nach frisch gemähtem Gras. Sie erinnerte sich, dass sie mit Tim nach dem Tod ihrer Großmutter so dagesessen hatte. Tim hatte nach Rauch gerochen, aber sein Hals hatte sich genauso warm angefühlt wie der von Richard. Sie schloss die Augen und tat, als hätte es die letzten elf Jahre nie gegeben. Als säße Tim neben ihr und hätte den Arm um sie geschlungen. Als liebte er sie. Als bräuchte sie die Blumentöpfe nicht. Oder die Spiegel. Oder die Tassen.

»Was, um Himmels willen …?«

Amy zuckte zusammen und schlug die Augen auf. Nina stand in der Wohnzimmertür. Richard löste sich von Amy. »Ach, hallo«, sagte er und stand auf. »Hast du gesehen, was mit Amys Vorgarten passiert ist? Ich habe nur …«

»Das sehe ich«, sagte Nina.

»Tschuldigung«, sagte Charles, der Nina von hinten angerempelt hatte. Er trug etwas Schweres, und es gab ein dumpfes Geräusch, als er es auf dem Boden absetzte.

»Was macht das dreckige Ding in meinem Haus?«, rief Nina.

»Das ist kein dreckiges Ding«, sagte Charles. »Das ist der wunderschöne Topf, den Amy uns geschenkt hat, mit der hübschen Pflanze drin.«

»Eine Geranie«, sagte Amy.

»Genau.« Charles sah sie an. »Ich weiß, dass es ein Geschenk war, aber weil deine alle kaputt sind, dachte ich, wir könnten sie dir eine Weile ausleihen.«

»Das ist total lieb von dir«, sagte Richard und grinste seinen Sohn an. »Manchmal denke ich, ich habe bei eurer Erziehung doch nicht komplett versagt.« Er lachte und wuschelte in Charles' Haaren herum.

»Erdbeeren auch«, sagte Daniel. Er folgte seinem Bruder und streckte Amy die kleinen Erdbeerpflanzen entgegen, die sie ihnen geschenkt hatte. Erdbeersaft lief ihm das Kinn herunter. »Hab dir eine aufgehoben«, sagte er und überreichte Amy feierlich die Töpfe.

»Wie rührend«, bemerkte Nina mit verzerrtem Gesicht.

»Wir mögen Amy alle«, sagte Charles zu ihr. »Dad auch.«

»Charles«, ermahnte ihn Richard.

»Aber es stimmt doch.«

»Das sehe ich«, sagte Nina.

»Nina, du weißt, dass ...« Richard brach ab.

»Ich sollte gehen«, sagte Amy.

»Amy ist völlig fertig, weil jemand ihre Töpfe kaputtgemacht hat«, fuhr Charles fort. Sogar Amy bemerkte den eisigen Blick, den er Nina dabei zuwarf.

»Was soll das heißen«, brauste Nina auf.

»Nichts«, sagte Richard. »Oder, Charlie?«

»Nichts«, wiederholte Charles mit einer Stimme, die so süß war wie die Erdbeeren.

»Ich habe einiges aufzuräumen«, sagte Amy, »und gehe jetzt lieber.«

»Wir helfen«, bot Richard an.

»Sie haben schon genug getan«, sagte Amy.

»Ganz meine Meinung«, fügte Nina hinzu.

Amy stand auf und schickte sich zum Gehen an. Sie zögerte, als sie an Nina vorbeikam, und legte ihr dann die Hand auf den Arm. »Sie haben Glück, dass Sie so nette Jungs haben«, sagte sie.

Nina blickte sie finster an. »Das habe ich«, erwiderte sie.

Unwillkürlich hatte Amy das Gefühl, das Falsche gesagt zu haben.

Amy lag auf dem Sofa. Sie fühlte sich besser, wenn sie hier unten schlief. Nicht, dass sie groß schlafen konnte. Aber wenn etwas passierte, wenn wer auch immer zurückkehrte, dann könnte sie ihre Sachen besser beschützen.

Ihre Töpfe nicht mehr, da war nichts mehr zu reparieren. Richard hatte sein Wort gehalten und ihre Pflanzen in Plastiktöpfe gesetzt. Die Jungen hatten sie mit der kleinen Gießkanne, die Amy ihnen gegeben hatte, hingebungsvoll gegossen. Amy brachte es nicht übers Herz, ihnen zu sagen, dass ihr die Pflanzen in Wirklichkeit gar nicht so wichtig waren. Seltsam, dass manche Menschen so freundlich sein konnten, während andere schöne Dinge grundlos kaputtschlugen.

Grundlos? Amy ließ sich das Wort durch den Kopf gehen. Kein anderer Garten war Ziel von Vandalismus gewesen. Die Autos in der Straße hatten keinen Kratzer abbekommen. Was hatte sie getan, um so etwas zu verdienen? Amy fragte sich, ob sie nicht doch die Polizei hätte verständigen sollen. Aber wenn die kein Interesse hatte, nach Tim zu suchen, hätte sie wohl erst recht keine Zeit, sich mit ein paar zerschlagenen Blumentöpfen zu befassen. Jacks Worte spukten ihr wieder im Kopf herum. War es möglich, dass sie, Amy, selbst schuld daran war?

Es ist doch lächerlich, dachte sie dann, etwas anderes als Vandalismus dahinter zu vermuten. Irgendwelche Vandalen, die Gartendekorationen verwüsteten. Sie hatte die Scherben eingesammelt und auf dem Dielenboden gestapelt, auf dem Platz, der durch die weggeräumte Post und die Flaschen frei geworden war.

Die Flaschen. Die lagen immer noch in Richards Recyclingtonne und warteten auf den Abtransport. Dann wären sie für immer weg. Würden zerkleinert. Zertrümmert.

Mit einem Mal fand Amy es unerträglich, noch mehr zu verlieren. Sie richtete sich auf und sah auf eine ihrer wenigen funktionierenden Uhren. Das Ziffernblatt leuchtete im Mondlicht, und Amy erkannte, dass es schon nach Mitternacht war. Das war ihr egal. Die Tonne würde morgen früh geleert. Sie hatte immer noch Zeit.

Sie stand auf und schlüpfte in ihre Pantoffeln. Vorsichtig durchquerte sie die Wohnzimmerschlucht und nahm in der Diele den Mantel vom Haken. Rings um die Stapel der gesammelten Scherben hatten sich am Boden kleine Heiligenscheine aus Erdkrümeln gebildet. Es gab immer noch jede Menge Flaschen und etliche Zeitungsstapel, aber Amy sah nur den leeren Platz, wo die anderen Flaschen gestanden hatten. Sie musste sie alle wiederhaben. Sie musste retten, was zu retten war.

Sie schob den Schlüsselbund in die Tasche und öffnete die Tür.

Ein Geräusch.

Amy erstarrte. Waren die Vandalen zurückgekehrt und wollten die Zerstörung ihrer Schätze vollenden? Fast hätte sie die Tür wieder zugeschlagen, doch dann drängte sich ihr wieder das Bild ihrer Flaschen auf. Die mussten glauben, Amy hätte sie im Stich gelassen. Nicht auszuhalten.

Amy stand an der Tür und lauschte. Wieder hörte sie ein Geräusch, aber es war weich und leise. Sie kam zu dem Schluss, es müssten Füchse sein, die um die Tonnen herumschnüffelten. Nichts, wovor sie sich fürchten musste.

Amy trat hinaus und schloss die Tür hinter sich – ihre Schätze waren in Sicherheit. Der Mond schien hell. Amy ging den Vorgartenweg entlang und versuchte an den welken Pflanzen vorbeizusehen, die in ihren hässlichen Plastiktöpfen entlang der Mauer aufgereiht waren. Sie machte die Gartenpforte auf und trat auf den Gehweg. Der Blick in Richards Garten war durch eine Ligusterhecke versperrt, aber Amy wusste, dass er im Vorgarten zwei große Tonnen stehen hatte. Eine war dunkelgrau, für den Restmüll. Die andere war moosgrün und für Recycelbares bestimmt.

Amy blieb abrupt stehen. Wieder hörte sie ein Geräusch, ein leises Knarren. Sie stellte sich dicht an die Hecke und spähte hindurch.

Im Mondlicht glitzerte ihr ein Augenpaar entgegen. Das war kein Fuchs.

HANDCREME

Oktober 2005

»Was soll ich bloß anziehen?« Im Slip und einem nicht dazu passenden BH stand Amy im Schlafzimmer.

»Das ist Chantels Ressort«, sagte Tim. »Ich finde, du siehst toll aus, so wie du bist.«

»Aber Chantel ist nicht hier«, sagte Amy. »Sie ist nie hier. Ich vermisse sie.«

»Du hast doch mich«, sagte Tim. »Und wir haben das Haus für uns alleine.« Er zwinkerte ihr zu, und Amy zuckte zusammen. »Wie wär's mit deinem blauen Seidenkleid?«, fragte Tim. »Das ist hübsch.«

»Ich kann's nicht finden.« Amy wühlte ihren Schrank durch. »Außerdem ist es ein bisschen tief ausgeschnitten. Ich möchte seriös aussehen.«

»Er ist Polizist«, sagte Tim, »kein Puritaner. Außerdem ist er mit Chantel zusammen. Da kann er gar nicht so spießig sein.«

»Wie wär's denn damit?«, fragte Amy schließlich und hielt ein braunes Strickkleid mit Rollkragen in die Höhe. »Dazu eine blickdichte Strumpfhose?«

»Klar«, sagte Tim. »Wenn schon Strumpfhosen, dann bitte unbedingt blickdicht.«

»Du hast keine Ahnung, was blickdichte Strumpfhosen sind, oder?«

»Nicht die geringste«, gab Tim zu. »Aber du siehst in allem umwerfend aus.« Er streckte die Arme nach ihr aus, und sie gab ihm einen flüchtigen Kuss.

»Ich sollte mal shoppen gehen«, sagte sie. »Jetzt, wo ich bei Trapper, Lemon und Hughes Chefsekretärin bin, sollte ich auch so aussehen.« Als Margery in Rente gegangen war, hatte Amy eine Beförderung angeboten bekommen. Sie war hin und her gerissen gewesen, ob sie sie annehmen sollte, denn sie hoffte immer noch, Zeit für ihre Kunst abzweigen zu können, und mehr Geld bedeutete auch mehr Arbeit. Aber sie hatte schon länger keine richtige Inspiration mehr gehabt. Und so hatte sie die Beförderung angenommen und das zusätzliche Geld für Haushaltsgegenstände ausgegeben, die sie sich schon lange wünschte. Sie wollte zwar malen. Aber sie wollte auch einen richtigen Esstisch haben. Ein Besteckset. Einen Topf von Le Creuset, in dem sie Eintöpfe schmoren konnte. Vielleicht sogar ein Kostüm fürs Büro?

»Und wenn er mich nicht mag?«, fragte Amy. Ihre Gedanken kehrten zu ihrer momentanen Herausforderung zurück.

»Dann brauchst du ihn nicht zu heiraten«, sagte Tim. Amy sah ihn schräg an. Seit ihrem Einzug hatten sie das H-Wort nicht mehr erwähnt. »Entspann dich«, sagte Tim. »Spike hat dich auch nicht gemocht, und das ist für dich nie ein Problem gewesen.«

»Er hat mich schon gemocht!«, widersprach Amy. »Ich hab ihn nicht gemocht. Und außerdem ist Jack ganz anders. Ich glaube, für Chantel ist es diesmal wirklich was Ernstes.«

»Dann fress ich einen Besen«, sagte Tim. »Los, komm, lass uns gehen.« Er erhob sich träge vom Bett.

»So gehst du nicht«, sagte Amy.

»Wie so?«

»Zieh ein Hemd an. Ein richtiges. Mit Knöpfen.«

»Knöpfe? Also die richtig schweren Geschütze.«

»Und eine saubere Hose«, fügte sie mit einem Blick auf seine fleckige Jeans hinzu. »Chantel hat gesagt, das Restaurant ist ziemlich schick.«

»Ich verstehe nicht, warum wir nicht einfach auf ein Bier gehen können«, sagte Tim, zog das T-Shirt aus und ersetzte es durch ein weißes Hemd mit Knöpfen.

»Damit siehst du super aus«, sagte Amy.

»Eine tragende Säule der Gesellschaft«, sagte er, während er aus der Jeans stieg und in Boxershorts und Socken nach einer sauberen Hose suchte. Schließlich war er angezogen. »Na? Sehe ich gut aus?«

»Immer«, sagte Amy.

Amy war erleichtert, dass sie Tim dazu gebracht hatte, sich umzuziehen. Das Restaurant lag in der Innenstadt, und niemand trug Jeans. Es war viel los. Ein Ober mit einem übertriebenen französischen Akzent, den Amy für aufgesetzt hielt, führte sie zu ihrem Tisch. Chantel und Jack saßen schon da und sahen einander tief in die Augen.

Jack Hooper stand zur Begrüßung auf, und Amys Hand wurde fest gedrückt und kräftig geschüttelt. Das letzte Mal hatten sie sich auf dem Polizeirevier gesehen, mitten in der Nacht. Amy hatte ihn als muskulös in Erinnerung, eine Art Siegertyp, aber sie hatte nicht bemerkt, wie gut er mit seinen wie gemeißelten Gesichtszügen und den durchdringenden blauen Augen aussah. Sein Hemd spannte fast über den Muskeln. Tim sah im Vergleich dazu unterernährt aus. Amy warf ihm ein beruhigendes Lächeln zu, nur für den Fall, dass er sich unzulänglich fühlte. Aber er schien von Jacks umwerfender Erscheinung unbeeindruckt.

»Schön, euch mal richtig kennenzulernen«, sagte Jack. »Chantel redet die ganze Zeit von euch.«

»Beruht ganz auf Gegenseitigkeit«, sagte Amy. Sie beugte sich vor und gab Chantel einen Kuss auf die Wange, dann setzte sie sich. Zu ihrer Überraschung stand der Ober schon hinter ihrem Stuhl und wartete darauf, ihn ihr unterzuschieben. Amy setzte sich befangen.

»Ist das nicht schön hier?«, fragte Chantel. »Das ist Jacks Lieblingsrestaurant.«

»Für das Beefsteak-Tatar könnte ich sterben.«

Amy warf einen raschen Blick zu Tim hinüber, der seit kurzem Vegetarier war. Er überflog die Speisekarte.

»Ich erinnere mich gut an das erste Mal, als ich euch gesehen habe«, sagte Jack. »Auf dem Revier.« Er lächelte Amy an. »Du hast dich für Chantel stark gemacht.«

»Du aber auch«, sagte Amy und grinste ihn an.

»Ich habe Chantel gleich gesagt, dass du auf sie stehst«, sagte Tim.

»Erzählt das bloß nicht den Chefs«, sagte Jack. »Ich habe ihr sogar meine Nummer zugesteckt. Und dann hat sie mir das Herz gebrochen und nie angerufen.« Er lächelte Chantel an und legte seine Hand auf ihre.

»Ich hab mich entschuldigt«, Chantel lachte.

»Und hast mich reichlich entschädigt«, sagte Jack und gab ihr einen intensiven Kuss. »Stimmt's?«

»Unbedingt«, sagte Chantel.

»Wir sind uns im Fitnessstudio über den Weg gelaufen«, erklärte Jack. »Chantel hat mich nicht erkannt, aber ich sie.«

»Im Fitnessstudio?«, fragte Amy nach. Sie hätte nie gedacht, dass Chantel dorthin gehen würde.

»Na ja, direkt davor«, ergänzte Chantel. »Ich stand gerade da und überlegte, ob ich vielleicht reingehen und Mitglied werden soll, als er rauskam. Und aussah wie ein griechischer Gott.«

Der Ober kam wieder und füllte ihre Gläser mit Rotwein. »Der Pinot hier ist ausgezeichnet«, sagte Jack. Tim und Amy nickten. Tim zog eine Scheibe Baguette aus dem Brotkorb und mühte sich ab, ein hartes Butterlöckchen darauf zu verteilen.

»Ich dachte, Bullen trinken eher Bier«, sagte er. Er gab den Kampf mit der Butter auf und biss ins trockene Brot. Krümel fielen auf die Tischdecke wie Schneeflocken.

»Ich trink auch mal ein Bier«, sagte Jack. »Aber ich genieße vor allem die raffinierteren Dinge des Lebens.« Er drückte Chantels Hand, und sie sah aus, als würde sie vor Glück gleich platzen.

»Jack ist kein einfacher Polizist«, sagte sie. »Er macht richtig Karriere.« Amy und Tim nickten wieder und versuchten, hinreichend beeindruckt zu gucken.

»Und du bist im Einzelhandel?«, richtete Jack das Wort an Tim.

»Wie bitte?«

»Na, der Laden, in dem du arbeitest«, erklärte Chantel.

»Ich spiele in einer Band«, sagte Tim leicht verärgert. »Wir suchen gerade einen neuen Schlagzeuger, dann treten wir wieder auf. Ich jobbe ein bisschen im Supermarkt, um die Zeit zu überbrücken.«

»Bis der große Erfolg kommt«, sagte Jack.

»Genau«, erwiderte Tim eine Spur zu laut. »Chantel, warum hast du Jack nichts von der Band erzählt?«

»Jetzt chill mal, Tim«, sagte Chantel. Sie legte kurz ihre Hand auf seine und zog sie gleich wieder weg. »Du hattest nur so lange schon keinen Gig mehr ...«

Der Ober erschien und nahm ihre Bestellung auf. Jack bestellte das Beefsteak-Tatar, Amy ein harmlos klingendes Fischgericht, Chantel einen Salat und Tim ein Omelett. »Nimmst du keine Pommes?«, fragte Amy Chantel.

»Ich achte auf meine Figur«, antwortete sie.

»Sie ist perfekt, so wie sie ist«, sagte Jack. »Wir haben zusammen trainiert«, fügte er hinzu. Er sah Tim an. »Komm doch mal mit, wenn du Lust hast!«

Amy lachte. »Fitness ist nicht so Tims Ding«, sagte sie.

»Ich bin fit«, sagte Tim. »Nur auf eine subtilere, entspanntere Art.«

»Alles klar«, sagte Amy. Eine Minute lang legte sich ein unbehagliches Schweigen über die Runde, dann kam zum Glück der Ober und füllte ihre Gläser nach. »Wie läuft's mit der Arbeit, Chantel?«, erkundigte sich Amy. »Ich habe dich kaum gesehen, seit du bei Opco angefangen hast.«

»Der Job ist gut«, sagte Chantel. »Ich arbeite jetzt mehr in der Verwaltung und nicht mehr nur an der Rezeption.«

»Das freut mich«, sagte Amy. »Ich vermisse dich im Haus.« Chantel schwieg.

»Deswegen wollten wir eigentlich mit euch reden«, begann Jack und sah Chantel an, die wiederum den Brotkorb ansah. »Es ist ein bisschen Verschwendung, wenn Chantel die meiste Zeit bei mir ist und auch für ein Zimmer bei euch Miete zahlt. Ich habe viel Platz.«

Amy sah Chantel an, die von ihrer Serviette fasziniert schien. Jack fuhr fort. »Natürlich verlange ich keine Miete von ihr. Dann kann sie sparen und ihre Schulden zahlen.«

»Schulden?«, wiederholte Amy.

»Keine großen«, sagte Chantel. »Nur ein paar mit der Kreditkarte.«

»Aber sie braucht ihr Zimmer bei uns«, sagte Amy. »Ihr habt euch doch gerade erst kennengelernt. Ist das nicht ein bisschen früh?«

»Wir sind seit drei Monaten zusammen«, sagte Chantel. »Und es ist Zeit, dass ich mein eigenes Leben lebe.« Sie blickte von der Serviette auf, Amy in die Augen. »Ich kann nicht ewig das dritte Rad am Wagen sein.«

»Du bist nicht das dritte Rad«, protestierte Amy. »Du bist das beste Rad.«

»Vielleicht ist es eine ganz gute Idee«, sagte Tim. Chantel sah ihn an und senkte den Blick dann wieder. »Dann hat jeder mehr Platz.«

»Ich will nicht mehr Platz«, sagte Amy. »Ich will meine beste Freundin.«

»Du hast mich doch immer noch«, sagte Chantel. »Aber ich habe jetzt auch Jack.« Jack nahm ihre Hand und drückte sie lange.

Das Essen kam. Amy schob ihren Fisch auf dem Teller herum, ihr war ganz elend. Chantel stocherte in ihrem Salat. Jack schlang sein Fleisch hinunter. »Die teuersten Eier, die ich je gegessen habe«, bemerkte Tim.

Chantel legte ihre Gabel hin. »Ich muss mal«, verkündete sie. »Amy, kommst du mit?«

»Mädels und Toiletten«, sagte Jack. »Die müssen immer paarweise.«

Die Toilette war eine Pracht. Im Hintergrund lief leiser Jazz, und es gab ein putziges kleines Vorzimmer mit Sofas und Spiegeln und kleinen Töpfchen Handcreme. »Ich muss gar nicht«, sagte Chantel. Sie setzte sich auf ein Sofa, nahm das Cremetöpfchen und schmierte sich einen Klacks auf die Handfläche. »Mist, ich hab zu viel erwischt«, sagte sie und verteilte die Creme auf den Händen bis zu den Armen hinauf. »Willst du was?«

Amy streckte die Hände aus, und Chantel strich Creme darauf. Sie duftete wie die Rosen im Garten von Amys Großmutter. Als Chantel Amys Hände fertig eingecremt hatte, ließ sie sie nicht los, und so saßen sie da, eine fettige Hand in der anderen, bis Amy zu weinen anfing.

»Ich mag ihn wirklich«, sagte Chantel. Auch ihr kamen die Tränen. »Er ist anders. Zum ersten Mal bin ich mit jemandem zusammen, der kein Chaot ist. Du kennst doch die Loser, auf die ich normalerweise abfahre. Ich kann nicht glauben, dass ich endlich einen guten gefunden habe.« »Er scheint nett zu sein«, schniefte Amy.

»Ist er auch«, sagte Chantel. »Du hast Tim schon ewig, und ich hatte niemanden. Ich will das hier durchziehen. Gott weiß, ich habe schon genug Mist gebaut in meinem Leben.« »Du bist voll in Ordnung«, sagte Amy. Sie ließ die Hand ihrer Freundin los und schlang stattdessen die Arme um sie, so dass sie mit ihren eingecremten Händen Chantels Top hinten verschmierte. »Und du weißt, dass du immer zu uns zurückkommen kannst, jederzeit.«

»Klar«, sagte Chantel. Sie lachte. »Ich bin gar nicht so weit weg, weißt du. Du brauchst nur in den 383er-Bus zu steigen. Du musst mich ganz oft besuchen kommen.«

»Davon wirst du mich nicht abhalten können«, sagte Amy.

10

»Gott, Amy, Sie haben mir den Schreck meines Lebens eingejagt. Was schleichen Sie nachts in unserem Vorgarten herum?« Nina schob mit einer Hand die Zweige beiseite. Mit der anderen klappte sie rasch den Deckel der grauen Tonne zu. Damit löste sie den Bewegungsmelder aus, Amy stand lichtüberflutet da und fühlte sich plötzlich wie auf einer Bühne.

»Tut mir leid«, sagte sie. »Richard meinte, ich kann mein Zeug in Ihre Recyclingtonne werfen.«

»Um Mitternacht?«, fragte Nina bohrend. »Und wo ist denn Ihr Müll?«

Beim Wort Müll straffte Amy die Schultern. Von Müll konnte nicht die Rede sein. Sie trat in den Vorgarten. »Genau gesagt habe ich schon gestern etwas hineingeworfen, aber ich habe es mir anders überlegt. Ich will es mir zurückholen.«

»Sie wissen, dass Sie da ein Problem haben«, sagte Nina. »Sie sollten sich nach Hilfe umsehen.«

»Kann ich einfach meine Sachen rausnehmen?«

»Nur keine Hemmungen.« Nina trat zur Seite, ließ aber die Hand auf dem Deckel der grauen Tonne liegen, was ziemlich unbequem aussah.

»Was haben Sie eigentlich hier draußen gemacht?«, erkundigte sich Amy und fixierte Ninas Hand auf der Tonne.

»Auch wenn Sie das gar nichts angeht«, sagte Nina, »aber ich habe Müll rausgebracht.«

»Es ist schon spät«, sagte Amy.

»Ich hatte viel zu tun.«

In Ninas Gesicht lag ein Ausdruck, der Amy beunruhigte. »Kann ich mal sehen?«, fragte sie.

»Ob Sie meinen Müll sehen können?«, wiederholte Nina. »Wollen Sie jetzt unseren Müll zu Ihrem eigenen noch dazu haben?«

»Vielleicht.«

»Also, das geht zu weit«, sagte Nina. »Raus hier.«

»Ich muss sehen, was in der Tonne ist«, forderte Amy wild entschlossen. »Wenn Sie es mir nicht zeigen, warte ich, bis Sie im Bett sind, und schaue dann nach.«

»Na schön.« Nina trat beiseite und murmelte irgendetwas vor sich hin.

Amy öffnete die Tonne, aus der ihr der typische Müllgeruch entgegenschlug. Sie spähte hinein, beugte sich dann tiefer und packte etwas Gelbes. Sie zog es heraus.

»Das ist Charles' Schaufelbagger«, rief sie. »Sein Lieblingsbagger.«

»Der ist kaputt«, erwiderte Nina. »Und jetzt seien Sie so gut und gehen Sie nach Hause. Ich muss ins Bett. Richard wird mich vermissen.«

»Weiß Charles, dass Sie ihn weggeworfen haben?«, fragte Amy.

»Selbstverständlich. Sonst noch was?«

Amy hielt inne und dachte an ihre eigenen Schätze. Dachte daran, wie entsetzt sie wäre, wenn etwas weggeworfen würde, das sie behalten wollte. Wie oft hatte sie etwas weggeben wollen und es sich dann doch anders überlegt! Wenn Charles es später bereute? Morgen würde die Müllabfuhr kommen, dann wäre es zu spät. »Ich glaube, ich hebe ihn auf«, sagte Amy und klopfte den Schmutz von dem Bagger. »Falls Charles ihn doch behalten will.«

»Verdammt nochmal, Amy, lassen Sie ihn da drinnen!« Nina wollte sich den Bagger schnappen.

Amy wich blitzschnell zurück und hielt den Bagger außer Reichweite.

Nina wurde laut. »Her damit«, forderte sie.

»Nein«, weigerte sich Amy.

»Halten Sie sich da raus! Können Sie uns nicht einfach in Ruhe lassen?« Nina schrie jetzt richtig, ihre Stimme hallte durch die leere Straße. »Es ist ja nicht so, dass Sie selbst keine Probleme hätten!«, fuhr sie fort. »Schauen Sie sich doch mal an!«

»Ich will nur ...«

»Was ist denn hier los?« Ein verschlafener Richard stand in der Tür, mit Daniel auf dem Arm, der zu ihnen herüberblinzelte. »Du hast Daniel aufgeweckt.«

»Und mich auch«, sagte Charles, der hinterherkam. Er riss die Augen auf und legte die Stirn in Falten. »Was machst du mit meinem Schaufelbagger?«, fragte er Amy.

»Ich dachte mir, dass du es dir vielleicht noch anders überlegst«, antwortete sie. »Man braucht kaputte Dinge nicht gleich wegzuwerfen, die kann man reparieren.«

»Kaputt?« Charles rannte barfuß über die spitzen Steine und nahm Amy den Bagger aus der Hand.

»Sie haben mir gesagt, er weiß Bescheid«, sagte Amy zu Nina. »Und wäre einverstanden, dass Sie ihn wegwerfen.«

»Wegwerfen? Nie im Leben!«, rief Charles. Er untersuchte sein Spielzeug. »Der sieht gar nicht kaputt aus.«

Nina riss Charles den Bagger wieder weg. »Ich bin einmal zu viel über diesen Schrott gestolpert«, zischte sie. »Ich hab dir doch gesagt, wenn ich das Ding noch einmal auf dem Boden finde ...« Nina klappte den Deckel wieder auf und warf den Schaufelbagger hinein.

»Nina!«, rief Richard. Er öffnete die Tonne, holte den Bagger heraus und gab ihn seinem Sohn zurück, der ihn an die Brust drückte wie ein Baby. »Wie konntest du?«

»Da siehst du, wie sie ist!«, erklärte Charles. »Sie tut so nett, aber in echt ist sie total gemein.«

»Nina«, sagte Richard noch einmal, »wie konntest du das machen?«

»Mir reicht's«, sagte Nina. »Mit euch bin ich fertig.« Sie blickte in die Runde. »Ich hole mir jetzt den Autoschlüssel«, verkündete sie. »Ich bleibe keine Nacht mehr in diesem Haus.«

Alle begegneten der Ankündigung mit Schweigen. Charles konzentrierte sich auf den Bagger. »Der Seitenspiegel ist weggeknickt«, sagte er.

»Das kann ich mit ein bisschen Kleber reparieren«, sagte Amy leise. »Dann ist er so gut wie neu.«

»Danke, Amy«, sagte Richard. Er setzte Daniel ab und strich seinem Ältesten über den Kopf.

»Ist es euch so egal, dass ich gehe?«, fragte Nina.

»Es ist mitten in der Nacht«, sagte Richard nach einer winzigen Pause. »Reden wir morgen darüber.«

»Das klingt nicht nach einer Entschuldigung«, sagte Nina.

»Warum sollte ich mich entschuldigen?« Richard klang angespannt. »Sieht eher so aus, als wärst du diejenige, die hier im Unrecht ist.«

»Ich wusste, dass du dich auf Charles' Seite schlägst«, sagte Nina. »Immer ist jemand wichtiger als ich. Sogar diese Bekloppte.« Sie deutete auf Amy, die einen weiteren Schritt zurückwich.

»Beleidigungen sind hier nicht angebracht«, sagte Richard.

»Siehst du, was ich meine?«, fragte Nina. »Für alle ergreifst du Partei, nur für mich nicht.« Niemand antwortete. »Na gut.« Sie schob sich an Richard vorbei, ging hinein und kehrte einen Augenblick später mit dem Autoschlüssel zurück. »Morgen komme ich wieder und hole meine Sachen.«

»Wir packen sie für dich ein«, sagte Charles etwas selbstgefällig.

Nina sprang ins Auto, knallte die Tür zu und gab Gas.

Richard blieb einen Moment lang stehen, das Gesicht von Müdigkeit zerknittert. Dann legte sich ein anderer Ausdruck über seine Züge. Amy war nicht ganz sicher, aber es konnte Erleichterung sein.

»Na dann, Leute«, sagte er. »Es ist spät. Zurück ins Bett.«

Er bugsierte die Jungs hinein. »Gute Nacht, Amy«, sagte er. »Tut mir leid wegen ...«

»Kein Problem«, sagte Amy. »Schlafen Sie gut.« Sie sah ihnen nach, wie sie im Haus verschwanden. Die Lichter erloschen. Amy wartete, bis sich ihre Augen wieder an das Mondlicht gewöhnt hatten, und machte dann die Recyclingtonne auf.

Sie schaute hinein, schob das Papier zur Seite. Da lagen die Flaschen. Friedlich. Schön. Sie griff hinunter, um eine herauszuziehen, hielt dann aber inne. Es war ein anstrengender Tag gewesen, und dann noch diese nervenaufreibende Szene mit Nina, aber jetzt breitete sich ein leises Gefühl von Frieden in ihr ein aus. Es ging von den ruhenden Flaschen aus. Amy hatte den Bagger für Charles gerettet. Vielleicht genügte das für heute Abend. Vielleicht war es Zeit, diese Flaschen loszulassen.

Als sie den Deckel schloss, fühlte sie sich tatsächlich ein

wenig leichter. Sie drehte sich um und kehrte im Mondlicht in ihr Haus zurück.

Am nächsten Morgen hockte Amy auf dem Boden ihrer Diele, sie hatte die Haustür geöffnet, um es heller zu haben. Die hereinströmende frische Luft fühlte sich ungewohnt an, und Amy sah den Staub in der Sonne tanzen, als hätte er etwas zu feiern. Amy sortierte die Scherben der Blumentöpfe zu einzelnen Haufen. Sie versuchte herauszufinden, welches Stück zu welchem Topf gehörte. Es war wie puzzeln. Blau zu blau, Blümchen zu Blümchen. Die Randstücke ließen sich am leichtesten zuordnen.

Bei manchen Töpfen war der Schaden gar nicht so dramatisch. Sie waren in wenige große Scherben zerbrochen, die Amy gut wieder zusammenkleben könnte. Sie würden nie wieder so stabil sein wie vorher, aber wenigstens wieder heil. Sie könnte die Pflanzen samt den Plastiktöpfen, die Richard für sie gekauft hatte, in die reparierten Terracottatöpfe stellen, die so von jedem Druck entlastet wären. Und die Pflanzen hätten doppelten Schutz.

Manche Töpfe würden sich nicht mehr reparieren lassen. Amy behielt die Scherben trotzdem und erinnerte sich an ihre Idee, etwas daraus zu basteln. Es kam Amy vor wie eine Ewigkeit, aber es war erst drei Wochen her, seit in ihrem hinteren Garten ein Topf zu Bruch gegangen war und sie so den Ring entdeckt hatte.

Und dann den Brief. Und das Foto.

Sie hatte den Ring immer noch um den Hals hängen, obwohl sich ihr seine Bedeutung immer mehr entzog. Hatte Tim die Absicht gehabt, sie zu heiraten, und sich dem Druck dann nicht gewachsen gefühlt? Wie hatte der Ring den Weg in ihren Garten gefunden? Und wann war Chantels Brief gekommen?

Amy blickte zum Dielenregal hoch. Dort stand der Umschlag mit dem signalroten »Nicht-Knicken«-Aufdruck und sah ihr beim Arbeiten zu. Sie sortierte die letzten Scherben, stand auf und öffnete den Umschlag wieder. Drinnen lagen der Brief, sein Kuvert und das Foto. Sie nahm sich diesmal nur das Briefkuvert vor und trat nun ganz in die Sonne, die aus dem Vorgarten hereinschien. Die Briefmarke klebte noch darauf, der Stempel war seit langem verblasst.

Plötzlich stutzte sie und hielt das Kuvert dicht vors Auge. Da war eine ganz leichte Erhebung zu erkennen, eine Delle, die sich nach außen wölbte. Sie warf einen winzigen Schatten, der nur in der hellen Julisonne sichtbar war. Amy fuhr mit der Fingerspitze darüber. Die Form kam ihr bekannt vor. Instinktiv fasste sie sich an die Brust, wo der Ring hing.

Sie fädelte den Ring von der Kette und hielt ihn neben das Kuvert.

Das passte zusammen. Stein für Stein.

Kein Zweifel. Der Ring hatte in dem Kuvert gelegen.

Amy versuchte die Information zu verdauen. Chantel hatte einen Verlobungsring, den Tim gekauft hatte, vermutlich für Amy, zusammen mit einem Geständnisbrief in das Kuvert geschoben. Warum?

Nicht, um sie verhöhnen. Chantel war keine bösartige Person, egal, was sie sich vielleicht hatte zuschulden kommen lassen. Sie wollte, dass Amy den Ring bekam.

Dafür fand Amy keine Erklärung. Ein Ring, ein Foto, ein Brief, in dem von Chantels und Tims Liebe zueinander die

Rede war. Amy reihte die Dinge eins neben dem anderen auf und starrte sie an, bis es ihr vor den Augen flimmerte.

»Ich habe meine Sachen geholt.«

Amy blickte auf. An der Gartentür stand Nina, umgeben von mehreren Koffern. »Tschüs.«

»Wollen Sie wirklich gehen?« Amy stopfte ihre Indizien schnell in den großen Umschlag zurück. »Ich bin sicher, Sie beide kriegen das wieder hin. War das nicht alles nur ein großes Missverständnis?«

Nina kam näher. »Es ist nicht nur der blöde Bagger«, sagte sie. Jetzt tat sie sich keinen Zwang mehr an und reckte ungeniert den Hals, um in Amys Haus zu spähen. »Du meine Güte, Sie haben aber wirklich eine Menge Zeug.«

»Danke«, erwiderte Amy.

Nina lachte zögerlich. »Ich mag mich selbst nicht mehr, so wie ich geworden bin«, sagte sie dann. »Ich habe wirklich einiges getan, was nicht sehr nett ist. Eigentlich bin ich gar nicht so.« Amy sah sie an.

»Ihre Töpfe habe ich nicht zerschlagen, Amy«, beantwortete sie Amys Blick. »Ich hatte mich verliebt. Ich dachte, ich könnte auch die Jungs ins Herz schließen, aber das hat mich überfordert. Ich war die ganze Zeit wütend. Ich wollte Richard, aber ohne sein Gepäck.«

Richard tauchte an Amys Gartentür auf.

»Wir haben alle unser Gepäck«, sagte Amy. Sie warf einen kurzen Blick zurück in ihr Haus. »Niemand reist hier noch unbeschwert.«

Richard nickte. »Komm rüber und wir reden noch mal, wenn du so weit bist«, sagte er zu Nina.

»Jemanden zu verlieren, den man liebt, ist nicht einfach«, sagte Amy leise. »Wenn Sie die Wahl haben …«

»Zu bleiben ist auch nicht einfach«, entgegnete Nina. »Für mich ist es Zeit zu gehen.«

»Einen Moment noch«, sagte Amy. Ihr war etwas eingefallen. Sie ließ Nina vor ihrem Haus stehen und eilte in die Küche. »Da«, sagte sie und streckte ihr die gelbe Tasse hin, die am Tag ihres Einzugs kaputtgegangen war. »Ich habe sie repariert.«

Nina sah die Tasse an und dann Amy. »Behalten Sie sie«, sagte sie. »Sie gehört jetzt Ihnen.«

»Danke.« Amy war erleichtert, dass die Tasse bei ihr bleiben durfte. Sie lächelte Nina an. »Viel Glück.«

»Auch Ihnen viel Glück«, erwiderte Nina. »Ich glaube, Sie können es brauchen.«

Amy hatte ihren Einkauf im Supermarkt genossen. So lange aß sie jetzt schon abends, was der kleine Laden an der Ecke hergab, und mittags einen Fertigsalat oder ein Sandwich aus einem der Läden in der Nähe des Büros. Es war ein Vergnügen gewesen, den leeren Einkaufswagen durch den Supermarkt zu schieben und ihn mit allem Möglichen zu füllen. Was es doch für eine riesige Auswahl an Lebensmitteln gab, wenn man nur den Platz hatte, sie zu lagern!

Amy hatte immer noch nicht viel Platz, aber sie hatte einige Tassen, die ihr am wenigsten gefielen, weggeräumt und einen Schnellkochtopf ausgegraben. Ein Eintopf, hieß es im beiliegenden Rezeptbuch, sei gesund und köstlich und auch für wenig geübte Köche leicht zuzubereiten. So etwas könnten die Jungs und Richard sicher gut gebrauchen, jetzt, wo Nina weg war. In Zeiten der Not etwas Gutes zu kochen war genau das, was ihre Großmutter getan hätte. Amy schnitt zufrieden ein paar Möhren klein. Oben auf einem Karton warteten noch eine Packung Würstchen, zwei Zwiebeln und ein paar kleine Kartoffeln geduldig, bis sie an die Reihe kämen. Amy hatte Scarlett in die Küche mitgenommen, damit sie beobachten konnte, wie viel Freude Amy an ihrer neu entdeckten Häuslichkeit hatte. Und das tat der Vogel auch, überrascht und neugierig.

Schnellkochtöpfe haben ihren Namen nicht umsonst: Amy hatte den Eintopf am Morgen aufgekocht und ihn dann den ganzen Tag, während sie in der Arbeit war, stehen lassen. Als sie bei ihrer Rückkehr den Deckel öffnete und die üppigen Aromen einatmete, stellte sie fest, dass sich die Mühe gelohnt hatte. Sie kippte den Eintopf in eine elegant geschwungene Auflaufform, die sie vor einigen Jahren in einem Charity-Shop gefunden hatte. Die Form war innen cremefarben und außen dunkelblau glasiert. Amy hatte darin eine Verwandtschaft zu einer ihrer Tassen gesehen und die Form deshalb gekauft. Die Blautöne hatten dann doch nicht zueinander gepasst, aber Amy hatte die Form trotzdem behalten.

Da sie ihre schwarze Hose mit Eintopf bekleckert hatte, ging sie hinauf, um etwas anderes anzuziehen. Aus dem Schrank, der nun permanent zugänglich war, suchte sie ein orangefarbenes Kleid heraus, dessen warme, intensive Farbe sie an Eigelb erinnerte.

Dann wickelte sie die Auflaufform in Geschirrtücher, damit sie sich die Finger nicht verbrannte, ging zu Richard hinüber und wollte an seine Tür klopfen. Das war mit der Form in beiden Händen schwieriger als erwartet, deshalb stellte sie das Essen zum Klopfen kurz ab und war noch halb gebückt, als die Tür aufging.

Sie richtete sich so rasch auf, dass ihr ein bisschen schwindlig wurde.

»Amy?«, sagte Richard.

»Ich dachte, weil Nina weg ist, brauchen Sie vielleicht ...« Sie hob die Form wieder auf und streckte sie ihm hin.

»Was ist denn das?« Er lächelte, als er begriff. »Ich kann übrigens kochen!«, sagte er mit einem Lachen. »Wir sind ja nicht mehr in den Fünfzigern.«

»Oh.« Amy kam sich plötzlich dumm vor. Vielleicht war es überholt, sich so zu verhalten wie ihre Großmutter.

»Entschuldigung. Ich hätte nicht lachen sollen. Das war sehr aufmerksam von Ihnen.«

Charles erschien in der Tür. »Amy!«, rief er. »Meine Baggerretterin! Und Mäuseretterin!« Er lächelte. »So hat mein Dad dich genannt.« Er wandte sich an seinen Vater und flüsterte ihm etwas ins Ohr.

»Aber klar doch«, sagte Richard. »Amy, würden Sie gerne mit uns zu Abend essen? Wir wollten uns gerade hinsetzen. Hält sich das, was sie gemacht haben, auch bis morgen?«

»Morgen habe ich keine Zeit«, sagte Amy und wünschte wieder, sie hätte sich nicht auf dieses Date mit Liam eingelassen.

»Du hast doch kein Date, oder?« Man konnte richtig sehen, wie Charles die Ohren spitzte.

»Also ...«

»Amys Privatleben ist ganz allein ihre Sache«, schaltete Richard sich ein. »Entschuldigung, Amy.«

»Der Eintopf hält sich zwei bis drei Tage«, sagte Amy, froh über das, was sie im Rezeptbuch gelesen hatte. »Im Kühlschrank.«

»Hervorragend. Dann sehen wir uns vielleicht in zwei bis drei Tagen wieder.« Richard lächelte. »Kommen Sie rein.«

Auf dem Tisch standen eine Holzschüssel mit Salat, eine kleinere Holzschüssel mit frischem Knoblauchbrot und eine gläserne Auflaufform, in der eine Lasagne dampfte. Den Jungs hatte Richard das Essen schon aufgetan, jetzt ging er in die Küche und holte noch einen Teller.

»Schau mal, wie gut es Micky geht«, sagte Charles. »Wir haben für ihn einen richtigen Käfig mit Streu, Laufrad, Futterschale und eigener Wasserflasche gekauft.« Amy spähte in den Käfig. Eine winzige Maus, kaum so groß wie ihr Daumen, erwiderte ihren Blick. Etwas in ihrem Gesichtsausdruck erinnerte sie an Scarlett.

»Die ist ja niedlich«, sagte sie.

»Ich hab Micky lieb«, sagte Daniel.

Amy setzte sich. »Wein?«, rief Richard aus der Küche. »Ein Glas Merlot ist der perfekte Begleiter zu einer Lasagne à la Richard.«

»Gerne«, rief Amy und nahm sich ein Stück Knoblauchbrot.

»Nina hat kein Knoblauchbrot gegessen«, sagte Charles. »Wegen der Kohlenhydrate.«

»Oh«, machte Amy wieder. Sie betrachtete das Brot in ihrer Hand und biss herzhaft hinein. »Da hat sie was verpasst.« Charles grinste sie an. Richard goss ihr ein, und Amy bewunderte die Weinflasche. Im vollen Zustand sah sie schwarz und undurchsichtig aus, aber während Richard ihr einschenkte, zeigte sich oben immer mehr von dem durchscheinenden Grün, das ihr so vertraut war. Herrlich.

Von der Flasche abgelenkt, bemerkte Amy nicht, dass Richard ihr eine große Portion Lasagne auftat. Als sie alle anfingen zu essen, versuchte Amy nicht mehr auf die Flasche zu schauen. Es war ein seltsames Gefühl für Amy, die Geräusche der anderen beim Essen zu hören. Sie war es gewohnt, nur in Scarletts Gesellschaft zu essen.

»Das ist ein hübscher Anhänger«, sagte Richard. »Ein Ring?«

»Der ist von ihrem Exfreund«, erklärte Charles. »Aber Amy wird ihn nicht heiraten, weil er verschwunden ist.« Amy blieb der Mozzarella im Hals stecken, und sie musste ihn mit einem weiteren Schluck Wein hinunterspülen.

»Charles«, mahnte Richard. »Amy ist es vielleicht lieber, wenn du am Esstisch keine Details aus ihrem Privatleben ausbreitest.«

»Aber das weißt du doch schon alles«, plauderte Charles aus. »Ich habe gehört, wie Nina es dir erzählt hat, nachdem Rachel es ihr erzählt hat.« Einen Moment lang herrschte Schweigen, dann setzte das beruhigende Geklapper von Besteck auf Porzellan wieder ein.

»Ist schon in Ordnung«, sagte Amy.

»Fertig!«, verkündete Daniel. »Zeichentrick gucken?«

»Darfst du«, sagte Richard. Der Junge rannte hinaus. »Charles, möchtest du mitgucken??«

»Ich bleibe hier bei Amy«, erklärte Charles. »Noch Wein, Amy?«

»Für das Nachschenken bin immer noch ich zuständig, aber danke, Charlie«, sagte Richard und lachte.

Amy ließ sich ihr Glas auffüllen. Es hatte eine schlichte, klassische Form. Sie hatte ähnliche Gläser im Supermarkt gesehen, ihnen aber widerstanden. Tatsächlich hatte sie nichts anderes gekauft als die Zutaten, die sie für den Eintopf gebraucht hatte. Vielleicht könnte sie beim nächsten Mal solche Gläser mitnehmen, wenn sie als Dank für Richards Gastfreundschaft eine Flasche Wein einkaufte. Der Gedanke löste heftige Erinnerungen aus. Ein Schauer überlief sie, und das

Glas in ihrer Hand zitterte. Ein unerklärliches Bedürfnis, über die Ereignisse zu sprechen, stieg in ihr hoch wie Sodbrennen.

»Alles in Ordnung?« Richard legte beruhigend eine Hand auf ihren Arm.

»Ich habe diesen Ring in meinem Garten gefunden«, platzte Amy heraus. Die Worte sprudelten aus ihr hervor wie Ratten, die ein sinkendes Schiff verließen. Oder Mäuse, die aus ihrem Haus flitzten. »Ich wusste nicht, was der Ring zu bedeuten hatte, aber ich wusste, dass er von meinem Freund sein musste. Dann hab ich einen Brief von meiner besten Freundin, die gleichzeitig mit ihm verschwunden ist, gefunden, und ein Foto von einem Wald oder Park oder so. Aber ich kriege einfach nicht raus, wo das sein könnte, obwohl ich das Gefühl habe, dass das der Schlüssel zu der ganzen Sache ist. Und seit heute weiß ich, dass der Ring mit im Briefkuvert gesteckt hat. Der Brief ist in den Blumentopf gefallen, den ich früher als Schirmständer neben der Haustür stehen hatte, und hat dann, weiß Gott wie lange, in meinem Garten gelegen. Er ist fast unleserlich.« Amy hielt inne, um Luft zu holen. Richard und Charles starrten sie beide an.

»War es ein hübscher Park?«, fragte Charles.

»Ich glaube, das spielt hier keine Rolle«, sagte Richard leise. »Amy, sind Sie damit zur Polizei gegangen?«

»Genau das habe ich auch gesagt.« Charles sah erfreut aus. »Als sie mir vor Jahren von dem Ring erzählt hat.«

»Ich habe den Ring zur Polizei gebracht, aber die hatten kein Interesse«, sagte Amy. »Ich glaube, die bräuchten mehr Anhaltspunkte als das …« Sie brach ab.

»Die brauchen eine Leiche«, vermutete Charles und lächelte finster. »Vielleicht steht in dem Brief, wo die Leiche ist. Die wäre jetzt nur noch ein Skelett«, fügte er mit glitzernden Augen hinzu. »Die Würmer hätten ...«

»Wir haben schon verstanden«, sagte Richard. Er machte eine Pause. »Was stand genau in dem Brief?«

»Ich kann nicht viel davon entziffern«, sagte Amy und versuchte den Gedanken an Skelette zu verdrängen.

»Ich bin ein sehr guter Leser«, bot Charles sich an. »Ich kann sogar Miss Gilllinghams Handschrift lesen.«

»Darf ich für Sie einen Blick darauf werfen?«, fragte Richard. »Falls Sie eine zweite Meinung haben möchten?«

»Und eine dritte«, ergänzte Charles.

Amy zögerte. Der Brief fühlte sich für sie sehr intim an, aber er war ja größtenteils unleserlich. Was könnte es schon schaden? »Ich gehe ihn holen«, sagte sie.

In ihrem Haus war es ganz still. Amy schloss die Tür und machte die Augen zu. Sie konnte den Staub riechen und die Stille hören. Der Brief lehnte jetzt in der Küche, geschützt vom »Nicht-Knicken«-Umschlag. Amy wurde sich bewusst, dass sie sich an diese Aufforderung nicht zu halten brauchte. Sie könnte den Umschlag samt Brief in winzige Fetzen reißen, wegwerfen und weiterleben wie bisher. Sie bräuchte nicht einmal zu Richard zurückzukehren. Sie schuldete ihren Nachbarn nichts, genauso wenig wie ihre Nachbarn ihr etwas schuldeten. Die könnten jederzeit wieder ausziehen und Amy hätte kein Recht, sie zu fragen, warum oder wohin.

Ihre Sachen würden sie nicht verlassen. Scarlett würde immer bei ihr bleiben. Ihre Tassen. Die Flaschen, die noch übrig waren.

Aber nicht die Blumentöpfe. Sachen konnten auch zerstört werden, genau wie Beziehungen. Ihre Hand tastete wieder nach dem Ring. Dieser Ring, der ihr die Wahrheit nicht erzählen konnte.

Amy schlug die Augen wieder auf. Es war unwahrscheinlich, dass Richard von dem Brief mehr entziffern konnte als sie, aber einen Versuch war es wert. Sie nahm den Umschlag, verließ die Küche, warf Scarlett einen Kuss zu und kehrte wieder zu ihren Nachbarn zurück.

»Da bist du ja«, sagte Charles und machte ihr die Tür auf. »Weil Besuch da ist, kriegen wir Eis als Nachspeise!« Er lächelte sie an. »Weil du da bist.«

Daniel war an den Tisch zurückgekehrt und hielt schon den Löffel in der Hand. »Eis«, sagte er fröhlich.

»Möchten Sie auch welches, Amy?«, fragte Richard. »Richtiges Sahneeis, wie es scheint aus Cornwall.«

»Klar«, sagte Amy. Das würde vielleicht das nervöse Gefühl in ihrem Magen beruhigen. Sie setzten sich wieder alle um den Tisch, mit dem Umschlag in der Mitte. Charles wollte nach ihm greifen.

»Iss erst mal dein Eis«, sagte sein Vater. »Und wenn Amy auch fertig ist, schauen wir uns den Brief an.«

Daniel schlug sie alle und war als Erster fertig, dann lief er zum Fernseher zurück. Amy aß ihr Eis langsam, aber irgendwann leckte auch sie nach dem letzten Stückchen den Löffel ab und legte ihn weg. Es war schon ewig her, dass sie sich ein Eis gegönnt hatte. Dann nahm sie den Umschlag und schüttelte den Inhalt heraus. Sie sah, wie es Charles in den Fingern juckte, den Brief zu untersuchen, und so schob sie ihn zu ihm hinüber. »Möchten Sie sich inzwischen das Foto ansehen?«, fragte sie Richard.

Er nahm es und runzelte die Stirn. »Bäume, Gras, Hügel. Eine Baumaschine in der Ecke. Ich sehe nichts Markantes.«

»Lass mich schauen«, sagte Charles. »Ich kenne alle Baumaschinen. Nimm du den Brief.« Richard sah Amy an, die zustimmend nickte. Charles und Richard tauschten, während Amy einen Schluck Wein trank. Die Flasche, in der nur noch ein kleiner Rest war, warf nun einen langen, leuchtend grünen Lichtschein auf den Tisch.

»Das ist nicht irgendeine Baumaschine«, sagte Charles schließlich, »sondern ein Bagger.« Er sah höchst zufrieden mit sich aus. »Schau mal, da sieht man die Kante.« Er deutete auf die Stelle. »Ich glaube, es ist ein JCB 5CX. Aber eins ist komisch. Er hat keine Räder, sondern ein Kettenfahrwerk.« Er machte eine Pause. »Darf ich das Foto mit raufnehmen?«, fragte er. »Ich möchte in meinem Zimmer etwas nachschauen.«

»Ich habe nichts dagegen«, sagte Amy. Charles nahm das Foto und rannte davon.

»Ich weiß nicht, was ich aus dem Brief für Schlüsse ziehen soll«, sagte Richard schließlich. »Es gibt nicht viel, an das man sich halten kann. Ich möchte Sie ja nicht aushorchen«, fügte er hinzu, »aber haben die beiden etwas zu Ihnen gesagt, bevor sie verschwunden sind?«

»Nein«, antwortete Amy. Sie zögerte. »Chantel war meine beste Freundin«, erzählte sie dann. »Wir sind zusammen aufgewachsen. Ich kann immer noch nicht glauben, dass die beiden mir so etwas antun konnten. Wenn ich wüsste, wo das Foto aufgenommen worden ist, ließe sich vielleicht ...« Amy brach ab und trank noch einen Schluck Wein. »Es war so qualvoll«, sagte sie dann. »Nicht zu wissen, was passiert ist, und glauben zu müssen, dass sie mich betrogen haben. Ich habe beide verloren, aber nicht auf eine Weise, dass ich hätte trauern können. Nicht richtig jedenfalls.«

»Wenigstens können Sie noch hoffen«, sagte Richard. »Ich

würde alles darum geben, wenn ich das könnte.« Er trank aus seinem Glas und stellte es wieder hin. Amy merkte, dass sie beide die Flasche anstarrten.

»Es muss schwer gewesen sein«, sagte Amy. Sie dachte an Tim und seinen Vater Alan, die getrennt getrauert hatten und einander auf diese Weise verlorengegangen waren. »Für die Kinder da zu sein, während Sie versucht haben, Ihren eigenen Schmerz zu bewältigen.«

»Die Kinder haben mir geholfen, das durchzustehen«, sagte Richard. Er sah Amy an. »Ich bin nicht sicher, ob ich ohne sie überlebt hätte.« Einen Augenblick lang glaubte Amy, er würde anfangen zu weinen. Stattdessen lächelte er. »Ich habe aufgehört zu arbeiten, anders ging es nicht. Ich musste für Daniel da sein. Er war noch so klein. Und für Charles auch. Das Beste, was ich je gemacht habe.«

»Wie haben Sie das hingekriegt?«, fragte Amy.

»Ich hatte mein eigenes Architekturbüro. Das habe ich verkauft. Jetzt arbeite ich freiberuflich und in Teilzeit. Ich habe mit den Kindern so viel Zeit verbracht wie nur möglich und bin abends nie ausgegangen.« Er trank noch einen Schluck. »Dann habe ich Nina kennengelernt, und zuerst fand ich sie wunderbar. Ich war nicht sicher, wissen Sie, ob ich wieder mit einer Frau zusammen sein könnte. Aber das Leben geht weiter. Klingt so, als wäre es bei Ihnen auch so gewesen. Man kann nicht in der Vergangenheit leben.«

Amy nickte, obwohl sie nicht sicher war, ob das stimmte.

»Sie haben viel durchgemacht«, sagte sie.

»Das haben wir alle«, sagte Richard. »Aber wir haben auch viel, wofür wir dankbar sein können. Trinken Sie noch ein Glas mit mir?« Er ging in die Küche. »Ich mache noch eine Flasche auf.«

»Danke«, sagte Amy. Sie legte die Finger sanft an die leere Flasche, die vor ihr stand.

Richard kam zurück. »Mit Nina lief es schon eine ganze Weile nicht mehr gut«, vertraute er ihr an. »Ich merkte, dass sie mit den Kindern nicht wirklich klarkam, aber ich dachte, ich bin zu streng mit ihr. Ich verglich sie mit Charles' und Daniels Mutter, und das war nicht fair. Aber unsere Beziehung war auch nicht, wie sie hätte sein sollen. Das begreife ich jetzt erst richtig.«

Charles kam hereingesprungen, er hielt ein Buch in der Hand. Amy warf einen Blick auf den Titel. *Enzyklopädie der Bagger und großen Baufahrzeuge.* »Ich hab was gefunden!«, rief er.

»Ich glaube, wir haben heute Abend schon genug Detektiv gespielt«, sagte Richard. »Geh doch zu deinem Bruder und schau mit ihm den Zeichentrickfilm.«

»Nein«, weigerte sich Charles. »Amy, guck!« Er wedelte mit dem aufgeschlagenen Buch vor ihrem Gesicht herum. »Das 5CX-Modell hat Räder, kein Kettenfahrwerk«, sagte er. »Aber auf dem Foto ist er ein Kettenfahrzeug. Schau's dir an.«

Amy schaute. »Aha«, sagte sie, ohne zu begreifen.

»Der wurde umgebaut«, sagte Charles.

»Lass mich sehen«, sagte Richard. »Du hast recht.« Er grinste seinen Sohn an. »Gute Arbeit.«

»Und was hat das zu bedeuten?«, fragte Amy.

»Manchmal wünschen die Bauunternehmer, dass die Maschinen für spezielle Aufgaben modifiziert werden.«

»Und?«

»Ein umgebautes Fahrzeug lässt sich zurückverfolgen«, erklärte Richard. »Wir müssen mit dem Hauptsitz von JCB Kontakt aufnehmen und hoffen, dass die Leute kooperativ sind. Die könnten uns Auskunft geben, wo dieses Fahrzeug vor elf Jahren eingesetzt wurde.« Er lächelte Amy an. »Ich kann nichts garantieren«, sagte er. »Aber dank Charles gibt es tatsächlich eine Chance herauszufinden, wo dieses Foto aufgenommen worden ist.«

SPIEGEL

Oktober 2006

»Das war eine schöne Trauerfeier«, sagte Tim. Er hielt einen kleinen Teller Sandwiches für Amy, obwohl beide wussten, dass sie nichts davon essen würde. »Die hätte ihr gefallen.«

»Ich habe immer das Gefühl, sie kommt gleich zur Tür herein«, sagte Amy. Sie blickten beide zur Tür des Pfarrsaals. Plötzlich ging sie auf. Amy starrte wie gebannt hin, von einer vergeblichen Hoffnung erfüllt.

»Tut mir leid, dass ich zu spät komme«, sagte Chantel, kam direkt auf Amy zu und nahm sie in die Arme. »Der Zug vor uns ist liegen geblieben.«

»Aber jetzt bist du da.«

Chantel nahm ein Sandwich und schlang es hinunter. »Jack glaubt, dass Kohlenhydrate die Feinde der Fitness sind«, erklärte sie. »Deshalb haben wir nie welche im Haus. Ich vermisse Brot verdammt.« Sie sah Amy an. »Entschuldige, Amy«, sagte sie dann. »Aber deine Grandma hat mir immer Eiersalat-Sandwiches gemacht.«

»Sie würde darauf bestehen, dass du diese Sandwiches isst.« Amy versuchte sich an einem Lächeln.

Chantel nahm sich ein zweites. »Zu ihrem Gedächtnis«, sagte sie und schlug die Zähne hinein.

Amys Eltern kamen herüber, und Amy umarmte sie unbeholfen. Da nun Amys Großmutter nicht mehr lebte, würden sie endgültig nach El Salvador gehen, was sie schon seit Jahren planten. Ihre Mutter erzählte von der Gemeinde, in der sie mithelfen würden, aber Amy konnte sich nicht konzentrieren. Tim legte ihr den Arm um die Schulter. Sie lehnte sich an ihn, gab ihr ganzes Gewicht an ihn ab.

Eine Woche später war Amy immer noch den Tränen nahe, wenn sie an ihre Großmutter dachte. Alles schien Amy an sie zu erinnern, vom Eiersandwich über gerahmte Fotos bis zu jedem kleinen Kind, das einen Teddybär an sich drückte. Sie konnte sich immer noch nicht überwinden, die Sachen ihrer Großmutter durchzusehen, obwohl ihre Eltern das Haus noch vor ihrer Abreise verkaufen wollten. Amy war einfach noch nicht bereit dazu.

Es klingelte. Amy zwang sich aufzustehen und ging zur Tür. Draußen stand eine bunt zusammengewürfelte Kinderschar mit Hexenhüten, die Gesichter mit Farbe verschmiert. »Süßes oder Saures!«, skandierten sie und streckten ihr schwungvoll einen Eimer entgegen. Hinter ihnen stand ein entschuldigend guckender Erwachsener.

»Oh«, entfuhr es Amy. Sie hatte völlig vergessen, dass an diesem Tag Halloween war. »Ich habe vielleicht ein paar Orangen.« Die Kinder sahen sie entgeistert an. Zum Glück kam genau in diesem Moment Tim nach Hause, er schleppte irgendein großes Ding, das in Papier verpackt war, und hatte auch noch eine riesige Tüte mit Lutschern in der Hand. Schnell stellte er das Ding ab, riss die Tüte auf, griff hinein und schaufelte eine Handvoll Lutscher in den Eimer.

»Orangen!«, spottete er, als sie gegangen waren. »Die Kinder hätten jedes Recht, unser Haus unter Klopapier zu begraben!«

»Was hast du denn da?«, fragte Amy und sah auf den eingewickelten Gegenstand. Tim grinste sie an.

»Es ist Halloween«, sagte er. »Weißt du nicht, was das heißt?«

»Du willst dich doch nicht verkleiden, oder?«, fragte Amy.

»Geh erst mal rein.« Er hob das Ding auf. »Ich werde alles enthüllen.«

Amy setzte sich aufs Sofa, und Tim stellte das Paket mit einem Klirren auf dem Boden ab. »Und jetzt mach's auf.«

Amy wickelte das Papier ab. Zum Vorschein kam eine kleine Palme in einem hübschen zartlila Topf. »Wofür ist das?«, fragte sie.

»Zu unserem Jahrestag«, sagte Tim. »Den hast du vergessen, stimmt's? Macht nichts. Ich weiß, dass du gerade andere Dinge im Kopf hast.«

»Die ist aber schön!« Amy bewunderte die Pflanze.

»Zimmerpflanzen in hübschen Übertöpfen bringen mich immer in Stimmung«, sagte Tim, beugte sich vor, um Amys Hals zu küssen.

»Spinner«, neckte ihn Amy.

»Du erinnerst dich nicht, was?« Tim setzte sich mit einem Ruck auf.

»Woran soll ich mich erinnern?«

»An die erste Nacht, in der wir zusammen waren. Richtig zusammen.«

»Natürlich erinnere ich mich«, sagte Amy. »Du hast mir was gekocht. Spaghetti bolognese.«

»Und du hast mir einen Zimmerfarn mitgebracht«, ergänzte Tim. »Mit dem wolltest du mich verführen.«

Amy erinnerte sich. Und sie lachte, zum ersten Mal seit dem Tod ihrer Großmutter. »Hat doch funktioniert«, sagte sie.

»Stimmt.« Tim nahm ihre Hand. »Der Farn ist ziemlich schnell eingegangen«, sagte er. »Damals war ich noch jung und verantwortungslos.« Er sah Amy an. »Das bin ich jetzt nicht mehr. Jetzt koche ich dir meine neuen vegetarischen Spaghetti bolognese und gebe unserem neuen grünen Freund hier Wasser. Und nach dem Essen möchte ich mit dir reden.«

»Ich habe nachgedacht«, sagte Tim. Sie saßen auf dem Sofa, beide mit einem Glas Wein in der Hand. Die leer gegessenen Teller standen auf dem Tisch, neben ihrer neuen Zimmerpflanze. Amy blickte in den Spiegel, den sie aufgehängt hatte, und ihr fiel auf, wie vertraut sie und Tim miteinander wirkten. Wie ein altes Ehepaar. Außer, dass sie nicht verheiratet waren.

»Immer gefährlich«, witzelte Amy.

»Das Geld ist knapp«, sagte er. »Ohne Chantels Miete.«

»Möchtest du einen neuen Mitbewohner suchen?«, fragte Amy. Ihr sank das Herz, fast unwillkürlich rückte sie ein bisschen von ihm ab. Das Bild im Spiegel veränderte sich. Sie wollte nur Chantel in diesem Zimmer haben, niemand anderen.

»Nein«, sagte Tim. »Aber ich möchte, dass du mehr Zeit für deine Kunst hast. Das ist dein Traum.«

»Ich kann mir keinen Traum leisten«, sagte Amy. »Ich muss Vollzeit arbeiten, um die Miete zu zahlen.«

»Es ist an der Zeit, dass ich meinen Beitrag leiste«, sagte Tim. »Eigentlich schon überfällig. Die Bezahlung im Supermarkt ist beschissen. Die Band hat keine Zukunft. Ich sollte die Musik aufgeben und mir einen richtigen Job suchen.«

»Aber die Musik ist dein Traum.« Amy lehnte sich zurück.

Sie sah Tim im Spiegel an. Auch er sah sie im Spiegel an, und so unterhielten sie sich mit ihren Spiegelbildern, als wären sie beim Friseur.

»Mein Traum, das bist du, Amy Ashton«, sagte Tim. »Und du unterstützt mich seit Jahren. Wenn ich wirklich das Zeug zum Musiker hätte, dann hätte ich den Durchbruch längst geschafft.«

»Vielleicht kommt er noch ...« Amy brach ab. Sie merkte, dass sie selbst nicht mehr wirklich daran glaubte.

»Ich habe ein gutes Abitur«, fuhr Tim fort, »aber keinen Studienabschluss und keine Erfahrung. Ich werde so schnell nicht viel Geld verdienen, aber ich werde es versuchen. Ich dachte an Media Sales. Simons Bruder macht so was, er will sich für mich um ein Vorstellungsgespräch kümmern. Was meinst du?«

Amy wusste nicht genau, was Media Sales alles beinhaltete, aber es klang anders als Regaleinräumen im Supermarkt. Sie wandte sich von Spiegel-Tim ab, um den echten Tim zu betrachten. Er sah sie ebenfalls an, sein Blick war ernst. »Das klingt super«, sagte sie. »Du weißt, dass ich dich liebe, egal was du machst?«

»Das hast du schon bewiesen.« Tim lachte. »Niemand kann dir vorwerfen, du wärst nur wegen des Glamours mit mir zusammen.«

»Du kannst trotzdem noch Songs schreiben«, meinte Amy.

»Klar«. Tim lächelte Amy an. »Songs über den Vertrieb von Anzeigen in der Zeitschrift *Batteries International.*«

»Klingt doch nach einem echten Hit«, sagte Amy. Sie beugte sich zu Tim und küsste ihn, dann warf sie wieder einen Blick zum Spiegel. Diesmal sah sie zwei Menschen, die sich für immer lieben würden.

11

»Ich dachte schon, Sie hätten es sich anders überlegt.« Liam stand auf, als sie in die Bar eintrat. Amy hatte es sich in der Tat anders überlegt. Aber sie hatte ihm schon einmal abgesagt, und es ein zweites Mal zu tun erschien ihr doch zu unfreundlich.

Er wollte ihr einen Kuss auf die Wange geben, aber das kam für Amy überhaupt nicht in Frage. Stattdessen streckte sie ihm die Hand entgegen. Er schüttelte sie. Seine Hand fühlte sich kalt und feucht an. Amy war überrascht. Er schien ihr nicht der Typ zu sein, der schnell nervös wurde. Sie fand, dass er ihr dadurch ein bisschen sympathischer wurde, und sie lächelte ihn an. »Das war das Warten wert«, sagte er und ließ seinen Blick an ihr hinauf- und hinuntergleiten. Sie trug etwas, was sie seit Jahren nicht getragen hatte, ein erdbeerrotes Seidenkleid. »Lady in Red«, sagte er mit einem kleinen Zwinkern. »Das wird ein lustiger Abend.«

Die Sympathie verpuffte. »Setzen Sie sich doch«, sagte er verlegen, als er erkannt hatte, dass seine Bemerkung nicht gut angekommen war. Er deutete auf ein elegantes, mit Samt bezogenes Sofa. »Ich dachte, das würde Ihnen gefallen. Hat Stil. Das ist doch romantischer als ein Sandwich im Supermarkt.«

Amy erlaubte sich einen Einwand: »Es ist ein bisschen nah am Büro.« Sie sah sich um.

»Das passt schon«, sagte Liam. »Keiner von den anderen

würde auf die Idee kommen, in so eine schicke Bar zu gehen.« Er setzte sich neben Amy und legte den Arm bemüht lässig auf die Rückenlehne. Amy blickte auf den Tisch. Dort standen zwei Sektgläser und ein Eiskübel, der den größten Teil einer wahrscheinlich sehr schönen Flasche verbarg. Liam folgte ihrem Blick. Er beugte sich vor und zog seinen Arm wieder von der Lehne, um ihr und sich einzuschenken. »Ich erinnere mich, dass Sie damals bei der Abschiedsparty Prosecco getrunken haben«, sagte er und guckte sehr selbstzufrieden. Amy fand die Flasche dann doch weniger attraktiv als eine Weinflasche. Sie protzte mit übertriebenen Kurven wie eine Weinflasche, die sich zu vielen Schönheits-OPs unterzogen hatte. »Ich habe schon mal ohne Sie angefangen«, sagte Liam.

»Tut mir leid, dass ich mich verspätet habe«, entschuldigte sich Amy. »Ich musste noch ein paar Schriftstücke fertig machen.«

»Kein Problem«, sagte Liam. »Ich hoffe, die Blumen haben Ihnen gefallen?«

»Sie waren sehr schön.« Jetzt erst fielen Amy die von dem Boten überbrachten Rosen wieder ein. »Aber woher haben Sie meine Adresse?«

Liam machte eine geheimnistuerische Geste, und Amy war klar, dass er in den Personalakten herumgeschnüffelt hatte. »Schöne Rosen für eine schöne Frau«, sagte er.

Amy nahm einen großen Schluck aus ihrem Glas. Einen Moment lang saßen sie schweigend da. Amy merkte, dass Liam nervös war, sie selbst aber überhaupt nicht. Das konnte nicht richtig sein. Sie hatte über zehn Jahre kein Date gehabt. Sie musste doch jetzt irgendetwas fühlen. Amy spürte forschend in sich hinein, auf der Suche nach Gefühlen.

Aber alles, was sie registrierte, war Traurigkeit.

Sie nippte an ihrem Getränk. Zwar hatte sie damals im Pub ein Glas Prosecco getrunken, aber eigentlich mochte sie Prosecco nicht. Sie mochte überhaupt keine sprudelnden Getränke. Ihr schmeckten frische, selbst gemachte Zitronenlimonade, Rotwein, Ananassaft. Tim hatte nie einfach für sie bestellt. Obwohl er sie so gut kannte, ließ er sie immer selbst ihre Wahl treffen.

Aber Tim war nicht hier, rief sie sich ins Gedächtnis. Es gab Schlimmeres, was ein Mann einer Frau antun konnte, als ihr einen Prosecco zu bestellen, obwohl sie lieber Rotwein hätte.

Viel Schlimmeres.

Sie lächelte Liam an und versuchte sich zu verhalten, wie sie annahm, dass man es bei einem Date tun würde. »Sie sind also der Neue in der Firma«, sagte sie.

»Ich bin jetzt seit drei Monaten da«, erwiderte er. »Und Sie?«

»Siebzehn Jahre«, sagte sie. »Mit Unterbrechungen.« Er wirkte verblüfft. »Es sollte nur ein Job für die Semesterferien sein, als ich an der Uni war«, erklärte sie. »Dann ist einiges passiert, und ich bin irgendwie ... hängen geblieben.«

»Glück für mich«, sagte er. Und zwinkerte.

Dieses Zwinkern. Diese Bestellung für sie. Er machte es ihr nicht leicht, ihn zu mögen. Sie sah ihn an und suchte nach einer Eigenschaft, die sie attraktiv finden konnte. Er sah nicht schlecht aus, hatte dichtes Haar und noch alle seine Zähne, wenn auch eine Spur zu weiß. Dann kam ihr der Gedanke, dass sie selbst ja auch nicht der beste Fang war. In mittlerem Alter, emotional ausgelaugt, mit einem Haus, das überquoll. Die Kontaktanzeige schrieb sich nicht von selbst.

Gaben die Leute überhaupt noch Kontaktanzeigen auf? Sie hatte die Mädchen im Büro von Online-Dating und Dating-

Apps reden hören. Nach rechts wischen, wenn man interessiert war. Es klang furchtbar.

Liam war da, schenkte ihr nach und redete mit ihr. Er lachte über jeden Scherz, den er machte, und Amy zwang sich, ebenfalls ein wenig höfliches Gekicher von sich zu geben. Seine Hemdknöpfe spannten leicht um den Bauch herum. Er war nicht dick, aber auch nicht durchtrainiert. Gut. Amy mochte keine muskelbepackten Männer. Chantel war immer verrückt nach Muskeln gewesen, aber Amy stand eher auf etwas weichere, weniger wuchtige Männer. Ihr war Jacks zur Schau gestellte Kraft immer auf die Nerven gegangen, und sie konnte nicht begreifen, warum Frauen einen Partner haben wollten, der sie mit bloßen Händen erwürgen konnte. Tim war perfekt gewesen. Schlank und eher schmal, wie eine Weide, die sich im Wind wiegt.

Tim war nicht hier, sagte sie sich wieder und trank einen Schluck. Ihr Blick kehrte zu Liam zurück. Er hatte ganz schöne Augen, dachte sie, wenn auch ziemlich klein und engstehend. Sein Gesicht war nicht unangenehm, nur die Wangen ein wenig wabbelig. Schweinebäckchen. Ein bisschen widerlich.

»Was war das?«, fragte Liam mit überraschend scharfer Stimme.

Mist. Sie hatte laut gesprochen. »Zeit nachzuschenken«, sagte sie, und ihre Stimme klang übertrieben hell, wie Textmarker auf Druckerschwärze. Sie kippte ihren Prosecco hinunter, schenkte Liam nach und füllte dann den Rest der Flasche in ihr eigenes Glas.

»Ich bestelle gleich noch eine.« Liam schnipste einer Kellnerin zu und deutete auf die Flasche. Die Kellnerin verzog das Gesicht und ging den Prosecco holen. »Zwei Flaschen«, sagte Liam mehr zu sich selbst als zu Amy, »es läuft gut.«

Amy gab keinen Kommentar ab. Sie nippte an ihrem frischen Glas Prosecco und kam langsam auf den Geschmack. Liam redete und redete, und sie stellte bald fest, dass ihr Glas schon fast wieder leer war, als hätte es irgendwo ein Leck. Er füllte nach.

»Sind Sie jemals betrogen worden?«, unterbrach ihn Amy plötzlich, schon wieder hielt sie ein fast leeres Glas in der Hand. Sie hob es in die Höhe und forschte nach einem Loch im Fuß. Der Raum war viel zu hell, und sie kniff die Augen zusammen, damit er aufhörte, sich zu drehen.

»Wie bitte?«

»Betrogen.« Amy sprach langsamer, Silbe für Silbe. »Meine beste Freundin und mein Freund sind zusammen abgehauen«, sagte sie, ohne nachzudenken. Die Worte blubberten einfach so heraus.

»Das ist ja furchtbar«, sagte Liam.

»Bastarde.« Amy gestikulierte mit ihrem Glas, und Prosecco schwappte auf ihre Hand. Liam schenkte ihr Glas wieder voll.

»Sie wissen ja: Der beste Weg, über jemanden hinwegzukommen ...«, sagte Liam.

Amy beugte sich vor. »Und der wäre?«

»Na ja, Sie wissen schon ...« Liam wirkte ziemlich verlegen.

»Nein«, sagte Amy. »Ich weiß es nicht. Mit Sicherheit nicht das Sammeln von Tassen.« Sie lachte über sich selbst, und Liam sah sie verwirrt an.

»... ist jemand anderes ranzulassen«, sagte er schließlich. Amy sah ihn ausdruckslos an. Er zuckte mit den Achseln. »Sagt man halt so.«

»Ach, jetzt versteh ich«, sagte Amy. Sie fand das extrem lustig. Dann hörte sie auf zu lachen und sah ihn an. »Sie meinen Sex.«

Liam hustete peinlich berührt und spuckte dabei ein wenig Prosecco auf Amy.

»Lassen Sie uns noch eine Flasche bestellen«, sagte Amy.

»Möchten Sie vielleicht etwas essen?«, fragte Liam. »Da gibt es ein kleines Bistro …«

»Nein.« Amy gab der Kellnerin einen Wink, und die nickte zum Zeichen, dass sie verstanden hatte. »Ich möchte nur trinken.« Sie sah Liam an. »Ich war schon seit Jahren nicht mehr so betrunken«, sagte sie. »Fühlt sich gut an.«

Etwas lag auf ihrem Bein. Sie sah hinunter. Es war Liams Hand, seine kurzen Schweinchenfinger lagen auf ihrem Knie. Plötzlich wurde Amy schlecht. »Ich muss nach Hause«, sagte sie und stand auf. »Scarlett braucht mich.«

»Aber Sie haben gerade erst eine neue Flasche bestellt«, sagte Liam verärgert. »Die muss ich jetzt bezahlen.«

»Auf Wiedersehen.« Amy nahm ihre Tasche und lief hinaus. Was sie jetzt brauchte, war frische Luft. Draußen vor der Bar atmete sie tief durch. Es war schon dunkel, vielleicht hatte sich dieses Date länger hingezogen als gedacht. Sie beschloss, sich ein Taxi zu leisten. Sie hatte keine Lust, in diesem Zustand mit dem Zug nach Hause zu fahren. Suchend sah sie sich um, doch es war kein Taxi zu sehen. Sie machte einen Schritt nach vorn und geriet aus dem Gleichgewicht.

»Hoppla! Hab Sie schon«, sagte Liam. Sie erinnerte sich nicht, dass er mit ihr hinausgegangen war, aber da war er und schlang den Arm um ihre Taille.

»Fassen Sie mich nicht an!«, blaffte sie. Sie wand sich unter der Berührung.

»Aber ich dachte …«

Ein Taxi fuhr vorbei, und Amy winkte es heran. Es hielt, und sie stieg ein.

»War trotzdem ein tolles Date.« Liam bückte sich und lugte durchs Fenster. »Haben Sie am Freitag Zeit?«

Amy drückte auf den Knopf, und das Fenster schloss sich. Das Taxi verschwand mit ihr in die Nacht.

»Erwartest du einen Anruf, Amy?« Am nächsten Tag hatte sich Carthika im Büro Amy gegenübergesetzt und grinste. »Nach deinem heißen Date?«

»Wovon redest du?« Amy legte ihr Handy hin. Sie merkte, dass sie ziemlich lange darauf gestarrt hatte.

»Wahrscheinlich schreibt er dir eine SMS«, fuhr Carthika fort. »Oder schickt eine Nachricht über Messenger. Oder vielleicht überrascht er dich einfach an deinem Schreibtisch.«

»Ich weiß nicht, von wem du redest«, sagte Amy. Ihr dröhnte der Schädel. Liam hatte Carthika doch nichts erzählt? Wahrscheinlich wollte sie sie einfach nur provozieren

»Hast du mehr als einen am Start?«, fragte Carthika. »Du bist ein stilles Wasser, Amy Ashton.« Zoe kicherte.

»Habt ihr keine Arbeit?«, fragte Amy. Natürlich klingelte ihr Handy genau in diesem Moment, und zur Erheiterung ihrer Kolleginnen hastete Amy in einen leeren Besprechungsraum.

Richard war ihr heute früh über den Weg gelaufen, als sie aus dem Haus gekommen war. Während sie sich mit knapper Not hatte aufrecht halten können, hatte er ihr erzählt, dass er und Charles den ganzen letzten Abend damit verbracht hatten, das Internet zu durchforsten, um alles über das von Charles identifizierte JCB-Modell herauszufinden. Charles hatte recht gehabt. Das Fahrzeug hätte Räder haben sollen. Es war umgebaut worden.

Richard sagte, er habe heute für sie den Hersteller kontaktiert mit der Bitte, seine Unterlagen durchzusehen. Dass jemand ihr so half, fühlte sich für Amy fremd an, aber auch ziemlich angenehm.

»Hallo?«, sagte Amy in fragendem Ton, obwohl sie sehen konnte, dass es Richard war. Sie schloss die Tür zum Besprechungsraum, im Grunde nur eine mit Glas abgetrennte Ecke im Großraumbüro. Es erinnerte Amy immer an eine große Duschkabine.

»Fragen Sie nicht, wie«, sagte Richard, »aber ich habe es herausgefunden. Doch, fragen Sie mich, wie.«

»Wie haben Sie es herausgefunden?«, fragte Amy. Ihr war ein bisschen schlecht, und sie ließ sich auf einen Stuhl sinken.

»Sie können mich den Sherlock Holmes der Bauwelt nennen«, fuhr Richard fröhlich fort. »Ich habe im Hauptsitz von JCB angerufen und behauptet, ich benötige ein umgebautes Fahrzeug. Ich habe den Umbau beschrieben, den ich haben wollte, habe genau das geschildert, was Charles auf dem Foto erkannt hat, und sie haben mich von einer Abteilung in die nächste verbunden, bis ich schließlich in der richtigen gelandet bin. Von denen habe ich dann einen Einsatzplan des umgebauten Fahrzeugs bekommen, und den habe ich nach der Zeit abgesucht, in der Tim verschwunden ist, und habe so wahrscheinlich den Ort auf dem Foto ausfindig machen können. Er ist hier in der Stadt. Der Abletree Park. Sagt Ihnen das was?«

»Nein«, erwiderte Amy. Sie konnte nur denken, dass, wenn Richard so ausschweifig redete, er sie an seinen Sohn erinnerte. Sie zeichnete mit dem Finger die Maserung des Holztischs nach. Konzentrische Kreise, so einzigartig wie ein Fingerabdruck.

»Ich habe sogar herausgefunden, dass der 383er-Bus dorthin fährt.

Amy setzte sich mit einem Ruck auf. »Der 383er?«, wiederholte sie.

»Ja«, antwortete er. »Und jetzt sind Sie dran.«

»Ich bin dran?«

»Nennen Sie mich den Sherlock Holmes der Bauwelt.«

»Danke, Richard«, sagte Amy ein wenig steif.

»Tut mir leid.« Die Munterkeit in Richards Stimme erlosch. »Ich war zu albern. Ich hätte mehr Einfühlungsvermögen zeigen sollen.«

»Schon in Ordnung«, sagte Amy. »Ich weiß Ihre Hilfe sehr zu schätzen.«

»Gut. Ich dachte, wir könnten nachher gemeinsam hinfahren. Können Sie heute früher von der Arbeit weg?«

»Heute?«

»Ich dachte, es ist das Beste, wenn wir es hinter uns bringen«, sagte Richard. »Damit Sie keine Zeit haben, ins Grübeln zu kommen. Wir reißen das Pflaster ganz schnell ab.«

»Äh ...« Auch Amy fand das überzeugend und fragte sich jetzt, wie sie die vielen Stunden bis dahin überstehen sollte und ihren Kater noch dazu. Vielleicht würde ein Schinkensandwich helfen.

»Die Jungs und ich werden dich begleiten«, sagte Richard, »als moralische Unterstützung. Dieses Fahrzeug wurde übrigens für den Bau eines Kinderspielplatzes eingesetzt. Ich habe im Internet Fotos davon gesehen, der sieht richtig toll aus. Sollen wir uns um vier vor Ihrem Haus treffen?«

»Ich muss das noch mit meinem Chef besprechen«, sagte Amy. Sie war seltsam erleichtert, dass Richard die Sache so in die Hand nahm und sie nicht selber alles durchdenken musste. »Aber es sollte klappen.«

»Super. Dann sehen wir uns später.« Er legte auf.

Amy würde zwei Stunden früher gehen müssen. Sie kehrte zu ihrem Schreibtisch zurück und schickte Mr. Trapper sofort eine E-Mail, in der sie ihn um Erlaubnis bat. Er antwortete auf der Stelle mit einem einzelnen rätselhaften Buchstaben.

»Was bedeutet ›K‹?«, fragte sie Carthika.

»Hat das dein Typ geschrieben?«, wollte Carthika wissen. Sie konnte einfach nicht aufhören.

»Nein«, blaffte Amy. »Das ist Mr. Trappers Antwort, und bevor du damit anfängst, nein, er ist nicht derjenige, denn er ist glücklich verheiratet und zwanzig Jahre älter als ich.«

»Okay«, sagte Carthika.

»Ich weiß selber, dass das okay ist«, erwiderte Amy patzig. »Aber was bedeutet ›K‹?«

»Okay«, wiederholte Carthika noch einmal. Amy wollte schon die Decke hochgehen, als sie endlich kapierte. K – Kay – Okay. Teilhaber einer Finanzberatungsagentur zu sein, selbst einer nur mittelgroßen, war anscheinend eine äußerst zeitraubende Tätigkeit, aber es war doch nicht zu viel verlangt, vor das K noch ein O zu tippen, oder?

»Jugendsprache«, ergänzte Carthika. »Mr. Trapper ist neuerdings voll im Jugendwahn. Hast du gestern seine Lederjacke gesehen? Nicht, dass die Kids noch Leder tragen würden. Die sind jetzt alle Veganer.«

»Danke, Carthika«, sagte Amy. »Ich gehe heute übrigens früher.« Carthika machte den Mund auf. »Nein, nicht, um einen Mann zu treffen«, schob Amy schnell nach und merkte gleichzeitig, dass diese Aussage nicht ganz stimmte. »Du brauchst also nicht auszuflippen.«

»Ich wollte dich nur fragen, ob du Hilfe bei dem Apex-Dokument brauchst.«

»Oh«, sagte Amy. »Ja, danke.« Sie reichte ihr die schwere Akte über den Schreibtisch.

»Viel Glück«, sagte Carthika. Sie lächelte Amy an. »Ich gehe zur Imbissbude rüber. Möchtest du ein Schinkenbrötchen?«

Amy verzieh ihr sofort alles. »Mit sauren Gurken«, sagte sie, und ihre Stimme triefte vor Dankbarkeit.

»Das ist ein Bus«, sagte Daniel, als der 383er an der Haltestelle zum Stehen kam. »Der hat Räder.«

»Und die Räder von dem Bus drehen sich rundherum, rundherum, rundherum«, spottete Charles. »Jetzt krieg dich mal wieder ein.«

»Keinen Streit!« Richard half Daniel in den Bus hinein. Der Kleine rannte sofort zur Treppe und begann hochzusteigen. »Wir sitzen unten«, sagte Richard, vergebens. Die drei folgten Daniel und erreichten das Oberdeck, als der Bus anfuhr.

»Ich sitze neben Amy«, sagte Charles und schob seinen Vater aus dem Weg. Richard zuckte mit den Achseln und setzte sich in die Reihe davor neben Daniel, der das Gesicht an die Fensterscheibe presste wie ein Putzerfisch.

»Was glaubst du, was wir rausfinden werden?«, wandte sich Charles an Amy. Sie hatte das Schinkenbrötchen gegessen und noch zwei Päckchen Chips und einen Liter Cola nachgeschoben und fühlte sich wieder halbwegs wie ein Mensch.

»Keine Ahnung«, sagte Amy. Sie hatte wirklich keine Ahnung. Sie fand keine Antwort auf die Frage, warum Chantel ihrem Brief das Foto eines Parks beigelegt hatte, in dem sie nie zusammen gewesen waren. Sie konnte das Foto noch so lange anstarren, immer hatte sie das Gefühl, dass sie etwas übersah.

»Vielleicht übersehen wir etwas«, sagte Charles, als hätte er ihre Gedanken gelesen. »Schauen wir uns das Foto doch noch mal an.«

Amy zog den Umschlag aus der Tasche, und sie vertieften sich beide in das Bild. Es war abends aufgenommen worden, der Himmel hatte einen diesigen Violettton, Wolkenstreifen fingen die letzten orangefarbenen Strahlen der Sonne ein. Die Bäume standen als Silhouetten vor dem Himmel, üppig belaubt. Solche Szenen hätte sie früher gemalt – es kam Amy vor, als wäre das in einem anderen Leben gewesen.

»Es sieht wie ein Gemälde aus«, sagte Charles, und Amy wäre fast vom Sitz gesprungen. »Aber wenn ich es malen würde, dann würde ich den Bagger in die Mitte stellen«, fuhr er fort. »Weil der das Beste an dem Ganzen ist.«

»Mir gefällt es, dass er ganz am Rand steht«, sagte Amy. »Das ist ungewöhnlicher als die übliche Drittel-Komposition. Und raffinierter. Macht das Bild geheimnisvoll.«

»Mögen Sie Kunst?«, fragte Richard.

»Ich habe früher gemalt«, sagte Amy. Sie spürte, wie sie errötete und ihre Wangen heiß wurden, was ihr sehr peinlich war. »Jetzt bin ich Verwaltungsangestellte bei Trapper, Lemon und Hughes.«

»Ich würde Ihre Bilder gerne sehen.«

»Meine Bilder sind das Einzige, was ich nicht aufgehoben habe«, sagte Amy. »Ich habe alle verkauft, die ich verkaufen konnte, und den Rest entsorgt.« Nachdem es passiert war, konnte sie es nicht ertragen, ihre Bilder im Haus zu haben.

»Sie können wieder welche malen«, sagte Richard.

»Nein. Das kann ich nicht.« Amy sah aus dem Fenster und bemerkte die Staubschicht, die sich darauf angesammelt hatte. Dort klebte auch die winzige Hülle einer Blattlaus, deren Flügel sacht unter Amys Atem bebten.

»Stopp drücken?«, fragte Daniel.

»Erst, wenn unsere Haltestelle kommt«, antwortete Richard. »Ich sag dir, wann.« Amy löste den Blick von der Laus und sah aus dem Fenster, erleichtert, dass keiner weitere Fragen mehr dazu stellte. »Es soll ein toller Park sein«, sagte Richard. »Und es ist ein herrlicher Tag, deshalb habe ich für die Jungs Wechselsachen und Handtücher eingepackt, falls sie in das Planschbecken wollen.«

»Planschen, spritzen«, sagte Daniel und schob die Hand in die Höhe. »Stopp drücken?«

»Noch nicht«, sagte Richard. Charles gab Amy das Foto zurück, und sie schob es wieder in den Umschlag.

»Noch nicht«, wiederholte Richard, als die kleine Hand wieder nach oben kroch. »Geduld.«

Geduld, dachte Amy. Sie fragte sich, womit sie für ihre Geduld belohnt würde.

Die Bäume waren größer geworden, und die Jahreszeit war eine andere. Wo einmal ein Bagger gestanden hatte, befand sich jetzt ein Spielplatz. Aber als Amy die Szenerie auf sich wirken ließ, wusste sie, dass sie am richtigen Ort war. Es würde noch mehrere Stunden dauern, bis die Sommersonne unterginge, aber der Horizont, die Umrisse der Hügel waren unverkennbar. Genau hier war das Foto aufgenommen worden.

Sie saß auf der Parkbank, von der aus man die schönste Aussicht hatte, und schloss die Augen. Früher mochte es hier einmal sehr still gewesen sein, aber jetzt war die Luft vom fröhlichen Geschrei der Kinder erfüllt.

»Ich bin mal rumgelaufen«, sagte Richard. Amy schlug die Augen auf. »Aber ich finde nichts Bemerkenswertes. Haben

Sie eine Idee, warum Ihre Freundin diesen Ort fotografiert hat?«

»Nicht die geringste«, sagte Amy. »Ich bin mit keinem der beiden jemals in diesem Park gewesen. Ich dachte auch, dass ich vielleicht etwas wiedererkenne – eine Statue, eine Gedenktafel ...« Sie verstummte. Sie wusste nicht, worauf sie gehofft hatte.

Doch. Sie wusste es. Sie hatte gehofft, dass Tim hier stehen und auf sie warten würde. Dass er seit elf Jahren an dieser Stelle auf sie wartete.

Natürlich wusste sie, dass das Unsinn war. Sie umklammerte den Ring an ihrem Hals.

»Eventuell gibt's im Brief eine Erklärung«, sagte Richard. »Vielleicht sollten wir ihn jetzt, wo wir vor Ort sind, noch einmal anschauen? Ich habe das Gefühl, als könnten Anweisungen drinstehen, wo wir graben müssen. Oder wo wir suchen müssen, unter dem dritten Felsbrocken rechts von der großen Eiche.«

»Ich kenne jedes entzifferbare Wort auswendig«, erwiderte Amy. »Da ist nichts.«

»Wird wohl so sein«, seufzte Richard. »Vielleicht habe ich zu viele Filme geguckt.«

»Vielleicht.«

»Wie war Ihr Date gestern Abend?«, fragte Richard unvermittelt. Amy wandte sich ihm überrascht zu. Er zupfte am Rand eines Fingernagels.

»Furchtbar«, sagte Amy.

»Das tut mir leid«, sagte Richard. Aber er lächelte still.

Sie saßen schweigend da und sahen den Jungs zu. Charles baumelte halsbrecherisch an einem hoch aufragenden Seilgeflecht, das aussah wie das Netz einer Riesenspinne. Er schwang ein Bein nach oben und kletterte noch höher. Daniel war im Planschbecken und tat, als wäre er ein zuschnappendes Krokodil, und alle seine Möchtegern-Opfer kreischten entzückt.

»Sie haben wunderbare Kinder«, sagte Amy. Sie hätte nie gedacht, dass ihr solche Worte einmal über die Lippen kommen würden.

»Ich bin sehr stolz auf die Jungs«, erwiderte Richard

»Das können Sie auch sein.« Amy verfolgte, wie Charles sich von einem Seil zum anderen hangelte und eine Stange hinunterrutschte. Er sah sich um, dann lief er zum Planschbecken, zu seinem Bruder. Zur Begrüßung wurde er mit einem Schwall Wasser nass gemacht.

»Ich dachte immer, wir würden noch mehr bekommen«, sagte Richard, dessen Blick ebenfalls auf seinen Söhnen lag. Amy merkte, dass es einfacher war, miteinander zu reden, wenn sie sich nicht in die Augen sahen. Wie in einem Beichtstuhl. »Ich wollte immer eine große Familie. Das wollten wir beide. Ich war ein Einzelkind und bin froh, dass die beiden einander haben«, sagte Richard. »Einsam sein macht keinen Spaß.« Er blickte kurz zu Amy hinüber, die seinen Blick an ihrem Ohr spürte. Sie sah stur geradeaus, um Blickkontakt zu vermeiden, der, wie sie spürte, diesen Bekenntnisdrang stoppen würde. »Nina hat gesagt, dass sie Kinder will«, fügte er hinzu. »Eines Tages.« Er machte eine Pause. »Aber das war, bevor sie die Jungs kennengelernt hat.«

»Haben Sie von ihr gehört?«, fragte Amy.

»Nein«, sagte Richard. Nach einer Pause fügte er hinzu, »Vielleicht sollte ich die Jungs entscheiden lassen, mit wem ich mich als Nächstes einlasse«, sagte er. »Alleine habe ich das nicht so gut hingekriegt.«

»Ich auch nicht«, sagte Amy und merkte, dass das noch untertrieben war. Sie warf ihm einen flüchtigen Seitenblick zu, und genau in diesem Moment sah er sie ebenfalls an. Ihre Blicke verhakten sich.

Amy glaubte etwas wie einen besonderen Moment zwischen sich und ihm zu spüren. Vielleicht aber auch nicht. Sie wandte den Blick wieder ab. Inzwischen waren beide Jungs Krokodile und krochen bäuchlings am Rand des Beckens herum. »Und was jetzt?«, fragte Richard.

Amy war nicht sicher, wie er das meinte, und so entschied sie sich für das Unkomplizierte. »Der Ring bringt keine Erkenntnisse«, sagte sie. »Ich weiß jetzt, dass Tim ihn vor seinem Verschwinden gekauft hat, aber das war's auch schon. Der Brief ist unleserlich. Das Foto hat mich hierhergeführt, aber warum, das weiß ich nicht. Mir fällt nur noch eines ein. Aber das ist mit Problemen verbunden.«

»Und das wäre?«, erkundigte sich Richard. Wenn er von der Wendung enttäuscht war, die das Gespräch genommen hatte, ließ er es sich nicht anmerken.

»Eine Schachtel«, sagte Amy. »Nach dem Verschwinden der beiden habe ich Zeitungsausschnitte, mein Tagebuch und Notizen über die Aussagen verschiedener Leute darin aufgehoben. Aber das hat zu nichts geführt. Aber ich frage mich, ob diese Dinge jetzt womöglich ein neues Licht auf den Ring, den Brief oder sogar diesen Ort werfen könnten.«

»Und was meinen Sie, könnten sie?«

»Das Problem ist ... ich kann die Schachtel nicht finden«, gab Amy zu. »Sie ist irgendwo in meinem Gästezimmer, aber ...« Sie zögerte.

»Gästezimmer werden leicht zu Rumpelkammern«, beendete Richard behutsam ihren Satz. »Wie wäre es, wenn ich Ihnen helfe?«

»Wie bitte?«

»Wenn ich Ihnen suchen helfe? Wir könnten sortieren, vielleicht einiges ausräumen ...«

»Sie dürfen auf keinen Fall meine Sachen wegwerfen«, sagte Amy rasch. In der Anfangszeit hatten verschiedene Leute ihre »Hilfe« angeboten. Aber wirklich helfen konnten sie alle nicht.

»Das würde ich nie tun«, erwiderte Richard. »Amy, ich weiß, dass Sie aufheben, was Sie aufheben müssen. Sie haben gute Gründe, bestimmte Dinge zu sammeln. Ich wollte nur ein zweites Paar Augen anbieten.«

Amy zögerte. Es war lange her, seit sie jemanden in ihr Haus gelassen hatte.

»Ich glaube, Sie wissen nicht ...«, begann sie.

»Bitte nehmen Sie meine Hilfe an«, sagte Richard. »Wenn Sie diese Schachtel einmal gefunden haben, sind Sie vielleicht bereit, die Dinge hinter sich zu lassen.«

»Ich werde darüber nachdenken«, sagte Amy.

»Gut. In der Zwischenzeit haben Sie vielleicht Lust, mit uns zu Abend zu essen? Ich weiß, dass die Jungs begeistert wären, und wir können diesen Eintopf essen, den Sie rübergebracht haben.«

»Geschmortes Wurst-und-Gemüse-Cassoulet«, sagte Amy.

»Sag ich doch.« Richard lachte.

Daniel kam angesprungen. Er war klatschnass und schüttelte Wassertropfen von sich wie ein Hund.

»Eis«, sagte er, bevor sie die blechernen Geräusche in der Ferne hörten, mit denen der Eiswagen heranrumpelte.

»Ich wette, er wittert einen Eiswagen auf eine Meile Entfernung«, sagte Richard. »Also gut. Eis, sobald wir dich wieder trocken haben. Soll ich Ihnen auch eins mitbringen, Amy?«

»Nein, danke.«

»Nicht mal Erdbeere?«, fragte Daniel ungläubig.

»Also eigentlich ...« begann Amy. »Weißt du was? Ich möchte auch ein Eis. Aber Schokolade.«

Am nächsten Vormittag ging Mr. Trapper an ihrem Schreibtisch vorbei, machte kehrt, ging noch einmal an ihrem Schreibtisch vorbei, drehte wieder um und ging ein drittes Mal vorbei. »Kann ich Ihnen helfen, Mr. Trapper?«, fragte Amy.

»Ach Amy, Sie sind genau die Richtige«, sagte er, als wäre er überrascht, sie zu sehen. »Ja, ich habe tatsächlich gehofft, Sie zu finden.«

»Worum geht es denn?«

»Um nichts Wichtiges«, sagte er. »Eigentlich um überhaupt nichts.«

Amy sah ihn fragend an.

»Vielleicht kommen Sie eine Minute in mein Büro, wenn Sie Zeit haben.«

Amy stand auf und folgte ihm.

Mr. Trappers Büro war das Gegenteil von Amys leerem Schreibtisch. Alle Wände und Flächen waren mit gerahmten Fotos von seiner Frau und seinen Kindern zugepflastert. Seine beiden kleinen Töchter mit strahlendem Gesicht, bei einem Besuch in Disney World. Seine beiden Töchter, nun etwas größer, wie sie sich gegen den schiefen Turm von Pisa stemmten. Fotos von ihnen aus jüngerer Zeit, als Teenies, wie sie am Strand chillten. Das erinnerte Amy an den Schreibtisch von Detective Chief Inspector Hooper. Glücklich verheiratete Männer, die glückliche Familienurlaube verbrachten. Sie hatte schon seit Jahren keinen Tag Urlaub genommen.

»Gut«, sagte Mr. Trapper. Sein Nottingham-Forest-Becher

stand vor ihm auf dem Schreibtisch, er nahm ihn in die Hand und setzte ihn wieder ab, obwohl er, wie Amy sehen konnte, nichts enthielt als eingetrocknete Kaffeereste. »Die Sache ist etwas unangenehm.«

»Ach ja?«

»Ja.« Sie saßen schweigend da. Amy sah ihn an. Unter seinem Haaransatz bildete sich ein Schweißtropfen und lief ihm die Wange herunter. Er blieb kurz an seinem Kinn hängen und fiel dann auf den Schreibtisch. Sie sahen ihn beide kurz an, dann wischte Mr. Trapper ihn mit dem Ärmel seines Hemdes weg.

»Habe ich etwas falsch gemacht?«, fragte Amy schließlich.

»Wie? Falsch? Mit Sicherheit nicht«, antwortete er. Er hob den Becher und setzte ihn wieder ab. »Hören Sie«, begann er. »Was Sie in Ihrer Freizeit machen, ist Ihre Sache.«

»Da stimme ich Ihnen zu«, sagte Amy. Sicher hatte sich die Stadtverwaltung an ihn gewandt. Vielleicht hatte Leah das gemeint, als sie sagte, die Mühlen seien in Bewegung. Mr. Trapper wusste also von ihrem Haus. »Aber das hat keinen Einfluss auf meine Arbeit«, sagte Amy. »Ganz bestimmt nicht.«

»Natürlich nicht«, sagte Mr. Trapper. »Es ist nur so …« Er machte eine Pause. »Ich empfinde für Sie eine gewisse Fürsorgepflicht.«

Schon wieder dieses Wort. Fürsorgepflicht. Warum konnten die Leute sie nicht einfach in Ruhe lassen?

»Sie arbeiten schon sehr lange hier, Amy«, fuhr er fort. »Haben hier gearbeitet, bevor es, Sie wissen schon, passiert ist, und danach. Ich weiß, wie sehr Sie das mitgenommen hat. Das ist ja ganz natürlich.«

»Meine Arbeit hat nicht darunter gelitten«, sagte Amy.

»Nein, darum geht es auch überhaupt nicht. Nur ...« Er machte wieder eine Pause. »Ich möchte nicht, dass Sie verletzt werden.«

»Ich bin in völliger Sicherheit«, beteuerte Amy. »Ich gebe sehr gut Acht.« Mr. Trapper sah entsetzt aus.

»Ich ... wollte damit nicht andeuten ...«, stotterte er. »Vielleicht war das ganze Gespräch eine schlechte Idee.«

»Ich danke Ihnen, dass Sie sich Sorgen um mich machen«, sagte Amy. »Aber Sie werden feststellen, dass mein Schreibtisch immer aufgeräumt ist.«

»Wie bitte?«

»Ich trenne ganz klar zwischen dem Büro und meinem Haus.«

»Ihrem Haus?« Mr. Trapper war sichtlich verwirrt.

Amy runzelte die Stirn. »Wovon haben Sie denn gesprochen?«

»Von Liam Salter«, sagte er. »Anscheinend hat er einigen Leuten im Büro erzählt, Sie beide würden sich sehen.«

»Oh«, entschlüpfte es Amy. Sie fühlte sich gedemütigt wie noch nie. Was hatte sie da gerade gesagt – sie wäre in völliger Sicherheit? »Ach du lieber Gott«, murmelte sie.

»Sie haben natürlich jederzeit das Recht, ... äh ... Beziehungen zu Kollegen zu haben«, setzte er neu an. Amy dachte, sie bekäme gleich das fürchterliche Vögel-und-Bienen-Geschwafel ihres Vaters zu hören. Röte stieg ihr in die Wangen. Mr. Trapper war selbst hochrot im Gesicht, ihm lief der Schweiß nur so herunter. »Aber ich bin der Meinung, es gibt da eine Sache, die Sie wissen sollten.«

»Ich habe keine Beziehungen ...«, setzte sie an.

»Gut«, sagte Mr. Trapper, dem der dringende Wunsch anzumerken war, das Gespräch zu Ende zu bringen. »Denn mir liegt hier Liam Salters Lebenslauf vor. Und da steht etwas drin. Es ist ein bisschen ›altmodisch‹, ein solches Detail überhaupt zu erwähnen.« Mr. Trapper malte mit den Fingern übertriebene Gänsefüßchen in die Luft, um klarzumachen, dass er selbst alles andere als ›altmodisch‹ war. Nach einer Pause sagte er mit gesenktem Blick: »Da steht drin, dass Liam Salter verheiratet ist.«

Amy hatte eine Weile gebraucht, ihn zu finden, aber hier war er nun, gerettet aus den Tiefen ihres Küchenschranks.

Ein kleiner Staubsauger namens Henry.

Sie staubsaugte nicht oft. Das schien bei so wenig Bodenfläche kaum Sinn zu haben. Aber Amy wollte einen Besucher in ihr Haus lassen und sich vor ihm nicht blamieren. Und ihre Diele war schon viel leerer als vor einigen Wochen.

Dort fing sie an und staubte die restlichen Flaschen mit einem alten, aber frisch gewaschenen Socken ab. Als sie herumhantierte, fielen verdorrte Geißblattblüten von ihren Stängeln und segelten sacht zu Boden. Amy kämpfte gegen den Drang an, sie aufzusammeln und irgendwo aufzubewahren. Nein. Sie würde sie einfach wegsaugen und frische Blumen hinstellen.

Aber keine roten Rosen.

Allein beim Gedanken an die Rosen kochte Wut in ihr hoch. Sie hatte Liam nicht einmal gemocht. Aber zu erfahren, dass er seine Frau zu betrügen versuchte. Mit ihr. Nach allem, was geschehen war.

Das ging zu weit.

Noch mehr Blüten fielen aufs Linoleum, und Amy merkte, dass sie die Flaschen zu heftig abstaubte. Sie musste vorsichtiger sein, sonst würde etwas kaputtgehen. Sie schaltete den Staubsauger ein und sah zu, wie die Blüten verschwanden. Das Linoleum war immer noch fleckig, und hässlich war es immer schon gewesen, aber wenigstens frei von Schmutz.

Dann ging Amy ins Wohnzimmer. Hier konnte sie nicht staubsaugen, das wäre für die Vögel zu gefährlich. Stattdessen rückte sie einen Karton gerade. Scarlett sah sie an, und Amy wischte sie behutsam mit dem Socken ab. »So schön wie neu«, sagte sie zu ihr. »Sogar noch schöner.« Amy lächelte Scarlett an, aber der Vogel wirkte nervös.

Vielleicht war es keine gute Idee, Richard kommen zu lassen. Sie hatte viele Dinge und damit viel Verantwortung. Wenn nun etwas zu Bruch ging? Richard war nicht wie seine Söhne, aber er war ein Mann. Und Männern konnte man nicht trauen. Nicht, wenn es um ihre Sachen ging. Im Grunde überhaupt nicht.

Sie würde ihm absagen. Amy kehrte in die Diele zurück und zog den Staubsauger hinter sich her, um ihn in die Küche zu bringen. Es kostete sie einige Anstrengung, ihn wieder in den Schrank hineinzupressen. Es war eine dumme Idee gewesen, sauberzumachen, und sie hatte Glück, dass nur die verwelkten Geißblattblüten der Putzaktion zum Opfer gefallen waren. Sie ging in die Diele und betrachtete bedauernd die kahlen Stängel, die aus den Flaschen ragten. Dann öffnete sie die Tür, um zu Richard hinüberzugehen und ihm zu sagen, dass sie es sich anders überlegt hatte.

Aber da stand er schon. »Ich wollte gerade klingeln«, sagte Richard und lächelte sie an. »Gehen wir auf die Suche nach dieser Erinnerungskiste.«

»Tut mir leid«, sagte Amy. »Mir ist was dazwischengekommen.«

»Ich weiß, dass es schwer ist«, sagte Richard, »Leute hereinzulassen. Aber ich kann Ihnen helfen.«

»Nein«, beharrte Amy. »Weil ...« Sie verstummte und suchte verzweifelt nach einer Ausrede. Ihr fiel nichts ein.

»Ich komme nicht herein, wenn Sie nicht wollen«, sagte Richard. »Aber ein zweites Paar Augen mit frischem Blick könnte wirklich nützlich sein, um die Schachtel zu finden.« Er lächelte sie an. »Lassen Sie mich Ihnen helfen.«

Amy holte tief Luft. Sie wollte diese Schachtel finden, und alleine hatte sie keinen Erfolg gehabt. Und schließlich hatte sie sogar gestaubsaugt.

»Na schön«, sagte sie, öffnete die Tür und trat zur Seite, bevor sie es sich anders überlegen konnte. »Kommen Sie rein.«

»So schlimm ist es doch gar nicht«, sagte Richard und spähte die Treppe hoch. Seine Augen mit den weit geöffneten, ein wenig glasigen Pupillen erzählten etwas anderes.

»Vielleicht war es doch keine so gute Idee«, sagte Amy. Sie war immer noch wütend auf Liam, wollte ihre Wut aber nicht an Richard auslassen.

»Doch, und jetzt bin ich schon mal da. Packen wir's an.« Richard betrachtete wieder die Treppe. »Wie kommen Sie denn da rauf?«

»Ich habe eine bestimmte Technik«, sagte Amy. »Schauen Sie zu, ich zeig's Ihnen.« Sie begann ihren Spezialparcours nach oben und machte reichlich Gebrauch von dem Geländer, wenn sie eine Stufe auslassen musste.

Richard folgte ihr nach kurzem Zögern. »Das ist ja wie auf dem Klettergerüst im Park«, meinte er. »Das würde Charles gefallen.«

»Die Jungs können hier nicht rein«, wehrte Amy rasch ab. »Die könnten etwas kaputtmachen.« Sie blieb auf dem Absatz stehen und beobachtete Richard beim Hinaufsteigen. »Nicht auf diese Stufe treten«, sagte sie, als sie sah, dass er nicht weiterwusste. »Und schwingen Sie das Bein über diese Kiste. So ist es gut.«

»Kein Wunder, dass Sie so schnell auf diesem Baum waren«, sagte Richard, der sich sichtlich abmühte. »Sie haben reichlich Übung. Okay, geschafft.«

»Das Gästezimmer ist da drüben.« Sie schoben sich an Kisten vorbei und wichen den Spiegeln aus, die daran lehnten. »Aua!«, machte Richard, als er sich den Kopf an einem vorstehenden Kochbuch anstieß und fast einen Turm aus Tassen umwarf. »Was war das?«, rief er erschrocken, als etwas unter seinen Sohlen knirschte.

»Passen Sie auf die Feuerzeuge auf«, sagte Amy. »Und auf die Schlüsselanhänger.«

»Ich dachte, das war eine Kakerlake«, sagte er. »Ich wusste gar nicht, dass Sie rauchen?«

»Tu ich auch nicht«, sagte Amy.

Als sie die Tür zum Gästezimmer öffnete, verstummte Richard. Amy hatte einen Pfad zum Schrank gebahnt, den sie sich nun entlangzwängte, und machte ihm ein Zeichen, ihr zu folgen. Er blieb stehen, wo er war.

»Da drinnen?«, fragte er zweifelnd. »Das sieht ziemlich tückisch aus.«

»Seien Sie einfach vorsichtig«, sagte Amy. »Stoßen Sie nirgendwo an, dann geht es schon.«

»Na gut«, sagte Richard. Er machte einen Schritt vorwärts und setzte den Fuß so vorsichtig auf, als müsse er zwischen glühende Kohlen treten. »Wenn Sie meinen.«

»Hier«, sagte Amy. »Hier habe ich Platz geschaffen. Ich glaube, die Schachtel muss in einem der Kartons im Schrank sein, oder in der Nähe. Dort habe ich ...« Sie unterbrach sich kurz. »Dort habe ich am Anfang die Sachen aufbewahrt.«

»Okay.« Richard hielt sich übertrieben gebückt.

»Sie brauchen sich nicht so zu verbiegen«, sagte Amy, die sich durch die Art und Weise, wie er seine Schultern einzog, kritisiert fühlte. »Sie sind hier nicht in einer Höhle.«

»Was ist denn in den Kartons drin?«, fragte Richard. Er richtete sich ein wenig auf, sah aber immer noch aus, als erwarte er von oben eine Lawine.

»Ich werde nichts davon wegwerfen«, sagte Amy.

»Das habe ich auch gar nicht vorgeschlagen«, erwiderte Richard. Amy beobachtete ihn, wie er den Stapel neben sich musterte. Kartons, dazwischen aufeinandergelegte Spiegel, die sie aus Platzmangel nicht aufstellen konnte. Ein paar Kochbücher, die zwischen den Kartons klemmten wie Zement. Eines stand weiter vor als die anderen, und Amy hatte einen bezaubernden Eisvogel daraufgesetzt, der stolz einen kleinen Fisch im Schnabel hielt. Wahrscheinlich eine Elritze oder eine Sardine. »Ist das einer der Vögel, von denen Sie geredet haben?«, fragte er. »Als wir uns kennengelernt haben?«

»Genau«, bestätigte Amy. »Ich halte sie vor allem im Wohnzimmer, aber ein paar sind hier heraufgeflattert.«

»Ich dachte, Sie hätten echte Vögel gemeint«, sagte Richard und starrte den Eisvogel an.

»Helfen Sie, oder helfen Sie nicht?«, fragte Amy. »Hier, ich gebe Ihnen ein paar Sachen, und Sie räumen sie aus dem Weg.«

»Wo ist aus dem Weg?«

»Mein Bett ist frei. Hinter der Tür nebenan.« Sie reichte ihm einen Stapel Bücher und öffnete einen Karton. Richard schob sich Zentimeter für Zentimeter hinaus.

Im Karton waren hauptsächlich Aschenbecher. Amy lächelte dem obersten zu. Ein Elefant, der auf dem Rücken lag, das Schälchen für die Asche über dem Bauch hielt und hineinspähte. Der Aschenbecher daneben war völlig anders, aus geschliffenem Kristallglas, das sogar so verstaubt, wie es war, in dem dunklen Zimmer das Licht einfing und als kleine Regenbogen zurückwarf. Prachtvoll.

Aber keine Schuhschachtel. Sie hielt den Karton Richard hin und schärfte ihm ein, ja vorsichtig zu sein. Er blickte hinein und klemmte ihn dann unter den Arm. Amy zuckte zusammen, als sie hörte, wie die Aschenbecher gegeneinanderstießen. Elefant gegen Kristall. Sie ging zum nächsten Karton über, der voller Uhren war, und widerstand der Versuchung, bei jeder nach der Uhrzeit zu schauen. Sie hatten alle aufgehört zu gehen, als die Batterien leer waren, und Amy sah gerne nach, welchen Moment sie sich ausgesucht hatten, um auf unbestimmte Zeit eine Pause zu machen. Eine klassische Reiseuhr im Mahagonigehäuse erwachte wieder zum Leben und tickte sie an. Aber das war nur eine kurze Regung, weil sie bewegt worden war.

Keine Schuhschachtel. Amy suchte weiter, die Suche begann ihr Spaß zu machen. Richard stand da, sah ihr zu, wie sie die Kartons durchging, und wartete, bis er den nächsten ins Zimmer nebenan verfrachten konnte. Er machte jetzt weder Konversation, noch gab er Kommentare zu ihren Sachen ab. Amy freute sich, wenn sie Vergessenes wiederentdeckte. Es war, als nähme sie das Gespräch mit einer Freundin wieder auf, die sie jahrelang nicht gesehen hatte.

Der Gedanke ernüchterte sie, und das Lächeln auf ihrem

Gesicht, dessen Wachsen sie kaum bemerkt hatte, erlosch wieder. »Auf dem Bett gibt es bald keinen Platz mehr«, meldete Richard. »Können wir noch woanders …?«

»Im Bad«, sagte Amy. »Die Dusche ist frei. Aber passen Sie bitte auf, ob dort alles trocken ist. Wir wollen nichts ruinieren.«

»Auf gar keinen Fall«, sagte Richard. Amy zog es vor, seinen sarkastischen Ton zu ignorieren. Schließlich half er ihr.

»Möchten Sie eine Teepause machen?«, bot sie ihm nach einer Weile an.

»Machen wir lieber weiter. Ich möchte diese Treppe nicht öfter rauf und runter steigen als nötig.«

Amy nickte, sie war froh, dass sie sich wieder ihren Kartons widmen konnte.

»Ach herrje!«, schrie Richard plötzlich. »Was war denn das, zum Teufel?«

Amy blickte hoch. »Sind Sie auf etwas getreten?«, fragte sie. »Passen Sie auf.«

»Es hat sich bewegt«, sagte er und deutete mit dem Finger unter sich. Amy folgte seinem Finger, konnte aber nichts sehen. »Ich glaube, das war eine Maus …«

»Vielleicht ein Schlüsselanhänger«, unterbrach Amy ihn schnell. »Ich habe ein paar plüschige.«

»Das war kein Schlüsselanhänger.« Richard seufzte. »Amy, wie können Sie nur so leben?«, fuhr er fort, und die Worte entschlüpften ihm so schnell, als hätten sie sich in ihm aufgestaut, seit er das Haus betreten hatte. »So geht das doch nicht.«

»So geht das wunderbar«, sagte Amy.

»Das ist alles andere als wunderbar«, erwiderte er. »Ich muss zugeben, ich dachte immer, Rachel übertreibt. Klatsch und Tratsch. Wie die Leute halt so reden.«

»Rachel ist nie in meinem Haus gewesen«, sagte Amy würdevoll.

»Es gibt für sie auch gar keinen Platz darin. Sie selbst haben ja kaum Platz.«

»Ich komme prima zurecht«, sagte Amy trotzig. »Und im Übrigen geht Sie das gar nichts an.«

»Hören Sie zu, ich verstehe Sie«, sagte Richard. »Sie haben viel durchgemacht. Sie brauchen Ihre Dinge. Aber so viele, und alle im Haus? Sie kommen ja kaum noch die Treppe hoch!«

»Ich komme hervorragend die Treppe hoch!«

»Können Sie keinen Lagerraum mieten?«

»Ich muss alles um mich haben. Wo es sicher ist.«

»Aber es ist hier nicht sicher«, sagte Richard. »Ihre Dinge sind hier nicht sicher. Und Sie auch nicht. Amy, Sie sind so viel mehr als das alles. Ihre Sachen ersticken Sie.«

Amy brach ihre Suche ab. Sie richtete sich zu ihrer vollen Größe auf und drehte sich zu ihm. »Sie können jetzt gehen«, sagte sie.

»Seien Sie nicht so.«

»Ich kann es nicht verantworten, dass Sie von einer Uhr verletzt werden. Oder von einer Zeitung.« Ihre Stimme triefte von einem Sarkasmus, der ganz fremd an ihr wirkte. »Oder von einem Schlüsselanhänger gebissen werden.«

»Wir können Hilfe für Sie organisieren«, sagte Richard. »Eine Therapie? Mir hat das damals ...«

»Gehen Sie jetzt«, forderte Amy ihn noch einmal auf. Sie musste mit ihren Sachen allein sein, unbehelligt von seinen Bedenken. Und seinem Urteil. Doch Richard trat einen Schritt auf sie zu.

Bevor Amy merkte, was sie tat, stolperte Richard rückwärts.

Sie hatte ihn geschubst. Schnell verschränkte Amy die Hände hinter ihrem Rücken, als verstecke sie die Tatwaffe.

Richard suchte an einem Spiegel Halt, der bedenklich wackelte, dann erlangten beide ihr Gleichgewicht wieder.

»Bin schon weg«, sagte er und drehte sich um.

»Tut mir leid«, murmelte Amy, aber sie bat ihn nicht, zu bleiben. Wahrscheinlich war es das Beste, wenn er ging.

Richard marschierte aus dem Zimmer und stieß sich den Kopf wieder an dem vorstehenden Kochbuch an. Er fluchte leise. Amy hörte unregelmäßige Tritte, als er die Treppe hinunterstolperte, dann das beruhigende Zuschlagen der Haustür.

Sie sank zu Boden und lehnte sich mit dem Rücken gegen das kühle Glas eines Spiegels. Es war ein furchtbarer Fehler gewesen, jemanden hereinzulassen. Niemand konnte sie verstehen. Auf dem Boden lag ein Feuerzeug. Amy hob es auf und schnippte die Flamme an. Sie sah zu, wie sie den Raum erhellte, und spürte die Wärme an den Fingern.

Sie erstickte die Flamme wieder. Feuer war gefährlich für ihre Sachen. Dann beugte sie sich vor und zog den nächstbesten Karton heran. Sie war begierig zu sehen, welche Schätze darin lagen. Der Karton war mit getrocknetem Geißblatt ausgepolstert, das sie vorsichtig beiseiteschob.

Sie erstarrte.

Die Erinnerungskiste. Mit Blüten übersät, lag sie da wie ein Sarg, bevor er in die Erde versenkt wird.

Sie hatte sie gefunden.

KOCHBÜCHER

September 2007

»Ich bin nicht sicher, dass es so aussehen wird wie auf dem Foto«, sagte Amy zweifelnd und rührte in der Soße für das angeblich grüne Thai-Curry aus einem ihrer Kochbücher. »Es hat die falsche Farbe.«

»Soll es etwa nicht schmutzig beige sein?«, fragte Tim. »Das beste Essen ist immer schmutzig beige.« Amy legte den Kochlöffel ab und schlug das Kochbuch wieder auf. Beide betrachteten das Foto.

»Ich bin sicher, dein Essen wird prima schmecken«, sagte Tim.

»Das Foto in diesem Kochbuch ist wie ein Kunstwerk«, sagte Amy. »Diese gedämpften Grüntöne, das Rosa der Krabben, das Rot der Chilischoten. Ich könnte es ausschneiden und in einer Collage verwenden, vielleicht mit ein paar Streifen Gelb quer oben drüber.«

Tim lächelte sie an. »Ich würde mich so freuen, dich wieder malen zu sehen«, sagte er. »Also ...«

»Was ist?«, fragte Amy.

»Nichts«, sagte Tim. »Ich habe versprochen zu warten.«

»Warten worauf?«

Tim gab keine Antwort. Er nahm stattdessen eine ganze Riesengarnele und hielt sie behutsam zwischen den Fingern. »Ich mag es nicht, wie dieser kleine Kerl mich anschaut«, erklärte er. »Ich habe ihm erzählt, dass ich Pescetarier bin, dass er zu den Fischen zählt und ich ihn also essen darf, aber ich bin nicht sicher, ob ich es übers Herz bringe. Er hat so traurige Augen.«

»Du musst ihn nicht essen«, sagte Amy. »Aber müssen wir ihm nicht den Kopf abtrennen, bevor wir ihn kochen?« Sie sah wieder ins Kochbuch. »Nein«, sagte sie erleichtert. »Anscheinend können wir ihn im Ganzen kochen, und man schält ihn dann am Tisch.« Sie schüttelte sich. »Vielleicht können wir sagen, dass wir nicht genug hatten, und geben alles Chantel und Jack.«

»Jack sieht wie jemand aus, der einer Garnele ohne Bedenken den Kopf abreißen kann«, sagte Tim.

»Ich freue mich, dass sie uns heute Abend besuchen kommen«, sagte Amy. »Ich habe Chantel kaum gesehen, seitdem sie wieder zusammen sind. Und du?«

»Warum sollte ich?«, fragte Tim.

»Ich dachte nur«, antwortete Amy. »Ihr habt, du weißt schon, einiges gemeinsam.«

»Wir haben kein geheimes Sauf- und Drogengelage gemacht, wenn du das meinst«, antwortete Tim.

»Natürlich nicht.«

»Ich bin schon seit Ewigkeiten clean », fügte Tim hinzu.

»Ich weiß«, sagte Amy. »Ich mache mir Sorgen um sie.«

»Warum?«

»Weil ich sie nicht sehe. Da«, sagte Amy und gab Tim eine Möhre. »Statt Garnelen zu enthaupten, kannst du die klein schneiden. In Juliennestreifen, steht hier. So wie es auf dem Foto aussieht, denke ich, das bedeutet in winzige, streichholzgroße Stifte.«

»Das ist ja wirklich ziemlich fein.« Tim beugte sich ebenfalls über das Foto. »Gut, dass ich die geschickten Finger eines Gitarristen habe.«

Amy beugte sich zu ihm und gab ihm einen Kuss, dann nahm sie eine lange, zornig aussehende rote Chilischote. »Glaubst du, es geht Chantel gut? Sie schien mir ihrer Sache so sicher, als sie das letzte Mal mit Jack Schluss gemacht hatte.«

»Sie ist wie eine Katze«, sagte Tim. »Du musst mit ihr neunmal Schluss machen, bevor es gilt. Schau dir Spike an.«

»Jack ist besser als Spike«, erwiderte Amy mit einem Lachen. »Ich hoffe, es klappt jetzt mit ihnen. Sie hat in ihrem Leben genug Frösche geküsst.«

»Jack ist ein guter Fang«, sagte Tim. »Und sieht wahnsinnig männlich aus.«

»Vielleicht solltest du mit ihm ausgehen«, sagte Amy, warf die Chilistücke in die Bratpfanne und hörte sie brutzeln.

»Nicht mein Typ«, entgegnete Tim. Er beugte sich zu ihr und küsste sie noch einmal. »Ich mag schöne Mädchen mit einem Hang zur Kunst und würzigen Fingern, Mädchen, die mich zum Rauchen vor die Tür schicken, sogar wenn es schneit.«

»Ich gieß jetzt mal den Limettensaft in die Soße und schaue, was passiert«, sagte Amy kühn, nachdem sie Tims Kuss erwidert hatte. »Hast du frischen Koriander gekauft?«

»Ich habe alles gekauft, was auf der Liste stand«, sagte Tim.

»Ist doch richtig nett«, sagte Amy beim Korianderhacken. »Leute zum Essen einzuladen. Wir haben sogar genug passende Teller und sauberes Besteck. Als wären wir endlich erwachsen.«

Tim legte das Messer hin, und Amy bemerkte, dass die Möhren eher wie kleine Stummelfinger aussahen als wie elegante Julienne. So viel zu Musikerhänden. Sie sagte nichts.

Amys Handy brummte. »Das ist Chantel«, sagte sie. »Sie verspäten sich.«

»Was machen wir in der Zeit?« Tim legte Amy seine Hand lasziv um die Taille.

»Vielleicht könntest du dir die Möhren nochmal vornehmen?«, schlug sie vor. »Streichholzdünne Stifte bitte, keine Finger.«

»Na, ich bin doch nicht so sicher mit dem Erwachsensein«, knurrte er und nahm das Messer wieder in die Hand. »Aber dein Wunsch ist mir Befehl.«

Amy wollte gerade nachgeben und Tim das Curry essen lassen, als es endlich klingelte. »Ich hasse diesen Klingelton«, sagte Amy.

»Das ist Beethoven«, sagte Tim lachend. »Ein Klassiker. Und genau der Sound, den wir gebraucht haben. Ich bin am Verhungern.«

Amy ging zur Tür. »Hallo«, sagte Chantel. »Tut mir leid, dass wir uns verspätet haben.« Ihre Stimme hatte einen metallenen Beiklang, hart und mechanisch.

»Kein Problem«, sagte Amy und umarmte ihre Freundin. Chantel zuckte unter der Berührung ein wenig zusammen. »Alles in Ordnung mit dir?«, fragte Amy.

»Ich hatte gerade ein langes Workout im Studio«, sagte Chantel. »Mir tut alles weh, und ich bin ganz schön fertig.« Sie lächelte Amy an. »Aber jetzt sind wir hier.«

»Ja, es hat ewig gedauert, bis wir alles durchhatten«, sagte Jack munter und fröhlich, als er hereintrat. Er zog Amy in eine herzliche Umarmung. »Ich hoffe, das Essen ist nicht verkocht.«

»Passt schon«, sagte Amy. »Wir essen sowieso eher spät.« Sie sah Chantel an, die die leere Wand anstarrte. »Ich hab dich vermisst«, sagte sie.

»Ich dich auch«, sagte Chantel.

»Ich sag immer zu ihr, sie soll öfter bei dir vorbeischauen«, sagte Jack. »Aber mit der Arbeit und dem Training bleibt ihr kaum Zeit.«

Tim goss allen ein Glas Wein ein, und sie setzten sich um den Couchtisch. Amy ging in die Küche und drückte Reis in Schälchen, die sie dann auf die Teller stürzte, sodass jeder eine kleine Reiskuppel bekam. Sie verteilte das Curry ringsum, Chantel und Jack bekamen noch Garnelen dazu. Dann bestreute sie alles mit dem frischen Koriander und garnierte jeden Teller mit einer Limettenscheibe. Es sah nicht ganz genau wie auf dem Foto aus, aber durchaus appetitlich.

»Es ist angerichtet«, sagte sie stolz und präsentierte ihren Gästen die Teller. »Tut mir leid, dass wir am Couchtisch essen müssen.« Sie kehrte in die Küche zurück, um die restlichen Teller zu holen. »Wir sparen noch auf einen Esstisch.«

»Das nächste Mal müsst ihr zu uns kommen«, sagte Jack. »Wir haben einen Tisch mit sechs Stühlen.«

»Sehr beeindruckend«, sagte Tim zu Jack, den Mund voller Curry. »Amy, das schmeckt köstlich.«

»Du solltest Chantel beibringen, wie man das macht«, sagte Jack und knackte umstandslos einer Garnele den Kopf ab. »Das ist sehr gut.«

»Ich kann nur Käsetoast«, sagte Chantel, stocherte in dem Curry und ließ den Reis links liegen. »Und seit wir kein Brot mehr essen, hilft das auch nicht weiter.«

»Du kannst dir eins von meinen Kochbüchern ausleihen«, sagte Amy. »Ich habe jetzt mehrere.«

»Hübsche Teller«, bemerkte Chantel.

»Meine Güte, wir werden alt«, lachte Amy. »Sitzen beim Essen und reden über Teller.« Sie lächelte.

»Später werfen wir ein paar Pillen ein«, sagte Tim. »Und beweisen, dass wir's immer noch draufhaben. Nichts für ungut«, schob er nach, an Jack gewandt.

»Ich weiß, dass du nur Witze machst«, entgegnete Jack. Er köpfte eine zweite Garnele. »Sonst müsste ich dich verhaften.« Einen Moment lang herrschte Schweigen, dann begann Chantel zu lachen, ihr Gelächter hallte durch den Raum. Die anderen fielen ein.

»Toll geschnittene Möhren, findet ihr nicht auch?«, fragte Tim.

»Hast du die geschnitten?«, erkundigte sich Chantel bei ihm.

»Merkst du ihnen das nicht an?«

»Musikerfinger«, sagte Chantel nur und lächelte Tim an. »Vermisst du die Band?«

»Wie sich rausgestellt hat, sind Media Sales meine Berufung«, sagte Tim. »Apropos, sollen wir es ihr sagen, Chantel?«

»Unbedingt.« Chantel und Tim grinsten einander an.

»Was habt ihr denn für Geheimnisse?«, fragte Amy. »Tim, du hast doch vorhin schon so komisch rumgedruckst.«

»Sag du's ihr«, forderte Chantel ihn auf. »Du hast den größten Teil bezahlt.«

»Du hast auch ganz schön was dazugegeben«, widersprach Tim.

»Jetzt sagt schon«, forderte Jack sie auf. »Ich hasse Geheimnistuerei.«

»Wir haben dich bei diesem Kunstkurs angemeldet, Amy«, verkündete Tim. »Bei dem in Florenz, den du schon immer machen wolltest.«

»Was?«

»Ist alles schon bezahlt«, sagte Chantel. »Und wir haben mit Mr. Trapper schon geklärt, dass du dafür Urlaub kriegst.« Sie ließ einen kleinen Juchzer los. »Freust du dich?«

Amy war sprachlos. »Ich kann's nicht fassen«, sagte sie dann.

»Es ist Zeit, dass du mit deiner Kunst weitermachst, Amy«, sagte Tim. »Du bist so begabt.«

»Ich habe seit einer Ewigkeit nicht mehr gemalt«, wandte Amy ein. »Und wenn ich nicht gut genug bin?«

»Natürlich bist du gut genug!«, sagte Tim. Er grinste sie an. »Das ist genau die Starthilfe, die du brauchst. Und jetzt, wo ich anständig verdiene, kannst du vielleicht deine Stunden bei Mr. Trapper reduzieren.« Er blickte in die Runde. »Sollen wir zur Feier noch eine Flasche aufmachen?«

»Ja!«, rief Chantel.

»Lieber nicht«, sagte Jack. »Morgen stehen wir früh auf und trainieren wieder. Richtig, Chantel?«

»Genau«, sagte sie. »Für mich nichts mehr.«

»Du siehst superschlank aus«, sagte Amy. »Findest du nicht auch, Tim?«

»Bitte nicht beleidigt sein, Chantel, aber das ist mir gar nicht aufgefallen.« Tim beugte sich zu Amy und gab ihr einen Kuss auf die Wange.

»Die haben Augen nur füreinander«, sagte Jack und warf Chantel einen raschen Blick zu. »Reizend.«

12

Amy hockte mit der Erinnerungskiste in ihrem Schlafzimmer. Es war, als hielte sie das blutige, pulsierende Herz ihrer Schätze in Händen. Mit dieser Schachtel hatte alles angefangen.

Sie holte tief Luft und machte den Deckel auf.

Drinnen lag ihr Skizzenbuch. Sie hatte es mit sich herumgetragen, als sie bei Trapper, Lemon und Hughes zu arbeiten anfing, weil sie dort nicht mit Wasserfarben malen konnte. Sie konnte das Buch nicht für die abstrakten Farbstudien nutzen, die sie so liebte, aber Zeichnen war besser als nichts. Sie blätterte es durch und fand eine Skizze von Mr. Trappers zweiter Tochter als neugeborenes Baby, den kleinen Mund in zornigem Gebrüll weit aufgerissen. Amy konnte das Geschrei beinahe noch hören und erinnerte sich an den Nachmittag, als Mrs. Trapper mit dem Baby ins Büro gekommen war und es zwischen den gurrenden Mitarbeiterinnen herumgereicht hatte, bis es der Kleinen zu viel geworden war und sie losgebrüllt hatte. Die nächste Zeichnung war ein Rosenbusch im Winter, so stark zurückgeschnitten, dass die Zweige nur ein kleines Stück aus dem Boden ragten. Dann die Skizze eines Rotkehlchens, das auf einem Vogelbad saß. Amy blätterte um.

Die Zeichnungen hörten auf und wurden von Notizen abgelöst. Das war nach dem Verschwinden der beiden. Hingekritzelte Ideen, wo sie sein könnten. Erst voller Hoffnung. Sie erinnerte sich. Tim war in jener Nacht nicht nach Hause gekommen, und am nächsten Tag erfuhr sie, dass auch Chantel nicht zu Hause war. Sie las ihre Aufzeichnungen. »Tim sagte, er will sich mit Simon treffen.« Sie erinnerte sich an ihren Ärger, sie war gerade erst aus Italien zurückgekehrt und wollte nicht, dass er wegging.

Als er in dieser Nacht nicht nach Hause kam, regte sie sich noch mehr auf und glaubte, er habe alle Versprechen gebrochen und sei saufen gegangen. Aber als er am nächsten Morgen immer noch nicht da war, hatte sie begonnen, sich Sorgen zu machen. Sie hatte Simon angerufen, aber der hatte Tim seit Wochen nicht gesehen und beteuerte, sie seien letzten Abend nicht miteinander verabredet gewesen. Sie hatte es bei Chantel versucht, konnte sie aber nicht erreichen. Natürlich nicht. Und dann hatte sie sich Notizen von allen ihren Anrufen gemacht. Sie hatte alle angerufen, die ihr einfielen, alle, zu denen Tim Kontakt gehabt haben könnte. Niemand wusste etwas, aber einige äußerten Vermutungen in Richtung Alkohol und Drogen. Amy hatte es wieder bei Chantel versucht, wieder ergebnislos. Sie rief bei ihr zu Hause an, und Jack informierte sie, dass auch Chantel diese Nacht nicht nach Haus gekommen sei, aber dass er sich keine Sorgen mache. Sie hätten sich gestritten und er sei sicher, dass sie bald zurückkommen würde. Dann hatte sie Chantels Mutter angerufen, die aber auch nichts von Chantel gehört hatte. Amy hatte wieder bei Jack angerufen, weil sie sich große Sorgen um ihre Freundin machte. Er hatte zu ihr gesagt, sie solle nicht paranoid sein, Chantel werde bald wieder zurückkommen.

Aber sie war nie wieder aufgetaucht.

Amy sah ihr Skizzenbuch stirnrunzelnd an. Irgendetwas kam ihr komisch vor. Sie ließ es aufgeschlagen liegen und wandte sich den anderen Dokumenten in der Schachtel zu.

Tims und Amys gemeinsamer Kalender, illustriert mit Bildern von Gitarren aus aller Welt, der am Kühlschrank gehangen hatte. Sie hatte ihn Tim zu Weihnachten geschenkt. An dem Tag, als er verschwunden war, hatte er etwas hineingeschrieben. *Unterwegs*, stand dort. Die Untertreibung des Jahrhunderts. Der nächste Tag war rot eingekreist. Der Beginn seines neuen Lebens, dachte Amy und musste sehr an sich halten, damit sich ihre Bitterkeit nicht im ganzen Körper ausbreitete.

Sie blätterte die Zeitungsausschnitte durch. Anfangs hatte sie die Zeitungen nach relevanten Meldungen durchforstet und sie mit der Küchenschere ordentlich ausgeschnitten. Sie hatte sie aufgehoben und gehofft, aus diesen Artikeln zu erfahren, was eigentlich passiert war. Natürlich wurde ihre Hoffnung enttäuscht. Als Jack sich damit abgefunden hatte, dass Chantel nicht mehr zurückkommen würde, hatte er den Schluss gezogen, sie und Tim seien miteinander durchgebrannt. Die Polizeibeamten, die in dem Fall ermittelten, konnten keinerlei Anhaltspunkte und keinerlei Zeichen von Fremdeinwirkung entdecken und neigten schließlich dazu, sich Jacks Ansicht anzuschließen.

Amy fand ein Interview mit Jack in der Lokalzeitung. *Chantel und Tim waren immer eng befreundet gewesen*, hieß es dort. *Aber weder Amy noch ich sind von Natur aus misstrauisch. Chantel und ich hatten eine Meinungsverschiedenheit, und Chantel ist hinausgestürmt und sagte, sie werde zu Freunden gehen. Erst habe ich mir nichts dabei gedacht. Erst als sie Tage später immer noch nicht zurück war, wurde mir klar, dass das mehr als ein kleiner Streit war. Sie hat mich mit dem Freund ihrer besten Freundin betrogen.*

Zu Freunden gehen, dachte Amy. Das hätten sie und Tim

sein müssen. Sie war die einzige echte Freundin, die Chantel hatte. Aber Jack wusste genau, dass Chantel nicht bei Amy war. Er wusste auch, dass sie nicht bei ihrer Mutter war, das hatte Amy ihm erzählt. Warum hatte er sich anfangs so gar keine Sorgen gemacht? Würde das einen Unterschied gemacht haben?

Amy stand auf. Nach dem langen Hocken hatte sie Krämpfe in den Beinen und schüttelte sie vorsichtig aus. Behutsam kletterte sie über ihre Sachen und ging hinunter. Jacks Visitenkarte lehnte an einem Stapel Becher, sie hatte ein paar Spritzer von dem geschmorten Cassoulet abbekommen. Amy wählte Jacks Nummer und hinterließ eine Nachricht mit der Bitte, sie zurückzurufen. Sie wolle nur einige Details aus den Tagen abklären, als Chantel verschwunden war und er sie als vermisst gemeldet hatte. Da könne sie ein paar Dinge nicht ganz nachvollziehen.

Dann kehrte sie wieder nach oben zurück, zu ihrer Erinnerungskiste. Da musste doch noch mehr sein, dachte sie. Irgendetwas, das ihr den einen Hinweis gab, den sie brauchte.

Am nächsten Tag saß Amy erschöpft an ihrem Schreibtisch. Sie hatte sich nicht dazu durchringen können, ihr Bett freizuräumen, und hatte wieder auf dem Sofa geschlafen. Nicht, dass von Schlafen groß die Rede sein konnte, und wenn der Schlaf sie doch einholte, dann war er unruhig und voller Träume von einem Rotkehlchen, das in einer Gitarre gefangen war, verzweifelt herumflatterte und nach einem Fluchtweg suchte. Amy trank ihren Tee aus einem anonymen Firmenbecher und versuchte, diese Träume zu verdrängen.

Schon wieder ploppte auf ihrem Bildschirm eine Nachricht

von Liam auf. Die siebte heute. Die erste war noch ganz munter gewesen, dann wurde der Ton immer quengeliger, bedrängender und die Zeit zwischen den Nachrichten immer kürzer.

Ignorieren Sie mich? Amy löschte die Nachricht.

So beschäftigt? Amy drückte wieder auf die Löschtaste.

Alles okay? Amy erwog, darauf mit einem schlichten Nein zu antworten. Dann dachte sie daran, wie sein Arm sich um ihre Taille geschlungen hatte. Ein verheirateter Mann. Sie brachte es nicht über sich, ihm zu antworten, und wollte nur, dass Schluss mit diesen Nachrichten wäre.

»Carthika«, sagte sie. »Gibt es eine Möglichkeit, jemanden zu blocken, damit er keine Nachrichten mehr schicken kann?«

»Klar«, sagte Carthika. Sie beugte sich genau in dem Moment herüber, als die nächste Nachricht aufploppte. Amy löschte sie, so schnell sie konnte. »Wird's dir zu viel?«, fragte Carthika und grinste.

»Das geht dich gar nichts an«, sagte Amy.

»Entschuldige«, sagte Carthika. »Ich wollte nicht schnüffeln.« Doch ihr Blick klebte immer noch auf Amys Bildschirm. Die nächste Nachricht erschien.

»Bitte mach was, damit das aufhört«, bat Amy.

»Sicher?«, fragte Carthika. Sie sah echt enttäuscht aus. »Wir dachten alle ...«

Amy hielt die Hand hoch, um ihren Redefluss zu stoppen. »Wir alle?«, fragte sie ungläubig. Wer wusste alles davon? Wut stieg in ihr hoch, außerdem war ihr das Ganze entsetzlich peinlich. Wieder einmal brachten ihre Gefühle sie dazu, heftig zu erröten. Nicht genug, dass ein verheirateter Mann ihr nachgestellt hatte, er hatte es auch noch herumerzählt, der ganzen Belegschaft. Sie fragte sich, was ihre Kolleginnen sonst noch erfahren hatten.

»Schau doch nicht so verstört«, sagte Carthika. »Alle wollen, dass du glücklich bist.«

»Ich bin erst glücklich, wenn ich diesen Mann nie mehr wiedersehe«, sagte Amy.

»Na, jedenfalls kriegst du keine Nachrichten mehr von ihm«, sagte Carthika und drückte auf eine Taste. Dann legte sie Amy die Hand auf den Arm und flüsterte ihr ins Ohr. »Nur weil er nicht der Richtige war«, sagte sie, »heißt das noch lange nicht, dass du keinen anderen findest. Gib nicht auf.«

Amy wollte sie schon anschnauzen, sie solle sich um ihren eigenen Kram kümmern und gefälligst weiterarbeiten. Da spürte sie Carthikas Arme um sich, eine warme, innige Umarmung, die nach Jasmin duftete und der sie sich kurz überließ. Sie atmete tief durch. Und anstatt zu meckern, hörte sie sich »Danke« sagen.

»Gerne«, erwiderte Carthika und ließ Amy schließlich los. »Dazu sind doch Freunde da.«

Amy starrte auf die Uhr an der Bürowand. Eine ungefällige Uhr ohne jede Verzierung, ein schlichtes weißes Ziffernblatt mit schwarzen Zahlen und einem Zeiger, der lächerlich langsam voranrückte. Amy sehnte sich nach ihren wunderschönen Uhren zu Hause. Sie war sicher, dass sogar diejenigen, die längst zu ticken aufgehört hatten, ihre Zeiger schneller bewegen würden als dieser störrische Zeitmesser. Doch schließlich konnte auch diese Uhr den unausweichlichen Gesetzen von Zeit und Raum keinen Widerstand mehr leisten, und der Zeiger ruckelte auf die Fünf.

Amy sprang auf und packte ihre Tasche. Mit einem leisen Lächeln nickte sie Carthika zum Dank für ihre Freundlichkeit zu und hoffte, sie würde verstehen. Dann eilte Amy zum Lift. Sie wollte nur raus hier, weg von Liam und zurück zu ihren Sachen. Sie hatte das Gefühl, der Inhalt ihrer Erinnerungskiste hätte ihr noch mehr zu erzählen, wenn sie nur lange genug zuhörte.

Die Lifttüren waren schon fast geschlossen, als sich eine Hand dazwischenschob. Die Türen gingen wieder auf – und da stand Liam. Sein Gesicht war noch aufgedunsener als sonst. »Was für ein Tag«, sagte er und trat in die Kabine.

Amy gab keine Antwort. Der Lift erreichte das Erdgeschoss. Liam winkte der Rezeptionistin zu und passte seinen Schritt Amys an, die, so schnell sie konnte, Richtung Bahnhof lief.

»Ich vermute, Sie haben meine Nachrichten nicht gesehen«, sagte er. »Ich habe einige geschickt.«

»Doch«, erwiderte Amy mit eisiger Stimme.

»Gut.« Allerdings klang er ungewiss, ob er das gut finden sollte oder nicht. Er war ein wenig kleiner als Amy und musste praktisch joggen, um mit ihr Schritt zu halten. »Können Sie ein bisschen langsamer gehen?«

»Ich muss zum Zug«, sagte Amy.

»Ich begleite Sie zum Bahnhof.«

»Lieber nicht.«

»Es macht mir keine Umstände.« Liam schnaufte.

Amy schwenkte in den Bahnhof ein und hoffte, Liam in der Menge abzuschütteln, aber er blieb an ihrer Seite. Erleichtert sah Amy, dass sie gerade noch rechtzeitig für den Zug um 17:07 Uhr war. Sie eilte zu ihrem Bahnsteig, Liam hechelte hinterher wie ein verbissener Hund.

»Da ist mein Zug«, sagte Amy und stieg ein. »Tschüs.«

Liam stand auf dem Bahnsteig. »Zu meinen Nachrichten …«

Amy kam zu dem Schluss, sie müsse schonungsloser mit ihm reden. »Es wäre mir lieber, wenn Sie mich im Büro in Ruhe ließen«, sagte sie. Zu ihrer Überraschung grinste er.

»Da bin ich aber erleichtert«, sagte er. Und zwinkerte. »Ich dachte, Sie mögen mich nicht mehr. Guter Gedanke, Arbeit und Vergnügen auseinanderzuhalten.«

Und mit einem Satz sprang er in den Zug. »Wie wär's, wenn wir jetzt was trinken gehen?«, fragte Liam. »Wir sind ja nicht mehr im Büro.«

»Nein.« Amy wich zurück. »Auf keinen Fall.«

»Alles in Ordnung, Ma'am?«, fragte ein Mann, der neben der Zugtür lehnte. Er richtete sich zu seiner vollen Größe auf, so dass er Liam weit überragte. »Belästigt Sie dieser Typ?«

Kleine Schweißperlen traten auf Liams Stirn, als wäre er ein mit Kondenswasser beschlagener Kaffeebecher.

»Alles gut, danke.« Amy empfand nun doch einen Funken Mitleid mit Liam. »Der Mann wollte gerade gehen.«

Ihr Beschützer grummelte etwas und wandte sich ab. Die Türen schlossen sich, bevor Amy Liam zum Aussteigen auffordern konnte. Liam wischte sich übers ganze Gesicht, die Schweißperlen hinterließen eine feuchte Spur.

»Sieht so aus, als ob ich jetzt mit Ihnen nach Hause kommen muss«, scherzte er.

»Ganz und gar nicht. Sie können beim nächsten Halt aussteigen.« Sie ging den Wagen entlang und setzte sich auf den einzigen freien Platz in einer Vierersitzgruppe. Mit einem kurzen Blick checkte sie ihre Mitfahrenden: eine dunkelhaarige Frau, die in einer italienischen Zeitung las, ein junger Mann, der auf seinem Handy spielte, und ein junges Mädchen mit Kopfhörern, das Musik hörte und aus dem Fenster starrte.

»War nur ein Witz«, sagte er. Er war Amy gefolgt und stand

jetzt ungünstig im Gang. »Ich möchte nur ein bisschen Zeit mit Ihnen verbringen. Weiter nichts. Kein Druck.«

»Es wird keine Dates mehr geben«, sagte Amy mit fester Stimme. Sie sah, dass die Frau mit der Zeitung einen kurzen Blick zu ihr herüberwarf.

Der Zug machte einen Ruck, und Liam musste sich an die Rückenlehne ihres Sitzes klammern, damit er nicht umfiel. »Aber wir hatten doch Spaß miteinander«, sagte er. »Ich mag Sie wirklich.«

»Liam«, sagte Amy, »Sie sind verheiratet.« In ihrem Zorn sprach sie lauter als beabsichtigt. Der Handyspieler sah sie jetzt an, und die Frau mit der Zeitung hörte auf zu tun, als läse sie darin. Amy bemerkte, dass das Mädchen einen der beiden Kopfhörerstöpsel aus dem Ohr zog.

»Oh«, sagte Liam. »Das haben Sie also herausgefunden.« Die Frau mit der Zeitung schüttelte den Kopf.

»Ja, habe ich«, sagte Amy. »Weil Sie allen von unserem Date erzählt haben und Mr. Trapper – ausgerechnet Mr. Trapper – mich in sein Büro gerufen hat, um mir von Ihrer Frau zu erzählen. Noch nie im Leben habe ich mich so gedemütigt gefühlt.«

»Also«, begann er, »ich lebe in Trennung. Seit über einem Jahr.«

Amy sah ihn an. Er schien die Wahrheit zu sagen.

»Ich weiß, wahrscheinlich halten Sie mich für einen Casanova«, fuhr er fort. Die Musikhörerin brach in ein Prusten aus, das sie schnell zu einem Husten umbog. »Aber das bin ich nicht. Sie sind die Erste, mit der ich mich seit der Trennung getroffen habe.«

Amy holte tief Luft. »Das mit Ihrer Frau tut mir leid«, sagte sie. »Aber ich ...« Amy sah sich um. Alle in Sichtweite hatten den Blick auf sie geheftet. »Vielleicht sollten wir ein anderes Mal darüber reden«, beendete sie den Satz mit leiser Stimme.

»Das ist ein Nein, stimmt's?«, fragte Liam.

Amy nickte.

Einen Moment lang sah Liam ziemlich geknickt aus. Dann schien er sich daran zu erinnern, dass er Publikum hatte. »Auch andere Mütter haben schöne Töchter«, sagte er dann übertrieben munter und einen Tick zu laut. Er zwinkerte dem Mädchen neben Amy zu. Es drehte sich weg und stöpselte den Kopfhörer wieder ein.

Höchst passend fuhr der Zug gerade in den nächsten Bahnhof ein. »Ich steige hier aus«, sagte Liam. »Wiedersehen, Amy.«

Amys Mitreisende wandten sich wieder ihrem Handy, ihrer Zeitung und ihrer Musik zu, als wäre nichts gewesen.

Amy saß auf ihrem Sofa, die Erinnerungskiste und ein Glas Wein vor sich. *In vino veritas* schoss ihr durch den Kopf, aus irgendeinem Winkel ihres Gehirns. *In Schuhschachtel veritas* dachte sie dann. Das war wahrscheinlicher. Aber es gelang ihr nicht herauszufinden, wo in der Schachtel sich die Wahrheit versteckt hielt.

Es klingelte an der Tür. Amy schälte sich aus dem Sofa und öffnete. Richard stand vor ihr. Sie war verlegen, es war ihre erste Begegnung, seit sie ihn hinausgeworfen hatte.

»Alles in Ordnung?«, fragte er.

»Ich denke schon«, erwiderte Amy. »Warum?«

»Ich habe vor Ihrem Haus ein unbekanntes Auto parken sehen«, erklärte Richard. »Nach dem Problem mit den Töpfen wollte ich mich nur vergewissern ...« Er brach ab.

Amy warf einen raschen Blick auf die Straße. »Jetzt steht kein Auto mehr da.«

»Nein«, pflichtete er ihr bei. Er zögerte. »Ich wollte Sie sehen«, gestand er. »Darf ich reinkommen?«

»Lieber nicht.« Amy wollte in seinem Gesicht nicht noch einmal sehen, wie er auf ihre Schätze reagierte. Es war ihr unangenehm, wie sie sich dabei fühlte.

»Verständlich.« Er wirkte resigniert. »Hören Sie, es tut mir wirklich leid. Ich wollte nur helfen, und Sie haben mich hereingelassen, und ich wusste, dass Sie das viel Überwindung gekostet hat. Jetzt habe ich das Gefühl, es total vermasselt zu haben. Wir haben alle unser ...« Er machte eine vage Handbewegung. »Unser Gepäck«, endete er dann matt.

»Schon in Ordnung«, sagte Amy. Es fühlte sich gut an, dass er sich bei ihr entschuldigte. »Ich habe übrigens die Schachtel gefunden, nach der ich gesucht hatte.«

»Das ist ja toll«, sagte Richard, aufrichtig begeistert. Einen Moment lang standen sie sich stumm gegenüber. »Ich freue mich für Sie.« Er lächelte sie an. »Und wie geht's weiter?«

»Ich habe noch keine Idee.«

»Die werden Sie kriegen, Amy«, sagte er. »Da habe ich volles Vertrauen.«

»Ich sehe nicht, woher Sie dieses Vertrauen nehmen«, sagte Amy. »Sie haben mein Haus gesehen. Ich habe Wochen gebraucht, um eine Schachtel zu finden.«

»Ich kenne jetzt Ihre Geheimnisse, Amy«, sagte Richard. Er streckte die Hand aus und legte sie ihr auf den Arm. »Und bin immer noch für Sie da.«

Amy setzte sich wieder aufs Sofa, doch diesmal hatte sie keinen Blick für die Schachtel oder den Wein. Sie schloss die Augen und dachte an Richard. Konnte immer noch die kleine warme Stelle auf ihrem Arm spüren, wo seine Hand gelegen hatte.

Daniel hatte den Zauber des Moments auf der Türschwelle gebrochen, als er angelaufen kam und ganz dringend Apfelsaft haben wollte, sofort. Richard hatte gesagt, er werde später wiederkommen.

Amy strich sich über die Haare und blickte in einen der Spiegel. Die Aufregung, die sie darin sah, gefiel ihr. Es klingelte wieder, und zum ersten Mal freute sich Amy über den Klingelton. Sie ging zur Tür und riss sie weit auf.

Aber draußen stand nicht Richard.

»Hallo, Amy«, sagte eine Stimme, die Amy einmal so vertraut gewesen war wie ihre eigene.

»Chantel«, flüsterte Amy.

UHREN

Mai 2008

»Ich kann immer noch nicht glauben, dass ihr beide das für mich getan habt«, sagte Amy und klappte den Koffer auf.

»Und ich kann nicht glauben, dass es jetzt so schnell gegangen ist«, sagte Tim. »Ich werde dich furchtbar vermissen.«

»Italien ist gar nicht so weit weg«, sagte Amy. »Und es sind nur sechs Wochen.«

»Ich werde die ganze Zeit auf die Uhr schauen«, sagte Tim, griff nach dem kleinen Wecker neben dem Bett und wedelte damit vor ihrem Gesicht herum, um seinen Worten Nachdruck zu verleihen.

»Bitte nicht«, sagte Amy. »Amüsier dich! Das ist jedenfalls, was ich vorhabe.«

»Genau das macht mir ja Sorgen«, sagte Tim. »All diese gutaussehenden Italiener. *Ciao bella*, oh, dein Pinsel ist so sexy. Bemale meinen muskulösen Körper und bedecke mich mit Spaghetti.«

»Das klingt eklig.« Amy lachte. »Und du weißt, ich mag keine kunstsinnigen, affigen Italiener. Ich mag blasse, Gitarre spielende Media-Sales-Praktikanten.«

»Vergiss das bloß nicht«, erwiderte Tim. Er beugte sich vor und küsste sie. »Nimmst du nicht deinen Rucksack?«

»Nein, ich habe mir extra diesen Koffer gekauft«, sagte Amy

stolz. Sie nahm an einem Kunstkurs im Ausland teil und besaß einen Koffer. Sie fühlte sich extrem kultiviert.

»Wenn ich dich besuche, komme ich aber mit Rucksack«, sagte Tim. »Falls ich überhaupt frei kriege. Wenn ich die blöden Zielvorgaben nicht erreiche, bin ich raus.«

»Das schaffst du schon«, sagte Amy. »Und ich verstehe, wenn du nicht kommen kannst.« Sie sprach es nicht aus, aber im Grunde freute sie sich darauf, allein zu sein. Sie war schon ihr ganzes Erwachsenenleben mit Tim zusammen. Sechs Wochen allein zu leben kam ihr vor wie ein Abenteuer.

»Kommt Chantel dich besuchen?«, fragte Tim.

»Jack kriegt auch nicht frei«, sagte Amy.

»Kann sie nicht allein kommen?«

»Anscheinend nicht.«

»Jack traut ihr eben auch nicht, wenn sie alleine bei den Spaghetti-Männern ist«, sagte Tim. »Kann ich ihm nicht verdenken. Du weißt ja, wie sehr Chantel Kohlenhydrate liebt.«

»Nicht mehr«, sagte Amy. Als sie Chantel das letzte Mal getroffen hatte, hatte sie sich wieder einen Salat bestellt und ihn kaum angerührt.

»Sehr freundlich von Mr. Trapper, dass er dir den Job freihält.«

Amy blickte auf. Sie war dabei, sorgfältig ein lilafarbenes Kleid zusammenzulegen. »Ja«, stimmte sie ihm zu. »Ein kleines Sabbatical. Das wäre seine Art, die Kunst zu unterstützen.« Amy hoffte, dass der Kurs gut laufen und sie ein paar nützliche Kontakte knüpfen würde. Sie träumte immer noch davon, den langweiligen Job in der kleinen Beratungsfirma hinzuschmeißen und von ihrer Kunst zu leben. Wenn Tim einen richtigen Job bekäme, könnte dieser Traum vielleicht wahr werden.

»Dann werde ich hier wohl mit dieser Uhr alleine bleiben«, sagte Tim theatralisch. »Die tickt für mich die Zeit weg, bis du zurück bist.«

Das Atelier war grandios. Hohe Räume mit Stuckdecken und Holzböden mit den Farbklecksen von Künstlern, die vor ihr hier gemalt hatten. Vor Amy lag rank und schlank das Aktmodell Antonio, selbstbewusst in seiner Nacktheit auf eine Chaiselongue hingegossen wie ein römischer Kaiser. Amys Mitstudenten musterten ihn mit ernsten Gesichtern. Amy hatte früher schon oft Akt gezeichnet, aber heute wünschte sie sich sehnlich, Chantel wäre hier. Sie hätte so gerne mit jemandem gelacht. Aber keiner der Anwesenden war bereit, ihr den Gefallen zu tun, und Amy wusste genau, wenn sie eine witzige Bemerkung wagte, dann würde sie nur ein Stirnrunzeln ernten und alle würden am Abend bei Riesentellern Pasta über sie tuscheln.

Bei Pasta und Wein. Beim Gedanken an Wein wurde ihr schlecht. Seit ihrer Abreise vertrug sie nichts mehr und hatte das Gefühl, der Wein würde in ihrem Magen gerinnen.

Sie hatte auch den Appetit verloren. Bei den meisten Mahlzeiten knabberte sie nur an trockenem Brot und schob ihre Pasta traurig auf dem Teller herum. Sogar der aromatische Knoblauchduft brachte sie zum Würgen. Amy schob es auf das Heimweh. Sie hätte nie gedacht, sie könnte jemals einen Menschen so vermissen, dass ihr die Lust auf ihre Nudeln verging. Sie wünschte sich verzweifelt, Tim würde seine Zielvorgaben vorzeitig erreichen und ins Flugzeug steigen, um sie zu überraschen.

Sie sah aus dem Fenster. Ein herrlicher Anblick. In der Ferne konnte sie die Kuppel der Kathedrale sehen, so rund wie die Hüte der Bischöfe auf den Gemälden, die in den Uffizien hingen.

Wie oft hatte sie an den langen Tagen bei Trapper, Lemon und Hughes, während sie Gutachten und Anlageempfehlungen ablegte, von Florenz geträumt! Aber jetzt, wo sie hier war, konnte sie die Stadt nicht genießen. Nicht ohne Tim.

Sie würde ihn am Abend anrufen, beschloss sie, von der Telefonzelle vor ihrer geschmackvoll gestylten kleinen Wohnung aus, die sie mit zwei mürrischen Studentinnen teilte. Sie würde Tim nicht sagen, dass ihr ohne ihn das Essen nicht mehr schmeckte, das würde er ihr nie verzeihen. Aber sie würde ihm sagen, dass sie ihn vermisste. Und dass die Uhr für sie genauso tickte.

Amy starrte auf das Plastikstäbchen. Sie war ein paar Tage überfällig, weiter nichts, und hatte den Test nur zur Beruhigung gekauft. Sie war so überzeugt, dass nichts war, dass sie in der kleinen, hochpreisigen *farmacia* in der Nähe des Ateliers auch gleich Tampons gekauft hatte. Und jetzt starrte sie auf das Ergebnis. Auf die zwei kleinen blauen Striche, deren Bedeutung sie auch ohne ihr beschränktes Italienisch verstand.

Schwanger.

Gleich fühlte sich Amy anders. Ein kleines Leben, das in ihr wuchs. Ein Baby. Ihr Baby. Tims Baby.

Das war nicht geplant gewesen, aber Amy merkte, dass es nichts gab, was sie sich mehr wünschte. Sie würden endlich Chantels altes Zimmer ausräumen. Amy würde kleine Vögel an die Wände malen, die das Baby von seinem Bettchen aus sehen könnte. Es würde ein Winterkind werden. Sie versuchte, nicht gleich schon über einen Namen nachzudenken, aber ihr kam sofort Robin – Rotkehlchen – in den Sinn. Sie hatte diese Vögel immer geliebt, die so freundlich, zart und schön waren und sie an die Weihnachtszeit erinnerten.

Sie würde ihren Job bei Trapper erst einmal behalten. Bis der Mutterschutz ausgelaufen wäre. Dann könnte sie malen, während ihr Baby schlief. Tim würde bald eine anständige Umsatzbeteiligung bekommen. Sie würden heiraten. Sie wären eine Familie, mit Chantel als Patentante.

Sie zögerte ein bisschen, als sie die Nummer wählte. Sie war so glücklich – würde auch er glücklich sein? Ja, dachte sie. Natürlich. Genauso glücklich wie sie.

Amy wünschte, sie könnte sein Gesicht sehen, wenn sie es ihm sagte. Sie hörte seine Stimme. »Hallo?«

»Hallo«, erwiderte sie und zögerte dann. Sie hatte nur noch eine Woche in Florenz. Sie würde warten und es ihm sagen, wenn sie zurück wäre. Das Warten würde sich lohnen. »Ich muss dir was erzählen«, platzte sie heraus und bremste sich sofort wieder. »Aber nicht am Telefon.«

»Ich muss dir auch was erzählen«, sagte Tim. Seine Stimme klang sonderbar.

»Was denn?«

»Du zuerst«, sagte er.

»Nein«, antwortete Amy. »Ich werde warten und es dir persönlich sagen.«

»Ich auch«, sagte Tim.

»Ich vermisse dich«, sagte Amy.

»Die Uhr hat nicht zu ticken aufgehört«, sagte Tim geheimnisvoll. »Und wird niemals aufhören, glaube ich.«

13

»Ist Tim dabei?«, fragte Amy.

»Kann ich reinkommen?«

Chantel war so vertraut und doch eine Fremde. Ihr Gesicht wirkte nervös besorgt, sie zupfte an ihrem Daumennagel herum.

»Nein«, sagte Amy.

»Bitte.«

»Wo ist Tim?«, fragte Amy. »Seid ihr beide …?« Amy verstummte. Sie konnte es nicht aussprechen.

»Amy, wir müssen reden.«

»Wir hätten schon vor elf Jahren reden müssen«, sagte Amy. Sie bemerkte, dass sie immer lauter wurde und ihre Stimme nicht unter Kontrolle hatte. »Aber wir haben nicht geredet. Du bist einfach gegangen. Ihr beide.« Sie lehnte sich an den Türrahmen. Ihr Kopf schmerzte, dann merkte sie, dass ihre Finger an ihren Haaren zerrten.

»Ich möchte hier nicht auf offener Straße herumschreien«, sagte Chantel mit leiser Stimme und sah sich nervös um. Diese Abneigung gegen eine Szene in der Öffentlichkeit passte gar nicht zu Chantel. Das war nicht die Chantel von früher.

Die Chantel, die sie geliebt hatte.

Aber diese Chantel war verschwunden. Sie war für immer verschwunden, als sie Amy verraten hatte.

Amy schloss die Tür und verriegelte sie. Dann lehnte sie sich gegen die Dielenwand und schloss die Augen.

»Bitte«, sagte Chantel, ihre Stimme klang gedämpft durch die Tür. »Ich muss mit dir reden.«

Amy holte tief Luft. Sie fasste an den Ring, der immer noch an einer Kette um ihren Hals hing. Sie musste die Wahrheit wissen.

Amy trat wieder zur Tür und öffnete sie. Aber nur ganz wenig.

»Danke«, sagte Chantel. Die beiden Frauen standen schweigend voreinander und sahen sich durch den schmalen Spalt an, den Amy ihrer einstigen Freundin zugestand. Chantel war einfach, aber ordentlich gekleidet, sie trug Jeans und darüber eine hübsche fliederfarbene Bluse. Sie hielt sich aufrecht. Aufrechter als früher. Amy merkte, wie sie auf die weißen Knöpfe auf Chantels Bluse starrte. Alles andere erschien ihr unwirklich.

Schließlich riss sie ihren Blick von den Knöpfen los und sah Chantel in die Augen. »Was hast du dir …«, begann sie. Wut würgte den Rest ihrer Frage ab.

»Lass mich alles erklären.«

Amys Finger schwebten über dem Türgriff. Einerseits wollte sie die Tür wieder schließen. Sich zu Scarlett, ihren Spiegeln und ihren Tassen setzen und die Worte nie ausgesprochen hören.

»Ich möchte dir erzählen, was passiert ist«, sagte Chantel. »Bitte, Amy.«

Amy zögerte. Wieder fasste sie an den Ring und drückte ihn fest. Jetzt hatte sie die Chance, die Wahrheit zu erfahren. Danach könnte sie die Tür wieder schließen. Für immer, wenn sie wollte.

»Fünf Minuten«, sagte sie, öffnete die Tür und trat zurück.

»Danke.«

Amy führte Chantel ins Wohnzimmer und deutete zum Sofa. Sie ignorierte Chantels besorgten Blick angesichts des Zustands ihrer Wohnung. Chantel setzte sich, Amy selbst blieb stehen und verschränkte die Arme vor der Brust.

»Warum jetzt?«, fragte Amy. Sie fühlte sich von ihren Tränen verraten, die bei Chantels Anblick hier im Haus schmerzhaft in ihren Augen brannten. »Warum willst du mich so plötzlich sehen?«

»Tante Laura hat mich angerufen«, sagte Chantel. »Sie hat mir erzählt, dass du mit Mum sprechen wolltest und dass mein Brief verlorengegangen ist.« Chantel sah zu Amy hoch. »Es tut mir so leid. Als du auf meinen Brief nicht geantwortet hast, habe ich geglaubt, dass du mich nicht sehen wolltest. Dass du mich dafür verantwortlich machst, was passiert ist.« Sie senkte den Blick wieder. »Ich habe mir weiß Gott selbst oft genug Vorwürfe gemacht.«

Amy merkte, dass sie nicht hören wollte, was Chantel zu sagen hatte. Sie wollte kein Bekenntnis. Sie nahm ein grünes Feuerzeug aus einem Karton, der von Feuerzeugen überquoll, und drückte an ihm herum. »Toyah war gar nicht in Dubai, oder?«, fragte sie.

»Die Geschichte mit Dubai war nur zur Täuschung«, gestand Chantel. »Mum war bei mir. Sie wollte in der Nähe ihrer Enkel sein.«

»Enkel?« Das Wort war für Amy wie ein Messerstich in den Bauch. Tim und Chantel hatten Kinder.

Das war mehr, als sie ertragen konnte.

Amy schleuderte das Feuerzeug in Richtung Chantel. Chantel duckte sich, aber das wäre nicht nötig gewesen. Das Feuerzeug prallte weit rechts von ihr gegen die Wand.

»Was zum Teufel soll das, Amy?«, schrie Chantel und beäugte die tiefe Kerbe, die das Feuerzeug in die Wand geschlagen hatte. »Glücklicherweise hast du schon immer schlecht gezielt.«

Amy lief zu dem Feuerzeug und hob es auf. Die Plastikhülle hatte einen Sprung bekommen. »Es ist kaputt«, keuchte sie.

»Es ist doch nur ein Feuerzeug. Du hast ja noch tausend andere«, sagte Chantel mit einem Blick auf den offenen Karton. »Rauchst du überhaupt?«

»Du verstehst nicht«, sagte Amy. »Nach dem, was du mir angetan hast ...«

»Und du verstehst nicht, was passiert ist«, sagte Chantel. »Setz dich hin. Lass mich erzählen. Und dann kannst du mir jedes Feuerzeug aus dem Karton da einzeln an den Kopf werfen, wenn du willst.«

Amy sank aufs Sofa. Sie hielt das Feuerzeug jetzt ganz behutsam in ihren Händen. Der Sprung reflektierte das Licht, Amy fuhr mit dem Finger an ihm entlang.

»Deine Mum wusste, wo du warst«, sagte Amy, ohne von ihrer Hand aufzublicken. »Und Laura auch.«

»Tante Laura wusste es nicht«, antwortete Chantel. »Sie wusste nur, was sie zu sagen hatte, wenn jemand anrief.«

»Also, was ist passiert?«, fragte Amy.

»Ich bin weggelaufen«, sagte Chantel. »Aber nicht mit Tim.«

»Aber ihr seid zusammen verschwunden«, entgegnete Amy.

»Wir sind zur selben Zeit verschwunden«, erwiderte Chantel mit Bedacht. »Das ist nicht dasselbe.«

»Du warst nicht mit ihm zusammen?«

»Nein.«

Chantel hielt Amys Blick stand. Sie sagte die Wahrheit, Amy war sich sicher. Sie hatte Amy nicht verraten. Und Tim hatte sie auch nicht verraten. Eine Last fiel von ihr ab. Nicht von ihren Schultern, sondern von ihrem Herzen.

Aber Amy blieb kaum ein Moment, um sich der Erleichterung hinzugeben. Angst flutete in ihr hoch.

»Aber wo ist er dann?«, fragte Amy. »Wo ist Tim?«

Chantel brach den Blickkontakt ab und schaute zu Boden. Dann sah sie Amy wieder an. Immer noch fand sie keine Worte.

»Geht es ihm gut?«, drängte Amy.

»Nein«, antwortete Chantel endlich. »Es geht ihm nicht gut.«

Amy wollte es nicht hören, aber es musste sein.

»Er ist doch nicht …«

»Es tut mir so leid«, sagte Chantel. »Tim ist tot.«

Sie fasste nach Amys Hand, aber Amy war schon hinausgestürmt. Sie rannte in die Küche und übergab sich in die Spüle. Immer noch hielt sie das Feuerzeug fest umklammert. Chantel musste ihr gefolgt sein, denn sie spürte, wie sie ihr über die Haare strich. »Raus«, sagte sie, immer noch über die Spüle gebeugt. Chantel ging.

Amy hob den Kopf und starrte aus dem Fenster. Smudge war im Garten und putzte sich gewissenhaft den Schwanz. Er hob den Kopf und warf Amy einen kurzen, kritischen Blick zu. Dann leckte er weiter. Amy öffnete die Finger und sah das Feuerzeug wieder an, ballte die Hand aber gleich wieder zur Faust.

Tot.

Amy ließ den Wasserhahn laufen. Dann nahm sie einen Becher, füllte ihn mit Wasser und trank einen Schluck. Es war die gelbe, butterfarbene Tasse, die sie erst vor wenigen kurzen Wochen bei den Nachbarn gerettet hatte.

Sie atmete tief ein und erlaubte der Luft, in ihren Körper zu strömen. Erlaubte sich zu atmen, während er es nicht mehr konnte. Er hatte sie nicht verraten. Aber sie würde ihn nie wiedersehen.

Sie musste wissen, warum das passiert war. Musste wissen, wie.

Amy stellte die Tasse ab und kehrte ins Wohnzimmer zurück. Chantel saß wieder auf dem Sofa und sah ihr besorgt entgegen. »Es tut mir so leid«, sagte sie.

»Wie?«, stieß Amy hervor. Sie hatte das Gefühl, als fahre mit diesem einen Wort die ganze Luft aus ihrem Körper heraus.

»Das ist eine lange Geschichte«, sagte Chantel.

Amy spürte, wie der Schmerz an den Rändern ihres Bewusstseins herankroch wie eine Migräne und wieder alles beherrschen wollte. »Erzähl.«

»Okay«, sagte Chantel. »Also ...« Sie machte eine Pause. »Ich weiß nicht, ob ich kann«, sagte sie dann. »Ich wollte so lange, aber jetzt ...« Sie brach ab. »Es gibt wohl keinen Wein mehr?«, fragte sie mit einem Blick auf Amys Glas.

»Du bist ohne ein Wort elf Jahre lang verschwunden«, sagte Amy. »Und erst jetzt kommst du her, um mir zu sagen, dass Tim tot ist? Nein, Chantel. Du kriegst keinen Wein.«

Chantel senkte den Blick. »Okay«, sagte sie. »Kann ich verstehen.« Dann stockte sie wieder. »Wo fange ich an?« Sie holte tief Luft. »Du weißt ja, dass ich in Sachen Männer die totale Niete war?« Sie lachte nervös. »Ich bin immer auf die bösen Jungs geflogen, reingeflogen, voll das Klischee. Spike und seine lächerlichen Dreadlocks. Ein Drogendealer. Du erinnerst dich, wie er mich mit dem Beutel voller Gras hat hängen lassen und du aufs Revier kommen musstest, um mich rauszuhauen?«

Amy nickte. Ihr Kopf fühlte sich an wie vom Körper losgelöst.

»Jack kam mir anders vor. Er war seriös, brachte es zu was. Er hatte sogar einen vernünftigen Haarschnitt, Herrgott nochmal.« Chantel begann mit einem losen Faden an Amys Seidenkissen herumzuspielen. »Na, es hat sich rausgestellt, dass er dann doch nicht so anders war als die anderen«, fuhr sie fort. »Er war nicht so nett, wie ich dachte.« Sie blickte kurz zu Amy hoch. Amy sah den Schmerz in ihrem Gesicht.

»Am Anfang war es nicht so schlecht mit ihm«, fuhr Chantel fort. »Er meinte, ich soll ins Studio, trainieren. Ich sei ein bisschen wabbelig.«

»Das stimmt doch gar nicht.«

»Ich fand das ganz gut«, sagte Chantel. »Spike hatte mir zu Drogen verholfen, und Jack half mir, in Form zu kommen. Ich dachte, sein Saubermannleben und seine Energie würden auf mich abfärben. Ich war so eine Versagerin.«

Amy machte den Mund auf, um zu widersprechen, aber Chantel stoppte sie mit hochgehaltener Hand.

»Dann habe ich mal ein Training geschwänzt. Ich war mit ein paar Mädels von der Arbeit in der Kneipe gewesen, hatte einen kleinen Kater und wollte einfach vor der Glotze abhängen. Er ist ausgerastet, hat mich eine fette Schlampe genannt. Und dann hat er mich geschlagen.«

Amy sog hörbar die Luft ein.

»Ich hab versucht, ihn zu verlassen«, fuhr Chantel fort. »Hab mit ihm Schluss gemacht. Erinnerst du dich? Warum, hab ich dir nicht gesagt, das war mir zu peinlich. Aber dann hat er sich entschuldigt. Und ich hab weiß Gott auch Fehler gemacht. Also habe ich ihm verziehen.«

»Du hättest mir das erzählen sollen.«

»Ich habe mich geschämt«, sagte Chantel. »Und es war ja nur das eine Mal. Bis zum nächsten Mal. Und es waren nicht immer Schläge. Einmal hab ich verschlafen, und er hat mir ein Kissen aufs Gesicht gedrückt. Ich hab immer noch Albträume, in denen ich keine Luft kriege und keuche wie verrückt. Ich dachte, er bringt mich um, aber er hat nur gelacht und gesagt, ich wäre hysterisch. Ich gehe, hab ich zu ihm gesagt, und er hat mir gedroht, wenn ich das tue, dann würde er schon wissen, wie er mich findet. Und das nächste Mal wäre dann kein Witz mehr.«

Chantel sah Amy an. »Amy, ich hatte Todesangst. Ich hatte so viel Angst vor ihm, dass ich mich nicht getraut habe, ihn zu verlassen.«

»Du hättest zu mir kommen können.«

»Da hätte er mich als Erstes gesucht. Bei dir und bei Mum. Ich wusste ja, wie er ist, wenn er ausrastet, und wollte nicht, dass er euch in diesem Zustand nahe kommt. Er wusste, wie viel du mir bedeutest.«

»Wusste Tim über Jack Bescheid?« Amy ertappte sich dabei, dass sie mit dem Fingernagel gegen das Feuerzeug klopfte. Ungeduldig.

»Nein,« Chantel schüttelte den Kopf. »Jack hat Tim gehasst. Obwohl er sah, wie eng du und ich befreundet waren, hat er sich eingebildet, zwischen Tim und mir liefe was. Als du in Florenz warst, hat mich Tim um ein Treffen gebeten. Allein, ohne Jack.«

»Wieso das?« Amy presste das Feuerzeug in ihrer Hand zusammen.

»Er sagte, es sei wichtig«, fuhr Chantel fort. »Ich konnte Tim aber nicht einfach so sehen. Jack wäre explodiert, wenn er das rausgekriegt hätte. Deshalb habe ich gewartet, bis Jack auf der Abschiedsfeier eines Kollegen war, am Tag nach deiner Rückkehr. Wir haben ausgemacht, dass wir uns heimlich treffen.«

Amy wurde schlecht. Sie blickte nach oben und sah Scarlett auf einem Karton sitzen, der Vogel hörte aufmerksam zu. »Und Jack hat euch zusammen erwischt?«, fragte Amy.

»Es war nicht, wie du denkst«, sagte Chantel hastig. »Überhaupt nicht. Amy, das musst du mir glauben.«

»Dann sag mir, wie es war.«

»Wir haben uns im Abletree Park getroffen«, fuhr Chantel fort.

»Dort, wo das Foto aufgenommen wurde«, sagte Amy.

»Ich hab den Schnappschuss gemacht, während ich gewartet habe. Ich dachte, dir würden die Farben des Sonnenuntergangs gefallen, sie haben mich an eines deiner Bilder erinnert. Ich habe das Foto später ausdruckt, damit du sehen kannst, wo es passiert ist. Das Letzte, was Tim gesehen hat ...«

»Wie nett von dir.« Jahrelanger Zweifel, Frustration und Zorn machten sich in Sarkasmus Luft.

»Jetzt hör einfach mal zu«, sagte Chantel. »Tim wollte über dich reden«, sagte sie. »Er wollte dir einen Heiratsantrag machen.«

Amy schoss in die Höhe. Genau das hatte sie hören wollen, aber jetzt fühlte es sich an, als wäre sie von einem von Charles' Baggern angefahren worden. »Der Ring«, sagte sie und tastete danach.

»Genau, der Ring«, bestätigte Chantel. »Er hatte ihn mir gegeben, damit ich mir ihn anschaue, und wollte von mir einen Tipp, wie er es anstellen sollte mit dem Antrag. Natürlich habe ich mir den Ring an den Finger gesteckt. Deshalb hatte ich ihn noch, nachdem ...«

»Was ist passiert?«, fragte Amy.

»Jack muss mir gefolgt sein«, sagte Chantel. »Ich hatte ihn angeschwindelt, ich würde zum Training gehen, und er hatte wie gesagt eine Abschiedsfeier. Aber nachdem ich Tim umarmt hatte, sah ich Jack. Er stand da. Und hat uns beobachtet.«

Amy sah Chantel an. Ihre Freundin fummelte jetzt nicht mehr mit dem Faden, sondern knetete das ganze Kissen.

»Erst hat er nichts gesagt«, fuhr sie fort. »Dann ist er auf mich zugerannt. Hat mich als miese Schlampe beschimpft und geschrien, dass er mich umbringen würde. Tim hat gesagt, ich solle rennen. Ich bin gerannt und gerannt. Ich wusste, wenn er mich kriegen würde, dann wäre ihm alles zuzutrauen. Er hat mich geschlagen, als ich ein Training ausgelassen hatte, er hat mich beinahe erstickt, als ich verschlafen hatte ...«

»Und Tim?«

»Erst dachte ich, er wäre hinter mir«, sagte Chantel. »Ich drehte mich um. Jack und er schrien sich an. Dann habe ich gesehen, wie Jack ihn geschubst hat. Tim hat zurückgeschubst. Jack hat ihn ins Gesicht geboxt. Tim ist rückwärtsgefallen, vielleicht mit dem Kopf auf das Geländer. Dann hat er am Boden gelegen. Und sich nicht gerührt.«

»Und du bist weitergerannt?«

»Ja.« Chantel flüsterte nur noch. »Ich bin weitergerannt. Und ich habe mir das nie verziehen.«

Sie saßen schweigend da.

»Was dann passiert ist, weiß ich nicht«, sagte Chantel schließlich. Ich bin immer weiter gerannt, bis ich ein Bed & Breakfast für die Nacht gefunden hatte. Ich wollte mich nur ein bisschen hinlegen, bis sich alles beruhigt hätte. Dann wollte ich zurück, meine Sachen holen und Jack endgültig verlassen. Ich dachte, Tim wäre okay, ihm würde schon nichts Schlimmes passiert sein, das dachte ich wirklich. Vielleicht ein blaues Auge und eine Wunde am Kopf. Jack war ja vor allem wütend auf mich. An mir hat er alles ausgelassen.«

»Aber Tim war nicht okay«, sagte Amy. Tränen liefen ihre Wangen hinunter, aber sie musste das Ende der Geschichte hören.

»Jack hat mich angerufen, immer wieder. Ich bin nicht drangegangen. Auch du hast angerufen, aber ich dachte, du würdest böse auf mich sein, weil ich Tim einfach so hab liegen lassen. Deshalb hab ich alle Anrufe ignoriert. Schließlich dachte ich, ich kann mich ja nicht für immer verstecken, und bin drangegangen, als Jack anrief.«

»Er hat dir gesagt, dass Tim …« Amy bekam die Worte nicht über die Lippen.

»Nein«, sagte Chantel. »Das hat er mir nicht gesagt. Nie. Aber er klang anders. Er weinte ins Handy. Ich hatte ihn noch nie weinen hören. Er sagte, er sei mir nicht böse und wolle nichts anderes als mich sehen, um zu wissen, dass es mir gutgeht.«

Chantel machte eine Pause und sah Amy an. »Habt ihr euch getroffen?«, fragte Amy.

»Nein. Ich habe ihm gesagt, ich will ihn nie wieder sehen. Aber ich habe nach Tim gefragt, und er sagte, Tim sei weggerannt wie ich. Aber das stimmte nicht. Ich hatte gesehen, wie Tim zu Boden gestürzt war. Er war nicht weggerannt. Das war der Moment, als ich anfing, mir Sorgen zu machen.«

Amy schloss die Augen und legte die Hand über die Lider, um sich gegen das Licht abzuschirmen. Sie atmete tief ein.

»Ich habe meine Mum angerufen«, fuhr Chantel fort. »Die hat mir erzählt, dass Tim nicht nach Hause gekommen ist. Du hattest sie angerufen, weil du nach uns beiden gesucht hattest. Ich habe Mum gebeten, niemandem etwas zu sagen. Wenn Tim etwas passiert war, dann war ich die einzige Zeugin, die Jack belasten konnte. Und Jack wusste das. Ich war gefährlich für ihn, was es für mich noch umso gefährlicher machte.«

Amy schlug die Augen wieder auf. »Er hat mir immer erzählt, er glaube, dass ihr beide zusammen weggelaufen seid«, sagte sie. Die Teile fügten sich zusammen. »Das hat er auch dem Ermittlungsteam erzählt. Und der Lokalzeitung.«

»Das habe ich gelesen«, sagte Chantel. »Als er das erzählt hat, war ich mir sicher, dass er wusste, dass Tim nicht mehr zurückkommen würde. Jack hatte ihn umgebracht. Er wollte seine Spuren verwischen.«

Amy fühlte sich wie erdrückt vom Gewicht der vielen Jahre, in denen sie das alles nicht gewusst hatte. »Du hättest eine Aussage bei der Polizei machen können.« Amy wurde laut. »Dann wäre er verhaftet worden.«

»Hätten die mir geglaubt oder ihm?«, fragte Chantel. »Mir? Ich hatte schon Ärger mit der Polizei gehabt, wegen Drogen. Bis ich kapiert hatte, was passiert war, waren schon mehrere Tage vergangen. Er war ein angesehener Officer und dabei, Karriere zu machen. Und er konnte so überzeugend sein, wenn er den Helden spielte.«

»Aber es hätte Beweise gegeben«, sagte Amy. »DNA-Spuren, Fingerabdrücke?«

»Jack war clever, und er war Polizist. Wenn es irgendetwas gegeben hätte, was ihn mit der Sache in Verbindung gebracht hätte, dann hätte er es sofort beseitigt.«

»Die Leiche?« Amy hasste es, das Wort auszusprechen. Es fühlte sich so endgültig an. Und hatte so gar keinen Bezug zu Tim.

»Mir war klar, dass Jack ganz sicher wusste, was damit zu tun wäre und wo er sie verstecken könnte. Es war schon dunkel, und wir waren in einem abgelegenen Teil des Parks ...«

Amy dachte daran, dass der Spielplatz damals im Bau gewesen war, dachte an den Bagger, den Charles identifiziert hatte.

An die tiefen Löcher, die er schon in die Erde gegraben hatte. Ein Schaudern überlief sie.

»Es gab noch einen anderen Grund«, sagte Chantel und fasste nach Amys Hand. »Ich hab's dir in meinem Brief geschrieben.«

»Ich habe den blöden Brief nie bekommen«, sagte Amy und zog ihre Hand weg. »Warum hast du mich nicht angerufen?«

»Er hat dich bedroht, Amy«, sagte Chantel. »Er hat gesagt, wenn ich zur Polizei ginge, dann wäre er schneller bei dir als sie bei ihm.«

Amy sackte in sich zusammen.

»Ich hab gedacht, wenn ich gehe, dann beschütze ich dich damit«, fuhr Chantel fort. »Jeder Kontakt zwischen mir und dir hätte dich gefährdet. Tim hat sein Leben durch diesen Mann verloren, Amy. Ich konnte nicht zulassen, dass er auch noch dir etwas antut.«

»Chantel ...«, begann Amy. Sie konnte den Satz nicht beenden. Vergeudete Jahre, wie zu Klumpen geronnen durch den Verdacht, sie sei betrogen worden. Alles wegen eines Briefs, der in einen Blumentopf gefallen war.

Nein. Alles wegen Jack.

Jack, der den Mann umgebracht hatte, den sie liebte, und ihre beste Freundin so bedroht hatte, dass sie sie verlassen hatte. Sie dachte an all ihre Besuche auf dem Revier, daran, wie er sie getröstet hatte. Beruhigt hatte.

Alles Lügen.

Sie presste das Feuerzeug in ihrer Hand noch stärker zusammen, bis das dünne Plastik unter ihren Fingern knackte.

Chantel sah auf Amys Hände. »Ich weiß, dass du wütend auf mich bist«, sagte sie. »Es war alles meine Schuld. Ich hab mich in Jack verliebt. Ich bin bei ihm eingezogen. Ich habe ihn in unser Leben geholt. Und Tim war derjenige, der …« Chantel verstummte. »Es tut mir so leid, Amy«, sagte sie. »Ich musste weg. Ich dachte, ohne mich bist du besser dran.« Chantel sah sich im Wohnzimmer um, betrachtete die Kartontürme, die Vögel, die gesprungenen Spiegel. »Du warst immer so stark«, fügte sie hinzu. »Ich hätte mir nie vorgestellt, dass …« Sie machte wieder eine Pause. »Mir war nicht klar …« Sie vergrub das Gesicht in ihre Hände. »Mein Gott, Amy, was habe ich dir angetan?«

»Jack ist ungestraft davongekommen«, sagte Amy. Sie war nicht bereit, über sich selbst zu sprechen. »Die ganzen Jahre.« Sie schwieg eine Weile. »Und du bist einfach verschwunden.«

»Mum hat mir eine Menge Geld gegeben, damit ich über die Runden kam«, sagte Chantel. »Alles, was sie hatte. Ich war sehr vorsichtig. Keine Kreditkarten, keine Handys. Keine Spuren, die zu mir hätten führen können. Viel hatte ich nicht aufzugeben, mein Leben war ein Chaos, das weißt du ja. Ich habe einen langweiligen Job hinter mir gelassen, den ich gehasst habe. Eine Beziehung mit einem gewalttätigen Mann. Einen halben Beutel Gras, der in meiner Sockenschublade versteckt lag. Und einen Haufen Schulden. Du und meine Mum, ihr wart das einzige Gute in meinem Leben. Ich dachte, ich tue auch für dich das Richtige. Und sorge für deine Sicherheit.«

»Wo bist du hin?« Amys Stimme klang ein wenig weicher.

»Nach Wales«, sagte Chantel. »Es war ein neuer Anfang, noch einmal als unbeschriebenes Blatt. Ich habe mir einen Job in einem Dorfpub gesucht, Geld auf die Hand, mit einem Zimmer im ersten Stock. Der Wirt war Witwer, ein sehr freundlicher Mann. Es fing an, besser zu werden.«

Amy sah sie an. Sie kannte Chantel gut.

»Ja, wir sind zusammengekommen«, gab Chantel zu. »Wir haben zwei Kinder. Ich habe Rhys natürlich alles erzählt. Mehr oder weniger.« Sie hielt inne. »Können wir nicht diesen Wein zusammen trinken?«, fragte Chantel. Sie sah Amy an, und Amy wurde klar, dass Chantel nicht bloß Wein wollte.

Sie wollte Vergebung.

»Nein«, sagte Amy. »Ich glaube nicht.« Sie verstummte, ließ Chantel nicht aus den Augen.

»Verstehe«, sagte Chantel. »Vielleicht sollte ich dann lieber gehen?«

Amy zögerte. Sie war hin und her gerissen. Einerseits wollte sie Chantel alles erzählen. Dass sie all die Jahre auf Tim gewartet hatte, dass sie immer gehofft hatte, er würde zurückkommen. Sie wollte sagen, dass sie überzeugt war, nach einem solchen Verrat nie wieder lieben zu können. Dass sie nie hatte ganz loslassen können, weil sie nie sicher sein konnte, was passiert war. Dass sie stattdessen Schätze angehäuft hatte, denen sie ihre ganze Zuneigung schenkte. Weil diese Schätze ihr manchmal fast ein Gefühl von Glück gaben und sie nie verlassen würden. Wie Chantel sie verlassen hatte. Und Tim auch, wenn auch nicht mit Absicht, wie sie jetzt wusste. Wenn sie die Wahrheit gekannt hätte, dann hätte sie vielleicht über ihn hinwegkommen können. Stattdessen war sie in diesem Haus zu einer Art Fossil versteinert, umgeben von Dingen, die eine längst vergangene Zeit herbeibeschworen.

Chantel war nicht versteinert. Chantel hatte die Wahrheit gekannt. Sie hatte eine eigene Familie gegründet. Hatte sogar ein Haus in Wales, wie sie es sich immer gewünscht hatte.

Amy war wütend. Vielleicht würde sie immer wütend sein. Aber sie empfand auch noch etwas anderes. Ihr Herz schlug ein wenig kräftiger, als wäre ein lebenswichtiger Teil zurückgekehrt. Tim war nicht der einzige Mensch, den sie in den letzten Jahren verzweifelt vermisst hatte.

»Vielleicht kannst du von dem Wein doch was abhaben«, sagte sie. »Nur ein Glas.«

Chantel strahlte sie an, doch Amy war innerlich noch nicht so weit, dass sie ihr Lächeln erwidern konnte. Stattdessen ging sie in die Küche, die Flasche holen. Chantel folgte ihr.

»Wirklich großartig, was du aus dem Haus gemacht hast«, sagte Chantel trocken. Es war so dermaßen unangemessen, dass Chantel sie kritisierte, und doch so ganz Chantel, dass Amy halb in Lachen, halb in Schluchzen ausbrach. »Ich weiß nicht, warum ich das gesagt habe«, murmelte Chantel. »Tut mir leid. Ich glaube, ich hab sie echt nicht alle.«

Amy schenkte den Wein ein und reichte Chantel ein Glas. Dann füllte sie sich selbst nach und nahm nervös einen Schluck. Sie wünschte, es wäre Brandy.

»Wohnst du hier ganz allein?« Chantel musterte skeptisch die Tassentürme. »Hast du nie ... jemand Neuen kennengelernt?«

Bevor Amy antworten konnte, klingelte es. »Unfassbar, dass du diese grässliche Türglocke behalten hast«, sagte Chantel mit einem schrägen Lachen.

»Ich habe alles behalten, was ich konnte«, erwiderte Amy.

Chantel wollte Amy umarmen, aber Amy wich zurück. »Nein«, sagte sie. »Ich gehe die Tür aufmachen.«

Amy ging in die Diele und stolperte über eine leere Weinflasche. Sie hob sie auf. An ihr war nichts Besonderes. Glas in Flaschenform. Sie hielt sie ans Licht. Ein hübscher Grünton, aber nichts Ausgefallenes. Sie zögerte kurz, dann kehrte sie in die Küche zurück und stellte die Flasche neben den Mülleimer. Morgen würde sie sie zum Wertstoffhof bringen, diese und ungefähr hundert weitere. Und ein paar von den Zeitungen. Vielleicht sogar einige der Uhren, die nicht mehr tickten. Es war schließlich nur altes Zeug. Zeug, das sie nicht brauchte, Zeug, das sie belastete. Zeug, das sie loswerden musste, um in ihrem Leben Platz für andere Dinge zu schaffen. Nein. Nicht für andere Dinge.

Für Menschen.

Amy schob den Riegel an der Tür zurück. Nun kannte sie die Wahrheit. Es war kein Happy End, aber wenigstens ein Ende.

Amy dachte, es wäre Richard, und erinnerte sich wieder an die Wärme seiner Hand auf ihrem Arm. Sie musste mit jemandem reden, jemandem, der nicht Chantel war. Es war so viel, was sie zu verkraften hatte.

Sie öffnete schwungvoll die Tür, aber es war nicht Richard, der da stand.

Es war Detective Chief Inspector Jack Hooper.

ZEITUNGEN

Juni 2008

Amy beschloss, dass sie froh war, dass Tim sie nicht vom Flughafen abgeholt hatte. Auch als sie ihren schweren Koffer in den Zug wuchtete, redete sie sich noch ein, dass es gut so sei. Sie wäre bestimmt sofort mit der Neuigkeit herausgeplatzt, mitten im Getümmel. Besser, sie wartete damit. Bis heute Abend. Bis sie zu Hause wäre.

Vielleicht sogar bis morgen. Amy war müde und verschwitzt und hatte keine Lust auf ein langes Gespräch. Sie wollte duschen und sich dann neben Tim auf dem Sofa zusammenkuscheln, seinen warmen Körper spüren. Und dann im Bett neben ihm einschlafen. Seit sie es wusste, hatte sie kaum geschlafen, was sie auf die Aufregung und die Hormone schob. Und darauf, dass sie Tim vermisste. Im Bett seinen Atem zu hören, das war es, was sie für einen guten, tiefen Schlaf brauchte. Morgen würde sie dann etwas Besonderes kochen und es ihm sagen. Was sie kochen würde, wusste sie noch nicht – alles, nur keine Pasta. Das war der Plan.

Es war perfekt.

Die Zugfahrt zog sich ewig in die Länge. Sie musste nach London ins Zentrum hineinfahren und von dort wieder hinaus. Aber endlich kam sie an ihrer Station an. Sie hatte Tim geschrieben, welchen Zug sie nehmen würde, in der Hoffnung, er würde ihr vorschlagen, sie von der Station abzuholen, aber er hatte nur mit einem »x« geantwortet. Der Aufzug war kaputt, und Amy musste den Koffer eine endlos lange Treppe hinaufschleppen. Sie würde sich einen dieser kleinen Buttons zum Anstecken besorgen. *Baby on Board*. Dann würde ihr sicher jemand helfen.

Sie fragte sich, woher man die bekam, und beschloss, sich gleich hier am Bahnhof zu erkundigen. Das wäre sogar irgendwie eine süße Art, es Tim mitzuteilen, dachte sie. Sie könnte ihm einfach den Button hinhalten.

»Gratuliere«, sagte der Mann am Fahrkartenschalter. »Die Buttons sind leider aus. Bestellen Sie einen online. Dauert zwei bis vier Wochen.«

Egal, dachte Amy. Es wäre sowieso ein bisschen albern gewesen. Sie würde es ihm richtig sagen. Mit Worten.

Als Tim die Tür aufmachte, sprang sie ihm entgegen und schlang ihre Arme und Beine um ihn. Sie vergrub ihr Gesicht an seinem Hals, atmete seinen rauchigen Kokosduft ein und spürte seinen warmen Körper, wie er sich an ihren presste.

An ihre beiden.

»Ruhig, Brauner«, sagte Tim und schob sie behutsam von sich. »Du brichst mir noch das Kreuz.«

»Glaubst du, ich habe zugenommen?« Normalerweise wäre Amy von einem solchen Gedanken entsetzt, aber jetzt fand sie ihn aufregend. Sie merkte schon erste Veränderungen. Fast erwartete sie, dass er zu ihr sagen würde, sie hätte so ein inneres Leuchten.

»Natürlich nicht«, sagte Tim vorsichtig. »So etwas würde ich nie sagen.«

»Was wolltest du mir denn dann sagen?«, fragte Amy, ließ ihn los und schleppte den Koffer ins Haus.

»Jetzt nicht«, sagte Tim. Amy sah ihn stirnrunzelnd an. Wieder tat er so seltsam geheimnisvoll. Na schön, auch sie hatte ein Geheimnis. Wahrscheinlich kam auch sie ihm seltsam vor.

»Sehe ich anders aus?« Sie konnte es nicht lassen.

»Braungebrannt«, sagte er.

»Ich war die ganze Zeit drinnen«, sagte Amy. »Und habe gemalt.«

»Und keine Spaghetti von nackten italienischen Männerkörpern gegessen?«

»Nur Penne«, erwiderte Amy mit einem Lachen.

»Hast du Lust auf einen Drink?«, fragte Tim. »Ich hab mir gerade einen gemacht.«

»Nein, danke.« Amy schwieg kurz. »Ich bin jetzt ziemlich müde«, sagte sie dann. »Aber was hältst du davon, wenn ich uns morgen Abend was Schönes koche?«

»Morgen kann ich nicht«, sagte Tim. »Da habe ich was vor.«

»Was?«, rief Amy. »Aber ich bin doch gerade erst zurückgekommen.«

»Und jetzt bin ich ja auch da«, sagte er und küsste sie auf den Scheitel.

»Du hast mich nicht mal vom Flughafen abgeholt«, brummte Amy.

»Du hast gesagt, ich soll nicht!« Das stimmte zwar, aber darum ging es nicht.

»Kannst du deine Pläne nicht verschieben?«, bettelte sie.

»Du warst sechs Wochen weg, Amy, und beschwerst dich, wenn ich einen Abend ausgehe?«

»Okay«, sagte Amy. »In Ordnung.« Sie machte eine Pause. »Was hast du denn vor?«

»Simon will mit mir reden, es geht um die Band«, sagte er. »Ich glaube, er hofft, dass ich bei einem Auftritt mitmache. Wir gehen nur kurz was trinken, das sollte nicht allzu lange dauern.«

»Ich dusch mich jetzt«, kündigte Amy an, die sich nach der Reise schmutzig und verschwitzt fühlte.

»Tut mir leid, Amy.« Tim gab ihr einen kleinen Kuss. »Wir machen unser Essen am Freitag. Ich koche. Es gibt etwas Wichtiges, über das ich mit dir sprechen möchte.«

Amy legte sich nach dem Duschen ins Bett. Sie wollte sich nur kurz ausruhen, schlief aber fest ein. Als sie am nächsten Morgen aufwachte, war Tim schon zur Arbeit gegangen. Sie verbrachte den Tag mit Auspacken und warf sogar einen kurzen Blick in Chantels Zimmer. Sie könnten ein Kinderzimmer daraus machen. Amy stellte sich schon die prächtigen Vögel vor, die sie an die Wände malen würde. Und an die Decke vielleicht einen richtigen Himmel mit allem Drum und Dran, mit flauschigen Wolken und einem leuchtenden Regenbogen, der sich an den Wänden fortsetzte.

Amy wartete und wartete, dass Tim nach Hause käme, aber er kam nicht. Die kurzen Drinks mussten sich hingezogen haben, auf den ersten war der zweite gefolgt, und wer weiß, was sonst noch. Schließlich gab Amy das Warten auf und ging ins Bett, rollte sich allein zusammen, bis der Schlaf sie überwältigte. Mitten in der Nacht wachte sie auf und glaubte, Tim hätte sie geweckt, aber kein Tim erschien im Schlafzimmer. Sie stand auf und sah im Wohnzimmer nach, ob er vielleicht spät nach Hause gekommen und dort eingeschlafen war, aber von ihm war nichts zu sehen. Sie ging auf die Toilette, das musste sie jetzt häufiger, und kehrte ins Bett zurück. Sie hoffte, er würde keinen Kater haben, wenn sie ihm die Neuigkeiten erzählte, aber wenn es so wäre, könnte sie ihm keine Vorwürfe machen. Er konnte schließlich nicht wissen, was auf ihn zukam.

Erst als sie am Freitagmorgen aufwachte und er immer noch nicht da war, begann sie, sich wirklich Sorgen zu machen. Sie rief Tim an, landete aber sofort auf der Mailbox. Wahrscheinlich lagen die beiden zugedröhnt auf Simons Couch. Oder vielleicht irgendwo am Straßenrand, dachte sie bitter.

Sie rief stündlich bei Tim an und dann auch bei Simon, und ihre Sorge wuchs. Keine Reaktion. Sie versuchte, Ruhe zu bewahren, Stress war sicher nicht gut für das Baby. Später würde sie zur Bibliothek gehen und sich ein Buch über Schwangerschaft ausleihen, hatte sie sich vorgenommen. Natürlich hatte sie schon online recherchiert und herausgefunden, dass das Baby im Moment so groß war wie ein Sesamkorn.

Als sie sich mittags ein Brötchen schmierte, das sie im Küchenschrank gefunden hatte und von dem sie nun die Sesamkörner zupfte, weil sie es nicht über sich brachte, sie zu essen, bekam sie einen Anruf. Hastig griff sie nach ihrem Handy und fegte dabei die Sesamkörner zu Boden.

»Warum um alles in der Welt habe ich sieben verpasste Anrufe von dir?«, fragte Simon.

»Wo ist Tim?«, fragte Amy.

»Tim? Woher soll ich das wissen?«

»Ist er nicht bei dir?«

»Ich habe Tim seit Wochen nicht gesehen«, antwortete Simon. »Die Band hat sich aufgelöst. Das weißt du doch!«

»Ihr wart gestern Abend nicht zusammen unterwegs?« Amy spürte einen Stich.

»Es ist Wochen her«, wiederholte Simon. Er machte eine Pause. »Oh, Mist – hab ich ihn jetzt reingeritten?«

Amy war so wütend, dass sie nicht antworten konnte. Warum hatte Tim sie angelogen? Sie war sechs Wochen weg gewesen. In so einer langen Zeit konnte viel passieren. Amy konnte nicht anders, als voreilige Schlüsse zu ziehen.

Amy wählte wieder Chantels Nummer. Sie brauchte von ihrer besten Freundin moralische Unterstützung. Auch bei Chantels Handy sprang die Mailbox an. Wieso ging keiner ran, verdammt? Amy sah auf die Uhr. Es war Freitagmittag, Chantel wäre noch auf der Arbeit. Amy hatte ihre Nummer nicht, aber die könnte sie vielleicht von Jack bekommen. Er arbeitete im Schichtdienst, deshalb gab es eine gewisse Chance, dass er zu Hause war. Amy scrollte durch ihre Kontakte, bis sie die Festnetznummer von Jack und Chantel fand. Chantel würde es ihr sicher nicht übelnehmen, wenn sie sie im Büro störte. Das war schließlich ein Notfall.

»Wer ist da?«, blaffte Jack.

»Amy hier«, sagte sie und schwieg, weil sich am anderen Ende nichts rührte. »Amy Ashton«, ergänzte sie.

»Warum rufst du an?«

»Entschuldige«, sagte Amy. »Du klingst müde.«

»Nein«, sagte Jack. »Ich bin nicht müde. Warum sollte ich müde sein?«

Darauf hatte Amy keine Antwort. »Entschuldige«, wiederholte sie, »Ich würde gern mit Chantel sprechen.«

»Sie ist auf der Arbeit«, sagte er. »Warum sollte sie zu Hause sein?«

»Ich weiß, dass sie auf der Arbeit ist«, sagte Amy. So unhöflich hatte sie Jack noch nie erlebt. »Kannst du mir bitte ihre Nummer geben? Es ist dringend.«

»Ich habe sie nicht«, sagte Jack.

»Oh.« Amy glaubte ihm nicht wirklich. »Vielleicht kann ich sie online herausbekommen.«

Wieder Schweigen. »Tatsächlich hatten wir eine kleine Auseinandersetzung«, sagte Jack dann. »Wenn du es unbedingt wissen willst, sie ist gestern Nacht nicht nach Hause gekommen.«

»Tim auch nicht«, sagte Amy.

»Glaubst du nicht ...«, begann Jack.

»Natürlich nicht«, sagte Amy. Aber das Korn war gesät.

Amy war nie eine große Zeitungsleserin gewesen. Wenn sie las, dann Romane. Schöne Geschichten, in denen Menschen Fehler machten, aus denen sie lernten, um daran zu wachsen. Die Zeitungen dagegen waren voller Berichte über Menschen, die einander schreckliche Dinge antaten und sich nie besserten. Das war gar nicht nach ihrem Geschmack.

Aber nachdem Amy zur Polizei gegangen war und Tim als vermisst gemeldet hatte, wurden Zeitungen plötzlich wichtig. Nicht wegen irgendwelcher Geschichten über schreckliche Ereignisse, die weit weg passiert waren und sie nicht betrafen. Sondern weil etwas über Tim drinstehen konnte. Und über Chantel.

Anfangs sammelte Amy sämtliche Zeitungen. Die Sache machte keine Schlagzeilen, nicht einmal in den Lokalzeitungen. Aber das Verschwinden zweier Personen erregte doch öffentliches Interesse, zumindest zu Beginn. Nach ein, zwei Tagen wurden die Artikel kürzer, aber Amy kaufte immer noch alle Zeitungen und hoffte auf mehr Informationen.

Amy verbrachte Stunden auf dem Polizeirevier, machte Aussage um Aussage. Sie trank eine Tasse süßen, lauwarmen Tee nach der anderen, und man versicherte ihr immer wieder, dass die Polizei alles in ihrer Macht Stehende unternahm. Amy empfand es als glückliche Fügung, dass Jack ihr das Vorgehen erklären konnte und sie über alle Erkenntnisse auf dem Laufenden hielt.

Nur gab es sehr wenige Erkenntnisse. Niemand schien etwas in Erfahrung zu bringen. Es war, als hätten sich Tim und Chantel in Luft aufgelöst.

Schließlich nahm Jack sie beiseite und informierte sie ganz vertraulich, zu welchen Schlüssen seine Kollegen gekommen waren. Chantel und Tim waren abgehauen, um zusammen ein neues Leben anzufangen. Jack und Amy blieben als Kollateralschäden zurück.

Amy weigerte sich, das zu glauben, und durchforstete die Zeitungen nach weiteren Informationen. Sogar in den Kleinanzeigen suchte sie nach einer Nachricht. Sie rief immer wieder Tims und Chantels Freunde an und belästigte die Kollegen in den Büros der beiden.

Sie musste sie finden, und sie war ziemlich sicher, dass es ihr gelingen würde. Sie musste Tim von dem Baby erzählen.

Egal, was er getan hatte, er musste wissen, dass er Vater werden würde.

14

»Hallo, Amy.« Jack lächelte sie an. »Ich mache eigentlich keine Hausbesuche mehr, aber ich dachte, ich mache mal eine Ausnahme, wo wir ja so alte Freunde sind.« Er trat einen Schritt vor, aber Amy wich nicht von der Stelle. »Kann ich reinkommen?«, fragte er. Er hielt es offenbar für selbstverständlich, dass sie ihn hereinbitten würde.

Amy warf die Tür zu.

Sie schloss nicht. Amy schaute nach unten. Jack hatte den Fuß in die Tür gestellt, ein lang trainierter Reflex. Amy musterte ihn durch den Spalt. Sie spürte, wie stark sie zitterte.

»Was gibt's für Probleme, Amy?« Jack klang ungezwungen, aber die Schweißperlen auf seiner Stirn verrieten ihn. »Ich habe deine Nachricht bekommen. Ich bin sicher, dass ich die Sache klären kann. Lass mich rein.«

Ihre Nachricht. Natürlich. Sie hatte ihn gefragt, warum er nach Chantels Verschwinden nicht schon früher Alarm geschlagen hatte.

Jetzt wusste sie es.

Weil er Tim getötet hatte. Und weil Chantel, die einzige Zeugin, geflohen war.

Die einzige Zeugin war ihm jahrelang entwischt.

Und jetzt stand sie in Amys Küche und trank Wein.

»Nicht jetzt.« Amy versuchte, sich ihr Entsetzen nicht anmerken zu lassen. »Jack«, schob sie laut nach, um Chantel zu warnen. Jack sah sie an, und sein Gesicht veränderte sich. Verdacht stieg in ihm auf. Amy versuchte zu lächeln, aber ihr Mund machte nicht mit.

»Hast du Besuch?«, fragte er.

Beide hörten ein Klirren von drinnen, etwas war zu Boden gefallen.

Jack brauchte keine zweite Aufforderung. Er nahm Anlauf und rammte die Tür mit der Schulter. Die Tür flog auf und schleuderte Amy gegen die Wand, mit einer solchen Wucht, dass sie mit dem Kopf an das Regal in der Diele knallte. Eine Flasche fiel herunter und zerbrach. Amy sank neben den Scherben zu Boden. Jack stürmte herein, Glas knirschte unter seinen Sohlen. Amy starrte die Scherben an, ihr war schwindlig.

Sie hob die Hand an den schmerzenden Kopf und spürte etwas Warmes, Feuchtes. Sie sah ihre Finger an.

Blut.

Jack kam aus der Küche zurück. Amy blickte auf. Chantel musste durch die Hintertür entwischt sein. Amy holte tief Luft und versuchte sich zusammenzureißen.

Jack war gefährlich, und sie war mit ihm allein – nicht der Moment für eine Konfrontation. Sie bemühte sich, ihre Wut auf Jack zu zügeln und das Hämmern in ihrem Kopf zu ignorieren.

Er sah sie an, seine Gesichtszüge spiegelten Besorgnis. »Meine Güte, Amy«, sagte er, »ich wollte nicht ...« Er streckte die Hand aus, um ihr hoch zu helfen, aber Amy zuckte vor ihm weg. »Als ich das Geräusch gehört habe, dachte ich, es wäre ein Einbrecher«, sagte er, eine glatte Lüge.

»Ich möchte, dass du jetzt gehst.«

»Jetzt sei doch nicht so«, sagte Jack. »Es war ein Unfall. Dieses Regal ...«

»Bitte geh jetzt.«

»Ich glaube wirklich, ich sollte bleiben«, sagte Jack. »Man kann bei Kopfverletzungen nicht vorsichtig genug sein.«

Das war zu viel.

»Raus aus meinem Haus!« Amy konnte ihre Wut nicht mehr zügeln.

»Was geht hier vor, Amy?«, fragte er. Härte lag in seiner Stimme, jede Besorgnis war verpufft. »Steh auf.« Er streckte ihr wieder die Hände entgegen, aber diesmal war es kein Angebot. Er schloss die Finger um ihre Arme, viel zu fest, und zerrte sie hoch. Amy stieß einen Schmerzensschrei aus.

Chantel riss die Wohnzimmertür auf und lief auf sie zu. »Hände weg von ihr«, schrie sie. Amy sah Chantel an. Sie war nicht weggelaufen. Diesmal nicht.

»Chantel!«, stieß Jack hervor. Er zuckte zurück, als hätte er eine Ohrfeige bekommen. Amy dachte schon, er würde hinfallen, doch stattdessen spürte sie, wie er noch fester zupackte. Er schob Amy ins Wohnzimmer. Chantel folgte ihnen.

»Ich meine es ernst«, sagte Chantel. »Lass sie los. Sofort.«

Jack sah seine Hände an, als hätte er vergessen, dass sie immer noch auf Amys Armen lagen. »Amy hatte einen Unfall«, erklärte er und gab sie frei. »Das ist alles.«

»Ach, noch ein Unfall?«, fragte Chantel. Sie schob Amy hinter sich und schirmte sie vor Jack ab.

»Dann hast du es ihr also erzählt«, sagte Jack.

Niemand sagte ein Wort. Die drei standen schweigend da. Amy hörte aus einem der Kartons eine Uhr ticken. Sie blickte sich verstohlen um und sah Scarlett auf einer Kiste sitzen. Der Vogel beobachtete, wie das Drama seinen Lauf nahm. Amy hatte das übermächtige Bedürfnis, den Arm nach ihrem Rotkehlchen auszustrecken und es an ihre Brust zu drücken.

»Ich habe nach dir gesucht, Chantel«, sagte Jack schließlich mit einer unheimlichen Ruhe. »Lange.«

»Ich weiß«, sagte sie.

»Wo warst du?«

»Das sage ich lieber nicht.«

»Nicht einmal jetzt?«, fragte Jack. Langsam verlor er die Ruhe. »Was Tim zugestoßen ist, war ein Unfall. Das weißt du.«

»Was du mir angetan hast, war kein Unfall«, sagte Chantel.

»Das tut mir leid.« Er machte eine Pause. »Jetzt ist alles anders. Ich bin verheiratet«, sagte er. »Habe zwei kleine Mädchen.«

»Die kann ich nur bedauern«, sagte Chantel.

»Ich habe die Kinder nie angerührt«, sagte Jack. »So bin ich nicht. War ich nie.«

»Und das macht es besser?«

»Der Unfall mit Tim«, fuhr Jack fort und überging Chantels Einwurf. »Der hat mich verändert. Das war das Schlimmste, was mir je passiert ist.«

»Dir passiert?«, fragte Amy ungläubig.

»Sie hat dir doch gesagt, dass es nicht meine Schuld war, oder?«, wandte sich Jack an Amy. »Es war ein Unfall, weiter nichts.«

»Du hast Tim geschlagen und getötet«, sagte Amy. Die Worte wurden ihr im Mund sauer.

»Ist das die Geschichte, die sie dir erzählt hat?«, fragte Jack. Amy nickte. »So war es nicht. Chantel hat mich angelogen und hat sich davongeschlichen, um Tim heimlich zu treffen. Sie haben sich im Park geküsst.«

»Wir haben uns nicht geküsst«, sagte Chantel.

»Was sollte ich davon halten?«, fuhr Jack fort. »Ich war wütend. Das wärst du auch gewesen. Jeder an meiner Stelle hätte genauso gehandelt.«

»Wirklich?«, fragte Chantel. »Das glaube ich nicht.«

»Es war ein Unfall«, wiederholte Jack. Er sah Amy bohrend an, als könnte er sie mit eisernem Willen dazu bringen, ihm zu glauben. »Ich habe gar nicht so fest zugeschlagen. Aber er ist rückwärts gestürzt und mit dem Kopf auf dem Geländer aufgeschlagen. Daran ist er gestorben. Es war nicht meine Schuld.«

»Du hast ihn geschlagen, und jetzt ist er tot.«

»Aber ich wollte ihn nicht umbringen«, sagte Jack. Er wurde immer lauter. »Es war ein dummer Unfall, der mein Leben hätte ruinieren können.«

»Und was ist mit Tims Leben?«, fragte Amy. Ihr hämmerte der Schädel.

»Es war schrecklich«, sagte Jack. »Aber ich konnte nichts mehr für ihn tun. Er war schon tot.« Amy sah ihn an. Was für ein skrupelloser Egomane, es schien ihm nicht einmal leid zu tun. Er hatte sich nur Sorgen gemacht, welche Folgen das Ganze für ihn selbst haben konnte.

»Ich hätte wegen Totschlags zehn Jahre ins Gefängnis kommen können«, sagte er. »Und du weißt, wie sie dort mit Polizisten umspringen.«

»Willst du, dass wir Mitleid mit dir haben?«, fragte Amy.

»Das durfte nicht passieren«, fuhr Jack fort. »Dann habe ich es gesehen. Ein Loch. Das Baufahrzeug. Ein Ausweg. Es war niemand da. Diese Chance musste ich nutzen.«

»Nein. Das musstest du nicht«, sagte Amy.

»Seitdem bin ich ein Musterbürger«, erklärte Jack. »Ein guter Polizist, ein guter Ehemann und Vater. Ich habe nie gegen jemanden die Hand erhoben.« Er sah Chantel an, dann Amy.

»Nicht wirklich. Und es ist so lange her. Völlig unnötig, in der Vergangenheit herumzustochern.«

So etwas hatte er schon einmal zu Amy gesagt, und dann waren ihre Blumentöpfe kaputt gewesen. Amy fragte sich, ob Jack dahintersteckte. Hatte er versucht, ihr Angst zu machen, damit sie Ruhe gab? Wut und Angst schäumten in ihr hoch.

»Doch, es ist nötig«, presste sie hervor. »Tim verdient Gerechtigkeit.«

»Ich bin sicher, wir können eine Lösung finden«, sagte Jack. Verzweiflung schlich in seine Stimme.

»Nein«, konterte Amy. »Wir brauchen einfach die Wahrheit. Wir alle.«

»Chantel?« Jack wandte sich an sie. »Du hast mir das Herz gebrochen, als du gegangen bist. Ich dachte, du würdest zu mir stehen.«

»Da hast du dich getäuscht«, sagte Chantel. »Jack, ich hatte Angst vor dir. Vor dem, was du mir antun würdest. Was du Amy antun würdest. Ich will nicht in Angst leben. Aber ich werde mich nicht verstecken. Nicht mehr.«

Jack schien in die Höhe zu wachsen. Amy bemerkte, wie er sich im Zimmer umsah. »Ihr beide macht es mir sehr schwer«, sagte er. »Keine Körperverletzungen mehr, das habe ich mir geschworen.«

»Du hast schon jemanden verletzt«, sagte Chantel. »Schau dir Amy an.«

»Könnte viel schlimmer sein«, sagte Jack mit einem drohenden Unterton.

Amy machte langsam einen Schritt zur Seite, zum Fenster hin, und zog Chantel mit sich mit. Sie blickte zu Scarlett hinauf, die alles von ihrem Hochsitz auf dem Kartonstapel aus verfolgte. In der obersten Schachtel waren Kochbücher, da war

Amy sicher. In der darunter waren Uhren, und zwischen den beiden klemmte ein schwerer Spiegel.

»Willst du uns drohen?«, fragte Amy.

»Ich sehe nicht, welche Alternative ihr mir lasst«, erwiderte Jack. Er machte einen Schritt rückwärts und stieß gegen einen Kartonstapel. »Was zum Teufel ist denn das für ein Chaos in deinem Haus, Amy?«, fragte er plötzlich. »Bist du ein Messie oder was?«

Jack hielt kurz inne und lächelte dann. Ein richtig fieses Lächeln. Amy spürte, wie Chantel neben ihr zusammenzuckte. »Das Haus ist ein einziger Unfall, der nur darauf wartet, endlich zu passieren«, sagte er dann, die Hand auf einem von Amys Kartons.

Amy gab keine Antwort. Sie blickte zu Scarlett hinauf, das wunderschöne Rotkehlchen, das all die Jahre zu ihr gehalten hatte. Warum musste der Vogel ausgerechnet dort oben sitzen? Amy biss sich auf die Lippe. Und die Kartons. Prall gefüllt mit ihren kostbaren Dingen. Mit ihren treuen Besitztümern.

Ihren wertvollen Schätzen.

Amy ließ Chantels Hand los und machte einen Satz. Sie warf sich gegen den Kartonturm. Der wankte einen Augenblick, und Amy sah in Jacks Gesicht Verwirrung aufblitzen. Dann stürzte der ganze Stapel um. Ein Krachen. Ohrenbetäubend. Das ekelerregende Klirren zerbrechender Dinge. Ein zersplitterter Spiegel. Scarletts Porzellanflügel, zerschmettert. Jacks Knochen, gebrochen.

Chantels Stimme.

»Lauf.«

VÖGEL

Juni 2008

»Nein, Amy, es gab keine neuen Erkenntnisse in dem Fall.« Detective Chief Inspector Jack Hooper sprach mit leiser Stimme, aber Amy hörte eine gewisse Schärfe durch. »Nicht beim letzten Mal, als du hergekommen bist, und auch heute nicht.«

»Immer noch nichts von Toyah?« Amy drückte den Plastikbecher mit dem wässrigen Tee zusammen. Die heiße Flüssigkeit schwappte über und verbrühte ihr die Hand, aber sie bemerkte es kaum.

»Sie sagte zu mir, dass du schon wieder bei ihr warst. Hör mal, Amy, ihre Tochter ist verschwunden. Du musst ihr ein bisschen Luft lassen. Sie hat nichts von Chantel gehört.« Er machte eine Pause. »Ich übrigens auch nicht«, fügte er hinzu.

»Und was ist mit Tim?« Wieder kroch Verzweiflung in ihre Stimme, auch wenn sie die Frage schon tausendmal gestellt hatte.

»Nichts Neues. Nicht von Simon, nicht von Idris, nicht von seinem Vater. Wie du sehr wohl weißt. Du hast sie alle wieder angerufen, habe ich recht?«

»Ich muss ihn finden«, sagte Amy. »Ich muss Tim finden. Und Chantel auch. Es muss etwas Schreckliches passiert sein.«

»Muss es das?«, fragte Jack. Amy antwortete nicht, sie wollte auch nicht hören, was jetzt kam. »Du kennst ja die Meinung meiner Kollegen, die in dem Fall ermitteln.«

»Nicht meine beste Freundin und mein Freund.« Amy sah zu, wie die Haut auf ihrer Hand vom Tee eine zornige Röte annahm.

»Aber genau danach sieht es aus«, entgegnete Jack. »Hör mal. Ich bin genauso verletzt wie du. Aber wir müssen die Möglichkeit ins Auge fassen, dass sie nicht gefunden werden wollen. Nicht von uns.«

»Das würden sie mir nicht antun«, wiederholte Amy beharrlich. Doch die vielen Wochen, in denen sie alle, die ihr nur einfielen, mit Fragen gelöchert hatte, hatten sie zermürbt. Niemand hatte Tim gesehen. Niemand hatte von Chantel gehört. Die besorgten, anteilnehmenden Blicke, denen sie beim ersten Gespräch begegnet war, wichen Mitleid und Gereiztheit, als sie die Leute immer wieder bedrängte. »Ich glaube es nicht«, sagte Amy. Aber ihre Stimme war nicht mehr so sicher.

»Wirklich nicht?«, bohrte Jack nach. »Vielleicht willst du es nicht glauben. Aber ich bin der Meinung, dass du es langsam glauben musst.«

»Mag sein«, gab Amy zu.

»Überlass die Sache jetzt mir«, sagte Jack. »Es ist nicht gut für dich, ihnen auf diese Weise nachzujagen. Ich bin hier der Profi. Wenn sie gefunden werden können, dann finde ich sie. Versprichst du mir, dass du mich helfen lässt?«

»Ich verspreche es«, sagte Amy.

»Gut«, erwiderte Jack. »Dann lass mich machen.«

Amy saß in ihrem Garten und beobachtete eine aufgequollene Zigarette, die in einem Aschenbecher voller Regenwasser herumschwamm. Es waren zwei Wochen vergangen, seit Tim verschwunden war und in denen sie nichts gehört hatte. Chantel war auch weg, und Jack war überzeugt, dass die beiden eine Affäre miteinander hatten und über alle Berge waren.

Unmöglich. Nicht bei Chantel und Tim. Ihnen war etwas zugestoßen. Amys Gedanken überschlugen sich, als sie noch einmal alle Möglichkeiten durchging, wovon keine überzeugend war.

Sie wurden irgendwo als Geiseln festgehalten, von einem gewalttätigen Psychopathen.

Sie waren in einem Auto eingeschlossen, das von der Straße abgekommen und ins Meer gestürzt war. Ungeachtet der Tatsache, dass keiner von ihnen ein Auto besaß und sie im Landesinneren wohnten, meilenweit vom Meer entfernt.

Sie waren von Außerirdischen entführt worden.

Wenn ihr solche Gedanken kamen, begriff sie, warum Jack glaubte, dass die beiden zusammen abgehauen waren. Das schien auf den ersten Blick plausibler als alles, was sie da zusammenphantasierte. Und doch kam es ihr genauso unwahrscheinlich vor. Es musste eine andere Erklärung geben. Eine Erklärung, die Amy helfen würde, die beiden zu finden. Jedes Mal, wenn jemand an ihrem Haus vorbeiging, rannte Amy zum Fenster, aber nie war es Tim oder Chantel. Jedes Mal, wenn es klingelte, sprang Amy hoch und lief zur Tür. Sie wurde jedes Mal enttäuscht. Sie sammelte stapelweise Zeitungen und durchforstete sie verzweifelt nach Informationen. Nichts.

Ihr tat der Rücken weh, wahrscheinlich hatte sie zu lange auf diesem Plastikstuhl gesessen. Er war ihr einziges Gartenmöbel, dekoriert mit Brandflecken und Vogelkot. Sie reckte sich, aber der Schmerz in ihrem Kreuz verstärkte sich noch.

Das Baby war jetzt so groß wie eine Brombeere, wie sie

dem Buch entnahm, das sie in der Bibliothek ausgeliehen hatte. Schwer zu glauben, dass etwas so Kleines einem so zu schaffen machen konnte. Es würde noch Monate dauern, bis sie Bewegungen spüren konnte, aber Amy glaubte, in ihrem Bauch schon jetzt ein zartes Flattern wahrzunehmen. Winzige Beinchen, die ansatzweise zu strampeln versuchten. Sie hatte noch keine morgendliche Übelkeit gehabt. Einem Internetforum zufolge konnte das bedeuten, dass es ein Junge war.

Ein kleiner Tim.

Tim würde seinen Sohn lieben. Er würde ausflippen vor Begeisterung, wenn er nach Hause käme. Amy erlaubte sich eine kleine Phantasie, in der er zurückkehrte – woher? Von einer spontan improvisierten Geschäftsreise, auf der er sämtliche Vorgaben erfüllt und eine saftige Provision verdient hätte. Er wäre furchtbar erschrocken, dass sie sich so viele Sorgen gemacht hatte – er hätte ihr eine E-Mail geschrieben, aber vergessen, auf Senden zu drücken. Außerdem wäre ihm sein Handy heruntergefallen und kaputtgegangen, sonst hätte er angerufen. Das passte zu ihm. Das wäre möglich. Man sähe es Amy noch nicht an, doch in ihrer Phantasie hatte sie schon ein kleines Bäuchlein und dieses Leuchten im Gesicht. Er würde sie ansehen, sofort Bescheid wissen und vor Freude strahlen. »Ja«, würde sie sagen. »Wir bekommen ein Baby.«

Ein Rotkehlchen flog herunter und landete auf dem Aschenbecher. Es saß auf dem Rand und senkte den Schnabel, um zu trinken, unbeeindruckt von der Zigarette. Amy hielt den Atem an, wollte den kleinen Vogel nicht verscheuchen. Er musste zehnmal größer sein als ihr Baby, sah aber so zart und verletzlich aus. Ein kostbares kleines Leben.

Amy spürte eine Woge von Optimismus in sich aufwallen. Tim würde zurückkommen. Musste er einfach! Denn ein

Teil von ihm wuchs in ihr heran. Das war ein Band, das nicht zerreißen würde. Ein Verbindungsseil, das ihn zu ihr zurückführen würde.

Amys Rückenschmerzen wurden so stark, dass sie wieder aufstehen wollte. Doch dann krümmte sie sich nach vorn, klappte richtig zusammen, so stark war der Krampf in ihrem Bauch.

Sie atmete ein paarmal tief durch und erinnerte sich an das, was in ihrem Schwangerschaftsbuch stand.

Für Einnistungsschmerzen war es zu spät. Für Wehen zu früh.

Das Rotkehlchen sah sie aus glänzenden Perlenaugen an. Dann flatterte es in den Himmel hinauf. Auf und davon.

Amy versuchte aufzustehen, und der Schmerz schoss durch sie hindurch.

Dann schaute sie an sich herunter.

Blut. Es lief an ihrem Bein entlang.

Amy humpelte in die Küche, nahm ihr Handy und rief einen Rettungswagen. Dann sank sie zu Boden und rollte sich zusammen, umklammerte ihre Knie vor der Brust. Sie hoffte, der Rettungswagen würde schnell kommen. Aber sie hatte das dumpfe Gefühl, dass die Sanitäter ihr nicht mehr helfen konnten. Sie schaukelte sacht hin und her, konzentrierte ihre ganze Energie auf ihr Baby und wünschte mit aller Kraft, dass mit ihm alles in Ordnung wäre.

15

Es war kalt an diesem frühen Morgen Anfang August, und Amy hielt ihren Pappbecher dicht unters Kinn, um sich am heißen Dampf zu wärmen. Das orangefarbene Leuchten am Horizont wurde immer heller, die Sonne war dabei aufzugehen und fast weiß von der Anstrengung, den Himmel blau zu färben. Amy beschloss, falls sie je wieder malen sollte, sich keine Sonnenuntergänge mehr vorzunehmen. Sondern Sonnenaufgänge.

Neuanfänge.

Sie trank einen Schluck Tee, drehte sich um und schaute zum Spielplatz hinüber. Richard starrte auf die Stelle, wo einmal das Planschbecken gewesen war und jetzt ein Treiben herrschte wie in einem Bienenstock. Dann löste er seinen Blick vom Geschehen und lächelte Amy beruhigend zu. »Die werden nicht mehr lange brauchen«, sagte er. Sie standen hinter dem Absperrband mit dem Aufdruck *Nicht betreten*, das die Polizei um den Tatort gespannt hatte.

Amy hatte keinerlei Bedürfnis, sich dieser Aufforderung zu widersetzen. Wo sie stand, war ihr nahe genug.

Es war nicht einfach gewesen, überhaupt so weit zu kommen. Nach dem Kartonsturz war Chantel hinausgelaufen, um Hilfe zu holen. Später erfuhr Amy, dass es Rachel gewesen war, die den Notruf getätigt hatte, sie selbst hatte die ganze Zeit nichts anderes tun können als Jacks Hand anzustarren, die unter ihren Sachen hervorragte. Sie zuckte wie eine nervöse Spinne, und ihre Bewegung spiegelte sich in den Scherben eines zerbrochenen Spiegels wider.

Dann hörte sie auf zu zucken.

Es folgte ein hektisches Durcheinander. Ein Rettungswagen. Die Polizei. Sie hörte Chantels Stimme. »Die Kartons sind umgestürzt«, hatte Chantel mit Nachdruck gesagt. »Es war ein Unfall.«

Dann unterhielt sich Chantel leise mit der Polizeibeamtin. Deren Gesicht nahm plötzlich einen ganz anderen Ausdruck an, und sie rief ihren Kollegen herbei. Amy saß da und beobachtete sie, während die Sanitäter ihren Kopf verarzteten.

Richards Jungs waren herausgelaufen, um sich das Polizeiauto und den Rettungswagen anzusehen, aber Richard scheuchte sie schnell wieder hinein. Als dann das Polizeiauto mit Amy und Chantel davonfuhr, blieb auf dem Gehweg vor Amys Haus nur Smudge zurück und putzte sich gelassen den Schwanz.

Jack war in Untersuchungshaft. Er hatte eine Gehirnerschütterung und schlimme Prellungen, würde aber wieder vollkommen genesen. Seine Probleme würden erst noch kommen. Chantel hatte der Polizei endlich erzählt, was vor elf Jahren wirklich passiert war. Ihre Anschuldigungen wurden ernst genommen.

Und jetzt waren sie hier und warteten darauf, dass Tims Leiche unter dem Spielplatz gefunden würde.

»Und wenn er gar nicht dort ist?«, flüsterte Amy.

»Die Polizei wird ihn finden«, versicherte ihr Richard. »Sie wissen jetzt, wo sie suchen müssen.«

Wenn sie diesen Brief nur früher bekommen hätte. Den

Brief, in dem stand, dass Tim sie nicht verraten hatte. Das Foto, das zeigte, wo Tim seinen letzten Atemzug getan hatte.

Und wann.

Bei Sonnenuntergang.

Chantel hatte nicht an diesen Ort zurückkehren wollen. Das konnte Amy gut verstehen, aber sie selbst hatte das Gefühl, sie müsse dabei sein. Richard begleitete sie. Sein Arm lag tröstlich auf ihren Schultern.

»Es ist anders, wenn man weiß, dass jemand tot ist«, sagte Richard. »Ich weiß, du hast schon einen großen Verlust erlitten, aber erst jetzt wird er sich endgültig anfühlen.«

»Ich weiß, wie sich das anfühlt«, sagte Amy. Ohne sich dessen bewusst zu sein, hatte sie die Hand auf ihren Bauch gelegt. Richards Blick folgte ihrer Hand.

»Oh, das wusste ich nicht«, sagte er leise. »Das tut mir sehr leid.«

Amy hob den Blick noch einmal zum Horizont. Der orangefarbene Schimmer hatte sich verflüchtigt, als wäre er eine Illusion gewesen. Jetzt war der Himmel blau. Sie spürte, wie die Sonne die Luft zu erwärmen begann. Dann ein Ausruf, und Amy drehte sich wieder zu den Kriminalbeamten, die in den weißen Schutzanzügen zusammenliefen wie Tauben um ausgestreute Körner. Alle blickten nach unten.

»Da ist er«, sagte sie. »Sie haben Tim gefunden.«

»Danke für das alles hier.« Tims Vater konnte ihre Hand schier nicht mehr loslassen. »Und für die großartige Rede.«

»Ich glaube, Tim hat es verdient«, erwiderte Amy. Sie blickte in die Runde der kleinen Trauergesellschaft. Tim war nicht religiös gewesen, deshalb war Amy lange unschlüssig gewesen, wo sie die Feier abhalten sollten. Dann hatte sie sich an das Festival erinnert, bei dem die Band vor vielen, vielen Jahren aufgetreten war. Die Wiese war ein bisschen abgelegen, aber sie erinnerte sich, wie glücklich Tim dort gewesen war.

»Und Sie wollen die Asche hier verstreuen?«

»Wir beide werden das tun«, sagte Amy. Sie warf einen Blick auf die Urne, die sie mit duftendem Geißblatt umwunden hatte. Drinnen war, was von Tim übriggeblieben war, dazu winzige Scherben von Scarlett, die Amy mit ihm hatte einäschern lassen. Diesmal war der Vogel in so viele Stücke zerbrochen, dass er sich nicht mehr retten ließ. »Nach dem Konzert. Ich glaube, die Band ist bald so weit.«

Die restlichen Bandmitglieder hatten sich ein letztes Mal zusammengetan. Simon, Idris und Phil. Chantel stand neben Amy, ganz vorn, und die übrigen Gäste traten dazu. Chantel fasste zögernd nach Amys Hand. Die beiden tasteten sich nach und nach zu ihrer Freundschaft zurück. Amy glaubte nicht, dass sie Chantel jemals wieder so lieben könnte wie früher. Nicht, nachdem sie sie so lange verlassen hatte. Aber es war ein gutes Gefühl, sie wieder in ihrem Leben zu haben.

»Das ist ein Song über einen verpassten Sonnenuntergang«, kündigte Simon an, den Mund dicht am Mikro. »Das war unser berühmtester Song, unser Markenzeichen, geschrieben von dem großartigen, früh verstorbenen Tim Carver. ›Already Dark‹.«

Amy lauschte dem Song, doch ihr Blick wanderte über die Menschen, die hier zusammengekommen waren. Erin, Chantels älteste Tochter, hatte sich neben ihre Mutter gestellt und ihre andere Hand ergriffen. Daniel und Gwyneth, Chantels Jüngster, rannten über die Wiese, die Arme ausgebreitet wie Flugzeuge. Charles kauerte am Boden, wahrscheinlich untersuchte er ein Insekt. Alan stand da wie hypnotisiert von der Musik, die er seinen Sohn niemals hatte spielen hören.

Und Richard hielt sich im Hintergrund und sah sie an. Sie winkte ihn zu sich, und er kam und stellte sich neben sie. Es war ein merkwürdiges Gefühl, Tims Song gemeinsam mit einem anderen Mann anzuhören.

Aber sie konnte nicht noch einen Sonnenuntergang verpassen.

»Wir haben also drei Kategorien, und ich habe dafür passende Aufkleber mitgebracht«, sagte Rachel, die ihre Rolle sichtlich genoss. »Grün für Behalten. Rot für Wegwerfen. Gelb für Charity-Shop. Alles klar?«

Amy nickte kläglich. »Du brauchst noch nicht damit anzufangen«, sagte Richard. »Wenn du noch nicht bereit dazu bist.«

»Ich bin bereit«, sagte Amy. Tims Trauerfeier lag Wochen zurück. Sie wollte, dass Richard und die Jungs in ihr Haus kommen könnten. Sie wollte sogar, dass die Verwaltung diesen verdammten Kamin reparierte. Rachel hatte dort unter Berücksichtigung aller kürzlichen Ereignisse eine Verlängerungsfrist erwirkt, aber die Sache ließ sich nicht ewig verschieben. »Packen wir's an.«

»Na, dann ran an den Speck. Los geht's, Leute!« Rachel unterstrich die Aufforderung mit einem begeisterten zweifachen Klatschen. »Hopphopp! Nur keine Müdigkeit vorschützen! Keine Teepausen, bis die Küche geräumt ist.« Sie sah Chantel scharf an. »Und keine Zigarettenpausen.«

»Musstest du sie wirklich einladen?«, flüsterte Chantel. »Wenn ich die schon sehe, will ich sofort eine rauchen.«

»Sie ist ganz in Ordnung«, sagte Amy. »Gib ihr eine Chance.«

Rachel machte sich umstandslos an die Arbeit. »Flaschen«, sagte sie. »Alles Müll. Okay?«

»Ich muss sie mir erst ansehen«, sagte Amy. Sie fühlte sich beklommen. »Aber ja. Die meisten können weg. Ins Recycling.«

»Zeitungen«, sagte Rachel. »Die Lokalzeitungen sind wer weiß wie alt.«

»Elf Jahre«, sagte Amy.

»Rot?«

Amy zögerte. Aber jetzt, wo sie die Wahrheit kannte, willigte sie ein. »Ja«, sagte sie.

»Ich bring sie raus«, sagte Richard schnell und packte einen großen Stapel. Eine Staubwolke stieg auf, und alle sahen den Teilchen zu, wie sie in der Sonne flimmerten.

»Ich weiß, was wir brauchen«, sagte Rachel. Sie zog eine Schachtel Einmalhandschuhe hervor und gab Richard ein Paar, bevor sie selbst welche überstreifte. »Ich kann keine Infektion riskieren«, sagte sie mit einem nervösen Lächeln. »Nicht in meinem Zustand.« Die anderen bemerkten es nicht, aber Amy nahm Rachels behandschuhte Hand und drückte sie. Rachel erwiderte den Druck und löste dann ihre Hand. »Chantel und Amy, für euch auch ein Paar«, fuhr sie fort.

Chantel griff widerstrebend nach den Handschuhen. Sie schnupperte daran. »Die riechen nach Kondomen«, sagte sie.

»Natürlich«, erwiderte Rachel. »Die sind aus Latex. Hilfst du oder nicht?«

»Ich helfe«, sagte Chantel. »Aber ich riskier's ohne.« Rachel nahm ihre Handschuhe mit einem Stirnrunzeln zurück.

»Ich brauche auch keine Handschuhe«, sagte Amy. »Alles ist tadellos sauber.«

»Wie du meinst.« Rachel klebte vorsichtig einen Aufkleber auf den Plastikmülleimer. Sie sah sich um. »Was ist mit diesen kaputten Blumentöpfen?«, fragte sie. »Ab in den Müll?«

Amy sah die kleinen Scherbenhaufen an. Sie war jetzt überzeugt, dass Jack etwas damit zu tun hatte. »Die brauche ich«, sagte sie. »Ich glaube, ich kann sie für ein Kunstprojekt benutzen. Behalten.«

»Wirklich?«, bohrte Rachel nach. »Du hast doch einen ganzen Garten voller unbeschädigter Töpfe.«

»Ja, wirklich!«, schnauzte Chantel sie an. »Amy kann alles behalten, was sie will.« Sie lächelte ihre Freundin an. »Es ist so aufregend, dass du wieder mit der Kunst anfängst«, sagte sie. »Ich bin total gespannt, was du machst.«

»Gut«, gab Rachel nach. »Aber wir sind immer noch in der Diele und haben noch den ganzen Rest des Hauses vor uns.«

»Wir haben keine Eile«, sagte Richard und legte die Hand auf Amys Rücken. Sie lächelte, als sie die Berührung spürte.

»Fangen wir im Wohnzimmer an«, schlug Amy vor. Sie ging hinüber, und Richard folgte ihr.

»Zerbrochener Spiegel?«, fragte Richard.

Amy betrachtete den Spiegel, die Sprünge breiteten sich auf dem Glas aus wie ein Spinnennetz. »Okay«, sagte sie. »Der kann weg.«

»Was ist mit dieser Uhr?«, fragte er und hob sie auf. »Sie glaubt, es ist sieben, aber ich weiß, dass es halb eins ist.«

Amy sah sie an. Ein hübsches kleines Ziffernblatt in einem prächtigen Mahagonigehäuse. »Behalten«, sagte sie. »Die braucht wahrscheinlich nur neue Batterien.«

»Und die Feuerzeuge?«, fragte Richard. »Sieht so aus, als wären die meisten ganz billige vom Kiosk. Ich trete ständig drauf. Und du rauchst doch gar nicht.«

»Behalten«, sagte Amy. Sie schloss die Augen und stellte sich vor, dass sie wieder auf dieser Wiese war, Tims Song zuhörte und sah, wie die Flammen sich im Rhythmus der Musik wiegten.

»Das hier ist kaputt.« Richard hielt ein grünes Plastikfeuerzeug hoch, das einen Sprung hatte.

Amy riss es ihm aus der Hand. »Das brauche ich unbedingt!«

»Die sind gefährlich für Daniel«, wandte Richard behutsam ein. »Ich würde nicht wollen, dass er hier drinnen spielt, wenn überall auf dem Boden Sachen herumliegen, mit denen er alles abfackeln kann.«

Amy zögerte. Da hatte er recht. »Sammle sie doch alle ein, und wir tun sie in eine Schachtel«, sagte sie schließlich. »Die räume ich dann weg, damit Daniel nicht drankommt.«

Sie glaubte einen kleinen Seufzer wahrzunehmen, aber Richard fügte sich und hob eine Handvoll Feuerzeuge auf. »Denk dran, dass die Verwaltung freien Zugang ins Haus braucht.«

»Eine Schachtel mit Feuerzeugen ist da wohl kein Hindernis«, erwiderte Amy. »Die sind ja klein.«

»Aber es gibt Hunderte davon. Wie wär's, wenn du nur deine Lieblingsfeuerzeuge behältst?«

Chantel kam herein. »Setzt du meine Freundin unter Druck?«, fragte sie. »Wenn ja, dann bin ich ihr noch einen umstürzenden Kartonturm schuldig ...« Sie tat so, als ob sie die Kisten umstoßen würde, und lachte.

»Mach bloß keine Witze darüber!«, sagte Amy. »Ist dir klar, wie viele Porzellanvögel kaputtgegangen sind?« Sie dachte wieder an Scarlett, deren winziger Körper in unzählige Splitter zerbrochen war.

»Sorry«, sagte Chantel. »Ich möchte dir wirklich helfen. Und ich glaube, die Feuerzeuge in eine Schachtel zu räumen ist eine hervorragende Idee. Aber diese Vögel.« Sie schüttelte sich. »Die sind hässlich. Und gruselig. Ich mag es nicht, wie sie mich immer mit ihren kleinen Knopfaugen anstarren.«

»Aber du magst sie, oder?«, fragte Amy Richard.

Richard schien sich auf einmal sehr für seinen Schuh zu interessieren. Schließlich blickte er auf. »Nein«, sagte er. »Tut mir leid.«

»Es ist mir egal, was ihr beide denkt«, sagte Amy. »Ich war jahrelang glücklich mit den Vögeln. Als keiner von euch hier war, haben sie mir Gesellschaft geleistet.«

»Aber jetzt bin ich hier«, sagte Chantel. »Und Richard auch.«

»Das wächst mir alles über den Kopf.« Amy scheuchte die beiden aus dem Zimmer. »Ich brauche eine Weile Ruhe.«

Amy setzte sich auf den Boden und lehnte sich mit dem Rücken an die Tür, die sie hinter Chantel und Richard geschlossen hatte. Vom hier unten betrachtet, ragte ihre aufgetürmte Habe in bedrohliche Höhen. Sie wollte das Zeug loswerden, sie wollte ein normales Haus haben. Ein normales Leben, was immer das war. Sie stellte sich vor, wie Chantel sie mit ihren Mädchen besuchte. Wie Richard und die Jungs zum Abendessen rüberkamen.

Sie stand auf und ging zu dem Karton mit den Kochbüchern. Die waren robust und hatten bei dem Sturz im Gegensatz zu den Vögeln fast nichts abbekommen. Diese Bücher brauchte sie, die würden ihr helfen, für die Kinder zu kochen. Das war nur vernünftig. Sie holte einen von Rachels grünen Aufklebern und klebte sie auf die Schachtel. Behalten.

Hier und da steckten einige unverpackte Kochbücher, auf die sie ebenfalls grüne Punkte klebte. Dann machte sie einen Karton auf, der voller Flaschen und Tuben mit Handlotion war. Sie drückte einen Klacks auf ihre Hand und rieb sich die seidige Lotion in die Haut. Der Duft von Geißblatt verbreitete sich im Raum. Sie würde die Handcremes verbrauchen, es wäre Quatsch, sie wegzuwerfen. Also klebte sie einen grünen Punkt auf den Karton.

In der nächsten Schachtel lagen die unterschiedlichsten Sachen. Schlüsselanhänger, ein paar kleine Vasen, in die gerade ein paar Geißblattstängel passten. Viele Uhren.

Amy nahm einen kleinen Reisewecker heraus. Er war schwarz und schlicht und an einem Gehäuse befestigt, das zugeklappt als Schutz und aufgeklappt als Ständer diente. Er war nicht besonders ansehnlich und schien auch nicht zu funktionieren. Amy klebte einen roten Punkt darauf, dann wurde ihr schlecht, und sie riss den Punkt wieder ab. Sie legte den Wecker in den Karton zurück.

Es war schwieriger als gedacht. Immer noch.

Als Nächstes zog Amy eine Handvoll Schlüsselanhänger heraus. Darunter war ein hübscher Amethyst an einem Metallring. Sie steckte ihn in die Tasche, den könnte sie an ihren Schlüsselring hängen. Dann fand sie einen Anhänger vom Nottingham Forest Football Club. Sie musste ihn für Mr. Trapper gekauft und vergessen haben, ihn ihm zu schenken. Auch den steckte sie in die Tasche, sie würde ihn am Montag mit ins Büro nehmen. Er war sehr entgegenkommend gewesen, als sie ihn gebeten hatte, ihre Arbeitszeit auf drei Tage die Woche zu verkürzen, damit sie wieder Zeit zum Malen hätte.

Diesem Gedanken folgend nahm sich Amy ihren Handcreme-Karton noch einmal vor und suchte eine kleine Tube mit Jasminduft heraus. Sie war noch ungeöffnet, Carthika würde sich darüber freuen. Amy steckte auch diese Tube in die Tasche, die sich schon erfreulich wölbte. Sie würde auch Chantel und Rachel ein paar Tuben aussuchen lassen, als Dank für ihre Hilfe.

Als Nächstes die Vögel, beschloss Amy. Vielleicht brauchte sie nicht ganz so viele. Aber welche sollte sie weggeben?

Den Eisvogel definitiv nicht. Amy klebte ihm einen grünen Punkt auf. Und die Muschelschalen-Eule auch nicht. Und auch nicht den prachtvollen Papagei, die freundlichen Spatzen, den Eichelhäher oder die Kanarienvögel. Sie war nicht bereit, sich von ihnen zu verabschieden.

Amy griff nach den grünen Punkten und merkte, dass sie nur noch einen hatte.

Sie ging in die Diele. »Ich brauche mehr Aufkleber«, sagte sie zu Rachel.

Rachel sah sie stirnrunzelnd an. »Du hast doch noch ganz viele«, sagte sie mit einem Blick auf die Bögen, die Amy in der Hand hielt.

»Ich brauche mehr grüne«, sagte Amy.

»Das wird ein langer Tag«, seufzte Rachel. »Ich hol dir welche.«

»Wo sind meine Flaschen?«, fragte Amy.

»Recycling«, sagte Rachel. »Du hast zugestimmt, erinnerst du dich?«

»Aber ich muss sie mir erst ansehen«, sagte Amy. Panik stieg in ihr auf.

»Die stehen vor dem Haus«, sagte Rachel mit einem weiteren Seufzer. »Tu dir keinen Zwang an.«

Amy ging in den Vorgarten hinaus und sah Chantel und Richard nebeneinander auf der Mauer sitzen und auf die Straße hinausschauen. Chantel hielt eine Zigarette in der Hand, und beide schienen in einem komplizenhaften Schweigen vereint, das Amy nicht gefiel. Amy ging zu den Flaschen und begann, sie wieder ins Haus zu tragen.

»Amy!« Aus dem Nichts kam Charles auf sie zugerannt. »Ich spiele mit Daniel Verstecken«, erklärte er. »Das ist ein Kleinkinderspiel, und ich bin eigentlich schon zu groß dafür, aber mein Dad hat gemeint, wenn wir das draußen spielen, muss er aufpassen, damit sich Daniel nirgendwo Gefährliches versteckt, während ich die Augen geschlossen habe.«

Amy lächelte Richard an. Das war also, was er da machte.

Charles dämpfte die Stimme zu einem übertriebenen Flüstern. »Wir alle können Daniel hinter diesem Topf da sehen.« Er zeigte auf Daniels deutlich erkennbaren Hinterkopf. »Aber ich tue trotzdem so, als würde ich ihn suchen.«

»Das ist nett von dir«, sagte Amy.

»Ich weiß«, antwortete Charles mit einem Lächeln. »Wie läuft's mit dem Ausräumen?«, erkundigte er sich. »Gibt es jetzt genug Platz, dass wir in deinem Haus spielen können? Können wir Micky zu einem Besuch mitbringen?«

»Noch nicht«, sagte Richard, stand auf und legte eine Hand auf Amys Schulter. »Ich hab dir doch gesagt, dass das Zeit braucht.«

»Verstehe«, sagte Charles. »Ich würde auch keinen von meinen Baggern hergeben. Oder eins von meinen Feuerwehrautos.«

»Wenn du größer bist, wirst du dich eines Tages nicht mehr dafür interessieren«, sagte Richard.

»Doch!«, beteuerte Charles. »Wenn ich groß genug bin, dann werde ich Baggerfahrer und Feuerwehrmann und arbeite den ganzen Tag mit großen Fahrzeugen.« Er spähte nach hinten in Amys Haus und sah dann zu ihr auf. »Na schön, vielleicht muss ich später nicht mehr alle Spielzeugautos aufheben«, sagte er. »Weil ich ja im echten Leben damit fahren kann.«

Amy nickte. Das echte Leben brauchte jetzt Raum zur Entfaltung.

»Ich muss wieder an die Arbeit«, sagte sie.

Amy kehrte ins Haus zurück und ging in die Küche. Die Teetassen türmten sich hoch. Sie hatten schöne Farben, aber brauchte sie wirklich so viele davon? Sie würde nicht mehr nur zu Hause sitzen und Tee trinken, denn sie hatte Freunde, die sie besuchen würde.

Langsam baute Amy einen der Tassentürme ab. Eine nach der anderen packte sie die Tassen in einen leeren Karton und klebte entschieden einen gelben Punkt darauf. Charity-Shop. Ein paar würde sie behalten, beschloss sie. Sechs Stück.

Vielleicht zehn.

Aber mehr nicht.

Sie griff zur gelben Tasse, die sie bei Ninas und Richards Einzug gerettet hatte. Strich mit dem Finger den Riss entlang. Ihr wurde klar, dass die nicht einmal der Charity-Shop nehmen würde. Sie vielleicht auch nicht. Amy schälte einen roten Punkt von ihrem Bogen. Sie musste die zerbrochenen Dinge in ihrem Leben loslassen. Wenigstens ein paar davon. Behutsam klebte sie den Punkt auf den Becher.

Als sie ins Wohnzimmer zurückkehrte, war sie schier erschlagen von dem Ausmaß der Aufgabe, die noch vor ihr lag. Karton für Karton für Karton.

Irgendwo musste sie anfangen. Mit einem Seufzer zog Amy den obersten Karton von einem der Stapel und machte ihn auf. Aschenbecher. Sie zögerte. Sie selbst rauchte nicht, aber Chantel. Sie würde einen brauchen, wenn ihre Freundin zu Besuch kam. Amys Hand schwebte über dem Karton. Sie könnte ja einen Aschenbecher aufheben, dachte sie. Aber welchen? Sie waren alle so hübsch. Vielleicht würde sie ja selbst eines Tages anfangen zu rauchen. Dann wäre es auch gut, dass sie die Feuerzeuge aufgehoben hatte. Sie kehrte in Gedanken zu dem einzigen Mal zurück, als sie zu rauchen versucht hatte, aus dem Fenster von Chantels Zimmer gebeugt. Sie hatte so viel gehustet, dass sie sich fast übergeben musste.

Nein, beschloss sie dann, sie würde wohl doch nicht anfangen zu rauchen. Aber wenn das Haus freigeräumt wäre, dann wollte sie wieder Leute einladen. Simon vielleicht. Wenn er dann zeitgleich mit Chantel da wäre und nicht in ihrer Nähe säße? Sie würde noch einen zweiten Aschenbecher aufheben müssen.

Brauchte sie ihn wirklich? Amy hatte es immer gehasst, wenn in ihrem Haus geraucht wurde. Sie dachte wieder an Charles. Sie wollte, dass er, sein Bruder und sein Vater öfter als alle anderen zu ihr kämen, und die brauchten natürlich keinen Aschenbecher. Schnell zog Amy einen gelben Punkt vom Bogen und klebte ihn auf dem Karton. Der ganze Inhalt konnte in den Charity-Shop.

Amy holte tief Luft und hob den nächsten Karton herunter.

Sie gab ihren Kaminsims frei, der so lange verdeckt gewesen war. Amy sah ihn an und lächelte. Sie würde eine einzige Uhr dort hinstellen, beschloss sie. Eine, die funktionierte. Vielleicht ein neues Bild aufstellen. Und eine Vase könnte dazu, für frische Blumen.

Sie öffnete den Karton, und ein Sortiment Vasen, in Noppenfolie gewickelt, sah ihr entgegen. Amy wickelte die Vase aus, die zuoberst lag, und konnte der Versuchung nicht widerstehen, dabei eines der Plastikbläschen platzen zu lassen. Die

Vase war aus schillerndem Glas, wahrscheinlich aus Böhmen. Es hatte die Farbe eines Sonnenaufgangs. Diese Vase musste sie behalten.

Die nächste war robuster gebaut, Terracotta mit einer dunkellila Glasur. Prachtvoll. Dann kam eine Waterford- Kristallvase. Wie hatte Amy sich gefreut, als sie sie im Charity-Shop entdeckt hatte!

Amy nahm ihren letzten grünen Punkt und klebte ihn auf den Karton mit den Vasen, dann wandte sie sich einem anderen Karton voller Uhren zu.

Da klopfte es leise an der Wohnzimmertür, und Richard streckte den Kopf herein.

»Wie geht's?«, fragte er.

»Mir sind die grünen Aufkleber ausgegangen«, sagte Amy. »Es gibt eine ganze Menge, von dem ich mich nicht trennen möchte.«

»Ich weiß«, sagte Richard. »Eigentlich dachte ich, dir kommt das Haus schon ziemlich leer vor.« Er lächelte. »Deshalb hab ich dir was mitgebracht.«

»Ich weiß nicht, ob das eine gute Idee ist«, sagte Amy. »Noch mehr ist das Letzte, was ich brauche.«

»Keine Angst«, sagte Richard. »Es ist etwas, was du nicht lange aufheben kannst.«

»Du wärst überrascht, was ich alles aufheben kann«, erwiderte Amy. Aber sie lachte ein bisschen und fühlte sich tatsächlich schon leichter.

Schwungvoll zog er hinter seinem Rücken einen Blumenstrauß hervor. Der war fröhlich, schlampig und wild. Margeriten und Sommerflieder und lange Efeuranken. Und Geißblatt in rauen Mengen.

Amy holte hörbar Luft.

»Nichts Schickes«, sagte Richard. »Nur aus dem Garten. Die Jungs haben mir geholfen, ihn zu pflücken. Mrs. Hill muss ganz schön viele grüne Daumen gehabt haben.«

»Geißblatt«, sagte Amy ungläubig.

»Wir haben nicht daran gespart. Ich weiß, dass du es magst.«

»Das kann man wohl sagen. Ich mag es sogar sehr.« Sie erwiderte sein Lächeln. »Warte«, sagte sie, »ich stelle sie gleich ins Wasser.« Sie ging zu ihren Vasen hinüber und wählte die Schillernde, die Sonnenaufgangsvase. In der Küche füllte sie sie mit Wasser, stellte die Blumen hinein und atmete tief durch.

Sie musste Raum für Menschen schaffen. Für einen neuen Mann, der ihr Blumen brachte. Für kleine Jungs, die sie besser verstanden, als sie sich selbst verstand, und klebrige kleine Hände in ihre schoben.

Amy kehrte ins Wohnzimmer zurück und stellte die Blumen auf den Kaminsims. Dann zupfte sie den grünen Punkt vom Karton mit den Vasen ab, rollte ihn zu einer winzigen Kugel zusammen und schob sie in die Tasche. Und klebte einen gelben Punkt auf. Die restlichen Vasen konnten zum Charity-Shop und würden ein neues Zuhause finden.

»So«, sagte sie. »Ein Karton weniger.«

Amy versuchte zu lächeln, schon jetzt schmerzte sie der Verlust. Aber sie merkte auch, welchen Gewinn er ihr brachte. Sie betrachtete das Geißblatt, die cremeweißen, süß duftenden Blüten, an denen so viele Erinnerungen hingen. Dann sah sie die Margeriten an mit ihren strahlend weißen Blütenblättern, die weich wie eine Decke waren, und den Sommerflieder mit seinen winzigen, bescheidenen Blüten, die in der Masse aber durchaus beeindruckten. Geißblatt, ja, aber darüber hinaus noch so viel mehr.

Amy sah zu Richard hinüber. »Das war eine Wahnsinnsleistung heute von dir, Amy«, sagte er. »Du hast so viel losgelassen.« Er machte eine Pause. »Vielleicht …« Er zögerte. »Vielleicht gibt es jetzt mehr Platz in deinem Leben.«

»Ja«, sagte Amy. Auch sie zögerte. »Das gibt es.«

»Ich dachte …«, fuhr Richard fort, »dass du vielleicht Platz für uns hast. Für mich und die Jungs, meine ich.«

»Ich hoffe«, erwiderte Amy. Das tat sie wirklich. Sie kannte jetzt die Wahrheit, wusste, was passiert war. Jetzt war es Zeit, in die Zukunft zu blicken.

»Und besonders für mich?«, fragte Richard.

Es schien das Natürlichste auf der Welt, ihn zu küssen.

Sie tat es.

Der Kuss war warm und wunderbar und duftete nach Sommergarten.

Amy löste sich. »Bist du sicher? Ich bringe immer noch Kartons voller Uhren mit, mehr Kochbücher, als ich jemals brauchen werde, und einen Schwarm Porzellanvögel.«

»Ich nehme dich mit oder ohne Porzellanvogel, Amy Ashton«, sagte er und griff nach ihrer Hand. Amy spürte seine Haut auf ihrer. Warum und weich. »Keiner reist mehr mit leichtem Gepäck durchs Leben.«

DANK

Wie Amy Flaschen sammelt, habe ich eine Reihe wunderbarer Menschen um mich versammelt, die mir bei diesem Roman geholfen haben.

Meine Mutter Susan, die dieses Buch so viele Male gelesen und mir bei jedem Mal brillante Ideen geschenkt hat.

Philippa Pride, meine einfühlsame Mentorin, und die Mitglieder der Schreibgruppe »Next Chapter«.

Dank an meinen Agenten Euan Thorneycroft und das Team bei A. M. Heath für die Unterstützung, und dafür, dass das Buch die passenden Verlage gefunden hat.

Dem Team bei Piatkus bin ich sehr dankbar, insbesondere meinen Lektorinnen Emma Beswetherick, Anna Boatman, Amanda Keats und Penny Isaac – ihre Begeisterung für Amy und ihre Geschichte hat mich einfach umgehauen. Vielen Dank auch an meine Lektorinnen im Ausland: Cordelia Borchardt bei Krüger, Kate Dresser bei Simon & Schuster und andere, die ich erst noch kennenlernen muss.

Besonders danke ich meiner kleinen Tochter Violet, die selig geschlafen hat, während ich auf der Tastatur herumgeklappert habe. Und meinem Sohn Teddy für die Schätze, die er sammelt, und die Bagger, die er liebt.

Shelby Van Pelt
Das Glück hat acht Arme
Roman

»Wer ich bin? Ich heiße Marcellus, aber so nennen mich nur wenige. Ich bin ein Pazifischer Riesenkrake. So steht es auf dem Schild neben meinem Becken. Ich weiß, welcher Einwand jetzt kommt. Ja, ich kann lesen. Ich kann vieles, womit niemand rechnen würde.«
Marcellus ist ein neugieriger, frecher Riesenoktopus. Und sehr klug. Menschen findet er eher uninteressant. Bis auf Tova, die alte Dame, die ihn begrüßt, wenn sie vor seinem Aquarium putzt, und von ihrem Sohn erzählt, der vor Jahrzehnten auf einem Boot verschwand.
Schlau, wie er ist, erkennt Marcellus ein Geheimnis und muss die Wahrheit für Tova ans Licht bringen.

Aus dem amerikanischen Englisch
von Andrea Fischer
464 Seiten, gebunden

Weitere Informationen finden Sie auf
www.fischerverlage.de

AZ 8105-3082/1

Graeme Simsion & Anne Buist
Zum Glück gibt es Umwege
Ein Jakobsweg-Roman

Zoe, kalifornische Künstlerin und Yogalehrerin, flüchtet aus L. A. nach Frankreich. Martin, Technikfreak aus England, will seinen Wanderkarren für Rückengeschädigte einem Praxistest unterziehen. Als sie sich auf dem Jakobsweg begegnen, sind sie erstmal ganz schön genervt voneinander. Aber schräge Reisegefährten, Wetter- und Seelenkatastrophen, die Kapriolen des Wanderkarrens schweißen zusammen. Werden Martin und Zoe, grundverschieden wie sie sind, auf dem Camino einen gemeinsamen Weg finden?
Ein Roman über Neuanfang und Sinnsuche, übers Wandern und Zu-sich-selbst-Finden und darüber, wie wir in schwierigen Zeiten mit einem Lächeln Erfüllung finden.

Aus dem australischen Englisch
von Annette Hahn
400 Seiten, broschiert

Weitere Informationen finden Sie auf
www.fischerverlage.de

AZ 596-70229/1

Petra Hucke
Vom Gehen und Bleiben
Roman

Morgen kann der Berg abrutschen. Was tun wir heute?
Vischnanca ist klein und wunderschön am sonnigen Hang gelegen. Aber die Natur birgt Gefahr: der Berg über dem Dorf droht abzurutschen. Das betrifft alle: die junge Bäuerin Ria ist hier zu Hause, hat ihren Hof als Biobetrieb zukunftsfähig gemacht. Die deutsche Familie Blom ist neu ins Dorf gezogen und liebt alles daran – die Natur, den Garten am Haus, die gute Nachbarschaft. Doch jetzt muss die Dorfgemeinschaft abstimmen und steht vor der Entscheidung: Bleiben oder gehen?
Eine mitreißende Geschichte von Naturgefahren, Gemeinschaft und der Frage, was uns Heimat bedeutet.

432 Seiten, gebunden

Weitere Informationen finden Sie auf
www.fischerverlage.de

AZ 8105-3080/1